ZETA

Título original: *Saving Faith*
Traducción: Mercè Diago y Abel Debritto
1.ª edición: noviembre 2011

© 1999 by Columbus Rose Ltd.
© Ediciones B, S. A., 2011
   para el sello Zeta Bolsillo
   Consell de Cent, 425-427 - 08009 Barcelona (España)
   www.edicionesb.com

Printed in Spain
ISBN: 978-84-9872-574-2
Depósito legal: B. 31.067-2011

Impreso por LIBERDÚPLEX, S.L.U.
Ctra. BV 2249 Km 7,4 Polígono Torrentfondo
08791 - Sant Llorenç d'Hortons (Barcelona)

A cualquier precio

DAVID BALDACCI

ZETA

Para mi amigo Aaron Priest

Agradecimientos

Deseo expresar mi agradecimiento a mi querida amiga Jennifer Steinberg por recopilar tanta información para mí. ¡Serías una excelente detective privada!

A mi esposa, Michelle, por decir siempre la verdad sobre los libros.

A Neal Schiff, del FBI, por su ayuda y cooperación continuas en mis novelas.

Un agradecimiento especial al agente Shawn Henry del FBI, quien me dedicó con gran generosidad tiempo, experiencia y entusiasmo, y porque me ayudó a evitar errores graves en la historia. Shawn, tus comentarios han mejorado mucho el libro.

A Martha Pope por su conocimiento valioso y perspicaz sobre los asuntos del Capitolio y por su paciencia con un neófito en cuestiones políticas. Martha, ¡serías una profesora excepcional!

A Bobby Rosen, Diane Dewshirt y Mary Paone por compartir sus experiencias y recuerdos institucionales conmigo.

A Tom DePont, Dale Barto y Charles Nelson, de NationsBank, por su ayuda en cuestiones financieras y fiscales.

A Joe Duffy por ilustrarme sobre las políticas y

procedimientos relacionados con la ayuda externa. Y a su esposa, Anne Wexler, por compartir su valioso tiempo y perspicacia conmigo.

Estoy especialmente agradecido a mi amigo Bob Schule por extralimitarse en su apoyo para este libro, no sólo por ofrecerme detalles fascinantes sobre su larga y distinguida carrera en Washington, sino también por involucrar a sus amigos y colegas a fin de ayudarme a entender mejor la política, los grupos de presión y el funcionamiento real de Washington. Bob, eres un amigo maravilloso y un verdadero profesional.

Al congresista Rod Blagojevich (demócrata, por Illinois) por permitirme familiarizarme con la vida de un miembro del Congreso.

Al congresista Tony Hall (demócrata, por Ohio) por contribuir a mi comprensión de las dificultades de los pobres del mundo y cómo se aborda (o no) ese tema en Washington.

A mi buen amigo y congresista de mi familia John Baldacci (demócrata, por Maine) por su colaboración en este proyecto. Si todos los políticos de Washington fueran como John, la trama de este libro parecería completamente inverosímil.

A Larry Benoit y Bob Beene por su ayuda en todo: desde los grupos de presión hasta los aspectos prácticos de gobernar, pasando por todos los recovecos del edificio del Congreso de Estados Unidos. A ellos les debo uno de mis pasajes preferidos del libro.

A Mark Jordan, de Baldino's Lock and Key, por explicarme el funcionamiento de los sistemas de seguridad y telefónicos y cómo burlarlos. Mark, eres el mejor.

A Steve Jennings por leerse todo el libro, como de costumbre, y ayudarme a mejorarlo.

A mis queridos amigos David y Catherine Broome

por mostrarme los paisajes de Carolina del Norte y por su apoyo y aliento constantes.

A todas aquellas otras personas que colaboraron en esta novela pero que, por distintos motivos, desean permanecer en el anonimato. No habría podido escribirla sin todos vosotros.

A mi editora y amiga Frances Jalet-Miller. Su destreza, ánimos y dotes de persuasión son algo que cualquier escritor desearía de su editor. Espero que escribamos muchos más libros juntos, Francie.

Y por último, pero ni mucho menos con un menor grado de agradecimiento, a Larry, Maureen, Jaime, Tina, Emi, Jonathan Karen Torres, Martha Otis, Jackie Joiner y Jackie Meyer, Bruce Paonessa y Peter Mauceri y al resto de los miembros de la familia Warner Books. Todos hemos sido necesarios para que la obra viese la luz.

Todas las personas aquí mencionadas me proporcionaron los conocimientos y la ayuda que necesitaba para escribir esta novela. Sin embargo, la forma en que utilicé esa información para describir todo tipo de chanchullos, fechorías, crímenes descarados y retratos de almas criminales y conspiradoras en *A cualquier precio* es responsabilidad mía.

1

El sombrío grupo de hombres tomó asiento en una sala subterránea de grandes dimensiones que se encontraba a bastante profundidad y a la que sólo podía accederse en un ascensor de alta velocidad. La cámara se había construido en secreto a comienzos de la década de los sesenta bajo pretexto de reformar el edificio privado que se elevaba sobre la misma. El plan original, por supuesto, era utilizar este «superbúnker» como refugio antinuclear. El complejo no estaba reservado para los altos cargos del Gobierno estadounidense sino para aquellos cuya relativa «poca importancia» implicaba que probablemente no se salvarían a tiempo pero que, aun así, merecían una protección que no estaba al alcance del ciudadano medio. Desde un punto de vista político, incluso en el contexto de la destrucción absoluta, la jerarquía resultaba primordial.

El búnker se construyó en una época en que la gente creía que era posible sobrevivir a un ataque nuclear directo refugiándose bajo tierra en un caparazón metálico. Después del holocausto que aniquilaría el resto del país, los dirigentes emergerían de los escombros sin nada que dirigir, excepto humo.

Habían derribado el edificio original situado al nivel

del suelo hacía mucho, pero el recinto subterráneo se encontraba bajo lo que ahora era un pequeño centro comercial que llevaba muchos años vacío. Olvidada por casi todos, la cámara se empleaba como lugar de encuentro para ciertas personas que pertenecían a la principal agencia de información del país. Resultaba un tanto arriesgado, ya que las reuniones no guardaban relación alguna con las misiones oficiales de los hombres. Los asuntos que se trataban eran ilegales y aquella noche se hablaría incluso de homicidio. Por lo tanto, se habían tomado precauciones adicionales.

Habían revestido las gruesas paredes de metal con cobre. Esta medida, junto con las toneladas de tierra que tenían encima, los protegía de los aparatos electrónicos indiscretos que pudieran merodear por el espacio o en las inmediaciones. A estos hombres no les gustaba bajar a la habitación subterránea. Era molesto e, irónicamente, entrañaba demasiado riesgo incluso para ellos, que disfrutaban tanto con las intrigas y los misterios a lo James Bond. Sin embargo, lo cierto era que la Tierra estaba rodeada de tanta y tan avanzada tecnología de vigilancia que era prácticamente imposible que cualquier conversación mantenida sobre la superficie del planeta quedara fuera de su alcance. Hacía falta ir bajo tierra para escapar de los enemigos. Si existía un lugar donde las personas pudieran reunirse sin temor a que alguien escuchase sus conversaciones incluso en su mundo de aparatos tecnológicos ultrasofisticados, era éste.

Los hombres de cabello cano presentes en la reunión eran blancos y a la mayoría le faltaba poco para llegar a la edad de jubilación obligatoria en su agencia, fijada en sesenta años. Vestidos con trajes discretos, podrían haber pasado por médicos, abogados o banqueros. Eran ese tipo de personas cuyo rostro no se recuerda al día siguiente. El anonimato constituía su mejor baza; que viviesen o muriesen, a veces de forma violenta, dependía de estos detalles.

En conjunto, el conciliábulo poseía miles de secretos que el ciudadano de a pie jamás llegaría a saber porque, sin duda, condenaría los actos que derivaban de tales secretos. Sin embargo, el pueblo estadounidense solía exigir resultados económicos, políticos, sociales y de otras clases, que sólo podían obtenerse haciendo papilla ciertas partes del mundo. La labor de estos hombres consistía en hacerlo de manera clandestina para no dar una mala imagen de Estados Unidos y, a la vez, mantener a raya a los molestos terroristas internacionales, así como a otros extranjeros descontentos con la poderosa influencia del Tío Sam.

El objetivo de la reunión de esa noche era tramar el asesinato de Faith Lockhart. En rigor, por orden expresa del presidente, la CIA tenía prohibido perpetrar asesinatos. Sin embargo, estos hombres, aunque contratados por la Agencia, no representaban a la CIA en esta ocasión. Se trataba de una decisión personal y casi todos estaban de acuerdo en que la mujer debía morir, y lo antes posible; era de vital importancia para el bienestar del país. Estos hombres lo sabían muy bien, aunque el presidente no. Sin embargo, dado que había otra vida en juego, la reunión había adoptado un tono un tanto hosco y el grupo se asemejaba a un cuadro de férreos congresistas que lucharan por tajadas de cerdo valoradas en miles de millones de dólares.

—Entonces, lo que dices —aseveró uno de los hombres canosos agitando uno de sus delgados dedos en el aire cargado de humo—, es que además de Lockhart tendremos que matar a un agente federal. —El hombre negó con la cabeza en señal de incredulidad—. ¿Por qué habríamos de matar a uno de los nuestros? Las consecuencias serían nefastas.

Los caballeros situados en la cabecera de la mesa asintieron pensativos. Robert Thornhill era el soldado más distinguido de la guerra fría de la CIA, un hombre cuya posición en la Agencia era única. Su reputación era incuestionable y su hoja de servicios inigualable. Como subdirector adjunto de operaciones, constituía la principal garantía de libertad de la Agencia. El SAO, o subdirector adjunto de operaciones, era responsable del funcionamiento de las operaciones de campo llevadas a cabo por el grupo secreto de agentes de inteligencia extranjeros. La directiva de operaciones de la CIA también recibía el nombre extraoficial de «tienda de espías», y la identidad del subdirector todavía no se había dado a conocer. Era el lugar idóneo para desempeñar labores importantes.

Thornhill había organizado a este grupo selecto, cuyos miembros estaban tan disgustados como él por la situación de la CIA. Había sido él quien les había recordado que existía aquella cápsula del tiempo subterránea y quien había reunido el dinero necesario para, en secreto, acondicionar la cámara y utilizarla. Había diseminados por todo el país miles de pequeños juguetes como ése, sufragados por los contribuyentes y muchos de ellos completamente inservibles; Thornhill contuvo una sonrisa. «Si los gobiernos no desperdiciasen el dinero que los ciudadanos han ganado con tanto esfuerzo, entonces ¿cuál sería la función de los gobiernos?», pensó.

Incluso ahora, mientras pasaba la mano por la consola de acero inoxidable con sus curiosos ceniceros incorporados, respiraba el aire filtrado y percibía la frialdad protectora de la tierra que lo rodeaba, Thornhill no pudo evitar pensar en la guerra fría. Por lo menos, con la hoz y el martillo existía cierta certidumbre. De hecho, Thornhill prefería al torpe toro ruso que a la ágil serpiente de arena, invisible hasta el instante en que lanzaba su veneno. Había muchas personas cuyo único deseo era derrocar al Gobierno de Estados Unidos. El trabajo de Thornhill era cerciorarse de que eso nunca ocurriera.

Thornhill recorrió la mesa con la mirada y evaluó la devoción que cada uno de los hombres profesaba a su país, y le satisfizo que fuera tan intensa como la suya. Siempre había deseado defender y servir a la nación. Su padre había trabajado para la OSS, el servicio de inteligencia de la Segunda Guerra Mundial que había precedido a la CIA. Por aquel entonces, apenas sabía a qué se dedicaba su padre, pero éste había inculcado a su hijo la filosofía de que en la vida no hay cosa más importante que servir a la patria. Thornhill se incorporó a la Agencia en cuanto finalizó sus estudios en Yale. Hasta el día de su muerte, su padre se había sentido orgulloso de su hijo, aunque no tanto como su hijo de él.

El pelo de Thornhill despedía destellos plateados, lo que le confería un aire distinguido. Tenía los ojos grises y vivarachos y la barbilla poco pronunciada. Hablaba con voz profunda, cultivada; le resultaba igual de fácil emplear la jerga técnica que disertar sobre la poesía de Longfellow. Todavía vestía con trajes de tres piezas y prefería la pipa a los cigarrillos. Thornhill, de cincuenta y ocho años, podía haberse retirado discretamente de la CIA para disfrutar de la agradable vida de un ex funcionario erudito y con mucha experiencia a sus espaldas. Sin embargo, no pensaba retirarse discretamente, y el motivo era bien obvio.

Durante los últimos diez años, las responsabilidades y el presupuesto de la CIA se habían reducido en gran medida. Se trataba de una situación desastrosa ya que en las tormentas de fuego que se desataban a lo largo y ancho del mundo solían participar fanáticos que no tenían que rendir cuentas a grupo político alguno y que poseían armas de destrucción masiva. Además, si bien se creía que la tecnología más avanzada era la solución a todos los males del mundo, los mejores satélites no podían recorrer los callejones de Bagdad, Seúl o Belgrado y medir la temperatura emocional de sus habitantes. Los ordenadores espaciales jamás captarían los pensamientos de las personas ni adivinarían los impulsos diabólicos que anidaban en sus corazones. Thornhill siempre escogería a un astuto agente de campo dispuesto a arriesgar su vida antes que el mejor hardware del mercado.

Thornhill contaba con un pequeño grupo de agentes cualificados en la CIA que le eran completamente leales, tanto a él como a su programa personal. Todos se habían esforzado lo indecible para que la Agencia recuperara la relevancia perdida. Por fin Thornhill disponía del vehículo adecuado para tal fin. Pronto tendría metidos en un puño a destacados miembros del Congreso, senadores e incluso al mismísimo vicepresidente, así como a suficientes burócratas de las altas esferas como para aplastar a un abogado independiente. El presupuesto aumentaría, los recursos humanos se multiplicarían y el alcance de las responsabilidades mundiales de la Agencia volvería a ser el que le correspondía.

La estrategia había funcionado para J. Edgar Hoover y el FBI. Thornhill opinaba que no era mera coincidencia que el presupuesto y la influencia del FBI hubieran aumentado bajo el mandato del ex director y sus supuestos expedientes «secretos» sobre políticos de renombre. Si existía una organización en el mundo que Robert Thornhill odiaba con toda el alma, ésa era el FBI. No obstante, emplearía las tácticas necesarias para que la

Agencia recobrase su liderazgo, aunque ello significara que tuviera que robarle una página a su enemigo más acérrimo. «Mira cómo te la juego, Ed», pensó.

Thornhill volvió a concentrarse en los hombres que se agrupaban en torno a él.

—Lo ideal, por supuesto, sería que no tuviésemos que matar a uno de los nuestros —dijo—. Sin embargo, lo cierto es que el FBI la vigila día y noche. Su único momento vulnerable es cuando va a la casa de campo. Quizá la incluyan en el programa de protección de testigos sin avisarle, por lo que tenemos que atacarla en la casita de campo.

Otro hombre habló.

—De acuerdo, mataremos a Lockhart, pero, por el amor de Dios, Bob, dejemos con vida al agente del FBI.

Thornhill negó con la cabeza.

—Es demasiado arriesgado. Sé que matar a un colega es más que lamentable, pero si eludiésemos nuestra misión ahora cometeríamos un error irreparable. Ya sabes cuánto hemos invertido en esta operación. No podemos fracasar.

—Maldita sea, Bob —protestó el primer hombre—, ¿sabes qué pasará si el FBI averigua que hemos acabado con uno de los suyos?

—Si no somos capaces de guardar un secreto así, entonces será mejor que nos dediquemos a otra cosa —espetó Thornhill—. No es la primera vez que deben sacrificarse vidas.

Otro miembro del grupo se inclinó hacia adelante. Era el más joven. No obstante, se había ganado el respeto del grupo gracias a su inteligencia y a su habilidad para ejercer la crueldad más absoluta.

—De momento, sólo hemos contemplado la opción de matar a Lockhart para impedir que el FBI investigue a Buchanan. ¿Por qué no acudimos al director del FBI y le pedimos que ordene a su equipo que abandone la investigación? Así nadie tendría que morir.

Thornhill miró al joven con una expresión de decepción.

—¿Y cómo propondrías que explicáramos al director del FBI por qué deseamos que haga algo así?

—Podríamos contarle algo parecido a la verdad —repuso el joven—. Incluso en el mundo de los agentes secretos a veces cabe la verdad, ¿no?

Thornhill sonrió afectuosamente.

—Entonces, debería decirle al director del FBI, a quien, por cierto, le encantaría vernos convertidos en piezas de museo, que deseamos que detenga una investigación que es en potencia un auténtico éxito a fin de que la CIA pueda recurrir a medios ilegales para sacarle ventaja a su oficina. Brillante. ¿Por qué no se me habrá ocurrido antes? ¿Y en qué cárcel te gustaría cumplir tu condena?

—¡Por Dios, Bob, ahora colaboramos con el FBI! Ya no estamos en 1960. No te olvides del CCT.

El CCT era el Centro Contra el Terrorismo, un esfuerzo de cooperación entre la CIA y el FBI, que se comprometían a compartir información y recursos para combatir el terrorismo. Todos los que habían participado en el mismo lo consideraban una experiencia de lo más fructífera y eficaz. En opinión de Thornhill, se trataba de otra treta del FBI para entrometerse en los asuntos de la CIA.

—Mi participación en el CCT es modesta —afirmó Thornhill—. Creo que ofrece una posición privilegiada para vigilar al FBI y sus planes, que no suelen ser beneficiosos para nuestros intereses.

—Vamos, Bob; todos jugamos en el mismo equipo.

Thornhill miró de hito en hito al joven con tal intensidad que los demás se quedaron petrificados.

—Te exijo que jamás vuelvas a pronunciar esas palabras en mi presencia —ordenó.

El joven palideció y se reclinó en la silla.

Thornhill apretó la pipa entre los dientes.

—¿Quieres que te dé ejemplos en los que el FBI se lleva el mérito y la gloria de los trabajos realizados por nuestra agencia? ¿De la sangre derramada por nuestros agentes de campo? ¿De las incontables ocasiones en las que hemos salvado el mundo de la destrucción? ¿De cómo manipulan las investigaciones para aplastar a los demás y aumentar su presupuesto inflado? ¿Quieres que te hable de todas las veces en que, durante mis treinta y seis años de carrera, el FBI hizo cuanto pudo para desacreditar nuestras misiones y a nuestros agentes? ¿Quieres que lo haga? —El joven negó despacio con la cabeza, fulminado por la mirada de Thornhill—. Me importa un comino que el director del FBI venga aquí, me bese los zapatos y me jure lealtad eterna; no daré mi brazo a torcer. ¡Jamás! ¿Me he expresado con claridad?

—Perfecamente —respondió el joven, pugnando por no sacudir la cabeza en señal de desconcierto. Todos los presentes, excepto Robert Thornhill, sabían que las relaciones entre el FBI y la CIA eran buenas. Aunque en ocasiones se mostraba torpe en las investigaciones conjuntas ya que disponía de más recursos que nadie, el FBI no había acometido una caza de brujas para acabar con la Agencia. Sin embargo, los hombres reunidos en la sala también eran conscientes de que Robert Thornhill creía que el FBI era su peor enemigo. Por otro lado, también sabían que Thornhill había orquestado, hacía ya varias décadas, varios asesinatos autorizados por la Agencia con gran celo y astucia. ¿Por qué contrariar a un hombre así?

—Pero si matamos al agente, ¿no crees que el FBI emprenderá una cruzada para descubrir la verdad? —terció otro de los hombres—. Disponen de recursos suficientes para arrasar la Tierra. Por muy buenos que seamos, jamás seremos tan fuertes como ellos. Entonces, ¿cuál es nuestra situación?

Varios de los presentes resoplaron. Thornhill echó un vistazo alrededor con recelo. El grupo de hombres representaba una alianza más bien precaria. Eran tipos paranoicos e inescrutables acostumbrados a reservarse su opinión. Lo cierto era que unirlos a todos había sido un auténtico milagro.

—El FBI hará sin duda cuanto esté en su mano para aclarar el asesinato de uno de sus agentes y de la principal testigo de una de sus investigaciones más ambiciosas hasta la fecha. Así que lo que propongo es ofrecerles la solución que queremos que encuentren. —Los presentes lo miraron con curiosidad. Thornhill sorbió agua del vaso y se tomó un minuto para preparar la pipa—. Tras ayudar durante varios años a Buchanan en la operación, la conciencia de Faith Lockhart, el sentido común o su paranoia pudieron más que ella. Acudió al FBI y les contó todo lo que sabía. Gracias a mi previsión, nos fue posible descubrirlo. No obstante, Buchanan ignora por completo que su compañera lo ha traicionado. Tampoco sabe que tenemos la intención de matarla. Sólo nosotros lo sabemos. —Thornhill se felicitó para sus adentros por la última observación. La omnisciencia le sentaba bien; al fin y al cabo, ése era su terreno—. El FBI, sin embargo, podría sospechar que él sabe que ella lo ha traicionado o que lo descubrirá tarde o temprano. Por lo tanto, para el observador externo, Danny Buchanan sería la persona que tendría más motivos para matar a Faith Lockhart.

—Entonces, ¿cuál es tu plan? —le insistió el otro hombre.

—Mi plan —respondió Thornhill con brusquedad— es bien sencillo. En lugar de permitir que Buchanan desaparezca, avisamos al FBI que él y sus clientes han descubierto la duplicidad de Lockhart y que han asesinado tanto a ella como al agente.

—Pero cuando atrapen a Buchanan, éste se lo contará todo —se apresuró a replicar el hombre.

Thornhill lo miró como un profesor decepcionado miraría a un alumno. Durante el último año, Buchanan les había facilitado todo cuanto habían necesitado; oficialmente, había dejado de ser imprescindible.

El grupo, poco a poco, cayó en la cuenta.

—Entonces avisamos al FBI «póstumamente». Tres muertes. No, tres asesinatos —dijo otro hombre.

Thornhill recorrió la sala con la vista, ponderando en silencio la reacción de los presentes ante su plan. A pesar de que se habían mostrado reacios a acabar con la vida de un agente del FBI, sabía que para estos hombres tres muertes no significaban nada. Eran de la vieja escuela, que comprendía a la perfección que, en ocasiones, los sacrificios eran necesarios. Lo que hacían para ganarse la vida solía implicar desde luego la muerte de otras personas; sin embargo, sus operaciones también habían evitado guerras declaradas. Matar a tres para salvar a tres millones, ¿a quién se le ocurriría oponerse, aunque las víctimas fueran relativamente inocentes? Los soldados que morían en el campo de batalla también eran inocentes. Thornhill creía que la acción encubierta, que en los círculos del espionaje recibía el curioso nombre de «tercera opción», la que se encontraba entre la diplomacia y la guerra declarada, era la que permitía demostrar la valía de la CIA, aunque también había supuesto algunos de sus mayores desastres. Al fin y al cabo, sin riesgo no existía la posibilidad de alcanzar la gloria. Ése sería un buen epitafio para su lápida.

Thornhill no organizó una votación formal; era innecesaria.

—Gracias, caballeros —dijo—. Me ocuparé de todo. —Dio por concluida la reunión.

2

La casita de tejas de madera se encontraba al final de una carretera de grava compacta, cuyos arcenes bordeaba una maraña de dientes de león, acederas y pamplinas. La destartalada estructura se alzaba sobre media hectárea de terreno llano despejado, pero estaba rodeada en sus tres cuartas partes por un bosque cuyos árboles intentaban alcanzar la luz del sol a costa de sus congéneres. A causa de las ciénagas y otros problemas de urbanización, nunca había habido vecinos en las inmediaciones de la casa, construida hacía ochenta años. La comunidad más cercana se hallaba a unos cinco kilómetros en coche, pero a menos de la mitad de esa distancia si se tenía el valor de atravesar a pie el frondoso bosque.

Durante gran parte de los últimos veinte años la casita rústica había servido para celebrar fiestas adolescentes improvisadas y, en ocasiones, de refugio para vagabundos sin hogar que buscaban la comodidad y la relativa seguridad que suponían cuatro paredes y un techo, aunque estuvieran en mal estado. El actual propietario de la casita, que la había heredado recientemente, había decidido alquilarla. Había encontrado a un inquilino dispuesto a pagar por adelantado y en metálico el alquiler de todo un año.

Aquella noche el césped sin cortar del patio delantero se balanceaba a merced del viento inclemente. Detrás de la casa, una hilera de robles gruesos parecía imitar el movimiento del césped al inclinarse adelante y atrás. Aunque pareciera imposible, aparte del viento no había otro sonido.

Excepto uno.

En el bosque, varios cientos de metros por detrás de la casa, un par de pies chapoteaban por el lecho de un arroyo poco profundo. Los pantalones sucios del hombre y las botas empapadas hablaban por sí solas de lo difícil que le resultaba orientarse y avanzar por el terreno denso y oscuro, incluso con la ayuda de la luna creciente. Se detuvo para sacudir las botas contra el tronco de un árbol caído.

Lee Adams estaba sudado y helado tras la agotadora caminata. A sus cuarenta y un años, su cuerpo, de un metro ochenta y siete de altura, era sumamente fuerte. Se entrenaba con regularidad, y los bíceps y deltoides así lo reflejaban. Su trabajo le exigía mantenerse en forma. Pasaba días interminables sentado en el coche o en una biblioteca o juzgado examinando archivos y microfichas y, de vez en cuando, también tenía que trepar árboles, reducir a hombres más corpulentos que él o, como en esos momentos, abrirse paso a duras penas por bosques plagados de barrancos en la noche más oscura. No le vendría mal desarrollar los músculos un poco más. Sin embargo, ya no tenía veinte años y su cuerpo se resentía.

Lee tenía el pelo grueso, ondulado y de color castaño, que siempre parecía caérsele sobre la cara, una sonrisa fácil y contagiosa, los pómulos marcados y unos atractivos ojos azules que, desde su adolescencia, habían provocado que los corazones de las jóvenes palpitaran desbocados. Sin embargo, en el transcurso de su carrera se le habían roto bastantes huesos y había sufrido varias heridas importantes, por lo que sentía el cuerpo mucho más viejo de lo que parecía. Y eso era con lo que se encontraba cada mañana al levantarse. Los crujidos, los pequeños dolores. ¿Tumor cancerígeno o simplemente artritis?, solía preguntarse. ¡Qué más daba! Cuando Dios te ficha, lo hace con autoridad. Una buena dieta, entretenerse con pesas o sudar sobre la cinta de andar no cambiaría su decisión de dejarte tieso.

Lee levantó la vista. Todavía no distinguía la casita; el bosque era muy frondoso. Toqueteó los botones de la cámara que había sacado de la mochila al tiempo que respiraba para reponer fuerzas. Lee había efectuado la misma caminata en varias ocasiones, pero nunca había entrado en la casita. Sin embargo, había visto cosas más bien curiosas. Por eso había regresado, para descubrir los secretos del lugar.

Tras recobrar el aliento, Lee continuó avanzando por el solitario bosque sin más compañía que la de los animales que correteaban por ahí. Había muchos ciervos, conejos, ardillas e incluso castores en aquella zona todavía rural de la Virginia septentrional. Mientras caminaba, Lee oyó criaturas voladoras e imaginó que eran murciélagos rabiosos que echaban espuma por la boca y revoloteaban a ciegas por encima de él. Cada pocos metros, se topaba con una nube de mosquitos. Aunque había recibido una cuantiosa suma por adelantado, estaba pensando seriamente en pedir que le aumentaran la asignación diaria.

Cuando se hallaba cerca de la linde del bosque, Lee se detuvo. Estaba acostumbrado a espiar tanto los lugares frecuentados por las personas como sus actividades. Al igual que un piloto al repasar su lista de comprobaciones, lo mejor era actuar con lentitud y de forma metódica. También había que confiar en que no sucediera algo que obligara a improvisar.

La nariz torcida de Lee constituía una señal permanente de éxito de su época como boxeador aficionado en la Marina, donde había exteriorizado toda su agresividad juvenil contra un oponente de su mismo peso y habilidad en un cuadrilátero limitado por lonas atadas. Un par de guantes resistentes, unas manos rápidas y unos pies ágiles, una mente cautelosa y un corazón fuerte habían integrado su arsenal. La mayor parte de las veces le habían bastado para conseguir la victoria.

Tras el período militar, las cosas le habían ido bastante bien. No era muy rico, ni muy pobre, a pesar de que casi siempre había trabajado por cuenta propia; tampoco había estado solo del todo, aunque llevaba divorciado unos quince años. El único fruto positivo de su matrimonio acababa de cumplir veinte años. Su hija era alta, rubia e inteligente y se enorgullecía de haber obtenido una beca para completar sus estudios en la Universidad de Virginia y de haber sido la estrella del equipo femenino de *lacrosse*. Durante los últimos diez años, Renee Adams no había querido saber nada de su padre. Lee tenía razones de sobra para suponer que era una decisión tomada, si no a instancias de su madre, sí con su beneplácito. Y pensar que su ex le había parecido tan agradable durante las primeras citas, tan encaprichada con su uniforme de la Marina, tan entusiasmada por destrozar su cama.

Su ex mujer, una antigua bailarina de striptease llamada Trish Bardoe, se había casado por despecho con un tipo llamado Eddie Stipowicz, un ingeniero desempleado que tenía problemas con la bebida. Lee creía que el matrimonio acabaría en desastre y había intentado obtener la custodia de Renee alegando que su madre y su padrastro no podrían mantenerla. Justo en aquella época, Eddie, un taimado mequetrefe a los ojos de Lee, inventó, casi por casualidad, un microchip de mierda que lo había hecho multimillonario. Como es obvio, la batalla por la custodia de su hija perdió fuerza. Por si fuera poco, aparecieron reportajes sobre Eddie en el *Wall Street Journal*, *Time*, *Newsweek* y otras publicaciones. Era famoso. Su casa había aparecido en el *Architectural Digest*.

Lee había comprado ese número del *Digest*. La nueva casa de Trish era enorme, de un color rojo carmesí o berenjena tan oscuro que a Lee le recordaba el interior de un ataúd. Las ventanas eran gigantescas, el mobiliario lo bastante grande como para perderse en él y había suficientes molduras, paneles y escaleras de madera como para calentar durante un año un típico pueblo del Medio Oeste. También había fuentes de piedra esculpidas con personas desnudas. ¡Lee se quedó helado! Una foto de la feliz pareja ocupaba una página entera. Lee pensaba que en el pie de foto podían haber escrito: «El Ganso y la Tía Buena hacen fortuna con escaso gusto.»

Sin embargo, a Lee le había llamado la atención una foto. Renee aparecía a lomos del semental más espléndido que jamás había visto, sobre un campo de césped tan verde y bien cortado que parecía un estanque. Lee había recortado la foto con cuidado y la había guardado en un lugar seguro, en el álbum familiar. El artículo, por supuesto, no lo mencionaba; no había motivos para ello. Sin embargo, lo que le había molestado era que afirmasen que Renee era hija de Ed.

«La hijastra —había dicho Lee en voz alta cuando lo leyó—. La hijastra. Jamás podrás cambiar eso, Trish.»

Lee no solía envidiar la fortuna de la que ahora gozaba su ex mujer ya que garantizaba que su hija nunca pasaría apuros. Pero, en ocasiones, le dolía.

Cuando se tiene algo durante tantos años, algo que

se ha convertido en parte de uno mismo y se ha amado más que nada y luego se pierde... Lee trataba de no pensar demasiado en esa pérdida. Aunque era un tipo duro y fornido, cuando daba vueltas al enorme vacío que tenía en el centro del pecho, acababa lloriqueando como un niño.

A veces la vida te depara sorpresas, como cuando los médicos te dan el visto bueno y al día siguiente te mueres.

Lee se miró los pantalones cubiertos de barro y sintió un calambre doloroso en la pierna cansada justo cuando intentaba espantarse un mosquito del ojo. Una casa del tamaño de un hotel. Criados. Fuentes. Caballos grandes. Un resplandeciente avión privado... Probablemente todo resultaba un auténtico coñazo.

Lee apretó la cámara contra el pecho. Llevaba un rollo de alta sensibilidad que había «turboalimentado» al fijar la velocidad de obturación en 1.600. La película sensible necesita menos luz y si el obturador se abre durante breves períodos de tiempo es poco probable que la cámara se mueva o que la vibración distorsione las fotografías. Lee colocó un teleobjetivo de 600 milímetros y extendió el trípode incorporado al objetivo.

Escudriñó entre las ramas rojas de un cornejo y enfocó la parte posterior de la casita. Varias nubes taparon la luna, acentuando la oscuridad. Tomó varias fotografías y luego guardó la cámara.

Mientras observaba la casa se percató de que, desde donde estaba, no podría distinguir si había alguien o no. Lee no veía luces encendidas, pero era posible que hubiera alguna habitación interior. Además, no tenía la parte delantera de la casa a la vista y tal vez hubiera un coche aparcado. Lee había observado huellas de pisadas y neumáticos en otras ocasiones. No había mucho más que ver. Apenas pasaban coches por esa carretera y nunca se veían caminantes o personas haciendo *footing*. Todos los vehículos daban media vuelta ya que se habían equivocado de salida. Todos menos uno, claro.

Miró el cielo. El viento había amainado. Lee calculó que las nubes oscurecerían la luz de la luna durante varios minutos más. Se colgó la mochila a la espalda, se puso tenso por unos instantes, como si acumulase toda su energía, y salió del bosque con sumo sigilo.

Lee se deslizó en silencio hasta un lugar donde, acuclillado detrás de un grupo de arbustos descuidados, abarcaba la parte posterior y frontal de la casa. Mientras escudriñaba la oscuridad, las sombras se atenuaron cuando la luna reapareció. Parecía vigilarlo perezosamente, como si quisiera saber qué estaba haciendo allí.

Aunque un tanto aislada, la casita estaba a sólo cuarenta minutos en coche del centro de Washington. Por esa razón, su ubicación resultaba bastante práctica. Lee había realizado varias pesquisas sobre el propietario y había averiguado que todo estaba en regla. Sin embargo, le había costado bastante más informarse acerca del arrendatario.

Lee sacó un artefacto que semejaba una grabadora pero que en realidad era un dispositivo con ganzúas que funcionaba con pilas; también extrajo una funda con cremallera y la abrió. Palpó las distintas ganzúas y escogió la que quería. Con una llave hexagonal fijó la ganzúa a la máquina. Movía los dedos con destreza y rapidez, incluso cuando las nubes cubrieron de nuevo la luna sumiéndolo todo en sombras. Lee lo había hecho tantas veces que podría haber cerrado los ojos y manipulado los instrumentos del delito con una precisión envidiable.

Lee ya había echado una ojeada a las cerraduras de la casita durante el día. Eso también lo había inquietado: había cerrojos de seguridad en todas las puertas exteriores y en los marcos de las ventanas de la primera y de la segunda planta. Todo el material de ferretería parecía nuevo. ¡En una destartalada casa de alquiler perdida en el bosque!

A pesar del frío, una gota de sudor recorrió la frente de Lee mientras pensaba en esos detalles. Tocó la 9 milímetros que llevaba en una funda sujeta al cinturón; el tacto del metal lo reconfortaba. Apenas tardó unos segundos en amartillar y asegurar la pistola; una bala en la recámara, el percutor montado y el seguro puesto.

La casita disponía de sistema de seguridad. Eso también lo había asombrado. Si hubiese tenido dos dedos de frente, Lee habría guardado las herramientas del crimen, se habría marchado a casa y le habría dicho a quien le había encargado el trabajo que la misión había fracasado. Sin embargo, se enorgullecía de su labor. Seguiría desempeñándola al menos hasta que sucediese algo que le hiciera cambiar de idea. Y Lee corría muy deprisa cuando las circunstancias lo requerían.

Entrar en la casa no sería difícil, sobre todo porque Lee contaba con el código de acceso. Lo había obtenido la tercera vez que estuvo allí, cuando las dos personas habían ido a la casita. Lee ya había confirmado que la zona estaba cableada, por lo que había acudido preparado. Se había adelantado a la pareja y había esperado a que terminaran de hacer lo que estuvieran haciendo dentro. Cuando salieron, la mujer introdujo el código de acceso para activar el sistema de seguridad. Lee, oculto tras los mismos arbustos que ahora, disponía de una maravilla de la técnica electrónica que captaba el código al vuelo como un jugador de béisbol que recibe limpiamente una pelota en el guante. Todas las corrientes eléctricas producen un campo magnético, como un pequeño transmisor. Cuando la mujer alta había marcado los dígitos del código, el sistema de seguridad había enviado una discreta señal al guante de béisbol electrónico de Lee.

Se aseguró de que las nubes tapasen la luna, se colocó un par de guantes de látex con almohadillas reforzadas en las yemas de los dedos y en las palmas, preparó la linterna y volvió a respirar a fondo. Al cabo de un minuto salió de los arbustos y se dirigió con sigilo hacia la puerta trasera. Se quitó las botas cubiertas de barro y las depositó junto a la puerta. No quería dejar indicios de su visita. Los buenos investigadores privados son invisibles. Lee sostuvo la linterna bajo el brazo mientras introducía la ganzúa en la cerradura de la puerta y activaba el dispositivo.

Empleaba el aparato, por un lado, para ganar tiempo y, por otro, porque no había forzado suficientes cerraduras como para ser un experto al respecto; una ganzúa tradicional requería una práctica constante que dotase a los dedos del grado de sensibilidad necesario para detectar la proximidad de la línea del cilindro, el sutil descenso del instrumento a medida que las clavijas de la cerradura comenzaban a saltar. Empleando una ganzúa tradicional, un cerrajero experto forzaría la cerradura mucho más deprisa que Lee con el dispositivo. Era todo un arte y Lee conocía sus limitaciones. Al poco, notó que el pestillo se descorría.

Cuando abrió la puerta, el pitido del sistema de seguridad rompió el silencio. Lee encontró rápidamente el teclado de control, marcó los seis números y el pitido se detuvo de inmediato. Mientras cerraba la puerta tras de sí pensó que ya se le podría acusar de haber cometido un delito grave.

El hombre bajó el rifle, y el punto rojo que emitía la mira láser del arma desapareció de la ancha espalda de un inadvertido Lee Adams. El hombre que sostenía el arma era Leonid Serov, un ex agente del KGB especializado en asesinatos. Serov se había quedado sin trabajo tras la disolución de la Unión Soviética. Sin embargo, su habilidad para matar a seres humanos con suma eficacia estaba muy solicitada en el mundo «civilizado». Serov, que había disfrutado durante muchos años de una excelente situación como comunista, con coche y apartamento propios, se había hecho rico de la noche a la mañana en la sociedad capitalista. ¡Si lo hubiera sabido!

Serov no conocía a Lee Adams ni tenía la menor idea de por qué estaba allí. No había reparado en su presencia hasta que Lee se desplazó a los arbustos situados cerca de la casa, porque éste había salido del bosque por el lado más alejado del ruso. Serov supuso, no sin razón, que el viento había ahogado el sonido de los pasos de Lee.

Serov comprobó la hora. Llegarían dentro de poco. Inspeccionó el silenciador alargado acoplado al rifle y luego frotó con suavidad el cañón, como si fuera su mascota preferida y estuviese confiriendo infalibilidad al metal brillante. La culata era de una amalgama especial de Kevlar, fibra de vidrio y grafito que ofrecía una gran estabilidad. Además, el cañón del arma no estaba estriado de forma convencional, sino que tenía un hueco rectangular y redondeado, llamado alma poligonal, con torsión de izquierda a derecha. Este diseño aumentaba la velocidad de la bala en un ocho por ciento y, sobre todo, imposibilitaba el examen balístico de los proyectiles disparados por el rifle porque no había muescas o estrías en el cañón que los marcaran al salir del arma. Prestar atención al detalle constituía la clave del éxito. Serov se había abierto camino basándose en esa filosofía.

El lugar estaba tan apartado que Serov había pensado en quitar el silenciador y confiar en su afinada puntería, su mira de alta tecnología y su magnífico plan de huida. Creía que la seguridad que sentía estaba más que justificada. Al igual que un árbol que cae, cuando matas a alguien en un lugar perdido, ¿quién va a oírlo? Además, sabía que algunos silenciadores desviaban la trayectoria de la bala, con lo cual nadie moría, excepto el aspirante a asesino cuando el cliente se enteraba de que la misión había fracasado. Aun así, Serov había supervisado en persona la construcción del dispositivo y estaba seguro de que funcionaría a la perfección.

El ruso se removió en silencio para desentumecerse el hombro. Llevaba allí desde el anochecer, pero estaba acostumbrado a las vigilias prolongadas. Nunca se cansaba durante estas misiones. Se tomaba la vida tan en serio que cuando se preparaba para matar a una persona siempre le subía la adrenalina. Era como si el riesgo lo vigorizase. Ya se tratara de escalar una montaña o de planear un asesinato, lo cierto es que la posibilidad de ver la muerte tan de cerca lo hacía sentir más vivo.

La ruta de huida por el bosque lo conduciría hasta una tranquila carretera donde un coche lo esperaría para llevarlo a toda velocidad al cercano aeropuerto de Dulles. Luego le encomendarían otras misiones en lugares mucho más exóticos que éste. Sin embargo, dadas las circunstancias, este entorno tenía sus ventajas.

Matar a alguien en la ciudad resultaba de lo más complicado. Escoger el lugar desde donde apuntar, apretar el gatillo y escapar no era tarea fácil porque había testigos y policías por todas partes. Prefería la campiña, la soledad del medio rural, la protección de los árboles y la distancia entre casa y casa. Allí, como un tigre en un corral, era capaz de matar con una eficiencia abrumadora todos los días de la semana.

Serov se sentó en un tocón a pocos metros del lindero del bosque y a menos de treinta metros de la casa. A pesar de la frondosidad de la vegetación, desde ese lugar podría disparar sin problemas: una bala apenas necesitaba un espacio de un par de centímetros para pasar sin desviarse. Le habían dicho que el hombre y la mujer entrarían en la casa por la puerta posterior, aunque él se encargaría de que no llegasen lejos. La bala destrozaría cualquier cosa que el láser tocase. Estaba seguro de que acertaría a una luciérnaga aunque se hallara al doble de distancia.

Todo transcurría con tanta normalidad que los instintos de Serov lo alertaron. Ahora tenía un buen motivo para no caer en la trampa: el hombre que estaba en la casa. No era policía. Los agentes de la ley no se desplazaban sigilosamente por entre los arbustos ni allanaban las casas de los demás. Puesto que no le habían advertido de la presencia del hombre con antelación, dedujo que no estaba de su parte. Sin embargo, a Serov no le gustaba apartarse del plan original. Decidió que si el hombre se quedaba en la casa después de que acabara con los otros dos, seguiría el plan inicial y huiría por el bosque. Si el hombre intervenía o salía de la casa tras oír los disparos, entonces Serov tendría que gastar más balas —contaba con municiones de sobra—, y al final habría tres cadáveres en lugar de dos.

3

Daniel Buchanan se sentó en su oscurecida oficina y sorbió un café tan fuerte que, cada vez que tragaba, se le aceleraba el pulso. Se pasó los dedos por el cabello, todavía grueso y ondulado, aunque tras treinta años de duro trabajo en Washington había perdido su color rubio para volverse blanco. Tras pasar otro largo día intentando convencer a los legisladores de que sus causas valían la pena, estaba agotado y el único remedio posible consistía en ingerir cafeína en dosis cada vez mayores. No podía permitirse el lujo de dormir toda la noche. Una cabezadita aquí o allá, mientras lo llevaban en coche a la siguiente reunión, al siguiente vuelo; a veces se dormía durante las interminables sesiones del Congreso e incluso en su propia cama durante una o dos horas; ése era su descanso oficial. Por lo demás, se ocupaba de todas las facetas casi místicas del Congreso.

Buchanan medía un metro ochenta, tenía la espalda ancha, los ojos brillantes y una ambición desmesurada. Un amigo de la niñez se había dedicado a la política. Si bien a Buchanan no le interesaba ocupar un cargo, su agudeza, ingenio y dotes naturales de persuasión lo convertían en un candidato ideal para formar parte de un grupo de presión. Había triunfado de inmediato. Su carrera había sido su única obsesión. Cuando no estaba cabildeando en un proceso legislativo, Buchanan se sentía incómodo.

Sentado en los despachos de varios miembros del Congreso, estaba acostumbrado a oír apagarse el timbre de los votos y a ver el televisor que los diputados tenían en su despacho. La pantalla les mostraba el proyecto de ley por el que debían votar, la suma a favor y en contra y el tiempo que les quedaba para corretear como hormigas y emitir su voto. Cuando faltaban unos cinco minutos para que concluyese una votación, Buchanan solía poner fin a la reunión y se apresuraba a buscar por los pasillos a los otros miembros del Congreso con quienes necesitaba hablar, con el informe de citación y resolución en la mano, que incluía el programa de votación diario, lo que ayudaba a Buchanan a saber dónde se encontraban ciertos congresistas; se trataba de información esencial para alguien interesado en localizar varios blancos en movimiento que no deseaban hablar con él.

Aquel día Buchanan había logrado captar la atención de un importante senador en el metro privado que conducía al Congreso, cuando se dirigía a una votación del hemiciclo. El hombre le aseguró que lo ayudaría. No era una de las personas que Buchanan consideraba «especiales», pero él era consciente de que nunca se sabía de dónde podría llegar la ayuda. No le importaba que sus clientes no gozaran de gran popularidad o no perteneciesen a un distrito electoral que interesara a alguno de los congresistas; continuaría negociando con ahínco. Defendía una causa justa; por lo tanto, los medios quizá se prestaran a normas de conducta menos exigentes.

El despacho de Buchanan contenía pocos muebles y carecía del material que un hombre ocupado como él solía utilizar. Danny, que era como le gustaba que lo llamaran, no tenía ordenador, disquetes, archivos ni documentos importantes. Cualquiera podía robar los documentos o acceder a los ficheros del ordenador. Las conversaciones telefónicas se pinchaban constantemente. Los espías escuchaban con cualquier cosa, desde un vaso colocado contra la pared hasta los artilugios más modernos, que años atrás ni siquiera se habían inventado, pero que extraían del aire una gran cantidad de datos valiosos. Una organización normal facilitaba información confidencial del mismo modo que un barco torpedeado lanzaba al mar a sus tripulantes. Y Buchanan tenía mucho que ocultar.

Durante más de dos décadas, Buchanan había sido el principal mercachifle de influencias del lugar. En cierto modo había allanado el terreno para los grupos de presión en Washington. Había pasado de tratar con abogados bien remunerados que dormitaban en las sesiones del Congreso a un mundo de una complejidad abrumadora en el que lo que estaba en juego no podía ser más importante. Como mercenario del Congreso, había representado satisfactoriamente a responsables de la contaminación medioambiental en las batallas contra la EPA (Agencia de Protección Medioambiental), permitiéndoles extender la muerte a un público desprevenido; había sido el principal estratega político al servicio de los gigantes de la industria farmacéutica que habían matado a madres y a sus hijos; para pasar a continuación a defender con vehemencia a los fabricantes de armas, a quienes no les importaba si sus armas eran seguras o no; luego había actuado entre bastidores para los fabricantes de automóviles, que preferían ir a los tribunales a admitir que se equivocaban en cuestiones de seguridad; y, por último, para coronar el pastel, había encabezado los esfuerzos de las compañías tabacaleras en guerras sangrientas contra todos. Por aquel entonces, Washington no podía permitirse el lujo de hacer caso omiso de Buchanan o de sus clientes. Así pues, Buchanan había amasado una fortuna considerable.

Muchas de las estrategias que había trazado durante esa época se habían convertido en los cimientos de la actual manipulación legislativa. Años atrás, había logrado que los miembros del Congreso presentasen en la Cámara proyectos de ley que sabía que no se aprobarían con el propósito de desbaratar las plataformas que propugnaban cambios. Ahora esa táctica se empleaba de forma rutinaria en el Congreso. Los clientes de Buchanan odiaban los cambios. Siempre les había cubierto la retirada cuando quienes querían lo que ellos tenían le pisaban los talones. ¡Cuántas veces había evitado absolutos desastres políticos inundando los despachos de los congresistas con cartas, propaganda y amenazas apenas veladas de suprimir la ayuda económica! «Mi cliente le apoyará en su reelección, senador, porque sabemos que se portará bien con nosotros. Y, por cierto, ya hemos ingresado el talón de la aportación en la cuenta de su campaña.» ¡Cuántas veces había pronunciado esas palabras!

Irónicamente, fueron los frutos obtenidos intrigando a favor de los poderosos los que produjeron un cambio espectacular en la vida de Buchanan hacía más de diez años. Su plan original había consistido en forjarse primero una carrera y luego casarse y formar una familia. Antes de asumir estas responsabilidades, Buchanan había decidido ver mundo y había recorrido el África occidental en un Range Rover de sesenta mil dólares en un safari fotográfico. Además de la belleza de los animales, había visto miseria y sufrimiento de magnitudes extremas. En otra ocasión, en una remota región de Sudán, había presenciado el entierro de decenas de niños en una fosa común. Le explicaron que hacía poco una epidemia había arrasado la aldea. Se trataba de una de las enfermedades devastadoras que asolaban con frecuencia esa zona y que acababan tanto con la vida de los jóvenes como con la de los ancianos. Buchanan quiso saber cuál era la enfermedad y le dijeron que se trataba de algo parecido al sarampión.

En otro viaje había visto que se descargaban miles de millones de cigarrillos estadounidenses en los puertos chinos para consumidores que se pasaban la vida con máscaras puestas debido a la atroz contaminación ambiental. También advirtió que los dispositivos para el control de natalidad que se habían prohibido en Estados Unidos se vendían a espuertas en América del Sur con instrucciones escritas únicamente en inglés. Había visto chabolas junto a los rascacielos de Ciudad de México y a personas que pasaban hambre mientras los capitalistas deshonestos se enriquecían en Rusia. Aunque no había estado en Corea del Norte, había oído que era un Estado de gángsteres donde el diez por ciento de la población había fallecido por inanición en los últimos cinco años. Todos los países tenían una historia de esquizofrenia que contar.

Tras dos años de «peregrinaje», la pasión de Buchanan por el matrimonio, por tener una familia, se había desvanecido. Todos los niños moribundos que había visto se convirtieron en sus hijos, en su familia. Continuarían cavándose tumbas para millones de jóvenes, ancianos y seres hambrientos a lo largo y ancho del mundo, pero no sin que se librara una lucha que había hecho suya. Invirtió en ella todo cuanto tenía, mucho más de lo que había hecho ganar a los tiburones de las empresas de tabaco, armas y productos químicos. Recordaba con todo lujo de detalles el momento de la revelación: regresaba de un viaje a América del Sur y estaba en el baño del avión, arrodillado y a punto de vomitar. Se sentía como si hubiera matado a todos los niños moribundos que había visto en esa parte del mundo.

Tras esta toma de conciencia, Buchanan acudió a aquellos lugares para averiguar cómo podría ayudar. Llevó en persona un cargamento de alimentos y medicamentos a un país, pero pronto descubrió que le sería imposible transportarlos a las regiones del interior. Había visto, impotente, a unos saqueadores despojarlo de todo lo que había en el paquete marcado como «frágil». Luego empezó a trabajar como recaudador de fondos no remunerado para organizaciones humanitarias como CARE o los Catholic Relief Services. Había trabajado bastante, pero los dólares reunidos eran como una gota en un pozo sin fondo. Los números no estaban a su favor; el problema se agravaba a pasos agigantados.

Entonces Buchanan regresó a sus dominios en Washington. Había dejado la empresa que había fundado y sólo se había llevado a una persona consigo: Faith Lockhart. Durante la década anterior sus clientes habían sido los países más pobres del mundo. De hecho, a Buchanan le costaba considerarlos unidades geopolíticas; más bien, creía que eran débiles grupos de personas devastadas con banderas diferentes que no tenían ni voz ni voto. Había dedicado el resto de su vida a resolver el insoluble problema de los desposeídos del mundo.

Se había valido de todas sus artimañas y contactos en Washington, pero se percató de que estas causas nuevas gozaban de mucha menos popularidad que las que había defendido con anterioridad. Cuando había acudido al Congreso como defensor de los poderosos, los políticos lo habían recibido con sonrisas, sin duda porque pensaban en las contribuciones económicas para las campañas y en los dólares destinados al comité de acción política. Ahora no le daban nada. Algunos congresistas se jactaban de que ni siquiera tenían pasaporte, de que Estados Unidos ya se había gastado demasiado en ayuda externa. Las obras de beneficencia, le habían dicho, comienzan en casa y más vale que se queden ahí.

Sin embargo, la réplica más común era: «¿Dónde está el distrito electoral, Danny? ¿De qué me servirá dar de comer a los etíopes para que me reelijan en Illinois?» Mientras salía de un despacho tras otro con las manos vacías, Buchanan notaba que lo miraban con lástima: Danny Buchanan, tal vez el mejor cabildero de la historia, estaba hecho un lío y comenzaba a chochear. ¡Qué triste! Seguro que la suya era una buena causa, eso nadie lo ponía en duda, pero había que ser realistas. ¿África? ¿Bebés moribundos en América del Sur? En casa ya había problemas de sobra.

—Oye, si no se trata de negocios, petróleo o soldados, Danny, ¿por qué diablos me haces perder el tiempo? —le había preguntado un ilustre senador. Ese comentario resumía la quintaesencia de la política exterior de Estados Unidos.

¿Es que estaban ciegos?, se había preguntado Buchanan una y otra vez. ¿O el idiota perdido era él?

Finalmente, Buchanan decidió que sólo le quedaba una opción. Era del todo ilegal, pero cuando un hombre se encuentra al borde del abismo no puede permitirse el lujo de respetar la ética prístina. Valiéndose de la fortuna que había amasado en el transcurso de los años, había comenzado a sobornar, de manera muy especial, a ciertos políticos importantes para que lo ayudaran. El método había funcionado a la perfección. La ayuda a sus clientes había aumentado de todas las formas imaginables. Incluso a medida que su patrimonio se consumía, las cosas parecían marchar mejor, o eso creía Buchanan. Al menos no empeoraban; para él el terreno ganado con esfuerzo era un éxito. Todo había ido sobre ruedas, hasta haría cosa de un año.

Justo en ese momento, llamaron a la puerta de su despacho, arrancándolo de su ensueño. El edificio estaba cerrado, en teoría era seguro y el personal de limpieza ya se había marchado hacía rato. Buchanan no se levantó. Se limitó a observar la puerta que se abría para descubrir la silueta de un hombre alto, que extendió la mano y encendió la luz.

Buchanan entrecerró los ojos, deslumbrados por la luz del techo; cuando se acostumbraron al resplandor, vio que Robert Thornhill se quitaba la gabardina, se alisaba la chaqueta y la camisa y se sentaba frente a él. Los movimientos del hombre eran elegantes y pausados, como si se hubiera dejado caer en el club campestre para disfrutar de una copa en su tiempo libre.

—¿Cómo has entrado? —preguntó Buchanan con acritud—. Se supone que el edificio es seguro. —Por algún motivo, intuyó que había otras personas detrás de la puerta.

—Y lo es, Danny. Lo es. Para la mayoría.

—No me gusta que vengas aquí, Thornhill.

—Soy lo bastante educado como para llamarte por tu nombre de pila. Te agradecería que hicieras lo mismo. No es importante, lo sé, pero al menos no te pido que te dirijas a mí como «señor» Thornhill. Ésa es la norma entre amo y sirviente, ¿no, Danny? Verás, no resulta tan terrible trabajar para mí.

Buchanan sabía que la expresión de suficiencia del hombre tenía la finalidad de distraerlo para que no pensara con claridad. Sin embargo, se reclinó en el asiento y entrelazó las manos sobre el estómago.

—¿A qué debo el placer de tu visita, Bob?

—A tu reunión con el senador Milstead.

—Podría reunirme con él en la ciudad. No entiendo muy bien por qué insististe en que fuera a Pensilvania.

—Pero si de esa manera tendrás otra oportunidad para recabar fondos para todos esos seres hambrientos. Como ves, tengo mi corazoncito.

—¿No te remuerde lo más mínimo eso que llamas conciencia por aprovecharte del sufrimiento de millones de hombres, mujeres y niños para quienes es un milagro ver salir el sol, en beneficio de tus objetivos egoístas?

—No me pagan para tener conciencia, sino para proteger los intereses de mi país. Tus intereses. Además, si nos eligieran por tener conciencia, ya no quedaría nadie en esta ciudad. De hecho, apruebo tus esfuerzos. No tengo nada contra los pobres y los desamparados. ¡Me alegro por ti, Danny!

—Perdona, pero no me lo trago.

Thorhnill sonrió.

—En todos los países del mundo hay personas como yo. Es decir, las hay si son inteligentes. Obtenemos los resultados que todos quieren porque la mayor parte de ese «todos» carece del valor para hacerlo por sí misma.

—¿Así que juegas a ser Dios? Debo reconocer que es un trabajo interesante.

—Dios es un concepto. Yo trabajo con hechos. Por cierto, tú impulsaste tu programa valiéndote de medios ilegales; ¿quién eres tú para negarme el mismo derecho?

Buchanan no supo qué replicar, y la obstinada tranquilidad de Thornhill no hacía otra cosa que aumentar su sensación de impotencia.

—¿Alguna pregunta sobre la reunión con Milstead? —inquirió Thornhill.

—Sabes lo bastante sobre Harvey Milstead como

para encerrarlo durante tres vidas. ¿Qué es lo que de verdad quieres?

Thornhill se rió.

—Espero que no me acuses de albergar intenciones ocultas.

—Puedes contármelo, Bob, somos socios.

—Tal vez sea tan sencillo como querer que saltes cuando chasquee los dedos.

—Bien, pero de aquí a un año, si continúas presentándote así, quizá no salgas por tus propios medios.

—Amenazas de un cabildero solitario a mí —suspiró Thornhill—. Aunque no tan solitario. Cuentas con un ejército de una persona. ¿Cómo está Faith? ¿Está bien?

—Faith no forma parte de esto. Faith nunca formará parte de esto.

Thornhill asintió.

—Estás solo en la tela de araña. Tú y tu grupo de políticos criminales. La flor y nata de América.

Buchanan miró fríamente a su antagonista pero guardó silencio.

—La situación está llegando a un punto crítico, Danny —prosiguió Thornhill—. El espectáculo acabará dentro de poco. Espero que sepas retirarte limpiamente.

—Cuando me vaya, mi rastro estará tan limpio que ni siquiera tus satélites espías podrán detectarlo.

—La confianza es alentadora, pero suele depositarse en quien no la merece.

—¿Eso es todo lo que querías decirme? ¿Que me prepare para escapar? He estado preparado desde que te conocí.

Thornhill se puso en pie.

—Concéntrate en el senador Milstead. Consíguenos detalles jugosos y que valgan la pena. Que te hable de los ingresos que tendrá cuando se retire, de las tareas simbólicas que desempeñará para cubrir las apariencias. Cuanto más especifique, mejor.

—Me anima que disfrutes tanto con esto. Tal vez sea mucho más divertido que lo de la bahía de Cochinos.

—Eso ocurrió antes de que yo llegara.

—Bueno, estoy seguro de que has dejado tu impronta de otras formas.

Thornhill se enfureció por unos instantes y acto seguido recobró la calma.

—Serías un buen jugador de póquer, Danny. Pero no olvides que el farol que uno se marca cuando no se tiene nada sigue siendo un farol. —Thornhill se puso la gabardina—. No te molestes en acompañarme a la salida. Conozco el camino.

Instantes después, Thornhill ya se había marchado. Era como si hubiera aparecido y desaparecido por arte de magia. Buchanan se reclinó en el asiento y exhaló un suspiro. Le temblaban las manos y las apretó con fuerza contra el escritorio hasta que se le estabilizó el pulso.

Thornhill había irrumpido en su vida como un torpedo. Buchanan se había convertido en un lacayo, espiaba a quienes había sobornado durante años con su propio dinero y les sonsacaba información que este ogro utilizaría para chantajearlos. Y a Buchanan le resultaba imposible impedírselo.

Irónicamente, la disminución de sus bienes materiales y el hecho de trabajar para otro lo habían devuelto al lugar de donde había venido. Había crecido en la insigne Philadelphia Main Line. Había vivido en una de las mejores fincas de la zona. Los muros de piedra, como gruesas pinceladas grises de pintura, perfilaban las grandes extensiones de césped perfectamente recortado, sobre las que se elevaba una casa de mil metros cuadrados con porche y un garaje no adosado para cuatro coches con un apartamento encima. La mansión poseía más habitaciones que una residencia de estudiantes y baños lujosos con azulejos caros y capas de oro en objetos tan corrientes como los grifos.

Era el mundo de los aristócratas estadounidenses, donde la vida regalada coexistía con expectativas abrumadoras. Buchanan había contemplado este complejo universo desde una perspectiva única, aunque no fuera uno de sus componentes más afortunados. Su familia estaba integrada por los chóferes, criadas, jardineros, chicos para todo, niñeras y cocineras de estos aristócratas. Tras sobrevivir a los inviernos de la frontera canadiense, los Buchanan habían emigrado al sur en masa, a un clima más agradable con un trabajo menos exigente que el del hacha y la pala, la barca y el anzuelo. En el norte habían tenido que cazar para comer y cortar leña para calentarse y, aun así, se habían visto obligados a presenciar, presas de la impotencia, la muerte de los suyos a manos de la naturaleza, proceso que había fortalecido a los supervivientes y a sus descendientes. Y quizá Danny Buchanan fuera el más fuerte de todos.

El joven Danny Buchanan había regado el césped y limpiado la piscina, barrido y pintado la pista de tenis, recogido flores y verdura y jugado, guardando siempre las formas, con los niños. Durante la adolescencia, Buchanan se había codeado con la generación más joven de los ricos mimados y con ellos había fumado, bebido y explorado su sexualidad en la profundidad de sus jardines. Incluso había portado un féretro y derramado lágrimas sinceras mientras llevaba a hombros a dos de los jóvenes ricos que habían echado a perder sus vidas privilegiadas al mezclar demasiado alcohol con un coche de carreras y conducir demasiado deprisa con los sentidos embotados. Cuando se vive con tanta rapidez, no es raro morir joven.

Ahora mismo, Buchanan intuía que su fin no estaba demasiado lejos.

Desde entonces, nunca se sintió cómodo en ninguno de los dos grupos, el de los ricos o el de los pobres. Por mucho que su cuenta bancaria aumentara, nunca pertenecería a la clase acomodada. Había jugado con los herederos ricos, pero a la hora del almuerzo ellos se iban al comedor oficial y él se dirigía a la cocina para compartir la mesa con los otros criados. Los aristócratas jóvenes habían estudiado en Harvard, Yale y Princeton; Buchanan había tenido que conformarse con las clases nocturnas en una institución de la que sus superiores se burlaban abiertamente.

En la actualidad, se sentía ajeno a su propia familia. Enviaba dinero a sus parientes, pero éstos se lo devolvían. Cuando los visitó, no tenían nada que contarle. No comprendían ni les interesaba lo que hacía. Sin embargo, le dieron a entender que creían que su ocupación no era honesta; Buchanan lo notó en sus rostros demacrados, en las palabras que farfullaban. Washington guardaba tan poca relación con ellos y sus valores como el infierno. Buchanan mentía para ganar enormes sumas de dinero. Habrían preferido que siguiera sus pasos y llevase una vida de trabajador honrado. Al elevarse por encima de ellos, había caído muy por debajo de lo que representaban: justicia, integridad, carácter.

El camino que había elegido durante los últimos diez años no había hecho más que acrecentar su aislamiento. Apenas tenía amigos. No obstante, millones de desconocidos en todo el mundo dependían de él para algo tan básico como la subsistencia. Él mismo reconocía que se trataba de una existencia bastante peculiar.

Y ahora, con la aparición de Thornhill, a Buchanan empezaban a fallarle los pies y estaba más cerca que nunca del abismo. Ya no podía confiar en su indiscutible alma gemela, Faith Lockhart. Ella no sabía nada sobre Thornhill ni sabría jamás nada del hombre de la CIA; eso bastaría para mantenerla a salvo. Buchanan había sacrificado su último contacto humano real y ahora estaba solo de verdad.

Se aproximó a la ventana del despacho y observó los majestuosos edificios conocidos en todo el mundo. Algunos argüían que las hermosas fachadas eran sólo eso: como la mano del mago, su función consistía en distraer la mirada de los asuntos realmente importantes de la ciudad, que solían negociarse para beneficiar a una minoría selecta.

Buchanan había aprendido que el poder efectivo y a largo plazo derivaba, básicamente, de la moderada fuerza de gobierno de la minoría sobre la mayoría ya que gran parte de la población no tenía vocación política. Para que la minoría gobernara a la mayoría hacía falta un equilibrio delicado, tacto y cortesía, y Buchanan sabía que el mejor ejemplo histórico se encontraba allí.

Cerró los ojos, la oscuridad lo envolvió y le insufló la energía necesaria para la lucha del día siguiente. Sin embargo, la noche sería larga ya que, de hecho, su vida se había convertido en un largo túnel que no conducía a ninguna parte. Si por lo menos pudiera asegurarse de que Thornhill cayera también, entonces todos los esfuerzos habrían valido la pena. Todo cuanto Buchanan necesitaba era una pequeña grieta en la oscuridad. ¡Ojalá fuera posible!

4

El coche se desplazaba por la autopista justo a la velocidad máxima permitida. El hombre conducía y la mujer iba sentada a su lado. Estaban tensos, como si cada uno
esperara que en cualquier momento el otro lo atacara.

Mientras un avión, con el tren de aterrizaje preparado, rugía sobre ellos como un halcón en su descenso hacia el aeropuerto de Dulles, Faith Lockhart cerró los ojos
y, por unos instantes, se imaginó que estaba en el avión
y que, en vez de aterrizar, se disponía a emprender un
viaje a un destino lejano. Mientras abría los ojos lentamente, el coche tomó una salida de la autopista y dejaron
tras de sí el desasosegante resplandor de las luces de so-
dio. Al poco, pasaron junto a varias hileras irregulares de
árboles que bordeaban la carretera de cunetas amplias,
hondas y cubiertas de hierba; la única luz que veían, aparte de la del coche, era el apagado centelleo de las estrellas.

—No entiendo por qué la agente Reynolds no ha
podido venir esta noche —dijo Faith.

—La respuesta es bien sencilla: se ocupa de otras
investigaciones aparte de la tuya, Faith —replicó el agente especial Ken Newman—. Pero yo no soy lo que se
dice un desconocido, ¿no? Sólo vamos a hablar, como las

otras veces. Finge que soy Brooke Reynolds. Estamos en el mismo equipo.

El coche viró para enfilar una carretera más aislada aún. En este tramo, en lugar de árboles había campos pelados que esperaban el repaso final de las excavadoras. En poco menos de un año, habría tantas casas como árboles había antes ya que los barrios periféricos crecían de forma descontrolada. En esos momentos, la tierra parecía saqueada, despojada e inhóspita, quizá debido al futuro que le esperaba. En ese sentido, Faith Lockhart se asemejaba mucho a la tierra.

Newman la miró con el rabillo del ojo. Aunque no le gustaba admitirlo, se sentía incómodo en presencia de Faith Lockhart; era como si estuviera sentado junto a una bomba sin saber cuándo explotaría. Se removió en el asiento. La piel se le levantaba un poco en la zona que le rozaba el cuero de la pistolera del hombro. A la mayoría de las personas solía salirle un callo, pero a él se le levantaban ampollas y se le desprendía la piel una y otra vez. Curiosamente, tenía la sensación de que la punzada representaba una especie de ventaja ya que no le permitía relajarse; se trataba de una advertencia obvia: si bajaba la guardia ese pequeño malestar tendría consecuencias nefastas. Esa noche, sin embargo, llevaba chaleco antibalas y la pistolera no le rozaba la piel; el dolor y la sensación de alerta habían perdido fuerza.

Faith notaba la sangre que le fluía por la orejas, tenía todos los sentidos despiertos, como si estuviera tumbada en la cama por la noche y hubiera escuchado un ruido extraño. Cuando se es niño y ocurre algo así, uno acude corriendo a la habitación de los padres y se mete en la cama con ellos para encontrar cobijo en sus brazos cariñosos y comprensivos. Sus padres estaban muertos y ahora tenía treinta y seis años. ¿Quién cuidaría de ella?

—Después de esta noche, la agente Reynolds me sustituirá —dijo Newman—. Con ella te sientes a gusto, ¿no?

—No creo que «a gusto» pueda aplicarse a situaciones como ésta.

—Seguro que sí. De hecho, es muy importante. Reynolds es una tiradora de primera. Créeme, si no fuera por ella, estaríamos estancados. No nos has dado mucho para proseguir, pero ella confía en ti. Mientras no hagas algo que acabe con esa confianza, Brooke Reynolds será tu poderosa aliada. Se preocupa por ti.

Faith cruzó las piernas y los brazos. Medía un metro sesenta y cinco y su torso era corto. Tenía menos pecho del que le hubiera gustado, pero las piernas largas y bien torneadas. Si todo lo demás le fallaba, siempre podría recurrir a las piernas para llamar la atención. Advirtió que los músculos definidos de las pantorrillas, visibles bajo las medias transparentes, bastaban para que Newman las mirase de reojo de vez en cuando con cierto interés, o eso le pareció.

Faith se apartó de la cara el pelo, de color caoba, y apoyó la mano en el caballete de la nariz. Tenía varias canas. No se veían mucho, pero eso cambiaría con el tiempo. De hecho, la presión a la que estaba sometida aceleraría, sin duda alguna, el proceso de envejecimiento. Faith era consciente de que, además del trabajo duro, el ingenio y la desenvoltura, su buena presencia le había ayudado en su carrera. Parecía frívolo creer que el aspecto físico contaba, pero ésa era la verdad, sobre todo teniendo en cuenta que durante toda su trayectoria había tratado con una mayoría masculina.

Sabía que las amplias sonrisas que le dispensaban cuando entraba en el despacho de un senador no se debían a su inteligencia, sino a las minifaldas que le gustaba llevar. A veces era tan sencillo como sostener el zapato con la punta de los dedos del pie; ella les hablaba de niños moribundos, familias que vivían en las cloacas de países lejanos, y ellos sólo se fijaban en la forma de sus pies. Dios, la testosterona constituía la mayor debilidad del hombre y el arma más poderosa de la mujer. Al menos, servía para nivelar un terreno de juego que siempre había estado inclinado a favor de los hombres.

—Es maravilloso que te quieran tanto —comentó Faith—, pero recogerme en un callejón y llevarme a un lugar perdido a altas horas de la noche... ¿no crees que es un tanto excesivo?

—No podíamos permitir que se te viera entrar en la Oficina de Campo de Washington. Eres la testigo principal de lo que tal vez sea una investigación muy importante. Este lugar es seguro.

—Es decir, que es perfecto para tender una emboscada. ¿Cómo sabes que no nos han seguido?

—Desde luego que nos han seguido, pero han sido los nuestros. Créeme, si alguien más nos hubiera estado acechando, los nuestros nos hubieran avisado antes de que saliéramos. Nos siguió un coche hasta que nos desviamos de la autopista. Ahora estamos solos.

—Así que los tuyos son infalibles. Ojalá tuviese a gente así trabajando para mí. ¿Dónde se encuentran?

—Oye, sabemos lo que hacemos, ¿de acuerdo? Tranquilízate. —Sin embargo, mientras lo decía, Newman volvió a mirar por el retrovisor.

Echó un vistazo al teléfono móvil que estaba en el asiento delantero y Faith adivinó lo que estaba pensando.

—¿Así que de repente quieres refuerzos? —inquirió Faith. Newman la observó con dureza, pero no dijo una palabra—. De acuerdo, hablemos de las condiciones principales. ¿Qué consigo con todo esto? Nunca hemos llegado a concretar nada.

Newman no respondió; Faith estudió su perfil por un momento y evaluó su coraje. Alargó la mano y le tocó el brazo.

—Me he arriesgado mucho para hacer esto —dijo Faith.

Notó que él se tensaba bajo la chaqueta; apretó un poco más con los dedos, hasta distinguir la tela de la chaqueta de la de la camisa. Newman se volvió ligeramente y Faith vio el chaleco antibalas que llevaba. De repente, se le secó la boca y perdió la compostura.

Newman le clavó la vista.

—Te lo diré sin rodeos. El trato que te propongan no depende en absoluto de mí. Hasta ahora, no nos has dado nada, pero si te atienes a las reglas todo saldrá bien. Recibirás tu parte, nos darás lo que necesitamos y muy pronto disfrutarás de una nueva identidad vendiendo conchas de mar en las Fiji mientras tu socio y sus compañeros de juego pasan a ser invitados del Gobierno por una larga temporada. No te deleites ni pienses demasiado en esto, limítate a intentar salir adelante. Recuerda, estamos de tu parte. Somos los únicos amigos que tienes.

Faith se reclinó y apartó la mirada del chaleco antibalas. Decidió que había llegado el momento de lanzar su bomba; podía probar con Newman en lugar de con Reynolds. En cierto modo, Reynolds y ella habían congeniado. Dos mujeres en un océano de hombres. De un modo muy sutil, la agente había comprendido cosas que los hombres jamás ni siquiera habrían imaginado. Sin embargo, en otros aspectos habían sido como dos gatos callejeros que daban vueltas alrededor de espinas de pescado.

—Quiero que Buchanan se implique. Sé que puedo

conseguirlo. Si trabajamos juntos, vuestra causa cobrará mucha más fuerza —se apresuró a decir Faith, aliviada en gran medida por haber soltado lo que pensaba.

Newman no ocultó su sorpresa.

—Faith, somos bastante flexibles, pero no estamos dispuestos a cerrar un trato con el tipo que, según tú, planeó y organizó todo esto.

—No comprendes todos los hechos ni por qué lo hizo. No es el malo de la película. Es buena persona.

—Quebrantó la ley. Según tu versión, sobornó a funcionarios del Gobierno. Eso me basta.

—Cuando comprendas por qué lo hizo, no pensarás lo mismo.

—No deposites tus esperanzas en esa estrategia, Faith. No te engañes.

—¿Y si digo que quiero todo o nada?

—Entonces habrás cometido el peor error de tu vida.

—Así que tengo que escoger entre él o yo, ¿no?

—No debería ser una elección tan difícil.

—Hablaré con Reynolds.

—Te dirá lo mismo que yo.

—No estés tan seguro. Puedo llegar a ser muy convincente, y además tengo razón.

—Faith, no tienes la menor idea del alcance de todo esto. Los agentes del FBI no deciden a quiénes enjuician, de eso se encarga la Oficina del Fiscal. Aunque Reynolds te apoyara, cosa que dudo, te aseguro que los abogados no lo harán. Si intentan arruinar a todos esos políticos poderosos y llegan a un acuerdo con el tipo que los metió en esto desde el principio, perderán el culo y luego el trabajo. Esto es Washington; tratamos con gorilas de trescientos kilos. Los teléfonos no dejarán de sonar, los medios de comunicación se volverán locos, se harán millones de tratos entre bastidores y acabarán con nosotros.

Créeme, llevo veinte años en el oficio. O Buchanan o nada.

Faith se recostó y contempló el cielo. Por unos instantes, entre las nubes, visualizó a Danny Buchanan desplomado en una celda oscura y lúgubre. No debía permitir que eso ocurriera. Hablaría con Reynolds y los abogados y les haría comprender que Buchanan también necesitaba la inmunidad; era la única salida viable. No obstante, Newman parecía muy seguro de sí mismo y lo que acababa de decirle era perfectamente lógico. Aquello era Washington. De repente, la confianza la abandonó. ¿Acaso ella, la consumada cabildera que había llevado la cuenta, durante sabía Dios cuánto tiempo, de los índices de popularidad de los políticos, había sido incapaz de prever la situación política en que se encontraba?

—Tengo que ir al baño —dijo Faith.

—Llegaremos a la casita dentro de unos quince minutos.

—Si giras a la izquierda en la próxima, hay una gasolinera abierta las veinticuatro horas a algo menos de dos kilómetros.

Newman se volvió hacia ella, sorprendido.

—¿Cómo lo sabes?

Faith le dirigió una mirada confiada que disimulaba su miedo creciente.

—Me gusta saber dónde me meto. Eso incluye a las personas y la geografía.

Newman no replicó, pero torció a la izquierda y no tardaron en llegar a la gasolinera Exxon, bien iluminada y provista de un baño en la tienda. A pesar de lo solitario de la zona, la autopista tenía que estar en las inmediaciones ya que había bastantes vehículos con remolque en el aparcamiento. Era obvio que la mayoría de los clientes de la gasolinera eran camioneros. Hombres con botas y sombreros de vaquero, tejanos y cazadoras Wrangler, con logotipos de las distintas piezas de recambio para el transporte por carretera estampados en las prendas. Algunos llenaban pacientemente los depósitos de los camiones y otros sorbían café caliente mientras el vapor del calor ascendía ante sus rostros cansados y curtidos. Nadie se fijó en el turismo cuando se detuvo junto al baño, situado en el extremo del edificio.

Faith cerró la puerta tras de sí, bajó la tapa del inodoro y se sentó. No necesitaba utilizar el servicio, sino tiempo para pensar y dominar el pánico que empezaba a apoderarse de ella. Echó una ojeada en torno a sí y leyó distraídamente los garabatos escritos en la pintura amarilla desconchada; algunos de los mensajes más obscenos casi le causaron rubor. Otros eran tan groseros que resultaban agudos e incluso desternillantes. Con seguridad superaban a los que los hombres habrían escrito en sus servicios, aunque la mayoría de ellos jamás admitiría tal posibilidad. Los hombres siempre subestimaban a las mujeres.

Faith se incorporó, se mojó la cara con el agua fría del grifo y se secó con una toalla de papel. Entonces las rodillas le cedieron y las juntó al tiempo que se aferraba con fuerza a la porcelana manchada del lavabo. Había tenido pesadillas en las que le ocurría eso en la boda: juntaba las rodillas y luego se desmayaba. Ahora ya tendría una cosa menos de que preocuparse. Nunca había disfrutado de una relación duradera, a menos que contara a un joven del instituto cuyo nombre no recordaba pero cuyos ojos azul celeste jamás olvidaría.

Danny Buchanan le había ofrecido una amistad duradera. Había sido su mentor y padre durante los últimos quince años. Danny había visto que Faith tenía un potencial que los demás habían pasado por alto y le había brindado una oportunidad cuando más lo necesitaba. Faith había llegado a Washington con una ambición y un entusiasmo ilimitados pero completamente desorientada. ¿Ella, miembro de un grupo de presión? No sabía nada al respecto, pero la idea le parecía emocionante. Y lucrativa. Su padre había sido un trotamundos bondadoso sin rumbo fijo que había arrastrado a su esposa y a su hija de un plan para hacerse ricos a otro. Era una de las creaciones más crueles de la naturaleza: un visionario que carecía de las aptitudes para hacer realidad sus visiones. Medía el empleo remunerado en días, no en años. Vivían semana tras semana sumidos en un mar de nervios. Cuando los planes salían mal y él perdía el dinero de otras personas, hacía las maletas y huía con Faith y su madre. No siempre tenían un techo bajo el que dormir y solían pasar hambre; aun así, su padre siempre había logrado sobreponerse y salir adelante, aunque no sin dificultades, hasta el día de su muerte. La pobreza había marcado a Faith para siempre.

Faith quería una vida estable, pero no le apetecía depender de nadie. Buchanan le había dado la oportunidad y los medios para hacer realidad su sueño, y mucho más. No sólo poseía el don de la clarividencia sino que, además, contaba con los medios para poner en práctica sus ideas radicales. Faith jamás lo traicionaría; lo admiraba sobremanera por cuanto había hecho y lo que aún intentaba hacer, costase lo que costase. Buchanan representaba el apoyo que Faith había necesitado en ese momento de su vida. Sin embargo, durante el último año su relación había cambiado; Buchanan vivía cada vez más recluido y había dejado de hablar con ella. Se había vuelto irritable y se enfadaba sin motivo. Cuando Faith lo presionaba para que le dijese qué le ocurría, Danny se retraía más aún. Su relación había sido tan íntima que a

Faith le costaba aceptar el cambio. Danny se comportaba como un furtivo y ya no la invitaba a viajar con él; ni siquiera se reunían para planificar las largas sesiones de estrategia.

Para colmo, Danny hizo algo completamente fuera de lo normal y, desde un punto de vista personal, devastador: le mintió. El asunto había sido de lo más trivial, pero las consecuencias serias. Si mentía en aspectos de escasa relevancia, ¿qué cosas más importantes le ocultaría? La última vez que se enfrentaron Buchanan le aseguró que revelarle los motivos de su inquietud no la beneficiaría en absoluto. Y entonces fue cuando dejó caer la verdadera bomba.

Le dijo sin ambages que si quería dejar el trabajo, era libre de irse y que quizás había llegado el momento de que lo hiciera. ¡Dejar su trabajo! Le había producido el mismo efecto que un padre al pedir a su hija precoz que se largara de casa.

¿Por qué quería apartarla de sí? Entonces cayó en la cuenta. ¿Cómo había podido estar tan ciega? Iban a por Danny. Alguien iba a por él, y Danny no quería que ella compartiese su destino. Faith le había planteado la cuestión sin rodeos y él lo había negado de forma categórica. Luego había insistido en que se marchara; había sido noble hasta el final.

Sin embargo, aunque él no confiara en ella, Faith planearía un destino distinto para cada uno. Tras una larga deliberación, acudió al FBI. Sabía que era posible que el FBI fuera el que hubiera descubierto el secreto de Danny, pero Faith había pensado que así facilitaría las cosas. Ahora la asaltaban miles de dudas por haber tomado esa decisión. ¿Acaso creía que el FBI se desviviría por invitar a Buchanan a subirse al carro de la acusación? Se maldijo a sí misma por haberles proporcionado el nombre de Danny, aunque era muy famoso en una ciudad de famosos; más tarde o más temprano el FBI habría encontrado la conexión. Querían encerrar a Danny. O ella o él, ¿era ésa la elección que tenía? Nunca se había sentido tan sola.

Se observó en el espejo rajado del baño. Parecía que los huesos de la cara estuviesen a punto de romper la piel, y tenía la cuenca de los ojos cada vez más hundida. Estaba demacrada. Su gran idea, la que los salvaría a ambos, la había precipitado a un abismo de dimensiones vertiginosas y demenciales. Su caprichoso padre habría hecho las maletas y habría huido. ¿Qué se suponía que debía hacer su hija?

5

Lee desenfundó la pistola y apuntó al frente mientras recorría el pasillo. Con la otra mano dirigía el haz de la linterna a uno y otro lado.

La primera estancia que vio fue la cocina, en la que había un pequeño frigorífico de los años cincuenta, electrodomésticos General Electric y un suelo de linóleo con cuadros amarillos y negros. El agua había descolorido partes de las paredes. El techo no estaba acabado y se veían las vigas y el forjado de la planta de arriba. Lee se percató de que las viejas tuberías de cobre y los añadidos de PVC formaban una serie de ángulos rectos entre los tachones ennegrecidos de la pared.

No olía a comida, sino a grasa, probablemente incrustada en los fogones de la cocina y en el interior del respiradero, junto con varios millones de bacterias. En el centro de la cocina había una mesa de formica desportillada y cuatro sillas de metal curvado y respaldos de vinilo. No había platos a la vista sobre la encimera, ni tampoco trapos, cafeteras, botes de especias ni otro objeto o toque personal que indicara que la cocina se había utilizado en los últimos diez años. Era como si Lee hubiera retrocedido en el tiempo o hubiese topado con uno de los refugios antiaéreos habilitados durante la histeria de los años cincuenta.

El pequeño comedor estaba enfrente de la cocina. Lee observó los paneles de madera, oscurecidos y rajados por el paso de los años. Sintió un escalofrío, aunque el aire estaba viciado y resultaba agobiante. Al parecer, la casa no disponía de calefacción central ni de aparatos de aire acondicionado instalados en la pared. En el exterior de la casa tampoco había un depósito de gasóleo para la calefacción, al menos por encima del nivel del suelo. Lee examinó las pequeñas estufas eléctricas sujetas con tornillos a lo largo de las paredes y los cables de los mismos enchufados en las tomas de corriente. Al igual que en la cocina, el techo estaba incompleto. El cable de la polvorienta araña de luces pasaba por varios agujeros practicados en las vigas. Lee dedujo que la electricidad se había instalado después de que se construyera la casa.

Mientras recorría el pasillo en dirección al frente de la casa, Lee no vio el rayo invisible que cruzaba el pasillo a la altura de la rodilla. Atravesó este perímetro de seguridad y en algún lugar de la casa sonó un clic apenas audible. Lee se detuvo por unos instantes, apuntó con la pistola en círculos amplios y luego se relajó. Era una casa vieja y en las casas viejas siempre hay ruidos. Estaba nervioso, eso era todo, aunque no le faltaban motivos para estarlo. La casita y el emplazamiento parecían sacados de una de las películas de la saga de *Viernes 13*.

Lee entró en una de las habitaciones de la parte delantera. A la luz de la linterna vio que alguien había colocado todos los muebles contra las paredes y que, a juzgar por las huellas, los habían arrastrado sobre las capas de polvo que cubrían el suelo. En el centro de la habitación había varias sillas plegables y una mesa rectangular. En uno de los extremos de la mesa, junto a una cafetera, había varias tazas de poliestireno, paquetes de café, leche en polvo y azúcar.

Lee miró alrededor asimilando todas estas circunstancias y se sobresaltó al ver las ventanas. Las pesadas cortinas estaban completamente corridas y las ventanas cubiertas con grandes hojas de contrachapado, por lo que las cortinas colgaban por detrás de la madera.

«Mierda», murmuró Lee. Acto seguido se percató de que las pequeñas ventanas cuadradas de la puerta de entrada estaban tapadas con cartón. Extrajo la cámara y tomó varias fotografías de estos detalles tan desconcertantes.

Deseoso de acabar la búsqueda lo antes posible, Lee se apresuró a subir a la planta superior. Abrió con cautela la puerta del primer dormitorio y escudriñó el interior. La pequeña cama estaba hecha y el olor a moho le impactó de inmediato. Las paredes tampoco estaban terminadas. Lee colocó la mano sobre la pared descubierta y notó que el aire se filtraba por entre las grietas. Dio un respingo al ver que un pequeño haz de luz se colaba por la parte superior de la pared. Luego cayó en la cuenta de que era la luz de la luna, que entraba por una fisura que había entre la pared y el techo.

Lee abrió con sigilo la puerta del armario. Emitió un chirrido que le hizo contener el aliento. No había ropa, ni siquiera una percha. Lee negó con la cabeza y entró en el pequeño baño que comunicaba con el dormitorio, que tenía un techo más moderno e inclinado, suelo de linóleo con un diseño de guijarros y paredes de placa de yeso recubiertas de un papel estampado con un motivo floral. La ducha era una unidad de fibra de vidrio de una sola pieza. Sin embargo, no había toallas, papel higiénico ni jabón. Nadie podría ducharse o refrescarse siquiera en ese baño.

Se dirigió a la habitación contigua. El olor a moho de los cubrecamas era tan intenso que Lee por poco se tapó la nariz. El armario también estaba vacío.

Todo aquello carecía de sentido. Lee permaneció bajo la luz de la luna que se introducía por la ventana y cuando las corrientes de aire que penetraban por las grietas de las paredes le cosquillearon la nuca, agitó la cabeza. ¿A qué venía aquí Faith Lockhart si no empleaba la casa como nidito de amor? Ésa había sido su conclusión inicial, aunque sólo la había visto con la mujer alta. Las personas tienen todo tipo de tendencias y gustos sexuales, pero nadie haría el amor sobre esas sábanas aunque se tapara la nariz con cemento.

Lee bajó a la planta inferior, cruzó el pasillo y entró en otra habitación situada en la parte delantera de la casa, que Lee supuso que era la sala. También allí unas tablas cubrían las ventanas. Había una estantería en una de las paredes, aunque desprovista de libros. Al igual que en la cocina, el techo estaba inacabado. Lo enfocó con la linterna y vio que había pequeños trozos de madera clavados entre las vigas en ángulos de cuarenta y cinco grados, formando una hilera de varias equis a lo largo del techo. La madera era diferente de la de la construcción original; más clara y con un veteado distinto. ¿Servirían como puntales? ¿Por qué las habrían colocado?

Negó con la cabeza, con la resignación de un hombre que acepta su destino. Ahora, a la lista de preocupaciones que ya lo acosaban había que añadir la posibilidad de que la maldita planta de arriba se viniera abajo en cualquier momento. Lee imaginó que en su nota necrológica escribirían algo así: DESAFORTUNADO INVESTIGADOR PRIVADO FALLECE APLASTADO POR UNA BAÑERA-DUCHA; SU ACAUDALADA EX MUJER SE NIEGA A HACER COMENTARIOS.

Lee alumbró el espacio que lo rodeaba y se quedó petrificado. En una de las paredes había una puerta; debía de ser la de un armario. Nada en ella llamaba la atención excepto un cerrojo de seguridad. Lee se aproximó, lo observó con detenimiento y reparó en el montoncito de serrín que había justo debajo. Lee dedujo que lo había dejado allí la persona que instaló el mecanismo y taladró la puerta de madera. Cerrojos de seguridad en la zona exterior de la casa. Sistema de seguridad. Un pestillo colocado recientemente en la puerta de un armario situado en el interior de una casa de alquiler que estaba en el culo del mundo. ¿Por qué se habían tomado tantas molestias? ¿Qué ocultaban allí?

«Mierda», masculló de nuevo Lee. Le habría gustado salir de allí, pero no podía apartar los ojos del cerrojo. Si Lee Adams tenía un defecto, aunque resultaría injusto calificarlo de defecto teniendo en cuenta su profesión, era su curiosidad. Los secretos lo atormentaban. Las personas que intentaban ocultarle cosas lo sacaban de quicio. Lee, que respondía al prototipo de hombre convencido de que las grandes fuerzas adineradas asolaban la Tierra y sumían en la confusión a personas normales y corrientes como él, creía ciegamente en el principio de la revelación y claridad absolutas. Fiel a su convicción, Lee sostuvo la linterna entre el costado y el brazo, enfundó la pistola y sacó el equipo para forzar puertas. Con gran destreza acopló una ganzúa al dispositivo. Respiró a fondo, introdujo la ganzúa en la cerradura y puso en marcha la máquina.

Cuando el cerrojo se descorrió, Lee realizó otra profunda inspiración, sacó la pistola y apuntó a la puerta mientras hacía girar el pomo. Dudaba que alguien se hubiera escondido en el armario y estuviera a punto de abalanzarse sobre él, pero lo cierto es que había visto cosas más raras en su vida. No era del todo imposible que alguien se ocultase tras la puerta.

Cuando Lee vio lo que había en el armario, en parte deseó que el problema fuese tan sencillo como que le hubiesen tendido una emboscada. Soltó varios insultos en voz baja, enfundó la pistola y salió corriendo.

El parpadeo de las luces rojas del equipo electrónico resplandecía en la oscuridad a través de la puerta abierta del armario.

Lee se dirigió a toda prisa hacia la otra habitación de la parte delantera de la casa y alumbró las paredes trazando líneas regulares y ascendentes. Entonces la vio: había una cámara en la pared, junto a la moldura. Debía de tener un objetivo diminuto, diseñado para la vigilancia encubierta. Resultaba invisible en aquella penumbra, pero la luz de la linterna se reflejaba en ella. Lee desplazó el haz y enfocó un total de cuatro cámaras.

«Mierda», pensó. El sonido que había oído antes. Seguramente habría tropezado con algún dispositivo que había accionado las cámaras. Regresó corriendo al armario del salón e iluminó con la linterna el aparato de vídeo.

¡«Expulsar»! ¿Dónde diablos estaba el botón de «expulsar»? Lo encontró, lo pulsó pero no ocurrió nada. Lo apretó una y otra vez. Pulsó los otros. Nada. Entonces se percató de que había otro sensor de infrarrojos en la parte delantera del vídeo y entonces comprendió por qué no funcionaban los botones: el vídeo se controlaba mediante un mando a distancia especial. Se le heló la sangre al imaginar todas las posibilidades que se derivaban de ello. Le pasó por la cabeza disparar contra el vídeo para que escupiera la cinta. Sin embargo, no sería de extrañar que el maldito aparato estuviese blindado, en cuyo caso la bala rebotaría y lo alcanzaría a él. ¿Y si estaba conectado a un satélite en tiempo real y la cinta sólo era una copia de seguridad? ¿Había una cámara en la habitación? Tal vez lo observaran en ese preciso instante. Por un momento, pensó en hacerles un corte de mangas.

Se disponía a salir disparado de nuevo cuando, de repente, se le ocurrió una idea. Rebuscó a tientas en la mochila y se dio cuenta de que sus dedos no se movían con la destreza habitual. Rodeó con las manos la pequeña caja. La sacó rápidamente, forcejeó durante unos segundos con la tapa para abrirla y extrajo un imán pequeño pero potente.

Los imanes gozaban de gran popularidad entre los ladrones porque eran idóneos para localizar y descorrer los pasadores de las ventanas una vez cortado el cristal. De lo contrario, ni el más experto de los ladrones sería capaz de quitar los pasadores. Ahora el imán desempeñaría el papel contrario: no le ayudaría a entrar en la casa sino a salir de la misma sin dejar indicios, o al menos eso esperaba.

Sujetó el imán y lo deslizó por delante y por encima del vídeo. Lo hizo una y otra vez mientras transcurría el minuto que se había concedido antes de huir. Rezó para que el campo magnético borrara las imágenes de la cinta. Sus imágenes.

Guardó el imán en la mochila, se volvió y voló hacia la puerta. En cualquier momento podía llegar alguien. De repente, Lee se detuvo. ¿No sería más prudente regresar al armario, arrancar el vídeo y llevárselo? Oyó un ruido y, de inmediato, dejó de pensar en el vídeo.

Un coche se aproximaba a la casa.

«¡Hijo de puta!», exclamó Lee entre dientes.

¿Se trataba de Lockhart y su acompañante? Siempre habían ido a la casa un día sí y otro no. Al parecer, habían cambiado de costumbre. Lee regresó como una exhalación al pasillo, abrió de golpe la puerta trasera, salió y salvó las escaleras de un salto. Cayó pesadamente sobre el césped húmedo, le resbalaron los pies y dio con su cuerpo en el suelo. El impacto le cortó la respiración y sintió un dolor intenso en el codo. No obstante, el miedo es el mejor de los analgésicos. Bastaron unos segundos para que se incorporara y arrancara a correr hacia el bosque.

Cuando Lee estaba a medio camino, el coche enfiló el camino de acceso; la luz de los faros osciló ligeramente cuando el coche pasó de la carretera al terreno más irregular que conducía a la casa. Lee dio varias zancadas más y se apresuró a ocultarse entre los árboles.

El punto rojo había permanecido por unos instantes en el pecho de Lee. Serov lo habría matado sin problemas, pero eso habría alertado a los ocupantes del coche. El ex agente del KGB encañonó con el rifle la puerta del conductor. Confiaba en que el hombre que acababa de esconderse en el bosque no fuera tan estúpido como para intentar hacer algo. Hasta el momento había tenido mucha suerte; se había salvado no una vez, sino dos. Más valía que no tentara a la suerte. Sería de muy mal gusto, pensó Serov mientras volvía a apuntar con el láser.

Lee debió seguir corriendo, pero se detuvo, jadeando, y regresó con sigilo al límite del bosque. Su característica más marcada, tal vez en exceso, había sido siempre la curiosidad. Además, era probable que las personas que se ocupaban del equipo de vigilancia electrónico ya lo hubieran identificado. Qué demonios, con seguridad ya sabrían a qué dentista iba y que prefería la Coca-Cola a la Pepsi, así que la situación no empeoraría mucho aunque se quedara para ver qué sucedía. Si los ocupantes del coche se encaminasen hacia el bosque, emularía al mejor corredor de maratón olímpico, y, aun descalzo, los desafiaría a que lo atraparan.

Se agachó y sacó un monóculo de visión nocturna. Se basaba en una tecnología de infrarrojos de mira amplia, que suponía una enorme mejora respecto al intensificador de luz ambiental que Lee había utilizado en el pasado. Los infrarrojos de mira amplia detectaban el calor. No requería luz y, a diferencia del intensificador, distinguía las imágenes oscuras de los fondos negros y traducía el calor en nítidas imágenes de vídeo.

Lee enfocó la imagen; su campo de visión se había visto reducido a una pantalla verde con imágenes rojas. Veía el coche tan de cerca que tenía la sensación de que si alargaba la mano lo tocaría. La zona del motor era la que más brillaba ya que todavía estaba muy caliente. Un hombre salió del lado del conductor. Lee no lo reconoció, pero tensó las facciones al ver a Faith Lockhart apearse del coche. En aquel momento, el hombre y Faith estaban el uno junto al otro. El hombre vaciló, como si hubiera olvidado algo.

«Maldita sea —renegó Lee—. La puerta.»

Miró la puerta trasera de la casita. Estaba abierta de par en par.

El hombre reparó en ello. Se volvió hacia Faith, y se llevó la mano al interior del abrigo.

Desde el bosque, Serov apuntó con el láser al cuello del hombre. Sonrió satisfecho. El hombre y la mujer estaban bien alineados. Las balas que el ruso empleaba eran un tipo de munición militar muy personalizada con revestimiento metálico. Serov conocía a la perfección las armas y las heridas que inferían. La bala, con su gran velocidad, atravesaría el blanco limpiamente. Sin embargo, causaría un efecto devastador cuando la energía cinética del proyectil se liberara y se extendiera por el cuerpo. La cavidad y el tamaño inicial de la herida, antes de cerrarse parcialmente, serían mucho más grandes que la bala. La destrucción de los tejidos y huesos se produciría de forma radial, como un terremoto, por lo que ocasionaría graves daños en partes alejadas del impacto. Serov creía que, en cierto modo, todo aquello poseía su propia belleza.

Sabía que la velocidad constituía la clave de los niveles de energía cinética, que a su vez, determinaban el destrozo que sufriría el blanco. Si se doblaba el peso de la bala, la energía cinética se duplicaba. Sin embargo, Serov había aprendido hacía ya tiempo que si multiplicaba por dos la velocidad de la bala entonces la energía cinética se cuadruplicaba. Y el arma y la munición de Serov eran las más rápidas del mercado. Sí, sin duda, todo aquello poseía su propia belleza.

No obstante, la bala, gracias a su revestimiento metálico, podía atravesar a una persona y luego acertar y matar a otra. Ese método gozaba de gran popularidad entre los soldados que se lanzaban al combate y los asesinos a sueldo con dos objetivos. Sin embargo, si hacía falta otra bala para acabar con la mujer, Serov la gastaría. La munición era relativamente barata. Por consiguiente, también lo eran los humanos.

Serov inspiró, se quedó completamente inmóvil y apretó el gatillo con suavidad.

«¡Oh, Dios mío!», gritó Lee al ver que el cuerpo del hombre se retorcía y luego se abalanzaba sobre la mujer. Los dos cayeron al suelo como si los hubieran cosido juntos.

Lee, de forma instintiva, se dispuso a salir corriendo del bosque para ayudarlos. Un disparo alcanzó el árbol que tenía al lado de la cabeza. Lee se lanzó al suelo de inmediato y buscó refugio al tiempo que otra bala iba a parar muy cerca. Lee, tumbado de espaldas, temblando tanto que apenas podía enfocar con el maldito monóculo, escudriñó la zona desde la que creía que procedían los tiros.

Otro tiro impactó junto a él, arrojándole un poco de tierra mojada a la cara. Quienquiera que estuviera disparando, sabía lo que hacía y disponía de munición suficiente como para acabar con un dinosaurio. Lee intuyó que el tirador estaba acorralándolo poco a poco.

Notó que utilizaba un silenciador ya que cada disparo sonaba como si alguien diese palmadas en una pared. ¡Paf, paf, paf! También podían ser globos que estallasen en una fiesta infantil y no trozos de metal cónicos que volaban más deprisa que un avión para acabar con cierto investigador privado.

Aparte de la mano con la que sostenía el monóculo, Lee intentó no moverse ni respirar. Por un instante terrible, vio que la línea roja del láser se movía junto a su pierna como una serpiente curiosa, pero desapareció de repente. Lee no tenía mucho tiempo. Si permanecía allí, era hombre muerto.

Se apoyó la pistola sobre el pecho, extendió la mano y buscó a tientas en la tierra hasta que encontró una piedra. La lanzó a menos de dos metros moviendo apenas la muñeca y esperó; la piedra golpeó un árbol y, acto seguido, una bala impactó en el mismo lugar.

Lee, con el monóculo de infrarrojos, avistó de inmediato el calor que había despedido el último fogonazo de la boca del rifle ya que el gas caliente y carente de oxígeno que emanaba el cañón se distinguía claramente del aire. Esta sencilla reacción de elementos físicos les había costado la vida a muchos soldados ya que delataba su posición. Ahora, Lee confiaba en obtener el mismo resultado.

Lee se valió del fogonazo para localizar la imagen térmica del hombre entre la espesura de los árboles. No estaba muy lejos; de hecho se hallaba a tiro. Lee, que sabía que probablemente sólo tendría una oportunidad, agarró con fuerza la pistola, levantó el brazo e intentó encontrar un hueco por el que disparar. Sin apartar la mirada del blanco, quitó el seguro, rezó en silencio y abrió fuego ocho veces. Las balas salieron prácticamente en la misma dirección, lo que aumentaba las posibilidades de acierto. Las detonaciones de su pistola eran mucho más ruidosas que las del rifle con silenciador. Todos los animales huyeron de aquel conflicto humano.

Uno de los disparos de Lee dio en el blanco de milagro, quizá porque Serov se había interpuesto en la trayectoria del proyectil mientras intentaba aproximarse a él. El ruso gruñó de dolor cuando la bala le penetró el antebrazo izquierdo. Durante un rato sólo sintió una punzada, pero luego, a medida que la bala se abría paso por los tendones y las venas, le destrozaba el húmero y se detenía en el clavícula, el dolor se tornó insoportable. A partir de aquel momento, tendría inutilizado el brazo izquierdo. Después de matar a más de una docena de personas, siempre con una pistola, Leonid Serov por fin supo qué se sentía al recibir un disparo. El ex agente del KGB sujetó con firmeza el rifle con la otra mano y se dispuso a retirarse con profesionalidad. Dio media vuelta y huyó, salpicando de sangre el suelo con cada paso.

A través del monóculo de infrarrojos, Lee observó al hombre mientras se alejaba. Coligió, por su manera de correr, que al menos uno de los disparos lo había alcanzado. Decidió que sería arriesgado e innecesario perseguir a un hombre herido y armado. Además, tenía otras cosas que hacer. Recogió la mochila y se dirigió a toda prisa a la casita.

6

Mientras Lee y Serov disparaban el uno contra el otro, Faith intentó recobrar el aliento. El choque con Newman la había dejado sin aire y con un dolor agudo en el hombro. No sin esfuerzo, logró quitárselo de encima. Notó una sustancia cálida y pegajosa en el vestido. Por una fracción de segundo, llegó a pensar que le habían pegado un tiro. No lo sabía, pero la pistola Glock del agente había funcionado como un pequeño escudo y había desviado la bala cuando salió del cuerpo. Examinó por unos instantes lo que quedaba del rostro de Newman y le entraron ganas de vomitar.

Faith apartó la mirada, se agachó cuanto pudo, introdujo la mano en el bolsillo del agente y sacó las llaves del coche. El corazón le latía con tanta fuerza que le costaba pensar. Apenas era capaz de sostener las malditas llaves en las manos. Sin ponerse en pie, abrió la puerta del lado del conductor.

Se estremecía tanto que no sabía si lograría conducir el coche. Una vez dentro, cerró la puerta y echó el seguro. Encendió el coche, puso la marcha atrás y pisó el acelerador, pero el motor se ahogó y se apagó. Faith profirió varios insultos y dio vuelta de nuevo a la llave de contacto; el motor arrancó. Apretó el acelerador con más suavidad y la máquina continuó ronroneando.

Estaba a punto de acelerar cuando se le hizo un nudo en la garganta. Había un hombre junto a la ventana del conductor. Respiraba con dificultad y parecía tan asustado como ella. Sin embargo, lo que le había llamado la atención era que la tenía encañonada con una pistola. El hombre le indicó por medio de señas que bajara la ventanilla. Faith contempló la posibilidad de acelerar.

—Ni se te ocurra —dijo el hombre, como si lc hubicra leído el pensamicnto—. No he sido yo quien te ha disparado —aseguró desde el otro lado de la ventanilla—. Si hubiera sido yo, ya estarías muerta.

Finalmente, Faith bajó el cristal.

—Abre la puerta —ordenó el hombre— y hazte a un lado.

—¿Quién eres?

—Vámonos de aquí. No te conozco, pero no quiero estar aquí cuando llegue alguien más. Tal vez tenga mejor puntería.

Faith abrió la puerta y cambió de asiento. Lee enfundó la pistola, lanzó la mochila a la parte de atrás, entró, cerró la puerta y salió dando marcha atrás. En ese preciso instante, sonó el teléfono móvil del asiento delantero y tanto Lee como Faith se sobresaltaron. Lee detuvo el coche y los dos miraron al teléfono y luego el uno al otro.

—No es mío —dijo Lee.

—Ni mío —replicó Faith.

—¿Quién era el hombre que ha muerto? —preguntó Lee cuando el teléfono dejó de sonar.

—No pienso decirte nada.

Llegaron a la carretera, Lee puso el coche en modo marcha y aceleró.

—Tal vez te arrepientas.

—No lo creo.

A Lee pareció confundirle el tono seguro y confiado de ella.

Faith se abrochó el cinturón de seguridad mientras él tomaba una curva un tanto deprisa.

—Si antes has matado a ese hombre, luego me matarás diga lo que diga o aunque no te diga nada. Si me has contado la verdad y no le has disparado, entonces no creo que me mates aunque no te cuente nada —razonó Faith.

—Tu visión del bien y del mal es bastante ingenua. Hasta los tipos buenos matan de vez en cuando —aseveró Lee.

—¿Lo dices por experiencia propia? —preguntó Faith, arrimándose a la puerta.

Lee activó el cierre centralizado.

—No irás a saltar del coche en marcha, ¿verdad? Sólo quiero saber qué pasa, empezando por la identidad del tipo muerto.

Faith lo miró de hito en hito, con los nervios destrozados. Al cabo de un rato habló en un tono apenas perceptible.

—¿Te importa si vamos a algún sitio, a cualquier sitio, donde pueda sentarme y pensar un poco? —Entrelazó los dedos y añadió con voz ronca—: Nunca había presenciado un asesinato. Casi nunca he estado... —Alzó la voz y comenzó a temblar—. Por favor, para. ¡Por el amor de Dios, para! Estoy a punto de vomitar.

Lee frenó en seco en el arcén y quitó los seguros de las puertas. Faith abrió la puerta, asomó la cabeza y vomitó.

Él tendió la mano, la posó en su hombro y apretó con fuerza hasta que Faith dejó de temblar.

—Te pondrás bien —dijo Lee en voz baja y firme. Se calló y esperó a que ella se sentara de nuevo para proseguir—. Lo primero que tenemos que hacer es deshacernos de este coche. El mío está al otro lado del bosque, a pocos minutos de aquí. Luego podremos ir a un lugar donde estarás segura. ¿De acuerdo?

—De acuerdo —logró responder Faith.

7

Sólo veinte minutos después, un turismo se detuvo junto a la entrada de la casita y un hombre y una mujer salieron del mismo. El metal de sus armas reflejaba la luz de los faros del coche. La mujer se aproximó al cadáver, se arrodilló y observó el cuerpo. Si no hubiera tratado mucho a Ken Newman, tal vez no lo habría reconocido. No era la primera vez que veía a un hombre muerto y sin embargo sintió que algo le subía por el estómago hasta la garganta. Se incorporó rápidamente y desvió la vista. La pareja registró la casa a conciencia y acto seguido rastreó la zona que lindaba con el bosque antes de regresar al lugar donde yacía el cadáver.

El hombre, fornido y corpulento, observó el cuerpo de Ken Newman y soltó un juramento. Quienes conocían a Howard Constantinople lo llamaban «Connie». Había visto muchas cosas durante su larga carrera de agente del FBI. Sin embargo, lo que había ocurrido esa noche era algo nuevo incluso para él. Ken Newman era un buen amigo suyo; parecía que en cualquier momento rompería a llorar.

La mujer estaba a su lado. Medía un metro ochenta y cinco, tanto como Connie. Tenía el cabello castaño cortado por encima de las orejas y el rostro alargado y estrecho. Sus rasgos destilaban inteligencia. Llevaba un elegante traje de pantalón y chaqueta. Debido a los años y el estrés del trabajo, pequeñas arrugas le surcaban la comisura de la boca y los ojos, oscuros y tristes. Echó un vistazo alrededor con la soltura de quien está acostumbrado no sólo a observar sino también a efectuar deducciones precisas a partir de lo que ve. Su semblante traslucía una furia interna incontenible.

A sus treinta y tres años, las atractivas facciones de Brooke Reynolds, así como su cuerpo alto y esbelto, la convertían, siempre que lo quisiera, en objeto de admiración para los hombres. Sin embargo, puesto que estaba sumida en el proceso de un amargo divorcio que había afectado mucho a sus dos hijos, Reynolds se preguntaba si desearía de nuevo la compañía de un hombre.

Su padre, fanático del béisbol, la había bautizado, desoyendo las objeciones de su madre, con el nombre de Brooklyn Dodgers Reynolds. Su padre nunca volvió a ser el mismo después de que su amado equipo se marchara a California. Desde el principio, su madre había insistido en que le pusieran Brooke a la niña.

—Dios mío —dijo finalmente Reynolds sin apartar la mirada del cadáver.

Connie se volvió hacia ella.

—¿Y ahora qué hacemos?

Reynolds se sacudió la desesperación que se había apoderado de ella. Debían actuar con rapidez pero de forma metódica.

—Tenemos un crimen entre manos, Connie. No nos quedan muchas alternativas.

—¿Las autoridades locales?

—Se trata de una AAF —repuso Reynolds, refiriéndose a una agresión a un agente federal—, por lo que el FBI se hará cargo. —Era incapaz de quitar ojo al cadáver—. Aun así, tendremos que colaborar con la policía del condado y la estatal. Tengo contactos, así que estoy bastante segura de que podremos controlar el flujo de información.

—Como se trata de una AAF, la Unidad de Crímenes Violentos del FBI también intervendrá. Eso rompe nuestra Muralla China.

Connie sabía que su colega se refería a la prohibición de pasar información confidencial de un departamento a otro.

Reynolds respiró a fondo para contener las lágrimas que comenzaban a humedecerle los ojos.

—Haremos lo que podamos. Primero tenemos que acordonar la escena del crimen, aunque no creo que haya muchos problemas por aquí. Llamaré a Paul Fisher, de la oficina central, y lo pondré al corriente de todo. —Reynolds ascendió mentalmente por la cadena de mando de la Oficina de Campo en Washington del FBI, o OCW. Habría que notificar al ASAC, al AEC y al SEF; el SEF, o subdirector en funciones, era el máximo responsable de la OCW, y era casi tan importante como el director del FBI. Reynolds pensó que dentro de poco habría siglas suficientes como para hundir un acorazado.

—Me juego lo que quieras a que el director también vendrá —añadió Connie.

A Reynolds comenzaron a arderle las paredes del estómago. La muerte de un agente era un golpe muy duro. La pérdida de un agente bajo su vigilancia era una pesadilla de la que jamás despertaría.

Un hora después, los cuerpos policiales habían acudido a la escena del crimen y, por suerte, sin los medios de comunicación. El médico forense estatal confirmó lo que ya sabían quienes habían visto la terrible herida: a saber, que el agente especial Kenneth Newman había fallecido a consecuencia de una herida de bala, que había entrado por la parte superior de la nuca y había salido por la cara. Mientras la policía local hacía guardia, los agentes de la UCV, o Unidad de Crímenes Violentos, acumulaban pruebas metódicamente.

Reynolds, Connie y sus superiores se reunieron junto al coche. Fred Massey era el SEF, el agente de mayor rango presente en la escena del crimen. Era un hombre de baja estatura y sin sentido del humor que agitaba sin cesar la cabeza. Llevaba desabotonado el cuello de la camisa blanca y la calva le resplandecía bajo la luz de la luna.

Un agente de la UCV llegó con una cinta de vídeo procedente de la casita y un par de botas cubiertas de barro. Reynolds y Connie las habían visto mientras inspeccionaban la casa, pero habían decidido que no tocarían las pruebas.

—Alguien ha entrado en la casa —informó el agente—. Las botas estaban en la entrada trasera. No han forzado las puertas. La alarma estaba desactivada y el armario del equipo estaba abierto. Tal vez veamos a la persona en la cinta. Seguramente pasó por el láser.

El agente entregó la cinta a Massey, quien se la tendió de inmediato a Reynolds. No fue un gesto sutil. Reynolds era la responsable de todo aquello; se llevaría el mérito o pagaría los platos rotos. El agente de la UCV introdujo las botas en una bolsa para pruebas y regresó a la casa para proseguir con el registro.

—Agente Reynolds, sus impresiones —pidió Massey en tono cortante; todos sabían por qué.

Alguno de los otros agentes habían derramado lágrimas abiertamente y proferido maldiciones al ver el cadáver de su colega. Reynolds, la única mujer presente y, por si fuera poco, supervisora de la brigada de Newman, sentía que no podía permitirse el lujo de llorar en su presencia. La gran mayoría de los agentes del FBI no desenfundaban sus armas en toda su carrera, excepto para certificar su buen estado. Reynolds se había preguntado en más de una ocasión cómo reaccionaría si una catástrofe de este tipo la afectara personalmente. Ahora ya lo sabía: no muy bien.

Sin duda, éste sería el caso más importante de Reynolds. No hacía mucho, la habían asignado a la Unidad de Corrupción Pública del FBI, que formaba parte de la conocida División de Investigación Criminal. Tras recibir una noche una llamada de Faith Lockhart y encontrarse con ella varias veces en secreto, a Reynolds se le había designado para el puesto de supervisora de brigada de una unidad destacada para un caso especial. Si lo que Lockhart decía era cierto, ese «caso especial» podría hacer caer a algunos de los cargos más importantes del Gobierno de Estados Unidos. La mayoría de los agentes darían la vida por ocuparse de un caso así alguna vez. Uno ya lo había hecho esa noche.

Reynolds sostuvo en alto la cinta.

—Espero que esta cinta nos desvele qué ha ocurrido aquí y qué ha sido de Faith Lockhart.

—¿Cree que quizás ella matara a Ken? Si así fuera, habría que cursar orden de busca y captura en un abrir y cerrar de ojos —dijo Massey.

Reynolds sacudió la cabeza.

—Mi instinto me dice que ella no tuvo nada que ver. Pero lo cierto es que no lo sabemos. Comprobaremos el grupo sanguíneo y otros restos. Si corresponden a los de Ken, entonces sabremos que ella no ha resultado herida. Sabemos que Ken no llegó a utilizar su arma y que llevaba puesto el chaleco antibalas. Sin embargo, algo arrancó un trozo de su Glock.

Connie asintió.

—La bala que lo mató. Entró por la nuca y le salió por la cara. Ken había desenfundado el arma, probablemente a la altura de los ojos, la bala impactó en la misma y se desvió. —Connie tragó saliva—. Los restos que hay en la pistola de Ken confirman esta hipótesis.

Reynolds miró con tristeza al hombre y continuó con el análisis.

—Entonces, es posible que Ken se hallara entre Lockhart y el tirador, ¿no?

Connie asintió despacio con la cabeza.

—Un escudo humano. Creía que sólo el Servicio Secreto hacía esas estupideces.

—He hablado con el médico forense. No sabremos nada hasta que se practique la autopsia y veamos la trayectoria de la bala, pero es probable que se trate de un disparo de rifle. No es el tipo de arma que una mujer suele llevar en el bolso —apuntó Reynolds.

—Entonces, ¿los esperaba otra persona? —conjeturó Massey.

—¿Y por qué entraría en la casa esa persona después de matar a Ken? —inquirió Connie.

—Tal vez Newman y Lockhart entraran en la casa —aventuró Massey.

Reynolds sabía que Massey no había trabajado en una investigación de campo desde hacía muchos años, pero era su SEF y no podía hacer caso omiso de sus suposiciones. Sin embargo, no tenía por qué estar de acuerdo con él.

Reynolds negó con la cabeza.

—Si hubiesen entrado en la casa, Ken no habría muerto en la entrada. Todavía estarían dentro de la casa. Interrogamos a Lockhart durante al menos dos horas. Como máximo, llegamos aquí media hora después que ellos. Y esas botas no eran de Ken, pero son botas de hombre, diría que un cuarenta y cinco. Debe de ser un tipo corpulento.

—Si Newman y Lockhart no entraron en la casa y las puertas no están forzadas, entonces la tercera persona disponía del código de acceso de la alarma. —El tono de Massey era claramente acusatorio.

Reynolds parecía abatida, pero no podía darse por vencida.

—Dado el lugar en el que Ken se desplomó, parece que acababa de salir del coche. Por tanto algo debió de asustarlo, antes de que desenfundara la Glock y se volviese.

Reynolds los condujo hasta la entrada.

—Aquí se ven las marcas de los neumáticos del coche. El suelo está bastante seco, pero las ruedas se hundieron en la tierra. Creo que alguien intentaba salir de aquí a todo trapo. Qué diablos, tan deprisa que se olvidó las botas.

—¿Y Lockhart?

—Quizás el tirador se la llevó consigo —dijo Connie.

Reynolds reflexionó por un momento.

—Es posible, pero no veo por qué querría llevársela. Le convenía matarla también.

—En primer lugar, ¿cómo es posible que el tirador conociese este lugar? —preguntó Massey y, acto seguido, respondió—: ¿Una filtración?

Reynolds había contemplado esa posibilidad desde el momento en que había visto el cadáver de Newman.

—Con el debido respeto, señor, no creo que ése sea el caso.

Massey, fríamente, enumeró las circunstancias con los dedos.

—Tenemos un cadáver, una mujer desaparecida y un par de botas. Si lo juntamos todo, parece que hay una tercera persona implicada. Explíqueme cómo llegó aquí esa tercera persona sin que alguien le proporcionase la información necesaria.

Reynolds respondió en voz muy baja.

—Tal vez fuese una casualidad. Es un sitio solitario, idóneo para perpetrar un robo a mano armada. A veces sucede. —Respiró profundamente—. Pero si está en lo cierto y hay una filtración, no es completa. —Todos la miraron con curiosidad—. Salta a la vista que el tirador no estaba al tanto de nuestro cambio de planes a última hora, de que Connic y yo vendríamos aquí esta noche. En circunstancias normales, yo habría estado con Faith —aclaró Reynolds—, pero tenía otro caso entre manos. No salió como esperaba y, justo en el último momento, decidí unirme a Connie y venir aquí.

Connie miró hacia la furgoneta.

—Es cierto, nadie podía saberlo. Ni siquiera Ken lo sabía.

—Intenté contactar con Ken unos veinte minutos antes de llegar aquí. No quería aparecer de repente. Si él hubiera oído llegar un coche a la casita sin previo aviso, se habría asustado, y es posible que disparara primero y preguntara después. Con seguridad ya estaba muerto cuando lo llamé.

Massey se aproximó a Reynolds.

—Agente Reynolds, sé que se ha ocupado de esta investigación desde el principio. Sé que se le ha permitido usar este piso franco y el circuito cerrado de televisión para vigilar a la señora Lockhart. Comprendo lo difícil que le ha resultado llevar adelante este caso y ganarse la confianza de la testigo. —Massey se calló por unos instantes, como si estuviera eligiendo con sumo cuidado cada una de sus palabras. La muerte de Newman había sorprendido a todos, aunque los agentes solían correr muchos peligros. Aun así, todos sabían que se culparía a alguien—. Sin embargo, sus métodos no han sido del todo ortodoxos —prosiguió Massey—. Y ahora, un agente ha muerto.

La réplica de Reynolds no se hizo esperar.

—Tuvimos que hacerlo todo con mucha discreción. No podíamos rodear a Lockhart de agentes. Buchanan habría desaparecido antes de que consiguiéramos las pruebas suficientes para llevarlo a juicio. —Suspiró—. Señor, me ha pedido mis impresiones. Son éstas: no creo que Lockhart matara a Ken. Creo que Buchanan está detrás de todo esto. Tenemos que encontrar a Lockhart, pero debemos actuar con prudencia. Si cursamos una orden de busca y captura, entonces Ken Newman habrá muerto en vano. Y si Lockhart sigue viva, no lo estará durante mucho tiempo si el asunto sale a la luz.

Reynolds echó un vistazo a la furgoneta cuando las puertas se cerraban ante el cuerpo de Newman. Si ella hubiera escoltado a Faith Lockhart en lugar de Ken, probablemente ahora estaría muerta. Para un agente del FBI, la muerte, por muy remota que pareciese, siempre era una posibilidad. Si la mataran, ¿se olvidarían sus hijos de Brooklyn Dodgers Reynolds? Estaba segura de que su hija de seis años siempre se acordaría de «mami». Sin embargo, tenía sus dudas sobre David, su hijo de tres años. Si muriera, ¿hablaría David de ella, en el futuro, como de «su madre biológica»? El mero hecho de pensarlo le resultaba insoportable.

Un día había tomado la ridícula decisión de que le leyeran la mano. La pitonisa la había recibido con amabilidad, le había ofrecido una infusión y había charlado con ella, formulándole preguntas en un tono más bien despreocupado. Reynolds sabía que de este modo la pitonisa obtendría información sobre su pasado a la que luego añadiría la palabrería propia de su oficio mientras «veía» el pasado y el futuro de Reynolds.

Tras estudiar con detenimiento la mano de Reynolds, la pitonisa le había dicho que su línea de la vida era corta. De hecho, era muy corta, la más corta que jamás había visto. Mientras la mujer hablaba, observaba la cicatriz que Reynolds tenía en la palma de la mano. A los ocho años, Reynolds se había caído sobre una botella rota de Coca-Cola en el patio trasero de su casa.

La pitonisa había retirado su infusión, al parecer esperando a que Reynolds le pidiese más información, por la que sin duda tendría que pagar un recargo respecto a la suma inicial. Reynolds le había asegurado que estaba fuerte como un toro y que podía pasar varios años sin siquiera contraer la gripe.

La pitonisa le había replicado que la muerte no siempre se produce por causas naturales, enarcando las cejas para hacer hincapié en la obviedad de sus palabras.

Entonces Reynolds le había pagado cinco dólares y se había marchado.

Ahora se preguntaba si la pitonisa tenía razón.

Connie removía la tierra con la punta del pie.

—Si Buchanan está detrás de todo esto, entonces es probable que ya se haya marchado hace tiempo.

—No lo creo —repuso Reynolds—. Si huyese justo ahora sería como si se declarara culpable. No, se lo tomará con calma.

—Esto no me gusta —dijo Massey—. Creo que debemos avisar a la policía de todo el país y, si Lockhart está viva, ordenar que la detengan.

—Señor —dijo Reynolds con la voz marcada por la tensión—, no podemos considerarla sospechosa de un homicidio cuando tenemos motivos para creer que no estaba implicada en el asesinato sino que, de hecho, también debe de ser una víctima. Eso significa que si el FBI llega a aprehenderla tendría que hacer frente a una serie de problemas de acción judicial. Ya lo sabe.

—Entonces como testigo esencial. Podemos considerar que lo es, ¿no? —insistió Massey.

Reynolds lo miró de hito en hito.

—Una orden de busca y captura no es la mejor solución; más que ayudarnos, nos perjudicará. A todos.

—Buchanan ya no la necesita con vida.

—Lockhart es inteligente —aseveró Reynolds—. He pasado bastante tiempo con ella y he llegado a conocerla bien. Es una superviviente. Si resiste varios días más, entonces nos quedaría alguna baza por jugar. Es de todo punto imposible que Buchanan sepa qué nos ha contado ella. Pero si ordenamos que la busquen como a un testigo esencial, entonces habremos firmado su acta de defunción.

Guardaron silencio durante un rato.

—De acuerdo, comprendo su postura —dijo finalmente Massey—. ¿Cree que podrá encontrarla de forma discreta?

—Sí. —¿Acaso cabía otra respuesta?

—¿Se guía por su intuición o por su cerebro?

—Por ambos.

Massey la escrutó durante varios segundos.

—De momento, agente Reynolds, concéntrese en encontrar a Lockhart. Los de la UCV investigarán el asesinato de Newman.

—Yo les diría que intentaran encontrar en el patio la bala que acabó con Ken y que luego rastrearan el bosque —sugirió Reynolds.

—¿Por qué el bosque? Las botas estaban en la entrada de la casa.

Reynolds miró hacia el lindero del bosque.

—Si tuviera que tender una emboscada a alguien, ésa —señaló hacia los árboles— sería mi primera elección táctica. Es un buen lugar para esconderse, proporciona una excelente línea de fuego y una inmejorable ruta de huida. También permite ocultar un coche, hacer desaparecer un arma y llegar rápidamente al aeropuerto de Dulles. Al cabo de una hora, el tirador estaría en otro huso horario. El disparo que mató a Ken entró por la nuca; estaba de espaldas al bosque. Ken no debió de ver al tirador porque, de lo contrario, no le habría dado la espalda. —Se volvió hacia la espesura—. Todo apunta hacia allí.

Llegó otro coche y el director del FBI salió del mismo. Massey y sus ayudantes se apresuraron a ir a su encuentro, y Connie y Reynolds se quedaron a solas.

—Y bien, ¿cuál es nuestro plan de acción? —preguntó Connie.

—Intentaré encontrar a la Cenicienta que se ha dejado esas botas —contestó Reynolds mientras observaba a Massey hablar con el director. Él había sido agente de campo y Reynolds sabía que se tomaría la catástrofe como algo personal. Toda persona y objeto relacionado con los sucesos de esa noche se vería sometido a un análisis minucioso—. Recurriremos a los medios habituales —Reynolds golpeteó la cinta con los dedos—, pero esto es todo cuanto tenemos. Iremos a por quien salga aquí, sea quien sea, como si la vida nos fuera en ello.

—Dependiendo de quien aparezca en la cinta, la vida nos irá en ello —replicó Connie.

8

Lee sujetaba el volante con tanta fuerza que los dedos se le estaban poniendo blancos. Un coche de policía, con la sirena en marcha, pasó a toda velocidad en dirección contraria, Lee exhaló un suspiro de alivio y pisó el acelerador a fondo. Se habían deshecho del otro vehículo y ahora iban en el de Lee. Había limpiado a conciencia el interior del coche del hombre muerto, pero no sería de extrañar que hubiese olvidado algo. Y en la actualidad existían equipos capaces de encontrar cosas que el ojo no veía. Mal asunto.

Faith observó las luces hasta que desaparecieron en la oscuridad y se preguntó si la policía se dirigiría a la casita. También se preguntó si Ken Newman tendría esposa e hijos. No había visto que llevara anillo de casado en el dedo. Como la mayoría de las mujeres, Faith solía fijarse en ese detalle. Sin embargo, Ken parecía bastante paternal.

Mientras Lee conducía por carreteras secundarias, Faith movió la mano arriba, abajo y luego describió una línea vertical sobre el pecho para acabar de santiguarse. El gesto, casi automático, le produjo una imperceptible sensación de sorpresa. Añadió una plegaria silenciosa por el hombre muerto. Luego susurró otra oración por su familia, si es que tenía.

—Siento tanto que te hayan matado... —dijo en voz alta para intentar disipar los sentimientos de culpa que la asolaban por haber sobrevivido.

Lee la miró.

—¿Era amigo tuyo?

Faith negó con la cabeza.

—Lo han matado por mi culpa. ¿No te parece suficiente?

A Faith le sorprendió la facilidad con la que había pensado y pronunciado las palabras de perdón y remordimiento. Debido a la vida nómada de su padre, apenas había ido a misa, pero su madre había insistido en que estudiara en colegios católicos cada vez que llegaba a un nuevo destino, y su padre, tras la muerte de su madre, había respetado esa norma. Los colegios católicos debían de haberle enseñado algo aparte de los golpes de regla en los nudillos que las hermanas le propinaban con demasiada frecuencia. El verano previo al último curso se había quedado huérfana; su padre había fallecido de un ataque al corazón y, como consecuencia, ella dejó de viajar constantemente de un lugar a otro. La enviaron a vivir con un pariente que no la quería y que ponía especial cuidado en no hacerle el menor caso. Faith se rebelaba cada vez que se le presentaba la ocasión. Fumó, bebió y dejó de ser la virgen Faith mucho antes de lo que se estilaba. En el colegio, cuando las monjas le bajaban el doblez de la falda hasta las rodillas le entraban ganas de subirlo hasta la entrepierna. Fue, pues, un año poco memorable, al que siguieron otros en la universidad, donde intentó encauzar su vida. Luego, durante los siguientes quince años, había pensado que llevaba un rumbo perfecto y que había acertado al tomar las decisiones más importantes de su vida. Ahora luchaba por mantenerse a flote y no estrellarse contra las rocas.

Faith se volvió hacia Lee.

—Tenemos que avisar a la policía y decirles dónde está el cadáver.

Lee negó con la cabeza.

—Eso desencadenaría toda una serie de problemas nuevos. No creo que sea buena idea.

—No podemos dejarlo allí. No estaría bien.

—¿Sugieres que vayamos a la comisaría local e intentemos explicarles lo ocurrido? Nos pondrán camisas de fuerza.

—¡Maldita sea! Si tú no lo haces, entonces lo haré yo. No pienso permitir que se convierta en pasto para las ardillas.

—De acuerdo, de acuerdo. Tranquilízate —suspiró Lee—. Supongo que podemos hacer una llamada anónima para que la policía vaya a echar un vistazo.

—Perfecto —asintió Faith.

Al cabo de unos minutos, Lee se percató de que Faith se revolvía inquieta en el asiento.

—Quiero pedirte otra cosa —dijo ella.

El tono exigente de Faith comenzaba a irritarlo. Lee intentó no pensar en el dolor que sentía en el codo, las motas de tierra fría que le habían entrado en los ojos o los peligros desconocidos que se cernían sobre ellos.

—¿Qué? —preguntó en tono de hastío.

—Aquí cerca hay una gasolinera. Me gustaría lavarme. —Se apresuró a añadir—: Si te parece bien.

Lee miró las manchas que Faith tenía en la ropa y suavizó la expresión.

—De acuerdo —dijo.

—La gasolinera está más adelante... —informó Faith.

—Sé dónde está —interrumpió Lee—. Me gusta saber qué terreno piso.

Faith se limitó a clavarle la vista.

Ya en el baño, mientras limpiaba minuciosamente la sangre de la ropa, Faith procuró no pensar en lo que estaba haciendo. Aun así, tenía ganas de arrancarse la ropa y frotarse con el jabón y la toalla de papel que había en el sucio lavabo del baño.

Cuando subió de nuevo al coche, su acompañante le dirigió una mirada elocuente.

—Sobreviviré, de momento —dijo Faith.

—Por cierto, me llamo Lee. Lee Adams.

Faith no respondió. Lee puso el coche en marcha y salieron de la gasolinera.

—No hace falta que me digas tu nombre —aseguró—. Me contrataron para que te siguiera, señorita Lockhart.

Faith lo observó con recelo.

—¿Quién te contrató?

—No lo sé.

—¿Cómo es posible que no sepas quién te contrató? —inquirió Faith.

—Reconozco que no es lo más normal, pero a veces pasa. A algunas personas les avergüenza contratar a un investigador privado.

—Así que eso es lo que eres, un sabueso. —El tono de Faith destilaba desprecio.

—Es un modo tan legítimo como otro cualquiera de ganarse la vida, y lo hago todo de forma legal.

—¿Cómo se pusieron en contacto contigo?

—Supongo que gracias al impresionante anuncio que tengo en las Páginas Amarillas.

—¿Tienes la menor idea de dónde estás metido, señor Adams?

—Digamos que ahora tengo las cosas más claras. El hecho de que me disparen siempre hace que me ponga a pensar.

—¿Quién te disparó?

—El mismo tipo que se cargó a tu amigo. Creo que lo herí, pero logró huir.

Faith se frotó la sien y miró hacia la oscuridad. Lo que dijo Lee a continuación la sobresaltó.

—¿Estás en el programa de protección de testigos? —Lee esperó, pero Faith no respondió, por lo que prosiguió—. Mientras te dedicabas a ahogar el coche, me cercioré de que tu amigo estaba muerto. Llevaba una Glock de nueve milímetros y un chaleco antibalas Kevlar, aunque le sirvieron de bien poco. En el distintivo del cinturón ponía «FBI». No tuve tiempo para comprobar su documentación. ¿Cómo se llama?

—¿Es importante?

—Tal vez.

—¿Por qué has mencionado el programa de protección de testigos? —quiso saber Faith.

—Por lo que vi en la casita: cerrojos especiales, sistema de seguridad. Es un piso franco, por así decirlo. De lo que estoy seguro es de que nadie vive allí.

—Así que has entrado.

Lee asintió.

—Al principio creí que tenías un amante, pero en cuanto entré me di cuenta de que la casa no era un nidito de amor. Debo admitir que es una casa fuera de lo común. Cámaras ocultas, grabadoras de vídeo. Por cierto, ¿sabías que te grababan en todo momento?

La cara de asombro de Faith bastó para responder a la pregunta.

—Si no sabes quién te contrató, ¿cómo te pidieron que me siguieras?

—Fue muy fácil. Recibí una llamada en la que se me dijo que enviarían a mi despacho un paquete con información tuya y un adelanto de mis honorarios. Así fue. Había un expediente sobre ti y una buena suma en metálico. Me encargaron que te siguiese y eso hice.

—Me aseguraron que nadie me seguía.

—En eso soy muy bueno.

—Eso parece.

—En cuanto supe adónde ibas, me limité a llegar antes. Bien sencillo.

—¿Era una voz masculina o femenina?

—No lo sé; estaba distorsionada.

—¿No te pareció sospechoso?

—A veces todo me parece sospechoso. De una cosa no hay duda: sea quien sea el que va a por ti, no se anda con chiquitas. La munición que empleaba ese tipo habría derribado a un elefante; la vi bien de cerca.

Lee se calló y a Faith le faltó ánimo para decir nada más. Llevaba varias tarjetas de crédito en el bolso, todas con crédito ilimitado, pero no le servirían de nada porque la localizarían en cuanto las utilizara. Introdujo la mano en el bolso y tocó el llavero de peltre de Tiffany con las llaves de su bonita casa y el coche de lujo. Tampoco le servirían de nada. En la cartera sólo llevaba cincuenta y cinco dólares y varios centavos. En esos momentos, sólo le quedaba esa ridícula suma y la ropa que llevaba puesta. Le vino a la mente el amargo recuerdo de su infancia marcada por la pobreza, produciéndole una profunda sensación de impotencia.

De hecho, tenía una suma considerable de dinero, pero estaba en una caja de seguridad en su banco de Washington. El banco no abriría hasta el día siguiente por la mañana. En esa misma caja guardaba otras dos cosas que también eran de suma importancia: un carné de conducir y otra tarjeta de crédito. En ambos figuraba un nombre falso. Le había resultado bastante fácil conseguirlos, pero había confiado en que nunca tendría que utilizarlos, hasta tal punto que los había guardado en el banco en vez de en un lugar más accesible. Ahora se arrepentía de semejante estupidez.

Con esos documentos podría ir prácticamente a donde quisiera. Se había dicho una y otra vez que si todo salía mal el carné y la tarjeta supondrían su salvación. «Bueno —pensó—, el techo se ha hundido, las paredes comienzan a temblar, el tornado está al otro lado de la ventana y la suerte se está agotando. Ha llegado el momento de cerrar el negocio y darlo todo por terminado.»

Faith miró a Lee. ¿Qué haría con él? Faith sabía que el reto más acuciante consistía en sobrevivir hasta la mañana siguiente. Tal vez Lee podría ayudarla. Parecía saber lo que hacía y tenía una pistola. Si ella lograse entrar y salir del banco sin levantar sospechas, todo iría bien. Faltaban unas siete horas para que el banco abriera, pero para ella serían como siete años.

9

Thornhill estaba sentado en el pequeño estudio de su bonita casa recubierta de hiedra, en un codiciado barrio de McLean, Virginia.

La familia de su esposa era rica, y él disfrutaba tanto de los lujos propios del dinero como de la libertad que le había brindado su prolongada carrera de funcionario.

Sin embargo, en aquellos momentos nada de eso lo reconfortaba en absoluto.

No daba crédito al mensaje que acababa de recibir y, sin embargo, todos los planes podían fracasar.

Observó al hombre que estaba sentado frente a él; también era un veterano de la Agencia y miembro del grupo secreto de Thornhill. Philip Winslow compartía los ideales y las inquietudes de Thornhill. Habían pasado muchas noches juntos en el despacho de éste, recordando los viejos tiempos e ideando planes para seguir triunfando en el futuro. Los dos se habían graduado en Yale, donde habían sido alumnos destacados. Habían llegado en una época en la que se consideraba un honor servir a la patria, y la CIA había reclutado a los alumnos más brillantes de las universidades estadounidenses más prestigiosas. Thornhill y Winslow pertenecían a una generación en la que los hombres estaban dispuestos a hacer todo lo posible por proteger los intereses de su país. Thornhill creía que un hombre clarividente tenía que estar dispuesto a correr cuantos riesgos fueran necesarios para materializar esa idea.

—Han asesinado al agente del FBI —informó Thornhill a su amigo y colega.

—¿Y Lockhart? —inquirió Winslow.

Thornhill negó con la cabeza.

—Ha desaparecido.

—Hemos quitado de en medio a uno de los mejores agentes del FBI y hemos dejado escapar al verdadero blanco —resumió Winslow. Hizo tintinear el hielo de su bebida—. Malas noticias, Bob. A los otros no les hará ninguna gracia.

—Y por si fuera poco, nuestro hombre resultó herido.

—¿El agente?

Thornhill negó con la cabeza.

—No. Había alguien más, pero todavía no lo hemos identificado. Serov ha cumplido parte de su misión; ha descrito al hombre que estaba en la casa. Ahora mismo estamos elaborando el retrato robot por ordenador. Dentro de muy poco sabremos su identidad.

—¿Podría Serov contarnos algo más?

—Ahora no. Por el momento está detenido en un lugar seguro.

—Sabes que el FBI irá a por todas, Bob.

—O para ser más precisos —dijo Thornhill—, harán cuanto esté en su mano para encontrar a Faith Lockhart.

—¿De quién sospechan?

—De Buchanan, por supuesto. Es lo más lógico —respondió Thornhill.

—Entonces, ¿qué hacemos con Buchanan?

—Por ahora, nada. Le mantendremos informado o, mejor dicho, le daremos nuestra versión de los hechos.

Lo mantendremos ocupado mientras vigilamos al FBI. Esta mañana ha tenido que salir de la ciudad, por lo que no debemos preocuparnos. Sin embargo, si la investigación del FBI se acerca demasiado a Buchanan, lo matamos antes de lo previsto y facilitamos a nuestros hermanos de profesión todos los sórdidos detalles sobre cómo Buchanan intentó asesinar a Lockhart.

—¿Y Lockhart? —preguntó Winslow.

—Oh, el FBI la encontrará. Es lo único que saben hacer bien.

—No creo que eso nos ayude. Si ella habla, Buchanan caerá y nos arrastrará a nosotros consigo.

—Lo dudo —replicó Thornhill—. Cuando el FBI la encuentre, nosotros también estaremos presentes, si es que no la encontramos primero. Y esta vez no fallaremos. Una vez que nos hayamos librado de Lockhart, Buchanan será el siguiente. Entonces podremos proseguir con el plan original.

—Ojalá dé resultado.

—Oh, lo dará —contestó Thornhill con su optimismo habitual. Para durar tanto como él en esa profesión, era imprescindible guardar una actitud optimista.

10

Lee entró en el callejón y paró el coche. Contempló el paisaje oscuro. Habían conducido durante más de dos horas, hasta asegurarse de que no les seguían, y luego Lee había llamado a la policía desde un teléfono público. Aunque parecía un lugar seguro, Lee no apartaba la mano de la pistola, preparado para desenfundarla en cualquier momento y fulminar a sus enemigos con los disparos de su mortífera SIG. Eso sí que tenía gracia.

Ahora era posible matar desde distancias inimaginables y con bombas más inteligentes que el hombre que quitaban la vida sin siquiera decir: «Hola, estás muerto.» Lee se preguntó si, durante la milésima de segundo que tardaban los pobres desgraciados en volatilizarse, el cerebro funcionaba lo bastante deprisa para pensar que era la mano de Dios la que le arrebataba la vida en lugar de algo fabricado por el hombre, el muy idiota. Lee, impulsado por un sentimiento más bien irracional, escrutó el cielo en busca de un misil teledirigido. Sin embargo, dependiendo de quién estuviera implicado en lo ocurrido, tal vez esa posibilidad no fuera tan descabellada.

—¿Qué le has contado a la policía? —preguntó Faith.

—Lo justo y necesario. El lugar del crimen y lo que ha ocurrido.

—¿Y?

—El policía que me ha atendido parecía bastante escéptico pero se ha esforzado por no colgarme.

Faith miró en torno a sí.

—¿Éste es el lugar seguro del que me hablaste? —Faith se fijó en la penumbra, las grietas ocultas y el cubo de basura y oyó pasos lejanos en la acera.

—No, dejaremos el coche aquí e iremos a pie hasta el lugar seguro, que, por cierto, es mi apartamento.

—¿Dónde estamos?

—En North Arlington. Aunque el lugar está cada vez más lleno de *yuppies*, todavía resulta un tanto peligroso, sobre todo a estas horas de la noche.

Bajaron juntos por el callejón y llegaron a una avenida flanqueada por casas adosadas idénticas y viejas pero bien conservadas.

—¿Cuál es la tuya?

—Esa grande que está al final. El propietario está jubilado y vive en Florida. Tiene unas cuantas propiedades más. Le ayudo a resolver problemas y el alquiler me sale más barato.

Faith se disponía a abandonar el callejón, pero Lee la detuvo.

—Espera un momento, quiero comprobar que todo esté en orden.

Faith lo agarró firmemente de la chaqueta.

—No pienso quedarme aquí sola.

—Sólo quiero asegurarme de que nadie nos haya preparado una fiesta sorpresa. Si ves algo raro, grita y estaré aquí en un abrir y cerrar de ojos.

Lee desapareció y Faith se arrimó a una grieta del callejón. El corazón le latía con tanta fuerza que llegó a temer que alguien abriese una ventana y le arrojara un zapato. Cuando creía que ya no aguantaba más, Lee reapareció.

—De acuerdo, me parece que todo está en orden. Vamos.

La puerta exterior del edificio estaba cerrada, pero Lee la abrió con su llave. Faith se percató de que había una cámara sobre su cabeza.

Lee se volvió hacia ella.

—Fue idea mía. Me gusta saber quién viene a verme.

Subieron cuatro tramos de escalera hasta llegar al último piso y luego recorrieron el pasillo hasta la última puerta a la derecha. Faith vio que en la puerta había tres cerraduras. Lee las abrió con otra llave.

Cuando la puerta giró sobre sus goznes, Faith oyó un pitido. Entraron al apartamento. En la pared había un panel de alarma y, atornillada en la parte superior de la pared, una pieza de cobre sujeta a una charnela. Lee bajó el revestimiento de metal hasta cubrir por completo el panel de alarma. Introdujo la mano por detrás de la placa de cobre, pulsó varios botones del panel y el pitido cesó.

Miró a Faith, que observaba cada uno de sus movimientos.

—Radiación Van Eck. Probablemente no lo entenderías.

Faith arqueó las cejas.

—Probablemente tengas razón.

Junto al panel de alarma había una pequeña pantalla de vídeo empotrada en la pared. Faith vio en ella la entrada principal del edificio. Obviamente, el monitor estaba conectado a la cámara exterior.

Lee cerró la puerta y luego apoyó la mano en la misma.

—Es de acero y está encajada en un marco especial de metal que yo mismo construí. No importa lo resistente que sea la cerradura; lo que suele ceder es el marco. Con un poco de suerte, ponen uno estándar, el típico regalo de Navidad que da la industria de la construcción a los delincuentes. También tengo cerraduras a prueba de ganzúa en las ventanas, detectores de movimiento en el exterior y un sistema celular incorporado a la conexión telefónica de la alarma. Estaremos seguros.

—La seguridad te obsesiona un poco, ¿no? —dijo Faith.

—No, lo que pasa es que soy un paranoico.

Faith oyó ruidos en el salón. Se estremeció, pero se tranquilizó al ver que Lee sonreía y se dirigía hacia el lugar de donde procedía el ruido. Apenas unos segundos después, apareció un viejo pastor alemán. Lee se puso en cuclillas para jugar con el perro. Éste se tendió de espaldas en el suelo, y Lee le frotó el vientre.

—Hola, *Max*, ¿cómo estás, muchacho? —Le dio unas palmaditas en la cabeza y el animal lamió cariñosamente la mano de su amo.

—Éste es el mejor sistema de seguridad jamás inventado. Cuando se tiene un perro, ya no hay que preocuparse por los apagones, las baterías descargadas o las traiciones personales.

—Entonces tu plan es que nos quedemos aquí.

Lee levantó la vista.

—¿Te apetece comer o beber algo? Será más agradable trabajar con el estómago lleno.

—Un té caliente me vendría bien. Ahora mismo soy incapaz de comer nada.

Al cabo de unos minutos estaban sentados a la mesa de la cocina. Faith sorbía una infusión mientras Lee se preparaba una taza de café. *Max* dormitaba debajo de la mesa.

—Tenemos un problema —empezó por decir Lee—. Cuando entré en la casita activé algún dispositivo, por lo que mis imágenes están en la cinta de vídeo.

Faith parecía aterrorizada.

—Dios mío, pueden encontrarnos de un momento a otro.

—Quizá sea lo mejor. —Lee la miró con dureza.

—¿Y eso?

—No me dedico a colaborar con los criminales.

—Así que piensas que soy una criminal, ¿no?

—¿Acaso no lo eres?

Faith toqueteó su taza de té.

—Trabajaba con el FBI, no contra ellos.

—De acuerdo, ¿qué querían de ti?

—No puedo responder a esa pregunta.

—En ese caso no puedo ayudarte. Vamos, te llevaré a tu casa. —Lee se levantó.

Faith le sujetó el brazo con firmeza.

—Espera, te lo ruego. —La idea de quedarse sola le helaba la sangre.

Lee se sentó de nuevo y aguardó, expectante.

—¿Qué es lo que debo contarte para que me ayudes?

—Depende del tipo de ayuda que quieras. No pienso hacer nada que infrinja la ley.

—No te lo pediría.

—Entonces el único problema que tienes es que alguien quiere matarte.

Faith, visiblemente nerviosa, tomó otro sorbo de té mientras Lee la miraba.

—No sé si es buena idea que nos quedemos aquí sentados cuando sabemos que en cualquier momento pueden averiguar quién eres gracias a la cinta de vídeo —dijo Faith.

—Froté un imán contra el vídeo para intentar estropear la cinta.

Faith lo miró con un destello de esperanza en los ojos.

—¿Crees que borraste las imágenes?

—No estoy seguro, no soy un experto.

—Pero, al menos, tardarán un poco en arreglar la cinta, ¿no?

—Eso espero, pero no olvides que no son precisamente un grupo de aficionados. El equipo de grabación tenía un sistema de seguridad incorporado. Si la policía intenta sacar la cinta a la fuerza es posible que se autodestruya. La verdad es que daría los cuarenta y siete dólares que tengo en el banco si pasara eso. Me gusta la intimidad. Pero ahora necesito que me pongas al corriente.

Faith no dijo nada. Se limitó a clavarle la vista, como si se le hubiera insinuado sin que ella le diese pie.

Lee ladeó la cabeza en su dirección.

—Vamos a ver. Yo soy el detective, ¿cierto? Haré varias deducciones y tú me dirás si estoy en lo cierto o no, ¿qué te parece? —Faith no contestó y Lee prosiguió—. Sólo vi cámaras en la sala. La mesa, las sillas, el café y las otras cosas también estaban allí. Accioné el láser o lo que fuera sin querer y, al parecer, eso puso en marcha las cámaras.

—Supongo que eso tiene sentido —comentó Faith.

—No, no lo tiene. Tenía el código de acceso de la alarma —repuso Lee.

—¿Y?

—Pues que introduje el código y desactivé el sistema de seguridad. Entonces, ¿por qué seguía funcionando el dispositivo que activaba las cámaras? Tal como estaba instalado todo, incluso cuando el tipo que iba contigo desconectaba el sistema de seguridad, las cámaras debían de ponerse en marcha. ¿Por qué querría grabarse a sí mismo?

Faith parecía confundida.

—No lo sé.

—Vaya, o sea que tal vez te hayan grabado sin que lo supieras. Veamos, el lugar apartado, el complejo sistema de seguridad, los agentes del FBI, las cámaras y el equipo de grabación, todo apunta en la misma dirección. —Lee se calló mientras elegía las palabras que emplearía a continuación—. Te llevaron allí para interrogarte. Tal vez no estuvieran seguros de hasta qué punto cooperarías o creyeran que alguien intentaría matarte, así que querían grabar el interrogatorio por si acaso desaparecías del mapa.

Faith esbozó una sonrisa de resignación.

—Pues menudas dotes de adivinación, ¿no crees? Me refiero a lo de «desaparecer del mapa».

Lee se puso de pie y miró por la ventana mientras cavilaba. Acababa de ocurrírsele algo muy importante, algo que debió pensar mucho antes. Aunque no conocía a Faith, se sentía como un gusano por lo que iba a decirle.

—Tengo malas noticias para ti.

Faith parecía sorprendida.

—¿A qué te refieres?

—El FBI iba a interrogarte. Seguramente también te hayan detenido para mantenerte bajo custodia. Uno de los suyos ha muerto al protegerte y creo que he herido al tipo que se lo ha cargado. Los del FBI tienen una cinta con imágenes mías. —Guardó silencio por unos instantes—. Tengo que entregarte.

Faith se levantó de un salto.

—¡No puedes hacerlo! ¡No puedes! Dijiste que me ayudarías.

—Si no te entrego, es probable que pase bastante tiempo en un lugar donde los tíos se hacen muy amigos de otros tíos. Como mínimo, perderé la licencia de investigador privado. Estoy seguro de que si te conociera mejor me dolería aún más tener que entregarte, pero, a fin de cuentas, entregaría incluso a mi abuela para ahorrarme todos esos problemas. —Se puso la chaqueta—. ¿Quién es la persona que responde de ti?

—No sé cómo se llama —le respondió Faith con frialdad.

—¿Tienes un número de teléfono?

—No serviría de nada. Dudo mucho que pudiera atender la llamada en estos momentos.

Lee la miró con recelo.

—¿Acaso insinúas que el tipo que ha muerto es tu único contacto?

—Exacto. —Faith mintió sin la menor vacilación.

—Ese tipo era quien respondía de ti y ni siquiera se molestó en decirte su nombre. Ésas no son precisamente las normas del FBI.

—Lo siento, no sé nada más.

—¿De veras? Mira, te diré lo que yo sé. Te he visto en la casita en otras tres ocasiones con una mujer. Una morena alta. Veamos, ¿la llamabas Agente X? —Lee se inclinó hacia el rostro de Faith—. Regla número uno para embusteros: asegúrate de que la persona a quien mientes no puede demostrar lo contrario. —Enlazó el brazo de Faith con el suyo—. Vámonos.

—Sabes, Adams, tienes un problema sobre el que tal vez no hayas pensado.

—¿De verdad? ¿Te importaría hablarme de ello?

—¿Qué es lo que vas a decirles a los del FBI cuando me entregues?

—No lo sé, ¿qué te parece si les cuento la verdad?

—De acuerdo. Analicemos la verdad. Me seguías porque alguien a quien no conoces ni sabrías identificar te lo había encargado. Eso significa que sólo contamos con tu versión. Lograste seguirme a pesar de que el FBI me había asegurado que nadie lo haría. Estuviste en la casa. Te han grabado. Hay un agente del FBI muerto. Utilizaste tu arma. Dices que disparaste contra otro hombre, pero ni siquiera tienes pruebas de que allí había otro hombre. Así que la verdad indiscutible es que tú y yo estábamos en la casa, disparaste y hay un agente del FBI muerto.

—La munición que acabó con el agente del FBI no puede cargarse en la recámara de mi pistola —replicó Lee enojado soltando el brazo de Faith.

—Entonces te deshiciste de otra pistola.

—¿Por qué diablos querría llevarte conmigo? Si fuese el tirador, ¿por qué no te maté allí mismo?

—No estoy diciéndote lo que pienso, Adams. Me limito a señalar que el FBI podría sospechar de ti. Supongo que si no tienes antecedentes el FBI te creerá —apuntó y añadió con brusquedad—: Te seguirían la pista durante un año y luego, si no descubriesen nada, te dejarían tranquilo.

Lee frunció el ceño. Su pasado más reciente era impoluto, pero si retrocedía un poco más en el tiempo, las aguas estaban más turbias. Cuando había comenzado a trabajar como investigador privado había hecho cosas que ahora ni se le pasarían por la cabeza. Nada ilegal, pero le costaría explicárselo a los curtidos agentes federales.

Además, estaba la prohibición de acercarse a su ex que el juez había dictado justo antes de que el afortunado de Eddie se hiciera de oro. Según ella, Lee la acechaba y tal vez fuera violento. De hecho, él se habría comportado de forma violenta si hubiera tenido la oportunidad. Por poco sufría una apoplejía cada vez que pensaba en los moretones que había visto en los brazos y mejillas de su hija cuando había ido a verla sin previo aviso a su apartamento destartalado. Trish le aseguró que Renee se había caído por las escaleras. Lee sabía que era mentira porque había reconocido la marca de unos nudillos en la tersa piel de su hija. Él había destrozado el coche de Eddie con una palanca y habría hecho lo mismo con el propio Eddie si éste no hubiera llamado a la policía escondido en el baño.

¿De veras quería que el FBI estuviera fisgoneando en su vida durante los siguientes doce meses? Por otro lado, si dejaba que Faith se marchara y los agentes del FBI daban luego con él, ¿qué le ocurriría entonces? Fuera a donde fuese, acabaría en un nido de serpientes.

—¿Te importaría dejarme en la Oficina de Campo de Washington? Está en Fourth Street —dijo Faith en un tono agradable.

—De acuerdo, de acuerdo, tienes razón —replicó Lee con vehemencia—, pero no pedí que esta mierda me cayera como llovida del cielo.

—Ni yo te pedí que te metieras en esto. Pero...

—Pero ¿qué?

—Pero de no ser por ti, ahora no estaría viva. Siento no haberte dado las gracias antes; te las doy ahora.

A pesar de su recelo, Lee notó que su enfado remitía. O Faith era sincera o bien era una de las personas más ingeniosas con quienes se había topado en la vida. Tal vez fuera una combinación de ambas. Al fin y al cabo, aquello era Washington.

—Siempre es un placer ayudar a una dama —dijo Lee con sequedad—. De acuerdo, supongamos que decido no entregarte. ¿Has pensado dónde pasar la noche?

—Tengo que largarme de aquí. Necesito tiempo para pensar y aclarar mis ideas.

—El FBI no permitirá que te marches sin más. Supongo que habrás llegado a algún acuerdo con ellos.

—Todavía no, pero si así fuera, ¿no crees que tengo motivos de sobra para acusarlos de incumplimiento?

—¿Qué me dices de los que intentaron matarte?

—En cuanto haya reflexionado con calma decidiré qué hacer. Supongo que acabaré volviendo al FBI. Pero no quiero morir ni que nadie muera por mi culpa. —Faith fijó en él la mirada con intención.

—Agradezco que te preocupes por mí, pero sé arreglármelas solo. Entonces, ¿adónde y cómo piensas huir?

Faith se disponía a decir algo pero de inmediato cambió de idea. Bajó la vista, consciente de que quizá debía mostrarse más precavida.

—Si no confías en mí, Faith, nada saldrá bien —dijo Lee con delicadeza—. Si te dejo marchar, yo tendré que parar todos los golpes, pero todavía no he tomado esa decisión. Depende en gran medida de lo que estés pensando en estos momentos. Si los del FBI te necesitan para cazar a personas importantes y poderosas, porque está claro que esto no se trata de un simple robo, entonces tendré que ponerme de su parte.

—¿Y si accediera volver al FBI siempre y cuando me garantizaran mi seguridad?

—Supongo que les parecería razonable. Pero ¿qué garantía hay de que volverás?

—¿Y si me acompañas? —se apresuró a sugerir Faith.

Lee se puso tan tenso que, sin querer, le propinó una patada a *Max*, que salió de debajo de la mesa y miró a su dueño con expresión lastimera.

Antes de que Lee respondiese, Faith añadió:

—No tardarán mucho en identificarte. ¿Y si la persona a quien disparaste ofrece una descripción tuya a quienquiera que lo contratase? Creo que tú también corres peligro.

—No estoy seguro...

—Lee —lo atajó Faith—, ¿no se te ha ocurrido pensar que la persona que te contrató para seguirme quizá también te siguiese la pista a ti? Es posible que te usaran para montar el tiroteo.

—Si me siguieron entonces también te siguieron a ti —observó Lee.

—Pero ¿y si te tendieron una trampa para incriminarte de todo lo ocurrido?

Lee dejó escapar un suspiro de desesperación al percatarse de la situación en que se encontraba.

Joder, vaya nochecita.

¿Por qué diablos no se había dado cuenta antes?

Un cliente anónimo. Una bolsa llena de dinero. Un blanco misterioso. La casita apartada.

¿Había estado en coma o qué?

—Te escucho.

—Tengo una caja de seguridad en un banco de Washington. Contiene dinero y varios documentos falsos que nos permitirán ir a donde queramos. El único problema es que tal vez vigilen el banco. Necesito tu ayuda.

—No puedo acceder a tu caja de seguridad.

—Pero puedes ayudarme a inspeccionar la zona y comprobar si alguien me vigila. Ese trabajo se te da mucho mejor que a mí. Entro, vacío la caja y salgo lo antes posible mientras me cubres. Si vemos algo sospechoso, salimos pitando.

—Parece que planearas robar el banco —comentó él un tanto irritado.

—Te juro por Dios que todo lo que hay en la caja es mío.

Lee se pasó la mano por el pelo.

—De acuerdo, tal vez salga bien. ¿Y luego qué?

—Nos dirigimos al sur.

—¿Adónde?

—A la costa de Carolina. Outer Banks. Tengo una casa allí.

—¿Figuras como la propietaria? Podrían averiguarlo.

—La compré a nombre de una sociedad anónima y firmé los documentos con mi otro nombre, como miembro de la directiva. Pero ¿y tú? No puedes viajar con tu nombre verdadero.

—No te preocupes. He interpretado más papeles en mi vida que Shirley MacLaine y dispongo de los documentos necesarios para demostrarlo.

—Entonces todo está listo.

Lee miró a *Max*, que había posado la enorme cabeza sobre sus rodillas, y le acarició suavemente la nariz.

—¿Cuánto tiempo?

Faith sacudió la cabeza.

—No lo sé. Tal vez una semana.

Lee suspiró.

—Supongo que la señora del piso de abajo podrá ocuparse de *Max*.

—Entonces, ¿lo harás?

—Siempre y cuando no olvides que, si bien no me importa ayudar a alguien cuando lo necesita, no estoy dispuesto a convertirme en el mayor pardillo del mundo.

—Me da la impresón de que a ti eso no puede pasarte.

—Si te apetece reírte un rato, cuéntaselo a mi ex mujer.

11

Alexandria se encontraba en la Virginia septentrional, junto al río Potomac, unos quince minutos en coche al sur de Washington. La ciudad se había fundado allí debido sobre todo a la cercanía de las aguas y había florecido como puerto marítimo durante mucho tiempo. Todavía era una ciudad próspera, aunque el río ya no desempeñaba un papel importante en el futuro económico de la ciudad.

La población se componía tanto de viejas familias acaudaladas como de otras que habían hecho fortuna recientemente y vivían en acogedoras estructuras de ladrillo, piedra y madera, representativas de la arquitectura de finales del siglo XVIII y principios del XIX. Algunas de las calles estaban pavimentadas con los mismos adoquines que habían pisado Washington y Jefferson, así como Robert E. Lee, cuya infancia había transcurrido en las dos casas situadas una frente a otra en Oronoco Street, bautizada así en honor de una marca de tabaco que se cultivaba antiguamente en Virginia. Muchas de las aceras eran de ladrillo y se curvaban en torno a los numerosos árboles que brindaban sombra a las casas, calles y habitantes desde hacía mucho tiempo. Las terminaciones puntiagudas de estilo europeo de varias de las cercas de hierro forjado que rodeaban los patios y jardines de las casas estaban pintadas de color dorado.

A primera hora de la mañana, en las calles de la ciudad no se oían otros ruidos que los de la llovizna y las ráfagas de viento que agitaban las ramas de los árboles viejos y nudosos, cuyas raíces poco profundas se aferraban a la dura arcilla de Virginia. Los nombres de las calles reflejaban los orígenes coloniales del lugar. Al atravesar la ciudad se pasaba por las calles Rey, Reina, Duque y Príncipe. Apenas había aparcamientos, por lo que las estrechas avenidas estaban repletas de vehículos de todos los modelos imaginables. Al lado de las casas de doscientos años de antigüedad, los vehículos de metal, caucho y cromo parecían fuera de lugar, como si hubieran retrocedido en el tiempo hasta la época de los caballos y las calesas.

La estrecha casa unifamiliar de cuatro pisos encajonada en una hilera de casas idénticas en Duke Street no era, ni mucho menos, la más espléndida de la zona. Había un solitario arce inclinado en el pequeño patio delantero, con el tronco cubierto de ramas frondosas. La cerca de hierro forjado estaba en buenas condiciones, aunque no excelentes. En la parte trasera había un jardín y un patio, pero las plantas, la fuente y el enladrillado llamaban poco la atención si se comparaban con los de las casas vecinas.

En el interior, el mobiliario era mucho más elegante de lo que cabía esperar al ver la fachada. El motivo era bien sencillo: Danny Buchanan no podía ocultar el exterior de la casa.

Despuntaban los primeros rayos del sol cuando Buchanan se hallaba sentado, completamente vestido, en la pequeña biblioteca ovalada contigua al comedor. Lo aguardaba un coche para llevarlo al aeropuerto nacional Reagan.

El senador con quien se reuniría pertenecía al Comité de Gastos del Senado, posiblemente el comité más importante de la Cámara alta ya que, junto con sus subcomités, controlaba el presupuesto del Gobierno. Pero lo que más le importaba a Buchanan era que el senador también presidía el Subcomité de Operaciones Exteriores, que determinaba el destino de la mayor parte del dinero para la ayuda externa. El senador, alto y distinguido, de buenos modales y voz segura, era colega de Buchanan desde hacía muchos años. El hombre siempre había disfrutado del poder que le confería su cargo y había llevado un tren de vida que estaba por encima de sus posibilidades. Ningún ser humano era capaz de agotar el fondo de pensiones que Buchanan había constituido para el senador.

En un principio, Buchanan había trazado el plan de soborno de forma bastante prudente. Había analizado a todos los peces gordos de Washington que, aunque indirectamente, pudieran servir a sus objetivos, y calibrado la posibilidad de sobornarlos. Muchos de los congresistas eran ricos, pero muchos otros no. Con frecuencia ser miembro del Congreso suponía una pesadilla tanto económica como familiar. Los miembros debían tener dos residencias y el área metropolitana de Washington no era barata. Además, sus familias no solían acompañarlos. Buchanan abordó a los que creía que se dejarían corromper y emprendió el largo proceso de tantearlos para comprobar si participarían o no. Al principio los incentivos que les ofrecía eran poco sustanciosos, pero los aumentaba si los objetivos se mostraban entusiasmados. Buchanan los había elegido bien porque sus objetivos nunca se habían negado a otorgar votos e influencia a cambio de una serie de recompensas. Tal vez tuvieran la impresión de que la diferencia entre lo que Buchanan proponía y lo que ocurría cada día en Washington era, en el peor de los casos, mínima. Buchanan no sabía si les importaba el hecho de que la causa valiera la pena o no. Sin embargo, nunca se habían esforzado por incrementar la ayuda externa a los clientes de Buchanan por su cuenta.

Además, todos habían visto a algunos colegas abandonar su cargo para enriquecerse en un grupo de presión. Pero ¿a quién le gusta trabajar duro? Buchanan sabía que a los ex congresistas no se les daba bien el cabildeo. El hecho de regresar con la palma extendida y presionar a antiguos colegas sobre quienes ya no ejercían influencia alguna no era algo que resultara sumamente atrayente a estas personas de orgullo desmesurado. Era mucho más inteligente utilizarlos cuando estuvieran en la cima de su poder. Primero había que trabajárselos y luego sobornarlos. ¿Acaso existía sistema mejor?

Buchanan se preguntaba si lograría conservar el aplomo durante la reunión con un hombre a quien ya había traicionado. Por otro lado, en aquella ciudad la traición se repartía en grandes dosis. Todos pugnaban constantemente por ocupar una silla antes de que se interrumpiese la música. El senador estaría molesto, y no sin razón. Bueno, que se pusiera a la cola como los demás.

De repente, se sintió cansado. No le apetecía entrar al coche ni subir al avión, pero no tenía voz ni voto en el asunto. Se preguntó si nunca había dejado de pertenecer a la clase baja de Filadelfia.

El cabildero centró su atención en la persona que tenía ante sí.

—Le envía sus saludos —dijo el corpulento hombre. Para el resto del mundo, era el chófer de Buchanan pero, en realidad, se trataba de uno de los hombres de Thornhill que lo vigilaba de cerca.

—Pues le ruego que envíe al señor Thornhill mis más sinceros deseos de que Dios decrete que no envejezca ni un día más —replicó Buchanan.

—Hay varias novedades importantes que le gustaría poner en su conocimiento —afirmó el hombre sin inmutarse.

—¿Por ejemplo?

—Lockhart colabora con el FBI para echarle a usted el guante.

Por unos instantes Buchanan pensó que se vomitaría encima.

—¿A qué diablos se refiere?

—Nuestros agentes infiltrados en el FBI acaban de averiguarlo —contestó el hombre.

—¿Le han tendido una trampa? ¿La han obligado a trabajar para ellos? —preguntó Buchanan. «Tal como tú hiciste conmigo», pensó.

—Acudió de forma voluntaria.

Buchanan recobró la compostura lentamente.

—Cuéntemelo todo —pidió.

El hombre le refirió una serie de verdades, medias verdades y mentiras descaradas en el mismo tono de sinceridad estudiada.

—¿Dónde se encuentra Faith ahora?

—Ha desaparecido. El FBI la está buscando.

—¿Cuánto les ha contado? ¿Debería prepararme para abandonar el país?

—No. El juego acaba de empezar. Lo que les ha contado hasta el momento no bastaría para llevarlo a juicio. Les ha hablado más del proceso que de los participantes en el mismo. Sin embargo, eso no quiere decir que no puedan investigar lo que les ha contado. Pero tienen que andarse con ojo. Los objetivos no están precisamente sirviendo hamburguesas en un McDonald's.

—¿Y el todopoderoso señor Thornhill no sabe dónde está Faith? Espero que la omnisciencia no comience a fallarle ahora.

—Carezco de información al respecto —repuso el hombre.

—Una situación más bien lamentable para una agencia de información secreta —comentó Buchanan esbozando una sonrisa. Uno de los troncos de la chimenea emitió un chasquido, un chorro de savia salpicó la pantalla. Buchanan lo vio deslizarse hacia abajo por la malla, sin escapatoria, aproximándose al fin de su existencia. ¿Por qué le pareció un símbolo del resto de sus días?

—Tal vez debería buscarla.

—No es asunto suyo.

Buchanan lo miró de hito en hito. ¿De verdad había dicho eso, el muy idiota?

—No es usted quien va a acabar en la cárcel.

—Todo saldrá bien. Limítese a seguir haciendo lo que deba.

—Quiero que se me informe, ¿está claro? —Buchanan se volvió hacia la ventana. Reflejada en la misma vio la reacción del hombre ante sus palabras más bien ásperas. Pero ¿qué valor tenían en realidad? Buchanan había perdido este asalto; de hecho, era imposible que lo ganara.

La calle estaba oscura y en ella no se apreciaban movimientos; sólo los sonidos de las ardillas que trepaban por los árboles y saltaban de rama en rama en su interminable juego de supervivencia. Buchanan se hallaba en una situación parecida, aunque más peligrosa aún que saltar por la resbaladiza corteza de varios árboles de nueve metros de altura. Se había levantado viento; en la chimenea comenzaba a oírse un bramido grave. La corriente de aire esparció parte del humo de la chimenea por la habitación.

El hombre comprobó la hora.

—Tenemos que irnos antes de quince minutos para que no pierda el avión. —Recogió la maleta de Buchanan, dio media vuelta y se marchó.

Robert Thornhill siempre había sido muy prudente a la hora de contactar con él. Nunca lo llamaba a casa ni a la oficina. Las entrevistas cara a cara sólo se celebraban en circunstancias que no despertaran sospecha alguna y donde nadie pudiese vigilarlos. El primer encuentro entre los dos había constituido una de las pocas ocasiones en la vida de Buchanan en que había sentido que no estaba a la altura de un oponente. Thornhill había presentado con calma pruebas irrefutables de los tratos ilegales de Buchanan con miembros del Congreso, burócratas de alta jerarquía e incluso de la Casa Blanca. Disponía de cintas en las que votaban a favor de conspiraciones y estrategias para burlar las leyes, hablaban abiertamente sobre cuáles serían sus funciones falsas cuando dejaran sus cargos y cómo y a quién le untarían la mano. El hombre de la CIA había destapado la red de fondos para sobornos y corporaciones que Buchanan había organizado para hacer llegar el dinero a sus funcionarios públicos.

—Ahora trabajas para mí —le había dicho Thornhill sin rodeos—. Y continuarás haciendo lo que haces hasta que mi red sea tan resistente como el acero. Y entonces te apartarás y yo me haré cargo de todo.

Buchanan se había negado.

—Iré a la cárcel —le había contestado—. Prefiero eso a trabajar para ti.

Buchanan recordaba que Thornhill se había mostrado un tanto impaciente.

—Siento no haberme explicado con claridad. La cárcel no es una alternativa. O trabajas para mí o dejas de vivir.

Buchanan palideció al oír la amenaza pero se mantuvo firme.

—¿Un funcionario público implicado en un asesinato?

—Soy un funcionario público especial. Trabajo en situaciones extremas. Eso suele justificar lo que hago.

—Mi respuesta es la misma.

—¿Hablas también por Faith Lockhart? ¿O prefieres que la consulte sobre el asunto en persona?

Aquel comentario le había sentado como un tiro en el cerebro. Resultaba obvio que Robert Thornhill no era un bravucón; no se andaba con fanfarronadas. Si le dijera a alguien una frase tan inofensiva como: «Siento que hayamos llegado a esto», era bastante probable que al día siguiente esa persona estuviera muerta. Buchanan creyó entonces que Thornhill era una hombre centrado, reflexivo y prudente, no muy distinto de él. Decidió cooperar. Para salvar a Faith.

Ahora Buchanan comprendía la importancia de las medidas preventivas de Thornhill. El FBI lo vigilaba. Tendrían que trabajar duro, porque Buchanan dudaba que colaborasen con Thornhill cuando se trataba de operaciones clandestinas. No obstante, todo tenía su talón de Aquiles. Thornhill había encontrado el suyo en Faith Lockhart. Hacía tiempo que Buchanan se preguntaba cuál sería el punto débil de Thornhill.

Se dejó caer en un sillón y contempló el cuadro que colgaba en la pared de la biblioteca. Era el retrato de una madre y un niño. Había permanecido casi ochenta años en un museo privado. Era obra de uno de los maestros reconocidos, aunque menos famosos, del Renacimiento. Saltaba a la vista que la madre era la protectora y el niño un ser indefenso. Los maravillosos colores, los perfiles exquisitamente pintados, la sutil brillantez de la mano que había creado esa imagen, tan evidente en cada pincelada, siempre embelesaban a cuantos la veían. La pintura se había secado hacía casi cuatrocientos años, pero los delicados trazos, la luminosidad de los ojos y cada uno de los detalles todavía destilaban la misma fuerza.

Era un amor perfecto por su reciprocidad, ajeno a intereses silenciosos y corrosivos. Por un lado reflejaba el mecanismo de las funciones biológicas. Por el otro, se trataba de un fenómeno realzado por la gracia divina. El cuadro era su pertenencia más preciada. Por desgracia, tendría que venderlo en breve, y quizá la casa también. Se estaba quedando sin dinero para financiar las «jubilaciones» de sus clientes. De hecho, se sentía culpable porque todavía no había vendido el cuadro. ¡Generaría tantos fondos, ayudaría a tantas personas...! Sin embargo, el mero hecho de sentarse y contemplarlo lo tranquilizaba y le levantaba el ánimo. Era puro egoísmo pero le producía más placer que cualquier otra cosa.

Tal vez en aquel momento todo fuera dudoso. Se acercaba su fin. Sabía que Thornhill no lo dejaría salir impune y que tampoco permitiría que sus clientes disfrutaran de jubilación alguna. Eran sus futuros esclavos. El hombre de la CIA, a pesar de su refinamiento y linaje, era un espía. ¿Y qué eran los espías sino mentiras andantes? Aun así, Buchanan respetaría el acuerdo al que había llegado con los políticos. Les daría lo que les había prometido por haberle ayudado, tanto si les permitirían disfrutarlo como si no.

El fuego se reflejaba en el cuadro, y a Buchanan le pareció que el rostro de la mujer adquiría los rasgos de Faith Lockhart; no era la primera vez que le ocurría. Observó los labios que podían tornarse irascibles o sensuales sin previo aviso. Cada vez que recorría con la mirada la cara de contornos perfectos y el cabello rubio, no caoba, bajo el ángulo de luz correcto, pensaba en Faith. Sus ojos lo fascinaban; el que la pupila izquierda estuviera ligeramente descentrada añadía una intensidad a la mirada que convertía el semblante de Faith en algo extraordinario; era como si ese defecto de la naturaleza le hubiera conferido el poder de ver a través de cualquier persona.

Recordaba cada uno de los pormenores de su primer encuentro. Recién salida de la universidad, Faith había irrumpido en su vida con el entusiasmo propio de una misionera novel, dispuesta a comerse el mundo. Apenas tenía experiencia, era inmadura en varios sentidos, desconocía por completo los tejemanejes de Washington y su ingenuidad, en muchos aspectos, resultaba sorprendente. Sin embargo, sabía imponerse como una estrella de cine. Podía hacer bromas y, de repente, ponerse seria. Alimentaba los egos como nadie y conseguía transmitir su mensaje, pero sin presionar de forma abierta. Tras hablar con ella durante cinco minutos, Buchanan supo que tenía lo que hacía falta para prosperar en su mundo. Un mes después de contratarla, estaba convencido de que su intuición no lo había engañado. Faith hacía los deberes, trabajaba incansablemente, aprendía las lecciones, analizaba a los peces gordos a fondo y después iba más allá. Entendía lo que necesitaba cada uno para salir vencedor; quemar las naves en Washington significaba el fin. Tarde o temprano, se requería la ayuda de todos, y los recuerdos no se borraban fácilmente en la capital. Con enorme tenacidad, Faith había soportado derrota tras derrota en varios frentes, pero no había parado hasta salir victoriosa. Buchanan nunca había conocido a alguien así, ni antes ni desde entonces. En quince años habían pasado por más cosas juntos que un matrimonio durante toda una vida. Faith era la única familia que tenía; la hija precoz que nunca tendría. ¿Y ahora? ¿Cómo había protegido a su niñita?

Mientras la lluvia golpeaba contra el tejado y el viento producía sus sonidos característicos al colarse por la vieja chimenea de ladrillo refractario, Buchanan se olvidó del coche, del vuelo y de los dilemas en que se encontraba. Continuó contemplando el cuadro bajo el tenue resplandor del fuego que crepitaba suavemente. Era evidente que lo que tanto le fascinaba no era la obra del gran maestro.

Faith no lo había traicionado. Thornhill no lo haría cambiar de opinión, dijera lo que dijese, aunque ahora iba a por Faith, lo que significaba que su vida corría peligro. Buchanan no quitaba ojo al cuadro. «Huye, Faith, huye tan deprisa como puedas», susurró con toda la angustia de un padre desesperado que ve que la muerte persigue a su hija.

Ante el rostro protector de la madre del cuadro, Buchanan se sintió más impotente aún.

12

Brooke Reynolds estaba sentada en un despacho alquilado a unas diez manzanas de la Oficina de Campo de Washington. El FBI a veces reservaba otros edificios para los agentes enfrascados en una investigación delicada, ya que el mero hecho de que alguien escuchara algo por casualidad en una cafetería o en un vestíbulo podía tener consecuencias catastróficas. Casi todo lo que la Unidad de Corrupción Pública hacía era delicado. Los objetivos habituales de la investigación de la unidad no eran ladrones de banco con máscaras y pistolas. Solía tratarse de personas que aparecían en primera plana o en entrevistas de la televisión.

Reynolds se inclinó hacia adelante, se quitó los zapatos bajos y frotó los pies doloridos contra las patas de la silla. Todo le apretaba y le dolía: tenía los senos del cráneo prácticamente cerrados, la piel le ardía, la garganta le picaba. Pero, al menos, estaba viva, a diferencia de Ken Newman. Había ido a su casa después de llamar a su mujer y comunicarle que debía hablar con ella. No le había dicho el motivo, pero Anne Newman adivinó que su esposo había muerto. Reynolds lo había notado en el tono de las pocas palabras que la mujer había logrado articular.

Normalmente, una persona de mayor rango que Reynolds la habría acompañado a la casa de la esposa afligida para demostrar que el FBI al completo lamentaba la pérdida de uno de los suyos. Sin embargo, ella no había esperado a que nadie la acompañase. Ken estaba bajo su responsabilidad, que incluía comunicar su muerte a la familia.

Cuando llegó a la casa, Reynolds decidió que iría directa al grano porque creía que un monólogo interminable sólo prolongaría el dolor de la mujer. No obstante, la compasión y empatía que Reynolds transmitió a la desconsolada mujer no fueron apresuradas ni fingidas. Abrazó a Anne, la consoló como mejor supo y rompió a llorar con ella. A Reynolds le pareció que Anne se había tomado bien la falta de información, mucho mejor de lo que se lo habría tomado ella.

✗ A Anne se le permitiría ver el cuerpo de su esposo. Luego el principal médico forense del estado le practicaría la autopsia, a la que asistirían Connie y Reynolds junto con representantes de la policía de Virginia y la fiscalía del estado. Todos ellos habían recibido órdenes de guardar la más estricta confidencialidad al respecto.

También tendrían que contar con Anne Newman para mantener bajo control a los miembros de la familia más enojados y confundidos. Esperar que una mujer afligida ayudara a una oficina del Gobierno que ni siquiera podía revelarle todas las circunstancias de la muerte de su esposo era hacer castillos en el aire. Pero no había otro remedio.

Al salir de la casa de la desconsolada mujer, Reynolds tenía la inequívoca sensación de que Anne la culpaba de la muerte de Ken, y mientras se aproximaba al coche pensó que estaba en lo cierto. El sentimiento de culpabilidad que la embargaba en aquellos momentos era como un percebe que se le hubiera adherido a la piel, como un radical libre que le recorriese el cuerpo en busca de un lugar donde cobijarse, crecer y, al final, acabar con ella.

Frente a la casa de los Newman, Reynolds se había topado con el director del FBI, que había acudido a dar el pésame en persona. Le expresó su más sentida condolencia a Reynolds por la pérdida de uno de sus hombres. Le dijo que le habían informado de su conversación con Massey y que estaba de acuerdo con su opinión. No obstante, le dejó bien claro que quería resultados rápidos y sólidos.

Mientras Reynolds observaba el desorden que había en su despacho, se le ocurrió que aquel caos simbolizaba la desorganización, algunos dirían la disfunción, de su vida personal. Había varios documentos importantes de muchas investigaciones en curso desparramados sobre el escritorio y la pequeña mesa de negociaciones. Otros estaban apretujados en las estanterías, apilados en el suelo o incluso en el sofá donde solía dormir, lejos de sus hijos.

Sin embargo, de no ser por la niñera que dormía en su casa y la hija adolescente de la niñera, Reynolds difícilmente habría podido llevar una vida normal con sus hijos. Rosemary, una maravillosa mujer de Centroamérica que amaba a los niños casi tanto como ella y se ocupaba a la perfección de limpiar, preparar las comidas y lavar la ropa, le costaba a Reynolds más de la cuarta parte de su salario, pero compensaba con creces cada centavo. Por desgracia, cuando el divorcio se formalizara, tendría que apretarse el cinturón. Su ex no le pagaría una pensión. Su trabajo como fotógrafo de modas, aunque lucrativo, suponía períodos de actividad intensa seguidos de otros de deliberada inactividad. Reynolds tendría suerte si no acababa pagándole una pensión a él. Si bien le reclamaría una asignación para los niños, sabía que no la obtendría. El hombre podría grabarse en la frente las palabras «padre gorrón».

Comprobó la hora. El laboratorio del FBI estaba examinando la cinta de vídeo en esos momentos. Dado que sólo el personal más selecto de la oficina estaba al tanto de la existencia de su misión «especial», se suponía que todos los trabajos de laboratorio debían encargarse con un nombre de caso y un número de expediente falsos. Lo idóneo sería disponer de personal e instalaciones distintas, pero eso implicaría un gasto enorme que no tendría cabida en el presupuesto del FBI. Hasta los luchadores de elite contra el crimen tenían que salir adelante con el dinero que les daba el Tío Sam. Por lo general, un agente de enlace con la oficina principal trabajaría con el equipo de Reynolds para coordinar con ella las entregas y hallazgos del laboratorio. Sin embargo, Reynolds no tenía tiempo para seguir los conductos habituales. Había llevado la cinta en persona al laboratorio y, gracias a la aprobación de su superior, le habían concedido prioridad absoluta.

Tras reunirse con Anne Newman, regresó a casa, se tumbó junto a sus hijos, que dormían, y los abrazó durante el rato que pudo, se duchó, se cambió y regresó al trabajo. No había dejado de pensar en la maldita cinta. Como si le hubieran leído el pensamiento, sonó el teléfono.

—¿Diga?

—Será mejor que venga —dijo el hombre—. Y para que se haga a la idea, las noticias no son buenas.

13

Faith despertó sobresaltada. Miró la hora. Eran casi las siete. Lee había insistido en que descansara, pero no había creído que dormiría durante tanto tiempo. Se incorporó un tanto atolondrada. Le dolía el cuerpo y, al bajar los pies de la cama, le entraron náuseas. Todavía llevaba el traje de chaqueta puesto, pero se había quitado los zapatos y las medias antes de tumbarse.

Se levantó, entró en el baño contiguo y se miró en el espejo. «Dios mío», dijo a duras penas. Tenía el pelo enmarañado y apelmazado, el rostro hecho un desastre, la ropa sucia y el cerebro embotado. ¡La mejor manera de comenzar el día!

Abrió el agua de la ducha y regresó a la habitación para desvestirse. Se había quitado la ropa y estaba desnuda en el centro de la habitación cuando Lee llamó a la puerta.

—¿Sí? —dijo inquieta.

—Antes de ducharte, tenemos que hacer algo —contestó Lee al otro lado de la puerta.

—¿De veras? —El extraño tono de sus palabras le produjo un escalofrío a Faith. Se vistió rápidamente y permaneció inmóvil en medio del dormitorio.

—¿Puedo pasar? —Parecía impaciente.

Faith se acercó a la puerta y la abrió.

—¿De qué se...? —Cuando lo vio, por poco soltó un grito.

Aquel hombre no era Lee Adams. Llevaba un peinado muy moderno, el cabello teñido de rubio y humedecido, una barba y bigote a juego, y gafas. Sus ojos no eran de un azul resplandeciente sino marrones.

El hombre sonrió al observar su reacción.

—Bien, ha funcionado.

—¿Lee?

—No podemos pasar por delante del FBI con nuestro aspecto habitual.

Lee extendió las manos. Faith vio unas tijeras y una caja de tinte para el pelo.

—El pelo corto es más fácil de cuidar y, personalmente, creo que eso de que ellos las prefieren rubias no es más que un estereotipo.

Faith le dirigió una mirada cansina.

—¿Quieres que me corte el pelo? ¿Y que me lo tiña?

—No, yo te lo cortaré. Y, si quieres, también te lo tiño.

—No puedo hacerlo.

—Tendrás que hacerlo.

—Sé que, dadas las circunstancias, parece una tontería...

—Tienes razón, dadas las circunstancias es una tontería. El pelo vuelve a crecer, pero cuando estás muerto, estás muerto —dijo Lee sin rodeos.

Faith comenzó a quejarse pero entonces cayó en la cuenta de que él estaba en lo cierto.

—¿Cómo de corto?

Lee ladeó la cabeza y le miró el cabello desde distintos ángulos.

—¿Qué tal un corte a lo Juana de Arco? De chico pero con estilo.

Faith le clavó la vista.

—Excelente. De chico, pero con estilo... las ambiciones de toda mi vida hechas realidad con varios tijeretazos y un bote de tinte para el pelo.

Entraron en el baño. Faith se sentó en el inodoro y Lee comenzó a cortarle el pelo mientras ella mantenía los ojos bien cerrados.

—¿Quieres que te lo tiña yo? —preguntó Lee cuando hubo acabado.

—Por favor. No sé si podría mirarme ahora.

Pasó un rato con la cabeza bajo el grifo y el olor de las sustancias químicas del tinte le resultó difícil de soportar con el estómago vacío, pero cuando Faith se contempló por fin en el espejo se llevó una agradable sorpresa. No le sentaba tan mal como había pensado. El perfil de su cabeza, ahora más visible que antes, tenía una forma bonita y el color oscuro armonizaba con su tez.

—Ahora date una ducha —dijo Lee—. El tinte no se irá. El secador está debajo del lavabo. Te dejaré ropa limpia sobre la cama.

Faith se fijó en su cuerpo corpulento.

—Tu ropa me vendrá grande.

—No te preocupes. En este hotel tenemos de todo.

Treinta minutos después, Faith emergió del dormitorio con unos vaqueros, una camisa de franela, cazadora y botas de tacón bajo. Del traje de chaqueta de ejecutiva al atuendo de estudiante universitaria. Se sentía mucho más joven. El cabello corto y negro le enmarcaba la cara, que Faith dejó sin maquillar. Era como volver a empezar.

Lee estaba sentado a la mesa de la cocina. Estudió su nuevo aspecto.

—Te queda bien —aseguró dando el visto bueno.

—Ha sido obra tuya. —Faith le miró el pelo humedecido y, de repente, se le ocurrió algo—. ¿Tienes otro baño?

—No, sólo uno. Me duché mientras dormías. No usé el secador porque no quería despertarte. Descubrirás que soy un alma considerada.

Faith retrocedió lentamente. El hecho de que hubiera estado merodeando alrededor de ella mientras dormía le pareció un tanto escalofriante. De repente, se imaginó a un Lee Adams maníaco, tijeras en mano, que la miraba con lascivia mientras ella yacía atada a la cama, desnuda e impotente.

—Dios mío, debo de haberme quedado como un tronco —comentó con la máxima tranquilidad posible.

—Sí. Yo también eché una cabezadita. —Lee continuó calibrando la apariencia de Faith—. Estás más guapa sin maquillaje.

Faith sonrió.

—Agradezco tus cumplidos. —Se alisó la camisa—. Por cierto, ¿siempre guardas ropa femenina en el apartamento?

Lee se puso un par de calcetines y luego unas zapatillas. Llevaba vaqueros y una camiseta blanca ceñida al pecho. Las venas de los bíceps y antebrazos sobresalían, y Faith no se percató hasta ese momento de lo grueso que tenía el cuello. El torso se estrechaba de manera espectacular en la cintura por lo que los pantalones le quedaban un poco sueltos a esa altura y le daban una forma de V pronunciada. Parecía que los muslos fuesen a reventar los vaqueros. Sorprendió a Faith contemplándolo y ella apartó la mirada rápidamente.

—Mi sobrina Rachel —explicó Lee— estudia en la facultad de Derecho de Michigan. El año pasado trabajó de oficinista en un bufete de aquí y se alojó en mi casa, para no pagar el alquiler. ¡Sólo que ganó más en un verano que yo en todo el año! Dejó algunas cosas. Has tenido suerte de que fueran de tu talla. Es probable que vuelva el verano que viene.

—Dile que vaya con cuidado. Esta ciudad acaba con la gente.

—No creo que tenga los mismos problemas que tú. Quiere ser jueza. Los que no son criminales tienen que aplicarse.

Faith se sonrojó. Tomó una taza del escurreplatos y se sirvió café.

Lee se incorporó.

—Oye, lo siento, ese comentario estaba fuera de lugar.

—Me merezco algo mucho peor.

—Bien, dejaré que otras personas hagan los honores.

Faith le sirvió una taza de café y se sentó a la mesa. *Max* entró en la cocina y le rozó la mano. Ella sonrió y acarició la cabeza del perro.

—¿Cuidará alguien de *Max*?

—Todo arreglado. —Lee consultó la hora—. El banco abre dentro de poco. Nos queda el tiempo justo para hacer las maletas. Recogeremos tus cosas, iremos al aeropuerto, compraremos los billetes y nos largaremos muy, muy lejos.

—Puedo llamar desde el aeropuerto para que preparen la casa. ¿O debería probar desde aquí?

—No. Podrían comprobar los registros de las llamadas.

—No había pensado en eso.

—Tendrás que empezar a hacerlo. —Sorbió el café—. Espero que la casa esté disponible.

—Lo estará. Da la casualidad de que es mía, o al menos es propiedad de mi otra identidad.

—¿Es pequeña?

—Depende de lo que entiendas por pequeña. Creo que estarás cómodo.

—Soy poco exigente. —Se llevó el café al dormitorio y salió al cabo de unos minutos con un suéter azul marino encima de la camiseta. Se había quitado el bigote y la barba y llevaba una gorra de béisbol y una bolsa de plástico pequeña.

—Las pruebas de nuestro cambio de imagen —señaló Lee.

—¿Sin disfraz?

—La señora Carter está acostumbrada a mi noctambulismo, pero si entro en su casa con el aspecto de otra persona será demasiado para ella a estas horas de la mañana. Y no quiero que luego pueda describirnos.

—Se te da bien todo esto —dijo Faith—. Me quedo más tranquila.

Lee llamó a *Max*. El enorme perro pasó del pequeño salón a la cocina, se desperezó y se sentó junto a su amo.

—Si suena el teléfono, no respondas. Y no te acerques a las ventanas.

Faith asintió y entonces Lee y *Max* se marcharon. Tomó la taza de café y recorrió el pequeño apartamento. Era una curiosa mezcla entre una residencia de estudiantes desordenada y el hogar de una persona más madura. Donde debía estar el comedor, Faith encontró un gimnasio casero. No había aparatos caros ni de alta tecnología, sólo mancuernas, un banco de pesas y unas espalderas. En una rincón pendía un saco de arena pesado y al lado una pera de boxeo. En una pequeña mesa de madera situada junto a una caja de polvos de talco había unos guantes de boxeo y mitones para las pesas, cintas para las manos y varias toallas. En otro rincón Faith vio una pelota medicinal.

En las paredes había fotos de hombres con los uniformes blancos de la Marina. No le costó reconocer a Lee. Había cambiado poco desde los dieciocho años. Sin embargo, los años habían marcado su rostro con líneas y ángulos que lo hacían incluso más atractivo, más seductor. ¿Por qué el envejecimiento favorecía más a los hombres? Había fotos en blanco y negro de Lee en el cuadrilátero y una en la que levantaba el brazo en señal de victoria, con una medalla en el pecho. Su expresión era relajada, como si hubiera sabido que ganaría; de hecho, como si perder le pareciera imposible.

Faith golpeó el saco de arena con suavidad y, acto seguido, le dio una punzada en la mano y la muñeca. En aquel momento recordó lo grandes y gruesas que eran las manos de Lee y que sus nudillos semejaban una cordillera en miniatura. Un hombre muy fuerte, duro y con muchos recursos; un hombre que resistiría cualquier castigo. Faith esperaba que estuviese siempre de su lado.

Entró en el dormitorio. Sobre la mesita de noche descansaba un móvil y al lado un dispositivo de alarma portátil. Faith había estado demasiado agotada la noche anterior para reparar en ellos. Se preguntó si Lee dormía con la pistola bajo la almohada. ¿Era un paranoico o sabía algo que el resto del mundo desconocía?

De repente una idea le vino a la mente: ¿no tendría Lee miedo de que ella se escapara? Regresó al vestíbulo. La entrada estaba cubierta; si se marchaba por ahí Lee la vería. No obstante, había una puerta trasera en la cocina que daba a la escalera de incendios.

Se aproximó e intentó abrirla. Estaba cerrada con cerrojos de seguridad, de aquellos que sólo pueden abrirse con una llave incluso desde el interior. Las ventanas también tenían cerraduras. A Faith le dio rabia sentirse atrapada, pero lo cierto era que había estado atrapada mucho antes de que Lee apareciera en su vida.

Continuó vagando por el apartamento. Sonrió al ver la colección de discos guardados en sus fundas originales y un póster enmarcado de la película *El golpe*. Dudó que tuviera un reproductor de CD o televisión por cable. Abrió otra puerta y entró en la habitación. Se dispuso a encender la luz y se detuvo al oír un sonido que le llamó la atención. Se acercó a la ventana, separó las persianas unos centímetros y echó un vistazo al exterior. Ya era de día, aunque el cielo todavía estaba gris y plomizo. No vio a nadie, pero eso no significaba nada. Podría cercarla un ejército sin que ella se enterase.

Encendió la luz y miró en torno a sí, sorprendida. Estaba rodeada de archivadores, un escritorio, un sofisticado sistema telefónico y varios estantes repletos de manuales. En la pared había tableros con notas pegadas. Sobre el escritorio vio varios archivos ordenados, un calendario y los accesorios típicos de un escritorio. Al parecer, Lee también empleaba su casa como lugar de trabajo.

Si se trataba de su despacho, era posible que su expediente estuviera allí. Seguramente Lee todavía tardara varios minutos más. Comenzó a hojear con cuidado los documentos que había en el escritorio. Luego inspeccionó los cajones del escritorio y los archivadores. Por lo visto, Lee era muy organizado y tenía muchos clientes, en su mayoría bufetes y empresas. Supuso que eran abogados de la defensa porque los fiscales ya contaban con sus propios detectives.

De repente sonó el teléfono y Faith se sobresaltó. Temblando, se acercó al escritorio. La unidad base tenía una pantalla de cristal líquido. Obviamente, Lee disponía de un identificador de llamadas porque el número de la persona que telefoneaba apareció en la pantalla. Era de larga distancia, con el prefijo 215. Faith recordó que correspondía a Filadelfia. Sonó la voz de Lee, pidiendo dejaran el mensaje después de la señal. Cuando la persona comenzó a hablar, a Faith se le heló la sangre.

—¿Dónde está Faith Lockhart? —inquirió la voz de Danny Buchanan.

Danny continuó formulando preguntas en tono afligido: ¿qué había averiguado Lee? Quería respuestas y no estaba dispuesto a esperar. Buchanan dejó un número de teléfono y luego colgó. Faith comenzó a retroceder del escritorio. Se quedó quieta, paralizada por lo que acababa de escuchar. Transcurrió un largo minuto durante el cual los pensamientos de traición se arremolinaron en su cabeza como confeti en un desfile. Luego oyó un sonido a su espalda y se volvió. Dejó escapar un grito corto y agudo y se le cortó la respiración por unos instantes. Lee la observaba fijamente.

14

Buchanan recorrió el atestado aeropuerto con la vista. Se había arriesgado al llamar a Lee Adams directamente, pero le quedaban pocas alternativas. Mientras inspeccionaba la zona, se preguntó cuáles de aquellas personas serían. ¿La anciana de la esquina con el bolso enorme y el pelo recogido en un moño? Había venido en el mismo vuelo que Buchanan. Un hombre alto de mediana edad había estado recorriendo el pasillo de un lado a otro mientras Buchanan llamaba. También había tomado el avión de National.

Lo cierto es que los agentes de Thornhill podían estar en cualquier lugar. Era como un ataque con gas nervioso; impedía avistar al enemigo. Un sensación de absoluta desesperanza se apoderó de él.

Lo que más había temido era que Thornhill intentara implicar a Faith en su confabulación o que, de repente, considerara que era un lastre. Si bien había apartado a Faith de su lado, jamás la habría abandonado. Por eso había contratado a Adams para que la siguiera. A medida que se aproximaba el final, tenía que asegurarse de que Faith continuase sana y salva.

Había consultado la guía telefónica y se había basado en la lógica más sencilla que se le había ocurrido. Lee

Adams era la primera persona que aparecía en la lista de investigadores privados. Buchanan estuvo a punto de reírse por lo que había hecho. Pero, a diferencia de Thornhill, no tenía un ejército a sus órdenes. Suponía que Adams no había informado de sus descubrimientos porque estaba muerto.

Se detuvo por unos instantes. ¿Debía correr hasta el mostrador de venta de billetes, reservar el primer vuelo disponible a cualquier lugar remoto y perderse? Una cosa era soñar despierto y otra muy distinta llevar sus sueños a la práctica. Imaginó qué ocurriría si intentaba huir: el ejército de Thornhill, invisible hasta el momento, se materializaría de repente y caería sobre él desde las sombras, mostrando placas de apariencia oficial a cualquiera que tuviera el valor de intervenir. Entonces llevarían a Buchanan a una habitación silenciosa situada en las entrañas del aeropuerto de Filadelfia.

Allí lo estaría aguardando un tranquilo Robert Thornhill, con su pipa, su traje de tres piezas y su despreocupada arrogancia. Le preguntaría con toda la calma del mundo si quería morir justo en aquel instante, porque en ese caso lo complacería gustoso. Buchanan no podría responder.

Al final, Danny Buchanan hizo lo único que podía hacer. Salió del aeropuerto, entró en el coche que le esperaba y se dispuso a ver a su amigo el senador, para asestarle otra puñalada con sus encantadores modales y sonrisas así como con el dispositivo de escucha que llevaba puesto, de aspecto semejante a la piel y los folículos pilosos y de tecnología tan avanzada que no haría saltar ni el más sofisticado detector de metales. Una furgoneta de vigilancia lo seguiría hasta su destino y grabaría cada una de las palabras que pronunciaran Buchanan y el senador.

Como medida de seguridad, por si alguien quería interferir la transmisión del dispositivo de escucha, en el maletín de Buchanan había una grabadora oculta. Bastaba con hacer girar ligeramente el asa del maletín para accionar el aparato, que tampoco detectarían los sistemas de seguridad del aeropuerto. Thornhill había pensado en todo. «Maldita sea», dijo Buchanan para sí.

Durante el trayecto, se consoló con una fantasía disparatada acerca de un Thornhill suplicante y destrozado, un amplio surtido de serpientes, aceite hirviendo y un machete oxidado.

¡Ojalá algunos sueños se hicieran realidad!

La persona sentada en el aeropuerto presentaba un aspecto cuidado, tendría treinta y tantos años, llevaba un traje negro de corte conservador y trabajaba con un portátil, lo que significaba que era idéntico a los otros miles de hombres en viajes de negocios que lo rodeaban. Se lo veía ocupado y concentrado, e incluso hablaba solo. Quien acertara a pasar por allí creería que estaba preparando un discurso para vender o redactando un informe de marketing. En realidad hablaba en voz baja por el minúsculo micrófono que llevaba en la corbata. Lo que parecían puertos de infrarrojos en la parte posterior del ordenador no eran otra cosa que sensores. Uno de ellos estaba diseñado para captar señales electrónicas. El otro era un lápiz que percibía sonidos, los interpretaba y exhibía las palabras en la pantalla. El primer sensor identificó fácilmente el número de teléfono al que Buchanan acababa de llamar y lo transmitía de forma automática a la pantalla. Puesto que había tantas conversaciones en el aeropuerto, el sensor de voz tenía más problemas, pero había logrado descifrar lo suficiente como para entusiasmar al hombre. Las palabras «¿Dónde está Faith Lockhart?» brillaban con toda nitidez en la pantalla.

El hombre envió el número de teléfono y otros datos a sus colegas de Washington. Al cabo de unos segundos, un ordenador de Langley había identificado el nombre y la dirección del titular. A los pocos minutos, un equipo de profesionales experimentados y completamente leales a Robert Thornhill, quien había estado esperando dicha información, se dirigió hacia el apartamento de Lee.

Las instrucciones de Thornhill eran bien sencillas. Si Faith Lockhart estaba allí, tenían que «cesarla», eufemismo que se empleaba en la jerga del espionaje, como si se limitaran a despedirla y a pedirle que recogiera sus pertenencias y abandonara el edificio, en lugar de pegarle un tiro en la cabeza. Quienes estuvieran con ella correrían la misma suerte. Por el bien del país.

15

—Me has dado un susto de muerte. —Faith no dejaba de temblar.

Lee entró en la habitación y miró alrededor.

—¿Qué haces en mi despacho?

—¡Nada! Sólo daba una vuelta. Ni siquiera sabía que tuvieras un despacho aquí.

—No tenías por qué saberlo.

—Al entrar me pareció oír un ruido al otro lado de la ventana.

—Oíste un ruido, pero no procedía de la ventana —repuso señalando la jamba de la puerta.

Faith advirtió que había un trozo rectangular de plástico blanco en la madera.

—Es un sensor. Si alguien abre la puerta del despacho, activa el sensor, que hace sonar mi buscapersonas. —Extrajo el dispositivo del bolsillo—. Si no hubiera tenido que tranquilizar a *Max* en casa de la señora Carter, habría subido mucho antes. —Frunció el entrecejo—. Esto no me ha gustado nada, Faith.

—Oye, sólo estaba mirando, matando el tiempo.

—Interesante elección de palabras: «matando».

—Lee, no tramo nada contra ti, te lo juro.

—Acabemos de prepararlo todo. No quiero hacer esperar a tus banqueros.

Faith evitó mirar de nuevo el teléfono. Lee no debía de haber oído el mensaje. Buchanan lo había contratado para seguirla. ¿Había matado al agente anoche? Cuando subieran al avión, ¿sería capaz de lanzarla al vacío desde una altura de nueve mil metros y prorrumpir en carcajadas mientras ella caía en picado entre las nubes sin dejar de gritar?

Por otro lado, Lee podría haberla matado en cualquier momento desde la noche anterior. Lo más fácil habría sido dejarla muerta en la casita. Entonces cayó en la cuenta: habría sido lo más fácil a no ser que Danny quisiera saber cuánto le había contado al FBI. Eso explicaría por qué estaba viva todavía y por qué Lee parecía tan ansioso por hacerla hablar. En cuanto lo hiciera, él la mataría. Y ahora se disponían a tomar un avión con destino a una comunidad costera de Carolina del Norte que, en esa época del año, estaría prácticamente desierta. Salió de la habitación, sintiéndose como una condenada camino de su ejecución.

Veinte minutos después, Faith cerró la pequeña bolsa de viaje y se colgó el bolso del hombro. Lee entró en el dormitorio. Se había vuelto a poner el bigote y la barba y se había quitado la gorra de béisbol. En la mano derecha tenía la pistola, dos cajas de munición y la pistolera.

Faith lo vio guardar los objetos en un estuche resistente y especial.

—En los aviones no se pueden llevar armas —comentó.

—No me digas. ¿De verdad? ¿Cuándo dictaron esa norma tan absurda? —Lee cerró el estuche con una llave que se guardó en el bolsillo antes de mirar a Faith—. En los aviones se pueden portar armas si las enseñas cuando facturas el equipaje y rellenas una declaración firmada. Se aseguran de que el arma esté descargada y guardada en un estuche reglamentario. —Golpeó con los nudillos el aluminio resistente de la caja—. En mi caso todo está en orden. Comprueban que la munición no exceda las cien balas y que vaya en el embalaje original del fabricante o, en su defecto, en uno homologado por la FAA. Eso también está en orden en mi caso. Luego marcan el paquete con una etiqueta especial y lo envían a la zona de carga, lugar al que me costaría acceder si quisiera utilizar el arma para secuestrar el avión, ¿no crees?

—Gracias por la explicación —dijo Faith, cortante.

—No soy un maldito aficionado —replicó Lee con vehemencia.

—Nunca he dicho que lo fueras.

—Bien.

—Vale, lo siento. —Faith vaciló ya que, por varios motivos, en especial por su supervivencia, deseaba establecer una especie de tregua—. ¿Quieres hacerme un favor?

Lee la observó con recelo.

—Llámame Faith.

Ambos dieron un respingo al oír el timbre.

Lee comprobó la hora.

—Un poco temprano para recibir visitas.

Faith, no sin asombro, lo vio mover las manos como una máquina. En unos veinte segundos, había desenfundado la pistola y la había cargado. Colocó el estuche y las cajas de munición en su pequeña bolsa de viaje y se la colgó del hombro.

—Recoge tu bolsa.

—¿Quién puede ser? —Faith notó que le palpitaba la sien.

—Vamos a averiguarlo.

Salieron al pasillo en silencio y Faith siguió a Lee hasta el recibidor.

Lee echó una ojeada a la pantalla de televisión. Un hombre esperaba en la entrada del edificio con un par de paquetes en los brazos. El conocido uniforme marrón se distinguía bien. Mientras miraban, el hombre pulsó de nuevo el timbre.

—Es de UPS —dijo Faith exhalando un suspiro de alivio.

Lee no apartó los ojos de la pantalla.

—¿Estás segura? —Oprimió un botón de la pantalla que servía para mover la cámara y Faith pudo ver la calle situada frente al edificio. Faltaba algo.

—¿Dónde está el camión? —preguntó al tiempo que volvía a invadirla el miedo.

—Buena pregunta. Y resulta que conozco perfectamente al tipo de UPS que sigue esta ruta, y no es ése.

—Tal vez esté de vacaciones.

—Acaba de pasar una semana en las islas con su nueva novia. Y nunca viene tan temprano, lo que significa que tenemos problemas.

—Podríamos salir por la parte trasera.

—Sí, estoy seguro de que se han olvidado de cubrirla.

—Sólo hay un hombre.

—No, sólo vemos un hombre. Él cubre la entrada. Es probable que quieran hacernos salir por detrás directos a sus brazos.

—Así que estamos atrapados —susurró Faith a duras penas.

El timbre sonó una vez más y Lee alargó la mano para pulsar el botón del interfono.

Faith se lo impidió.

—¿Qué diablos haces?

—Ver qué quiere. Dirá que es de UPS y lo dejaré entrar.

—Vas a dejarle entrar —repitió Faith con languidez. Observó la pistola—. ¿Y piensas liarte a tiros en el edificio?

Lee endureció el semblante.

—Cuando te diga que corras, mueve el trasero como si un tiranosaurio te pisara los talones.

—¿Que corra? ¿Adónde?

—Sígueme. Y no hagas más preguntas.

Pulsó el botón del interfono, el hombre se identificó y Lee le abrió la puerta. Acto seguido, accionó el sistema de seguridad del apartamento, abrió de un golpe la puerta de la entrada, agarró a Faith del brazo y la arrastró hasta el pasillo. Había una puerta frente al apartamento. No tenía ningún número. Él la abrió mientras Faith escuchaba los pasos del hombre de UPS en la planta baja del edificio. Entraron rápidamente y Lee cerró sin hacer ruido tras de sí. Todo estaba a oscuras, pero era obvio que Lee conocía bien el lugar. Llevó a Faith hasta la parte trasera y pasaron a lo que parecía un dormitorio.

Lee abrió otra puerta que había en la habitación y le hizo señas para que entrara. Nada más entrar, Faith topó con una pared. Cuando él entró, estaban realmente apretados, como si se encontrasen en una cabina telefónica. Lee cerró la puerta y los envolvió la oscuridad más densa que ella había sentido jamás.

—Hay una escalera de mano justo frente a ti —le susurró él al oído, sobresaltándola—. Aquí están los travesaños. —Lee le agarró la muñeca y le hizo tocar los escalones con los dedos—. Dame la bolsa y empieza a subir. Ve despacio. En estos momentos importa más el silencio que la velocidad. Te seguiré. Cuando llegues arriba del todo, párate y entonces yo te guiaré.

En cuanto comenzó a ascender, le dio un acceso de claustrofobia, y, puesto que se había desorientado, se mareó un poco. Era el momento perfecto para devolver todo lo que tenía en el estómago, aunque fuera bien poco.

Al principio, subió lentamente. Luego cobró seguridad y aligeró el paso. Pero entonces se saltó un peldaño, resbaló y se dio un golpe con la barbilla en uno de los travesaños. El brazo fornido de Lee la atrapó de inmediato y la sostuvo. Faith tardó unos instantes en recobrar el equilibrio, intentó no pensar en el dolor que sentía en la barbilla y continuó subiendo hasta que notó el techo sobre la cabeza y entonces se detuvo.

Lee todavía estaba un travesaño por debajo de ella. De repente, subió al mismo peldaño, con las piernas a ambos lados de las de Faith, de modo que las de ella quedaban entre las suyas. Se inclinó sobre ella haciendo un gran esfuerzo y Faith no estaba segura de qué es lo que quería hacer. Como tenía el pecho apretado contra los peldaños, cada vez le costaba más respirar. Por un momento horroroso, pensó que la había llevado hasta allí para violarla. Entonces un chorro de luz la golpeó desde arriba y Lee se separó de ella. Faith levantó la vista, parpadeando. La visión del cielo azul tras el terror de la oscuridad era tan maravillosa que le entraron ganas de gritar de alivio.

—Sube a la azotea, pero quédate agachada, lo más agachada que puedas —le musitó Lee al oído.

Ella subió, se puso a cuatro patas y miró en torno a sí. La azotea del viejo edificio era llana, con una superficie de grava y alquitrán. Había varios aparatos de calefacción antiguos y voluminosos y otros de aire acondicionado más modernos. Les servirían para ocultarse; Faith se deslizó y se agachó junto al más cercano.

Lee todavía estaba en la escalera. Aguzó el oído y luego echó un vistazo al reloj. El hombre de UPS habría llegado a la puerta de su apartamento en esos momentos. Llamaría al timbre y esperaría a que Lee abriese. Les quedaban unos treinta segundos antes de que el tipo se diera cuenta de que no había nadie. Lo idóneo sería disponer de más tiempo y encontrar la manera de atraer a las otras fuerzas que Lee sabía que estaban en el exterior del edificio. Extrajo el teléfono del bolsillo y marcó un número a toda prisa.

Cuando la persona respondió, Lee dijo:

—Señora Carter, soy Lee Adams. Escúcheme, quiero que deje a *Max* en el pasillo. De acuerdo, sé que acabo de dejárselo. Sé que subirá a mi apartamento. Eso es lo que quiero. Yo, esto, olvidé ponerle la inyección que necesita. Por favor, dese prisa, necesito salir de aquí lo antes posible.

Se guardó el móvil en el bolsillo, subió las bolsas, luego salió por la abertura y cerró la trampilla tras de sí. Inspeccionó la azotea con la vista y localizó a Faith. Agarró las bolsas y se deslizó hasta donde ella estaba.

—Tenemos poco tiempo.

Sonaron unos ladridos y Lee sonrió.

—Sígueme —le indicó a Faith.

Agachados, se aproximaron al saliente del tejado. La azotea del edificio contiguo al de Lee estaba un metro y medio más abajo. Le hizo señas a Faith para que lo tomara de las manos. Ella obedeció y Lee la ayudó a descender por el saliente, sujetándola bien fuerte hasta que sus pies tocaron el suelo. En cuanto él hubo bajado, oyeron gritos que procedían del edificio de Lee.

—Muy bien, ya han comenzado el asalto total. Pasarán por la puerta y activarán la alarma. No tengo contratada la opción de comprobación de llamada por parte de la empresa de seguridad, así que la policía no tardará en llegar. Dentro de unos minutos se armará una buena.

—¿Y qué hacemos mientras tanto? —preguntó Faith.

—Tres edificios más y luego bajamos por la escalera de incendios. ¡Andando!

Unos minutos después, salieron corriendo de un callejón y enfilaron una tranquila calle de las afueras flanqueada por varios edificios de apartamentos de poca altura. Había coches aparcados a ambos lados de las calles. Faith oyó, al fondo, que alguien jugaba al tenis. Divisó una cancha rodeada de pinos altos en un pequeño parque situado frente a los bloques de apartamentos.

Faith notó que Lee observaba la hilera de coches aparcados junto a la acera. Luego corrió hasta la zona del parque y se inclinó. Al erguirse tenía una pelota de tenis en la mano, una de las muchas que habían caído allí a lo largo de los años. Cuando Lee regresó al lado de Faith, ella vio que estaba haciendo un agujero en la pelota de tenis con la navaja.

—¿Qué haces? —le preguntó.

—Sube a la acera y camina con tranquilidad. Y mantén los ojos bien abiertos.

—Lee...

—¡Hazlo, Faith!

Ella dio media vuelta, subió a la acera y avanzó al mismo paso que Lee, que iba por la otra acera escrutando con la mirada todos los coches aparcados. Por fin, él se detuvo junto a un modelo lujoso que parecía nuevo.

—¿Hay alguien mirándonos? —preguntó.

Faith negó con la cabeza.

Lee se acercó al coche y apretó la pelota de tenis contra la cerradura, con el agujero de la pelota orientado hacia la puerta.

Faith lo miró como si estuviera loco.

—¿Qué haces?

Por toda respuesta, Lee golpeó la pelota de tenis con

el puño, expulsando todo el aire alojado en la misma hacia el interior de la cerradura. Faith, boquiabierta, vio que las cuatro puertas se abrían.

—¿Cómo lo has hecho?

—Entra.

Lee se deslizó al interior del coche y Faith hizo otro tanto.

Lee agachó la cabeza bajo la columna de dirección y encontró los cables que necesitaba.

—A estos coches nuevos no se les puede hacer el puente. La tecnología... —Faith se calló al oír que el coche arrancaba.

Lee se incorporó, puso el coche en el modo marcha y se alejó del bordillo. Se volvió hacia Faith.

—¿Qué?

—Vale, ¿cómo es posible que la pelota de tenis sirviera para abrir el coche?

—Tengo mis secretos profesionales.

Mientras Lee esperaba en el coche con la mirada alerta, Faith logró entrar en el banco, explicar lo que quería al director adjunto y firmar, todo ello sin desmayarse. «Calma, chica, cada cosa a su tiempo», se dijo. Por suerte, conocía al director adjunto, quien estudió con curiosidad su nuevo aspecto.

—La crisis de la mediana edad —dijo Faith respondiendo a su mirada—. Decidí que necesitaba un aspecto más juvenil y desenfadado.

—Le sienta bien, señorita Lockhart —respondió él con cortesía.

Faith lo vio sacar su llave, introducirla junto con la copia del banco en la cerradura y extraer la caja. Salieron de la cámara y él depositó la caja en el interior de una cabina situada frente a la cámara reservada para los usuarios de las cajas de seguridad. Mientras el director adjunto se alejaba, Faith no le quitó ojo.

¿Era uno de ellos? ¿Llamaría a la policía, al FBI o a quienquiera que estuviera matando gente por ahí? En cambio, el director adjunto se sentó a su escritorio, abrió una bolsa blanca, sacó una rosquilla glaseada y comenzó a devorarla.

Satisfecha por el momento, Faith cerró la puerta tras de sí. Abrió la caja y observó el contenido por unos instantes. Luego vació todo en el bolso y cerró la caja. El joven la guardó en la cámara y ella salió del banco con la mayor tranquilidad posible.

Ya en el coche, Faith y Lee se dirigieron hacia la interestatal 395, donde tomaron la salida que llevaba al GW Parkway y se dirigieron al sur hacia el aeropuerto nacional Reagan. A pesar de que era la hora punta de la mañana, llegaron a tiempo.

Faith contempló a Lee, quien tenía la mirada perdida, sumido en sus pensamientos.

—Lo has hecho todo muy bien —dijo ella.

—En realidad nos la hemos jugado más de lo que me habría gustado. —Se calló y sacudió la cabeza—. Estoy preocupado por *Max*, por muy estúpido que suene dadas las circunstancias.

—No suena estúpido.

—*Max* y yo hemos estado juntos mucho tiempo. Durante años sólo he contado con él.

—No creo que le hayan hecho nada en medio de tanta gente.

—Sí, eso es lo que te gustaría creer, ¿no? Pero lo cierto es que si matan personas, un perro no tiene muchas oportunidades.

—Siento que hayas tenido que hacerlo por mí.

Lee enderezó la espalda.

—Bueno, al fin y al cabo, un perro es un perro, Faith. Y tenemos otras cosas de que preocuparnos, ¿no?

Faith asintió.

—Sí.

—Supongo que lo del imán no funcionó del todo. Me habrán identificado en la cinta de vídeo. Aun así han sido muy rápidos. —Negó con la cabeza, con una mezcla de admiración y temor—. Tan rápidos que da miedo.

Faith se desmoralizó; si Lee estaba asustado, ella tenía motivos para estar aterrorizada.

—Las perspectivas no son muy alentadoras, ¿verdad? —dijo.

—Tal vez esté mejor preparado si me cuentas qué está ocurriendo.

Tras presenciar las proezas de Lee, Faith deseaba confiar en él, pero la llamada de Buchanan le resonaba en los oídos, como los disparos de la noche anterior.

—Cuando lleguemos a Carolina del Norte, desembucharemos. Los dos —puntualizó Faith.

16

Thornhill colgó el auricular y echó un vistazo a su despacho con expresión inquieta. Sus hombres habían encontrado la casa vacía y a uno le había mordido un perro. Alguien había visto a un hombre y a una mujer corriendo por la calle. Aquello era demasiado. Thornhill, un hombre paciente, estaba acostumbrado a trabajar en el mismo proyecto durante varios años, pero a pesar de todo su tolerancia tenía límites. Sus hombres habían escuchado el mensaje que Buchanan había dejado en el contestador automático y se lo habían reenviado a través de su línea telefónica privada.

«Así que has contratado a un investigador privado, Danny —murmuró Thornhill para sí—. Me las pagarás. —Asintió pensativo—. Me las pagarás todas juntas.»

La policía había acudido al apartamento de Lee al activarse la alarma antirrobo, pero cuando los hombres de Thornhill les mostraron sus placas de aspecto oficial, se retiraron rápidamente. Desde un punto de vista legal, la CIA no tenía autoridad para operar en Estados Unidos. Por lo tanto, el equipo de Thornhill llevaba siempre consigo varios modelos de placas y elegía una u otra según la situación.

A los policías se les había ordenado que olvidaran lo

que habían visto. Aun así, a Thornhill no le gustaba todo aquello, era demasiado arriesgado. Había demasiadas fisuras que otras personas podrían aprovechar para sacarle ventaja.

Se aproximó a la ventana y observó el exterior. Era un hermoso día de otoño y los colores comenzaban a cambiar. Mientras contemplaba las vistosas hojas de los árboles, preparó la pipa, por desgracia lo único que podía hacer. En la sede de la CIA estaba prohibido fumar. El subdirector disponía de un balcón fuera del despacho, donde Thornhill se sentaba y fumaba, pero no era lo mismo. Durante la guerra fría, en las oficinas de la Agencia había tanto humo que parecían baños turcos. Thornhill estaba convencido de que el tabaco ayudaba a pensar. No era algo muy importante y, sin embargo, simbolizaba todo aquello que había ido mal en la CIA.

Según Thornhill, el declive de la CIA se había acelerado en 1994 con la debacle de Aldrich Ames. Thornhill todavía se estremecía cada vez que pensaba en la detención del ex agente de contraespionaje de la CIA por trabajar para los soviéticos y luego para los rusos. Y, por supuesto, el destino quiso que el FBI destapara el caso. A raíz de aquello, el presidente había dictado la orden de que se nombrara a un agente del FBI empleado permanente de la CIA. Desde entonces, el agente del FBI supervisaba las campañas de contraespionaje de la Agencia y tenía acceso a todos los archivos de la CIA. ¡Un agente del FBI en el edificio de la CIA, metiendo las narices en sus secretos! Para no ser menos que la rama ejecutiva, los idiotas del Congreso habían aprobado una ley que exigía que todas las agencias gubernamentales, incluida la CIA, notificasen al FBI cada vez que hallasen indicios de que cualquier información confidencial se hubiese revelado indebidamente a las potencias extranjeras. El resultado: la CIA corría todos los riesgos y el FBI saboreaba las mieles del éxito. A Thornhill le hervía la sangre. Aquello era una usurpación directa de las funciones de la CIA.

La ira de Thornhill iba en aumento. La CIA ya no tenía derecho a vigilar a las personas o a intervenir los teléfonos. Si sospechaban de alguien, tenían que acudir al FBI y solicitar vigilancia, electrónica o del tipo que fuera. Si necesitaban vigilancia electrónica, entonces el FBI debía obtener la autorización del TVSSE, el Tribunal de Vigilancia de los Servicios Secretos Extranjeros. La CIA ni siquiera podía acudir al TVSSE por su cuenta. Necesitaba el visto bueno del Gran Hermano. Todo parecía favorecer al FBI.

El ánimo de Thornhill se vino abajo al recordar que la CIA no sólo tenía las manos atadas en el ámbito nacional; la Agencia debía obtener la autorización del presidente antes de iniciar cualquier operación encubierta en el extranjero. Había que informar a los comités de supervisión del Congreso de estas operaciones en el momento adecuado. Dado que el mundo del espionaje era cada vez más complicado, la CIA y el FBI se enfrentaban constantemente por asuntos de competencias jurisdiccionales, la utilización de testigos e informantes y cuestiones similares. Aunque se suponía que el FBI era una agencia de ámbito nacional en realidad realizaba muchas operaciones en el extranjero, sobre todo de carácter antiterrorista y antidroga, como la recopilación y análisis de información. Una vez más, aquello caía en territorio de la CIA.

¿Era de extrañar, pues, que Thornhill odiara a sus homólogos federales? Los muy cabrones eran como el cáncer, estaban por todas partes. Y por si fuera poco, un ex agente del FBI dirigía en la actualidad el Centro de

Seguridad de la CIA, que llevaba a cabo las comprobaciones internas del historial de los empleados actuales y eventuales. Además, todas las personas contratadas por la CIA tenían que rellenar un formulario anual exhaustivo sobre sus bienes.

Antes de sufrir un ataque por pensar en tan doloroso asunto, Thornhill se esforzó por cavilar sobre otros temas importantes. Era bastante probable que el investigador privado que Buchanan había contratado hubiera estado en la casita la noche anterior y hubiese disparado contra Serov. La herida de bala había causado al ruso daños incurables en los nervios del brazo, y Thornhill había ordenado que lo liquidaran. Un asesino a sueldo incapaz de sostener el arma intentaría ganarse la vida de otra forma, lo que supondría una pequeña amenaza. Era culpa suya, y si había algo que Thornhill exigía a los subordinados, era responsabilidad.

Así pues, meditó, el tal Lee Adams se había entrometido en todo aquello. Thornhill ya había ordenado que se realizara una investigación a fondo del pasado de Lee. En esos días en que todos los archivos estaban informatizados, recibiría el expediente en media hora, incluso antes. Los hombres de Thornhill le habían entregado el informe sobre Faith Lockhart que estaba en el apartamento de Lee. Las notas revelaban que el detective hacía su trabajo de un modo concienzudo y lógico. Eso era a la vez bueno y malo para los propósitos de Thornhill. Adams había logrado eludir a sus hombres, cosa nada fácil. Lo bueno era que, si Adams era sensato, se le podría convencer con una oferta razonable, es decir, una que le permitiera vivir.

Seguramente, Adams también había escapado de la casita con Faith Lockhart. No había informado a Buchanan al respecto, y ése era el motivo por el que éste le había dejado el mensaje telefónico. Resultaba obvio que Buchanan no estaba al corriente de lo que había sucedido la noche anterior. Thornhill haría todo lo posible para asegurarse de que las circunstancias no cambiasen.

¿Cómo huirían? ¿En tren? Thornhill lo dudaba. Los trenes eran lentos y no cruzaban los océanos. Ahora bien, tomar el tren hasta un aeropuerto era una posibilidad más viable. O tomar un taxi. Parecía lo más probable.

Cuando Thornhill se recostó en el sillón un ayudante entró con algunos de los documentos que había pedido. Si bien en la CIA todo estaba informatizado, a Thornhill todavía le gustaba el tacto del papel. Pensaba con mucha más claridad ante el papel que ante un monitor.

Habían seguido todos los pasos de costumbre. Pero ¿y los menos habituales? Con el elemento añadido de un investigador profesional, Adams y Lockhart podrían huir bajo identidades falsas, incluso disfrazados. Tenía hombres en los tres aeropuertos y en todas las estaciones de tren, pero nada más. La pareja podría alquilar un coche, dirigirse a Nueva York y tomar un avión allí, o encaminarse hacia el sur y hacer otro tanto. La situación era bastante problemática.

Thornhill odiaba esta clase de persecuciones. Tenía que cubrir demasiados lugares y disponía de recursos más bien limitados para estas actividades «extracurriculares». Al menos, contaba con la ventaja de trabajar con cierta autonomía. Nadie, del director del servicio de información central para abajo, cuestionaba sus decisiones, y aunque lo hicieran, él sabía cómo esquivar cualquiera de los asuntos que le plantearan. Obtenía resultados que beneficiaban a todos, y ésa era su mejor arma.

Era mucho mejor acosar a los fugitivos, hacerlos salir de su escondrijo empleando el cebo adecuado. Thornhill tenía que encontrar ese cebo, lo que lo obligaba a reflexionar más aún. Lockhart no tenía familia, padres ancianos ni hijos jóvenes. Todavía no sabía mucho acerca de Adams, pero pronto lo sabría. Si acababa de conocer a Faith, era bastante improbable que estuviera dispuesto a sacrificarlo todo por ella. Al menos por el momento. Si no intervenían otros factores, tendría que centrarse en Adams. Y ahora que sabían dónde vivía, podrían comunicarse con él. No les costaría nada hacerle llegar un mensaje discreto.

Thornhill pensó entonces en Buchanan. En esos momentos estaba en Filadelfia, reunido con un importante senador para intentar mejorar la situación de uno de los clientes de Buchanan. Habían implicado a este hombre en suficientes actos delictivos como para lograr que se derrumbara y suplicase por su miserable vida. Había representado un incordio para la CIA y les había agotado la paciencia con sus quejas desde su asiento en el Comité de gastos del Senado. ¡Cuán dulce era el sabor de la venganza!

Thornhill imaginó que entraba en los despachos de todos esos políticos poderosos y les enseñaba los vídeos, las cintas y los montones de documentos en que ellos y Buchanan planeaban sus pequeñas conspiraciones, hablaban sobre todos los detalles de los futuros sobornos y se mostraban deseosos de satisfacer los deseos de Buchanan a cambio de todo ese dinero. ¡Quedaban como auténticas aves de rapiña!

Querido senador, ¿le importaría lamerme las botas?, no merece llamarse ser humano, quejica de tres al cuarto. Y luego hará lo que le diga, ni más ni menos, o lo pisotearé antes de que diga «vótame».

Por supuesto, Thornhill jamás diría algo así. Esos hombres exigían respeto aunque no se lo merecieran. Les diría que Danny Buchanan había desaparecido y había dejado esas cintas en las que aparecían ellos. No sabrían qué hacer con las pruebas, pero lo más lógico sería entregar las cintas al FBI. Aquello resultaba desagradable; parecía imposible que esos intachables hombres fueran culpables de semejantes delitos, pero en cuanto el FBI comenzara a analizar la información, sabrían dónde acabarían: en la cárcel. ¿Y de qué modo ayudaría eso al país? El mundo se reiría de Estados Unidos. Los terroristas se envalentonarían al ver a su enemigo debilitado. ¡Y había tan pocos recursos...! La CIA, por poner un ejemplo, apenas disponía de fondos y personal, y sus competencias se habían visto reducidas de forma injusta. ¿Podría hacer algo toda esa gente intachable por cambiar la situación? ¿Serían tan amables de hacerlo a expensas del FBI, los mismos cabrones que darían lo que fuese por obtener esas cintas para acabar con todos ellos? Podrían empezar por quitárnoslos de encima. Les estamos muy agradecidos, apreciados líderes públicos. Sabíamos que lo entenderían.

El primer paso del infalible plan de Thornhill consistía en que sus nuevos aliados suprimiesen por completo la presencia del FBI en la Agencia. Luego, el presupuesto para operaciones de la CIA se incrementaría en un cincuenta por ciento. Eso para empezar. Durante el siguiente año fiscal, Thornhill se pondría serio respecto a los fondos. En el futuro, la CIA sólo daría cuentas a un comité de inteligencia conjunto y no, como en la actualidad, a los comités del Senado y de la Cámara por separado. Era mucho más fácil trabajar con un solo comité. Luego habría que definir de una vez por todas la jerarquía de las agencias estadounidenses de información secreta. El director del Servicio de Información Central estaría en la cúspide de esa pirámide. Thornhill intentaría hundir al FBI hasta el fondo. Los recursos de la CIA aumentarían. La vigilancia de ámbito nacional, la financiación encubierta y el suministro de armas a grupos insurrectos para derrocar a los enemigos de Estados Unidos, incluso el asesinato selectivo, se convertirían en armas disponibles tanto para él como para sus colegas. En ese preciso instante, Thornhill pensó que, como mínimo, había cinco jefes de estado cuyas muertes repentinas harían que el mundo fuera un lugar más seguro y humano. Había llegado el momento de soltar las manos de los mejores y los más inteligentes para que volvieran a hacer su trabajo. ¡Santo Dios, le faltaba tan poco para conseguirlo...!

«Sigue así, Danny, sigue así —dijo Thornhill en voz alta—. Sigue hasta el final. Buen chico. Déjalos que saboreen la victoria justo antes de que yo acabe con sus vidas.»

Con expresión adusta, miró la hora y se levantó. Thornhill odiaba la prensa. Durante todos los años que llevaba trabajando en la Agencia, jamás había concedido una entrevista. Pero ahora que era un superior en ocasiones tenía que realizar otra clase de comparecencias, que detestaba con idéntica vehemencia. Tenía que declarar ante la Comisión Investigadora sobre Inteligencia del Senado y de la Cámara de los Representantes en relación con una serie de asuntos que concernían a la Agencia.

En esta época «ilustrada» el personal de la CIA entregaba al Congreso más de cien informes de peso en el período de un año. ¡Y después hablaban de las operaciones secretas! Thornhill lograba soportar esas comparecencias pensando en lo poco que le costaba manipular a los idiotas que se suponía que supervisaban su agencia. Con sus miradas de suficiencia, le planteaban preguntas que formulaban sus diligentes empleados, que sabían más de las cuestiones de espionaje que los funcionarios gubernamentales para quienes trabajaban.

Al menos, la sesión se celebraba a puertas cerradas, sin la presencia del público o de la prensa. Para Thornhill, la Primera Enmienda, que establecía la libertad de prensa, constituía el mayor error que habían cometido los fundadores de la nación americana. Había que andarse con ojo con los periodistas; no se perdían una, hacían todo lo posible para atribuirte palabras que no habías pronunciado, tenderte trampas o dar una mala imagen de la Agencia. A Thornhill le dolía en lo más hondo que nadie confiara de verdad en ellos. Por supuesto que mentían, pero ése era su trabajo.

Desde el punto de vista de Thornhill, la CIA era, sin duda, el chivo expiatorio preferido del Congreso. A los diputados les encantaba parecer duros cuando se enfrentaban a la organización supersecreta. Eso impresionaba mucho al público: GRANJERO CONVERTIDO EN CONGRESISTA LOGRA QUE LOS AGENTES SECRETOS APARTEN LA MIRADA. Thornhill habría podido escribir él mismo los titulares.

Sin embargo, la sesión de hoy resultaba prometedora porque la Agencia había hecho avances importantes en el campo de las relaciones públicas con las conversaciones de paz más recientes sobre Oriente Medio. De hecho, en gran medida gracias al trabajo entre bastidores de Thornhill, la CIA había logrado presentar una imagen general más benévola e íntegra, una imagen que hoy intentaría reafirmar.

Thornhill cerró el maletín y se guardó la pipa en el bolsillo. «Allá voy, dispuesto a mentir a un hatajo de mentirosos. Ambos lo sabemos y ambos saldremos ganando —pensó—. Sólo en América.»

17

—Senador —dijo Buchanan, estrechando la mano del hombre alto de aspecto elegante.

El senador Harvey Milstead, líder probado, poseía una moral irreprochable, agudos instintos políticos y una gran intuición para abordar los problemas. Su imagen pública era la de un auténtico hombre de Estado. No obstante, Milstead era en realidad un mujeriego de armas tomar y un adicto a los analgésicos debido a una dolencia crónica de la espalda; en ocasiones, la medicación lo hacía caer en un estado de incoherencia. Por otro lado, bebía demasiado. Hacía años que no proponía un proyecto de ley importante, aunque en su mejor época había ayudado a aprobar leyes que en la actualidad beneficiaban a todos los estadounidenses. Por aquel entonces, cuando hablaba, empleaba una jerigonza con tal autoridad que nadie se molestaba en descifrarla. Además, la prensa adoraba al tipo encantador de modales refinados, y Milstead ocupaba un cargo muy importante. También alimentaba la maquinaria de los medios de comunicación con un flujo de filtraciones sabrosas efectuadas en el momento adecuado, y lo citaban constantemente. Buchanan sabía que lo querían. ¿Es que acaso podía ser de otra manera?

El Congreso constaba de quinientos treinta y cinco miembros; cien senadores más los representantes de la Cámara. Buchanan calculaba, quizá de forma generosa, que unas tres cuartas partes del total eran hombres y mujeres decentes, trabajadores y comprensivos que creían firmemente en lo que hacían en Washington y para el pueblo. Buchanan los llamaba, en conjunto, los «Creyentes», y procuraba mantenerse alejado de los mismos. Si trataba con ellos, acabaría en la cárcel.

El resto de los dirigentes de Washington era como Harvey Milstead. En su mayoría no eran borrachos, mujeriegos o caricaturas de lo que habían sido en el pasado, pero, por varios motivos, eran manipulables, presas fáciles de los cebos que Buchanan lanzaba por la borda.

Con el tiempo, Buchanan había logrado reclutar dos grupos de este tipo. Nada de republicanos y demócratas. A Buchanan le interesaban los miembros del venerable «Urbanitas» y del grupo que él mismo había bautizado, no del todo en broma, como los «Zombis».

Los Urbanitas conocían el sistema mejor que nadie. De hecho, ellos eran el sistema. Washington era su ciudad, de ahí el apodo. Llevaban más tiempo en la ciudad que Dios. Si se les practicaba un corte, manaba sangre roja, blanca y azul, o eso es lo que les gustaba decir. Buchanan había añadido otro color a la mezcla: el verde.

Por el contrario, los Zombis habían llegado al Congreso sin el menor atisbo de fibra moral o adhesión a una filosofía política. Se habían ganado su puesto gracias a las mejores campañas imaginables. Salían fantásticos en los fragmentos televisados y cuando intervenían en los debates ciñéndose al tiempo que les concedían. Su intelecto y capacidad eran, como mucho, mediocres, y aun así pronunciaban los discursos con el brío y el entusiasmo de un JFK en su mejor oratoria. Cuando los elegían, llegaban a

Washington sin la menor idea de lo que debían hacer. Habían alcanzado su único objetivo: ganar la campaña.

A pesar de ello, los Zombis permanecían en el Congreso porque les gustaba el poder y las puertas que les abría el cargo que ocupaban. Además, dado que el coste de las elecciones se había disparado hasta la estratosfera, todavía era posible derrotar a quienes se atrincheraban en el cargo..., del mismo modo que, en teoría, era posible subir al Everest sin oxígeno. Bastaba con contener el aliento durante varios días.

Buchanan y Milstead se sentaron en un cómodo sofá de cuero en el espacioso despacho del senador. Las estanterías estaban repletas de los típicos trofeos de toda una vida dedicada a la política: placas y medallas de reconocimiento, copas de plata, condecoraciones de cristal, cientos de fotografías del senador junto a personas más famosas que él; martillos ceremoniales con inscripciones y palas de bronce en miniatura que simbolizaban triunfos políticos que habían beneficiado a su estado. Mientras Buchanan recorría el despacho con la mirada, pensó que se había pasado la vida acudiendo a lugares como éste, básicamente para pedir.

Todavía era temprano, pero el equipo del senador estaba ocupado en las habitaciones exteriores preparándose para un día ajetreado con los electores de Pensilvania, un día colmado de almuerzos, discursos, apariciones y comidas relámpago, saludos y encuentros, bebidas y fiestas. El senador no volvería a presentarse como candidato, pero nunca estaba de más un buen espectáculo para los de casa.

—Te agradezco que me recibas a pesar de que te haya avisado con tan poca antelación, Harvey.

—Siempre es un placer tratar contigo, Danny.

—Iré al grano. El proyecto de ley de Pickens intenta eliminar mis fondos, junto con otros veinte paquetes de ayuda. No podemos permitir que suceda eso. Los resultados hablan por sí solos. La tasa de mortalidad infantil se ha reducido en un setenta por ciento. ¡Dios mío, las maravillas que han obrado las vacunas y los antibióticos! Se están creando puestos de trabajo y la economía está pasando del gangsterismo a los negocios legales. Las exportaciones han aumentado en un tercio e importan de nosotros un veinte por ciento más. Así que aquí también se crean puestos de trabajo. No podemos permitir que el proyecto se cancele ahora. No sólo sería incorrecto desde el punto de vista moral sino también estúpido por nuestra parte. Si conseguimos que países como éste se recuperen, no tendremos un desequilibrio en la balanza comercial. Pero primero se necesitan fuentes de energía fiables y una población con estudios.

—El ODI está haciendo grandes progresos.

Buchanan conocía bien el ODI, u Organismo para el Desarrollo Internacional. En un principio había sido una entidad independiente, pero ahora respondía ante el secretario de Estado, quien, a su vez, controlaba su más que sustancioso presupuesto. El ODI era el organismo señero de la ayuda externa de Estados Unidos, y buena parte de los fondos circulaban por sus legendarios programas. Cada año, para saber dónde acabaría el presupuesto del ODI había que jugar a las sillitas. Buchanan se había quedado sin silla más de una vez y ya estaba harto. El proceso de concesión era intenso y de lo más competitivo y, a no ser que encajaras en el perfil que el ODI había propuesto para los programas que quería financiar, podía decirse que la suerte no te había sonreído.

—El ODI no puede resolverlo todo. Y mis clientes son un bocado demasiado pequeño para el FMI y el Banco Mundial. Además, ahora sólo oigo lo de «desarrollo sostenible». No dan un solo dólar salvo para proyectos de desarrollo sostenible. Qué diablos, que yo sepa, la comida y la medicina siguen siendo necesarias para vivir. ¿No es motivo suficiente?

—No hace falta que me convenzas, Danny. Pero aquí la gente también cuenta hasta el último centavo. Los días de las vacas gordas se han acabado —dijo Milstead con solemnidad.

—Mis clientes apenas tendrán para comer. No les niegues la ayuda.

—Escúchame, no presentaré el proyecto de ley.

En el Senado, si un presidente no quiere que un proyecto de ley salga de la comisión, sencillamente no lo presenta en las sesiones, que era lo que sugería Milstead. Buchanan ya había participado en ese juego otras veces.

—Pero Pickens podría salirse con la suya esta vez —repuso Buchanan—. Se rumorea que hará lo que sea para que se acepte la propuesta. Y es probable que encuentre un público más comprensivo en el hemiciclo que en la comisión. ¿No sería mejor posponer la propuesta y presentarla fuera de sesión? —sugirió.

Danny Buchanan era un maestro en esa técnica. Bastaba con que un senador se opusiera a una propuesta de ley inminente para que ésta se aplazara. La legislación quedaría pendiente hasta que se retirara la causa del aplazamiento. Años atrás, Buchanan y sus aliados del Congreso la habían utilizado con resultados sensacionales cuando representaban los intereses de determinados grupos de mucho peso del país. En Washington hay que ser muy poderoso para evitar que ciertas cosas no ocurran. Y para Buchanan ése siempre había sido el aspecto más fascinante de la ciudad y la razón de que, por ejemplo, la reforma de la sanidad o los convenios con las tabacaleras, impulsados por una enorme cobertura de los medios de comunicación y el clamor de los ciudadanos, desapareciesen por completo en el abismo del Congreso. Lo más frecuente era que determinados grupos de intereses particulares quisieran mantener el *statu quo* que habían alcanzado trabajando duro. El cambio no les gustaba. De ahí que gran parte del cabildeo anterior de Buchanan se hubiera centrado en enterrar cualquier proyecto de ley que pudiese perjudicar a sus poderosos clientes.

La maniobra de aplazamiento también se llamaba «relevo a ciegas» porque, al igual que la entrega del testigo en las carreras de relevos, otro senador podría establecer otro aplazamiento cuando el anterior hubiera finalizado, y sólo la cúpula sabía quién había puesto la restricción. Era mucho más complicado, pero Buchanan sabía que, a fin de cuentas, el relevo a ciegas suponía una enorme pérdida de tiempo y a la vez resultaba sumamente eficaz, lo que, en pocas palabras, decía mucho sobre el mecanismo de la política.

El senador negó con la cabeza.

—Me enteré de que Pickens había aplazado dos de mis propuestas, y estoy a punto de cerrar un trato con él. Si le pongo otro aplazamiento, el hijo de puta irá a por mí como el hurón a por la cobra.

Buchanan se recostó y sorbió el café mientras calibraba varias estrategias.

—Mira, volvamos a empezar de cero. Si tienes los votos necesarios para que no se apruebe, preséntala y deja que el comité vote y acabe con el muy cabrón de una vez. Si luego la presenta en el hemiciclo no creo que cuente con el apoyo necesario para sacarla adelante. Mierda, una vez en el hemiciclo podremos aplazarla para siempre, solicitar enmiendas, recortarla al máximo fingiendo que queremos sacar más para una de tus propuestas de ley. De hecho, falta tan poco para las elecciones que incluso podemos jugar a evitar el quórum hasta que desista.

Milstead asintió, pensativo.

—Sabes que Archer y Simms me están dando problemas.

—Harvey, ya has enviado bastantes dólares para la construcción de carreteras a los estados de esos dos cabrones como para ahogar a todos los hombres, mujeres y niños del lugar. ¡Llámales la atención! Esta propuesta de ley no les importa una mierda. Lo más probable es que ni siquiera hayan leído los informes.

De repente, Milstead parecía seguro de sí mismo.

—De un modo u otro, lo haremos. Dentro de un presupuesto de uno coma siete billones de dólares, no es tan importante.

—Es para mi cliente. Muchas personas cuentan con esto, Harvey. Y la mayoría todavía no sabe caminar.

—Te escucho.

—Deberías ir allí en viaje de investigación. Te acompañaré. Es un país bonito; el problema es que la tierra no sirve para nada. Quizá Dios haya bendecido a América, pero se olvidó de gran parte del mundo. Aun así, siguen adelante. Si alguna vez crees que tienes un mal día, te hará bien acordarte de ellos.

Milstead tosió.

—Mi agenda está muy apretada, Danny. Y sabes que no volveré a presentarme como candidato. Dos años más y me largo de aquí.

«Muy bien, ya se ha acabado el tiempo para hablar de trabajo y peticiones humanitarias —pensó Buchanan—. Ahora representemos el papel de traidor.»

Se inclinó hacia adelante y apartó el maletín con despreocupación. Hizo girar el asa, con lo que puso en marcha la grabadora oculta. «Va por ti, Thornhill, arrogante hijo de puta.»

Se aclaró la garganta.

—Bueno, supongo que nunca es demasiado pronto para hablar de sustituciones. Necesito varias personas en Ayuda y Operaciones Externas que participen en mi pequeño plan de pensiones. Les puedo prometer lo mismo que a ti. No les faltará de nada. Sólo tienen que cumplir mi programa. He llegado a un punto en que no puedo permitirme una sola derrota. No pueden fallarme. Es la única manera de garantizarles la compensación final. Tú nunca me has fallado, Harvey. Llevas casi diez años en esto y siempre has cumplido, de un modo u otro.

Milstead miró hacia la puerta y luego habló en voz muy baja, como si así mejoraran las cosas.

—Conozco a varias personas con quienes tal vez te interesaría hablar. —Parecía nervioso e incómodo—. Acerca de asumir algunas de mis funciones. Por supuesto, no les he mencionado el asunto de forma directa, pero me sorprendería que no estuvieran dispuestos a llegar a algún tipo de acuerdo.

—Me alegra oírlo.

—Y haces bien en planear las cosas de antemano. Los dos años pasarán volando.

—¡Jesús! Puede que dentro de dos años ya no esté aquí, Harvey.

El senador sonrió afectuosamente.

—Nunca creí que te retirarías. —Se calló—. Pero supongo que tienes heredero forzoso. Por cierto, ¿cómo está Faith? Tan llena de vida como siempre, estoy seguro.

—Faith es Faith. Ya lo sabes.

—Tienes suerte de que te respalde alguien así.

—Mucha suerte —dijo Buchanan frunciendo el ceño ligeramente.

—Dale mis más cariñosos recuerdos cuando la veas. Dile que venga a ver al viejo Harvey. Tiene la mente más lúcida y las mejores piernas del lugar —añadió con un guiño.

Buchanan no dijo nada al respecto.

El senador se reclinó en el sofá.

—He sido funcionario la mitad de mi vida. El sueldo es ridículo; de hecho, una miseria para alguien de mi talla y con mis recursos. Ya sabes cuánto ganaría ahí fuera. Ésa es la recompensa que te dan por servir a tu país.

—Sin duda, Harvey. Tienes toda la razón.

«El dinero para sobornos sólo te corresponde a ti. Te lo has ganado», pensó Buchanan.

—Pero no me arrepiento. De nada.

—No tienes por qué.

Milstead sonrió cansinamente.

—La de dólares que he gastado todos estos años reconstruyendo este país, remodelándolo con vistas al futuro, para la próxima generación. Y la siguiente.

Era su dinero. Había salvado el país.

—La gente nunca agradece eso —dijo Buchanan—. Los medios de comunicación sólo van a por los trapos sucios.

—Supongo que obtendré mi compensación cuando llegue a la tercera edad —comentó Milstead con un deje de arrepentimiento.

«Al cabo de todos estos años todavía le queda un poco de humildad y sentimiento de culpa», se dijo Buchanan

—Te lo mereces. Has servido a tu país como debías. Ahora sólo tienes que esperar, tal y como acordamos. A ti y a Louise no os faltará de nada. Viviréis como reyes. Has hecho tu trabajo y obtendrás tu recompensa. Al estilo americano.

—Estoy cansado, Danny. Cansado hasta los huesos. Entre tú y yo, no estoy seguro de aguantar dos minutos más, y mucho menos otros dos años. Este lugar me ha exprimido la vida.

—Eres un auténtico hombre de estado. Un héroe para todos nosotros.

Buchanan respiró a fondo y se preguntó si los hombres de Thornhill que se encontraban en la furgoneta estarían disfrutando con esta conversación más bien ñoña. Lo cierto es que Buchanan también deseaba salir de aquello. Miró a su viejo amigo. Al reparar en su expresión azorada Buchanan supuso que estaría pensando en el glorioso retiro que le esperaba con la esposa con la que llevaba casado treinta y cinco años, una mujer a quien había engañado en numerosas ocasiones pero que siempre le había permitido regresar y que, además, lo mantenía en secreto. Buchanan estaba convencido de que la psicología de las esposas de los políticos bien podría estudiarse en la universidad.

Lo cierto era que tenía debilidad por los Urbanitas. En realidad habían logrado muchos avances y, a su manera, eran las personas más honorables que Buchanan había conocido. Sin embargo, al senador no parecía molestarle que lo compraran.

Harvey Milstead tendría otro amo en breve. La Decimotercera Enmienda de la Constitución prohibía la esclavitud, pero, al parecer, nadie se lo había comunicado a Robert Thornhill. Buchanan estaba entregando a sus amigos al mismo diablo. Eso es lo que más lo inquietaba. Thornhill, siempre Thornhill.

Los dos hombres se incorporaron y se estrecharon la mano.

—Gracias, Danny. Gracias por todo.

—No hay de qué —replicó Buchanan—. De verdad, no hay de qué. —Recogió el maletín de espía y salió a toda prisa de la habitación.

18

—¿Desmagnetizada? —Reynolds miraba fijamente a
los dos técnicos—. ¿La cinta está desmagnetizada? ¿Me
quieren explicar qué es lo que pasa?

Reynolds había visto la grabación unas veinte veces,
desde todos los ángulos posibles. Mejor dicho, había visto un montón de líneas y puntos irregulares que recorrían la pantalla como en un combate entre cazas de la
Primera Guerra Mundial con una buena dosis de fuego
antiaéreo de fondo. Reynolds había pasado mucho rato
viendo aquello y no había averiguado nada de nada.

—Sin entrar en detalles técnicos... —comenzó a decir uno de los hombres.

—No, por favor —terció Reynolds. El dolor de cabeza le martilleaba las sienes. ¿Y si la cinta no les sirvie-
se de nada? «Santo Dios, no puede ser», pensó.

—«Desmagnetizar» es el término empleado para el
borrado de un medio magnético. Se hace por muchos
motivos, el más habitual de los cuales es que el medio
pueda volver a utilizarse o eliminar la información confidencial grabada. Una cinta de vídeo es uno de los muchos formatos de los medios magnéticos. Lo que ha ocurrido con la cinta que nos ha entregado es que una
influencia externa no deseada ha distorsionado y/o co-

rrompido el medio, evitando así su correcto funcionamiento.

Reynolds observó asombrada al hombre. ¿Cómo demonios habría sido la respuesta técnica?

—O sea, que alguien ha jodido a propósito la cinta —resumió Reynolds.

—Exacto.

—Pero ¿no podría tratarse de un problema de la propia cinta? ¿Cómo está tan seguro de que ha habido una «influencia externa»?

—El grado de corrupción que hemos apreciado en las imágenes excluye esa posibilidad —afirmó el otro técnico—. No estamos seguros al ciento por ciento, por supuesto, pero parece que ha habido una interferencia. Tengo entendido que el sistema de vigilancia era muy sofisticado. Un multiplexor con tres o cuatro cámaras en paralelo, para que no hubiera lagunas temporales. ¿Cómo se activaban las unidades? ¿Por movimiento o láser?

—Por láser.

—Es mejor por movimiento. Hoy día los sistemas son tan sensibles que detectan una mano que se acerca a un escritorio en un área reducidísima. Los sensores de láser se han quedado obsoletos.

—Gracias, intentaré no olvidarlo —dijo Reynolds con sequedad.

—Hemos realizado una ampliación digital para definir mejor los detalles, pero nada. Ha habido una interferencia, sin duda.

Reynolds recordó que habían encontrado abierto el armario de la casita donde se ocultaba el equipo de vídeo.

—De acuerdo, ¿cómo lo han hecho?

—Bueno, existe una amplia gama de instrumentos especiales para ello.

Reynolds negó con la cabeza.

—No, no se trata de un laboratorio. Tenemos que pensar que lo han hecho in situ, donde estaba instalado el equipo. Y tal vez quien lo hizo ni siquiera supiese que allí había un vídeo. Así que debemos suponer que usaron lo que llevaban consigo.

Los técnicos cavilaron por unos instantes.

—Bueno —dijo uno de ellos—, si la persona llevara un imán potente y lo pasara por encima de la grabadora varias veces, eso podría reordenar las partículas magnéticas de la cinta, lo que, a su vez, eliminaría las señales grabadas previamente.

Reynolds exhaló un suspiro. Un simple imán quizás había acabado con su única pista.

—¿Es posible recuperar las imágenes? —preguntó.

—Es posible, pero tardaremos bastante. No podemos garantizar nada hasta que empecemos.

—Adelante, pero antes quiero dejar algo bien claro. —Se irguió sobre los dos hombres—. Necesito ver lo que hay en la cinta. Necesito ver quién estaba en la casa. Ésa es la máxima prioridad. Si esto interfiere con sus obligaciones, consulten al subdirector, pero quiero que trabajen en este asunto veinticuatro horas al día. La necesito, ¿entendido?

Los hombres se miraron antes de asentir.

Cuando Reynolds regresó a su despacho, la estaba esperando un hombre.

—Paul. —Lo saludó con un gesto con la cabeza mientras se sentaba.

Paul Fisher se levantó y cerró la puerta del despacho de Reynolds. Era su enlace con la oficina central. Pasó por encima de una pila de documentos antes de volver a sentarse.

—Parece que trabajas demasiado, Brooke. Siempre lo parece. Supongo que eso es lo que me gusta de ti.

Sonrió y Brooke le devolvió la sonrisa.

Fisher era una de las pocas personas del FBI a quien Reynolds respetaba por su talla, tanto en el sentido figurado como en el literal, ya que medía casi dos metros. Tenían casi la misma edad, aunque Fisher era su superior en la cadena de mando y llevaba dos años más que ella en el FBI. Era competente y tenía aplomo. También era atractivo y conservaba el cabello rubio alborotado y la figura esbelta de su época de estudiante en la Universidad de California en Los Ángeles. Cuando su matrimonio comenzó a desmoronarse, Reynolds fantaseó sobre tener una aventura con Fisher, que estaba divorciado. Incluso ahora, su visita inesperada hizo que se sintiera afortunada por haber tenido tiempo de ir a casa, ducharse y cambiarse de ropa.

Fisher se había quitado la americana y la camisa le ceñía con elegancia el largo torso. Reynolds sabía que estaba allí para hablar de trabajo, aunque solía pasar por allí a todas horas.

—Lamento lo de Ken —dijo Fisher—. Si no hubiese estado fuera de la ciudad, habría ido allí anoche.

Reynolds jugueteó con un abrecartas.

—No lo lamentas tanto como yo. Y ninguno de nosotros puede imaginarse cuánto lo lamenta Anne Newman.

—He hablado con el AEC —dijo Fisher, refiriéndose al agente especial al cargo—, pero quiero que me cuentes todo lo que sepas.

Reynolds así lo hizo y Fisher se frotó la barbilla.

—Es obvio que los objetivos saben que vas a por ellos.

—Eso parece.

—No has progresado mucho en la investigación, ¿verdad?

—No lo suficiente como para remitirla al fiscal general, si es que te refieres a eso.

—Así que Ken está muerto y tu principal y única testigo ha desaparecido. Háblame de Faith Lockhart.

Reynolds levantó la vista bruscamente, inquieta por las palabras que él había elegido y el tono franco con que las había pronunciado.

Fisher le devolvió la mirada y ella se percató de que sus ojos azulados traslucían cierta hostilidad. No obstante, Reynolds sabía que en aquellos momentos no tenía por qué ser su amigo. Estaba allí en calidad de representante de la oficina central.

—¿Es que acaso quieres decirme algo, Paul?

—Brooke, siempre hemos ido directos al grano. —Hizo una pausa y tamborileó sobre el brazo del sillón, como si quisiera comunicarse con ella en código morse—. Sé que Massey te concedió cierto margen de acción anoche, pero todos están muy preocupados por ti. Debes saberlo.

—Sé que en vista de los sucesos recientes…

—Estaban preocupados antes de que ocurriera esto. Los sucesos recientes no han hecho más que aumentar el nivel de preocupación, por así decirlo.

—¿Quieren que lo deje? Dios mío, podría implicar a personas cuyos nombres han bautizado varios edificios gubernamentales.

—Es una cuestión de pruebas. Sin Lockhart, ¿qué es lo que tienes?

—Está ahí, Paul.

—Aparte del de Buchanan, ¿qué otros nombres te ha facilitado? —preguntó Fisher.

Reynolds pareció ponerse nerviosa por un momento. El problema era que Lockhart no les había revelado ningún nombre. Todavía. Había sido demasiado lista para caer en la trampa. Se lo guardaba para cuando el trato estuviese cerrado.

—Hasta la fecha, nada específico. Pero lo conseguiremos. Buchanan no trataba precisamente con los miembros de la junta escolar local. Y Lockhart nos contó parte de su plan. Trabajan para él y, cuando dejan su cargo, les ofrece trabajos sin funciones reales, indemnizaciones exorbitantes y otros beneficios extra. Es sencillo. Sencillamente brillante. No creo que Lockhart se haya inventado todos esos detalles.

—No discuto su credibilidad. Pero, insisto, ¿tienes pruebas que respalden tus argumentos? ¿Ahora mismo?

—Estamos haciendo cuanto está en nuestra mano para encontrarlas. Iba a pedirle que se pusiera un micrófono justo cuando ocurrió todo esto, pero ya sabes que no hay que forzar estas cosas. Si hubiera presionado demasiado, o perdido su confianza, nos habríamos quedado sin nada.

—¿Quieres que te exponga mi frío análisis? —Fisher interpretó su silencio como un asentimiento—. Sabes de un montón de personas sin nombre pero muy poderosas, muchas de las cuales tienen el futuro resuelto o en la actualidad ocupan un alto cargo en la empresa privada tras su carrera política. ¿Qué tiene de raro? Es de lo más normal. Contestan el teléfono, almuerzan, cuchichean, se cobran los favores políticos que les deben. Esto es América. ¿Adónde nos lleva todo esto?

—No se trata sólo de eso, Paul. Hay mucho más.

—¿Acaso sabrías seguir el rastro de las actividades ilegales, descubrir cómo han manipulado la legislación?

—No exactamente.

—«No exactamente» es lo más acertado. Es como intentar demostrar una negación.

Reynolds sabía que Fisher estaba en lo cierto. ¿Cómo

se demuestra que alguien no ha hecho algo? Muchos de los medios que los hombres de Buchanan habrían empleado en beneficio propio probablemente fueran iguales a los que cualquier político utilizaba de forma legítima. Lo importante era la motivación; por qué alguien hacía algo, no cómo lo hacía. El «por qué» era ilegal, si bien el «cómo» no. Era como cuando un jugador de baloncesto no se esfuerza al máximo porque le han untado la mano.

—¿Dirige Buchanan esas empresas desconocidas donde esos ex políticos desconocidos obtienen trabajo? ¿Quizás es accionista? ¿Aportó él el capital? ¿Tiene algún negocio con cualquiera de ellas?

—Hablas como un abogado defensor —comentó Reynolds, exaltada.

—Ésa es precisamente mi intención. Porque ése es el tipo de preguntas que tendrás que responder.

—No hemos descubierto pruebas que incriminen a Buchanan de forma directa.

—Entonces, ¿en qué basas tus conclusiones? ¿Qué pruebas tienes de que existe alguna conexión?

Reynolds comenzó a hablar pero se calló. Se ruborizó e, inquieta, partió por la mitad el lápiz que tenía entre los dedos.

—Deja que yo mismo responda —dijo Fisher—: Faith Lockhart, la testigo desaparecida.

—La encontraremos, Paul. Y entonces proseguiremos.

—¿Y si no la encuentras?

—Buscaremos una alternativa.

—¿Serías capaz de determinar las identidades de los funcionarios sobornados por separado?

Reynolds ansiaba responder que sí, pero no podía. Buchanan pertenecía al mundillo de Washington desde hacía décadas. Con seguridad había hecho tratos con todos los políticos y burócratas de la ciudad. Sin Lockhart, le sería del todo imposible acotar la lista.

—Todo es posible —contestó animosamente.

Fisher sacudió la cabeza.

—En realidad no, Brooke.

Reynolds estalló.

—Buchanan y sus compinches han infringido la ley. ¿Es que eso no cuenta?

—En un tribunal de justicia no, si no tienes pruebas —espetó Fisher.

Reynolds golpeó el escritorio con el puño.

—Me niego en redondo a creérmelo. Además, las pruebas están a nuestro alcance; sólo tenemos que seguir investigando.

—Ese es el problema. Sería muy distinto si pudieses hacerlo en el más completo de los secretos. Pero una investigación de esta magnitud, con objetivos tan importantes, nunca permanece del todo en secreto. Y ahora, para colmo, debemos realizar una investigación por homicidio.

—Es decir, que habrá filtraciones —dijo Reynolds, preguntándose si Fisher sospechaba que esas filtraciones tal vez ya se hubiesen producido.

—Es decir, que cuando persigues a personas importantes, más vale que estés segura de lo que haces antes de que se produzca alguna filtración. No puedes ir a por personas así a no ser que estés lista para el ataque. Justo ahora, tienes la pistola vacía y no sé muy bien dónde podrás volver a cargarla. Las normas del FBI son bien claras al respecto, no puedes investigar a los funcionarios públicos basándote en rumores e insinuaciones.

Cuando hubo acabado, Reynolds lo miró con frialdad.

—De acuerdo, Paul, ¿te importaría decirme exactamente qué es lo que quieres que haga?

—La Unidad de Crímenes Violentos te mantendrá informada de su investigación. Tienes que encontrar a Lockhart. Puesto que los dos casos están inextricablemente relacionados, sugiero que cooperéis.

—No puedo contarles nada sobre nuestra investigación.

—No te lo estoy pidiendo. Colabora con ellos para resolver el caso de Newman. Y encuentra a Lockhart.

—¿Qué más? ¿Y si no la encontramos? ¿Qué ocurre con mi investigación?

—No lo sé, Brooke. Ahora mismo no resulta nada fácil leer el futuro en las hojas de té.

Reynolds se puso de pie y miró por la ventana. Las nubes densas y oscuras habían convertido el día en noche. Veía su reflejo y el de Fisher en el cristal de la ventana. Él no apartaba la vista de ella, y Reynolds dudaba que en esos momentos le interesaran su trasero y sus piernas largas o la falda negra hasta la rodilla con las medias a juego que llevaba.

Entonces percibió un sonido que no solía notar: el «ruido blanco». En los complejos gubernamentales que manejaban información confidencial las ventanas eran vías potenciales de escape de información valiosa, concretamente de información oral. Para combatir estas filtraciones, se instalaban altavoces en las ventanas para filtrar el sonido de las voces de modo que desde el exterior no se pudiera escuchar nada, ni siquiera con el equipo de vigilancia más moderno. A tal efecto, los altavoces emitían un sonido similar al de una pequeña catarata, de ahí que lo llamasen «ruido blanco». Reynolds, al igual que la mayoría de los empleados de esos edificios, había eliminado mentalmente los ruidos de fondo; era algo que ya formaba parte de su vida. Ahora lo había captado con una claridad sorprendente. ¿Se trataba de un señal para que también se percatara de otras cosas? ¿Cosas, personas a las que veía cada día y en las que no volvía a pensar, creyendo que eran lo que decían ser? Se volvió hacia Fisher.

—Gracias por tu voto de confianza, Paul.

—Tu trayectoria ha sido espectacular. Pero el sector público en ocasiones se asemeja al privado en un aspecto: se trata del síndrome de «¿qué has hecho para mí recientemente?». No quiero pintártelo todo de rosa, Brooke. Ya he comenzado a oír quejas.

Reynolds cruzó los brazos.

—Agradezco su absoluta franqueza —le dijo con hosquedad—. Si me perdona, veré qué puedo hacer por usted, agente Fisher.

Fisher se incorporó para marcharse, pasó junto a Reynolds y le rozó el hombro. Reynolds retrocedió unos pasos, todavía resentida por lo que le había dicho.

—Siempre te he apoyado y seguiré haciéndolo, Brooke. No interpretes esto como si quisiera arrojarte a las fieras. Eso no es lo que quiero. Te respeto más de lo que crees. Pero no quería que te pillaran desprevenida. No te lo mereces. He venido en son de paz.

—Me alegra saberlo, Paul —dijo Reynolds con poco entusiasmo.

Cuando Fisher llegó a la puerta, se volvió.

—Desde la OCW nos ocupamos de las relaciones con los medios de comunicación. La prensa ya ha comenzado a hacernos preguntas. Por el momento, les hemos comunicado que un agente ha muerto en una operación secreta. No les hemos facilitado otros detalles, ni siquiera su identidad. Pero la situación no durará mucho así. Cuando la presa se venga abajo, no sé si alguien se salvará.

En cuanto Fisher hubo cerrado la puerta tras de sí, Reynolds se estremeció. Tenía la impresión de estar suspendida sobre un líquido en ebullición. ¿Se trataba de uno de sus ataques paranoicos? ¿O era, más bien, una apreciación racional? Se quitó los zapatos y recorrió el despacho de un lado a otro, pisando los documentos a su paso. Se balanceó sobre la planta de los pies, intentando descargar en el suelo toda la tensión acumulada. No sirvió de nada.

19

Esa mañana el aeropuerto nacional Ronald Reagan de Washington, rebautizado hacía poco con ese nombre y conocido por los habitantes de la zona sencillamente como «aeropuerto nacional», estaba atestado. A la gente le gustaba porque estaba cerca de la ciudad y ofrecía muchos vuelos diarios, pero lo odiaban porque siempre estaba congestionado, las pistas de aterrizaje eran muy cortas y los aviones, para evitar el espacio aéreo restringido, daban unas vueltas tan cerradas que revolvían el estómago. Sin embargo, el viajero fastidiado se llevaba una sorpresa agradable al ver la nueva y reluciente terminal del aeropuerto, con la hilera de cúpulas de estilo jeffersoniano y el descomunal aparcamiento de varias plantas con pasarelas hasta la terminal.

Lee y Faith accedieron a la nueva terminal, y Lee avistó a un agente de policía que patrullaba por el pasillo. Habían dejado el coche en uno de los aparcamientos.

Faith también vio al policía a través de las «gafas» que Lee le había dado. Los cristales no tenían graduación, pero contribuían a cambiar más aún su aspecto. Le tocó el brazo a Lee.

—¿Nervioso?

—Siempre. Me da cierta ventaja. Compensa la falta

de estudios. —Se colgó las bolsas del hombro—. Vamos a tomarnos un café mientras la cola del mostrador de venta de billetes avanza un poco y, de paso, echamos un vistazo al aeropuerto. —Mientras buscaban una cafetería, Lee preguntó—: ¿Sabes cuándo podremos largarnos de aquí?

—Volaremos hasta Norfolk y allí tomaremos un avión de hélice hasta Pine Island, en las inmediaciones de los Outer Banks, en Carolina del Norte. Hay bastantes vuelos a Norfolk, pero para el otro avión hay que llamar con antelación y reservar. En cuanto tengamos billetes para Norfolk, llamaré para reservar el otro. Sólo vuelan de día.

—¿Por qué?

—Porque no aterrizaremos en una pista normal, sino en una especie de carretera pequeña. No hay luces, ni torre ni nada. Sólo una manga de viento.

—¡Qué consuelo!

—Lo mejor será que llame para comprobar lo de la casa.

Encontraron un teléfono y Lee escuchó mientras Faith confirmaba su llegada. Colgó.

—Todo arreglado. Una vez allí podremos alquilar un coche.

—Por el momento todo va sobre ruedas.

—Es un lugar idóneo para relajarse. Si no te apetece, no tienes por qué ver o hablar con nadie.

—No me apetece —dijo Lee categóricamente.

—Quisiera preguntarte algo —dijo Faith mientras se encaminaban hacia la cafetería.

—Adelante.

—¿Cuánto tiempo llevabas siguiéndome?

—Seis días —se apresuró a responder—, durante los cuales fuiste dos veces a la casita, sin contar anoche.

Anoche, pensó Faith. ¿Eso había sido todo?

—¿Y todavía no has informado a quien te contrató?

—No.

—¿Por qué no?

—Si no ocurre nada extraordinario, suelo dar informes semanales. Créeme, si hubiera tenido tiempo, el de anoche habría sido el informe padre.

—¿Cómo pretendías dar los informes si no conocías a la persona que te contrató?

—Me facilitaron un número de teléfono.

—¿Y nunca se te ocurrió comprobarlo?

Lee miró a Faith irritado.

—No, ¿para qué? Toma el dinero y corre.

Faith parecía escarmentada.

—No era mi intención decirlo así.

—Ajá, claro. —Lee cambió ligeramente las bolsas de posición y prosiguió—. Existe un listín especial donde se puede encontrar la dirección correspondiente a un número de teléfono.

—¿Y?

—Y en esta época de teléfonos por satélite y redes celulares nacionales y toda esa mierda, no encontré nada. Llamé al número. Debieron de instalarlo para recibir sólo mis llamadas porque había un mensaje que pedía al señor Adams que dejara la información en la cinta y mencionaba un apartado de correos de Washington. Como soy curioso, también lo comprobé, pero aparecía a nombre de una compañía de la que nunca había oído hablar, con una dirección que resultó ser falsa. Era como un callejón sin salida. —Lee miró a Faith—. Intento tomarme mi trabajo en serio, Faith. No me gusta caer en las trampas, aunque basta que lo diga para que me pase, ¿no?

Se detuvieron en una pequeña cafetería, pidieron

café y un par de bollos y se sentaron en uno de los rincones vacíos del local.

Faith se detuvo por un instante para respirar entre un sorbo de café y un bocado de bollo con olor a mantequilla y semillas de amapola. Aunque Lee estuviera contándole la verdad, había tenido tratos con Danny Buchanan. Le resultaba muy extraño temer de repente al hombre a quien había idolatrado. Si las cosas no hubieran cambiado tanto entre ellos el año anterior, habría sentido la tentación de llamarlo. Pero ahora estaba confundida; ¡recordaba con tanta nitidez el horror de la noche anterior! Además, ¿qué le preguntaría? «Danny, ¿le pediste a alguien que intentara matarme anoche? Si así fue, olvídalo, por favor, colaboro con el FBI por tu bien, de verdad. ¿Y por qué contrataste a Lee para que me siguiera, Danny?» Sí, tendría que separarse de Lee, y pronto.

—Cuéntame qué decía sobre mí el informe que te hicieron llegar —dijo Faith.

—Te dedicas al cabildeo. Solías trabajar con un gran equipo que representaba a las empresas más rentables del país. Hará cosa de diez años, tú y un hombre llamado Daniel Buchanan fundasteis vuestra propia empresa.

—¿Nombraba el informe a alguno de nuestros clientes actuales?

Lee ladeó la cabeza.

—No, ¿acaso importa?

—¿Qué sabes de Buchanan? —inquirió Faith.

—En el informe no había mucha información sobre él, así que investigué por mi cuenta y averigüé varias cosas, nada que no sepas. Buchanan es un mito en el Congreso. Conoce a todo el mundo y todos lo conocen. Ha participado en las batallas más importantes y se ha hecho de oro. Supongo que a ti tampoco te iba mal.

—Me iba bien. ¿Qué más?

Lee la miró de hito en hito.

—¿Por qué quieres oír algo que ya sabes? ¿Acaso Buchanan tiene que ver con todo esto?

En esta ocasión, fue Faith quien escudriñó el rostro de Lee. Pensó que si estaba haciéndose el tonto se le daba muy bien.

—Danny Buchanan es un hombre honrado. Le debo cuanto tengo.

—Debe de ser un buen amigo. Pero no has respondido a mi pregunta.

—Hay pocas personas como Danny. Es un verdadero visionario —aseguró Faith.

—¿Y tú? —preguntó Lee.

—¿Yo? Me limito a ayudarle a materializar su visión. Las personas como yo las hay a patadas.

—No tengo la impresión de que seas tan corriente. —Ella sorbió el café pero no contestó—. Y bien, ¿cómo se llega a ser cabildero?

Faith reprimió un bostezo y volvió a sorber el café. Comenzaba a dolerle la cabeza. Cuando recorría el mundo, casi no necesitaba descansar y apenas echaba unas cabezaditas en el avión. Pero en esos momentos le apetecía acurrucarse debajo de la mesa y dormir durante los diez años siguientes. Era posible que su cuerpo estuviera reaccionando a la terrible experiencia de las últimas doce horas y se negara a funcionar, como si arrojara la toalla. «Por favor, no me hagas daño», parecía suplicar.

—Podría mentirte y decirte que quería cambiar el mundo. Eso es lo que todo el mundo dice, ¿no? —Extrajo un frasco de aspirinas de su bolsa, sacó dos y se las tragó con el café—. De hecho, recuerdo haber visto las sesiones del caso Watergate cuando era niña. Un montón de personas serias en aquella sala. Recuerdo a todos aquellos hombres de mediana edad, repeinados y con los rostros hinchados, hablando por unos micrófonos toscos mientras los abogados les susurraban al oído. Todos los medios de comunicación, el mundo entero estaba pendiente de lo que sucedía allí dentro. Lo que el resto del país consideraba atroz, a mí me atraía. ¡Tanto poder! —Sonrió con languidez—. No estaba bien de la cabeza. Las monjas tenían razón. Una en concreto, la hermana Audrey Ann, estaba convencida de que mi nombre era una blasfemia. «Querida Faith —me decía— haz honor a tu nombre de pila, que significa fe, y no hagas caso a tus impulsos diabólicos.»

—¿Así que eras una agitadora?

—No, pero en cuanto veía un hábito, era como si me volviese malvada. Debido al trabajo de mi padre nos mudábamos a menudo. A pesar de eso, las cosas me iban bien en el colegio, aunque armaba unos buenos líos fuera. Estudié en una buena universidad y acabé en Washington con todos esos recuerdos de poder absoluto dándome vueltas en la cabeza. No tenía la menor idea de qué haría con mi vida, pero sabía que quería entrar en el juego a toda costa. Pasé una época en el Congreso trabajando para un congresista novel y capté la atención de Danny Buchanan. Me contrató enseguida, supongo que vio algo en mí. Creo que le gustaba mi carácter; cuando llevaba dos meses trabajando para él, ya le dirigía el despacho. También le gustaba que nunca me amedrentara ante nadie, ni ante el presidente de la Cámara.

—Supongo que no está nada mal para alguien que acababa de salir de la universidad.

—Mi filosofía era que, comparados con las monjas, los políticos no eran muy duros de pelar.

Lee sonrió.

—Me alegro de haber ido a la escuela pública. —Apartó la mirada por unos instantes—. No mires ahora, pero el FBI está cerca.

—¿Qué? —Faith se volvió en todas las direcciones.

Lee puso los ojos en blanco.

—Oh, vaya, ¡qué bien!

—¿Dónde están?

Lee golpeó suavemente la mesa.

—En ninguna parte. Y en todas partes. Los del FBI no se pasean con las placas en la frente. No los verás.

—Entonces, ¿por qué diablos me has dicho que estaban cerca?

—Era una pequeña prueba. Y no la has pasado. A veces, no siempre, identifico a los del FBI. Si te lo digo de nuevo, no será en broma. Estarán cerca. Y no puedes reaccionar como ahora. Tienes que moverte con naturalidad y lentitud. Eres una bonita mujer de vacaciones con su novio. ¿Entendido?

—Bien, de acuerdo. Pero no me la vuelvas a jugar. Todavía estoy muy tensa.

—¿Cómo piensas pagar los billetes? —preguntó Lee.

—¿Cómo debería pagarlos?

—Con la tarjeta de crédito que está a nombre falso. No conviene que nos vean con mucho dinero en las manos. Si pagaras en efectivo un billete de ida para hoy, tal vez alertarías a la compañía aérea. En estos momentos, cuanto menos llamemos la atención, mejor. ¿Cuál es, por cierto? ¿Tu otro nombre?

—Suzanne Blake.

—Bonito nombre.

—Así se llamaba mi madre.

—¿Se llamaba? ¿Falleció?

—Mi padre y mi madre. Mi madre cuando yo tenía once años y mi padre seis años después. No tengo hermanos ni hermanas. Me quedé huérfana a los diecisiete.

—Debió de ser duro.

Faith guardó silencio durante un rato. Le costaba hablar sobre el pasado, así que casi nunca lo hacía. Y apenas conocía a Lee. Sin embargo, el hombre obraba en ella cierto efecto reconfortante.

—Quería mucho a mi madre —comenzó a explicar—. Era una buena mujer que había sufrido por culpa de mi padre. Él también era buena persona, pero siempre buscaba la manera de ganar dinero con ideas alocadas. Y como sus planes siempre fracasaban, teníamos que hacer las maletas y marcharnos a otro lugar.

—¿Por qué?

—Porque había otras personas que también perdían dinero con los planes infalibles de mi padre. Y se disgustaban con él, lo cual es comprensible. Nos mudamos cuatro veces antes de que muriera mi madre. Y después, otras cinco. Mi madre y yo rezábamos por mi padre todos los días. Poco antes de morir, me pidió que me ocupara de él, y yo sólo tenía once años.

Lee negó con la cabeza.

—Mi vida ha sido muy diferente. Mis padres han vivido en la misma casa durante cincuenta años. ¿Cómo saliste adelante tras la muerte de tu madre?

A Faith le costaba menos hablar de aquello.

—No fue tan duro como parece. Mamá quería a mi padre, pero odiaba su estilo de vida, sus planes, las mudanzas. Sin embargo, él no estaba dispuesto a cambiar, así que no puede decirse que fuese la pareja más feliz del mundo. Hubo ocasiones en las que creí que mamá lo mataría. Cuando murió, fue como si mi padre y yo nos uniéramos contra el mundo. Me ponía un conjunto bonito y me lucía ante sus socios potenciales. Supongo que la gente pensaría: «¿Cómo va a ser malo si tiene a esa niñita?» Cuando cumplí los dieciséis comencé a ayudarle a cerrar los tratos. Maduré deprisa. Supongo que de ahí saqué el pico de oro y la fuerza de voluntad. Aprendí a pensar con rapidez.

—Una educación poco convencional —comentó Lee—, pero me imagino que te resultaría útil para cabildear.

A Faith se le humedecieron los ojos.

—Camino de cada reunión, me decía: «Ésta es la definitiva, Faith, querida. Lo noto justo aquí», y se colocaba la mano sobre el corazón. «Todo es para ti, para mi niñita. Papá quiere a su Faith.» Y yo le creía, siempre.

—Tengo la impresión de que, al final, acabó haciéndote daño —dijo Lee en voz baja.

Faith sacudió la cabeza con rotundidad.

—Mi padre no intentaba estafar a la gente. No hacía inversiones fraudulentas ni nada parecido. Creía de veras que sus ideas funcionarían. Pero jamás funcionaban y teníamos que mudarnos a otro lugar. Además, nunca ganábamos dinero. Dios mío, dormimos en el coche más veces de las que quisiera. Recuerdo que mi padre, en innumerables ocasiones, entraba por la puerta trasera de los restaurantes y, al poco, salía con la cena, tras persuadirlos para que se la dieran. Nos sentábamos en el asiento de atrás y comíamos. Él solía contemplar el cielo y me señalaba las constelaciones. Ni siquiera había acabado los estudios secundarios, pero sabía mucho sobre estrellas. Decía que había perseguido demasiadas durante toda la vida. Nos quedábamos allí sentados, hasta bien entrada la noche, y mi padre me aseguraba que las cosas estaban a punto de mejorar.

—Parece que tenía labia —dijo Lee—. Supongo que habría sido un buen investigador privado.

Faith sonrió, sumida en sus evocaciones.

—A veces entraba en un banco con él, y al cabo de cinco minutos se sabía el nombre de todos, bebía café y hablaba con el director del banco como si lo conociera de toda la vida. Salíamos del banco con una carta de recomendación y una lista de las personalidades locales a quienes mi padre podía abordar. Era su forma de ser. Caía bien a todos. Hasta que los hacía perder dinero. Y nosotros también perdíamos siempre lo poco que teníamos. En ese sentido mi padre era muy riguroso. También invertía su dinero. Era muy honrado.

—Parece como si todavía lo echaras de menos.

—Lo echo de menos —afirmó ella con orgullo—. Me puso Faith porque decía que, con la fe de su lado, ¿cómo podría fracasar? —Cerró los ojos y las lágrimas le resbalaron por las mejillas.

Lee tomó una servilleta y se la deslizó en la mano. Faith se secó los ojos.

—Lo siento —dijo—. Es la primera vez que hablo de esto con alguien.

—No te preocupes, Faith. Sé escuchar.

—Conocer a Danny fue como reencontrarme con mi padre —dijo aclarándose la garganta y con los ojos bien abiertos—. Su forma de ser es muy parecida. Tiene el valor del irlandés y la facilidad de palabra necesaria para lograr que todo el mundo lo reciba. Se las sabe todas. Nunca se amedrenta ante nadie. Me ha enseñado muchísimo. Y no sólo acerca del cabildeo, sino de la vida. Su infancia tampoco fue fácil. Tenemos muchas cosas en común.

Lee sonrió.

—Así que de los chanchullos con tu padre pasaste a cabildear en Washington, ¿no?

—Algunos opinarían que la descripción de mi trabajo no ha cambiado —dijo Faith, sonriendo.

—Y otros que de tal palo tal astilla.

Faith mordió el bollo.

—Ya que estamos haciendo confesiones, ¿qué me dices de tu familia?

Lee se recostó.

—Cuatro de cada. Soy el sexto.

—¡Dios santo! Ocho niños. Tu madre debe de ser una santa.

—Hemos hecho sufrir tanto a nuestros padres que tardarían diez vidas en recuperarse.

—Así que todavía viven.

—Y bien sanos. Ahora estamos bastante unidos, si bien de pequeños pasamos temporadas difíciles. Cuando las cosas se ponen feas, nos apoyamos mutuamente. Basta con una llamada telefónica para obtener ayuda. Bueno, en circunstancias normales es así, aunque esta vez no.

—Debe de ser agradable. Muy agradable. —Faith apartó la mirada.

Lee la observó con atención y leyó sus pensamientos de inmediato.

—Las familias también tienen problemas, Faith. Divorcios, enfermedades graves, depresiones, épocas duras; hemos vivido de todo. A veces desearía ser hijo único.

—No, no es verdad —repuso Faith en tono autoritario—. Tal vez lo pienses, pero, créeme, no te gustaría.

—Sí.

Faith parecía confundida.

—Sí ¿qué?

—Te creo.

—Para ser un investigador privado paranoico, haces amigos bastante deprisa. Por lo que sabes, yo podría ser una asesina en serie —dijo Faith lentamente.

—Si de verdad fueras mala, los del FBI te habrían detenido.

Faith bajó la taza de café y se inclinó hacia Lee.

—Te agradezco el comentario. Pero que quede bien claro: nunca le he causado daño físico a nadie, y todavía no me considero una delincuente, aunque supongo que si el FBI quisiera encarcelarme, podría hacerlo. Que quede claro —repitió—. ¿Todavía quieres subir al avión conmigo?

—Sin duda. Me has despertado la curiosidad.

Ella suspiró, se recostó y se volvió hacia el pasillo de la terminal.

—No mires ahora, pero se acerca una pareja que tiene toda la pinta de ser del FBI.

—¿En serio?

—A mí ni se me ocurriría bromear sobre algo así.

Faith se inclinó y fingió que rebuscaba en la bolsa. Tras unos instantes de nerviosismo, se incorporó mientras la pareja pasaba a su lado, sin mirarlos siquiera.

—Lee, dependiendo de lo que hayan averiguado, puede que busquen a un hombre y a una mujer. ¿Por qué no te quedas aquí mientras voy a comprar los billetes? Me reuniré contigo en los arcos detectores.

Lee vaciló por unos instantes.

—Déjame que lo piense.

—Creía que te fiabas de mí.

—Y me fío. —En aquel momento, imaginó que el padre de Faith estaba frente a él, pidiéndole dinero. Y lo peor es que se vio a sí mismo llevándose la mano al bolsillo para sacar la cartera.

—Pero incluso la confianza tiene límites, ¿verdad? Te diré qué vamos a hacer: tú te quedas con las bolsas, yo sólo necesito el bolso. De todos modos, si estás preocupado, desde aquí se ve perfectamente el arco detector. Si intento escapar, me tienes en el punto de mira. Además, estoy segura de que corres mucho más rápido que yo.

—Se levantó—. Y sabes que no puedo llamar al FBI, ¿no?

Faith le sostuvo la mirada, como desafiándolo a rebatir su lógica.

—De acuerdo.

—¿Cuál es tu nuevo nombre? Me hará falta para el billete.

—Charles Wright.

Faith le guiñó el ojo.

—Chuck para los amigos, ¿no?

Lee le dirigió una sonrisa forzada y ella dio media vuelta y desapareció entre la multitud.

En cuanto Faith se hubo marchado, Lee se arrepintió. Le había dejado la bolsa, de acuerdo, pero sólo había varias prendas en el interior, ¡las que él le había prestado! Se había llevado el bolso consigo, que contenía todo cuanto necesitaba: los documentos falsos y el dinero. Sí, desde allí veía la puerta de seguridad, pero ¿y si salía por la puerta principal? ¿Y si estaba saliendo por esa puerta en ese preciso instante? Sin ella, Lee estaría solo, excepto por un grupo de personas peligrosas que sabían dónde vivía. Personas que, con gran placer, le romperían los huesos uno por uno hasta que les contara lo que sabía, o sea, nada. No les haría ninguna gracia. Siguiente paso: el entierro de rigor en un vertedero. Aquello fue la gota que colmó el vaso. Lee se puso en pie de un salto, asió las bolsas y se dispuso a encontrar a Faith, fuera como fuese.

20

Alguien llamó a la puerta de Reynolds. Connie asomó la cabeza. Reynolds hablaba por teléfono, pero le indicó por señas que entrara.

Connie llevaba dos tazas de café. Dejó una delante de ella, junto con un poco de crema de leche, azúcar y una cucharilla de plástico. Reynolds le dio las gracias con una sonrisa. Connie se sentó y sorbió el café mientras ella terminaba de hablar por teléfono.

Reynolds colgó el auricular y comenzó a prepararse el café a su gusto.

—No sabes cuánto me gustaría que fueran buenas noticias, Connie.

Reynolds se percató de que él también se había ido a casa, duchado y cambiado de ropa. Supuso que tras vagar por el bosque a oscuras el traje se le habría quedado hecho un trapo. Todavía tenía el cabello húmedo, por lo que parecía más cano de lo normal. Reynolds siempre olvidaba que él ya contaba más de cincuenta años. Tenía la impresión de que nunca cambiaba, siempre era la misma enorme, escarpada y resistente roca a la que se aferraba cuando la marea la arrastraba. Como en ese momento.

—¿Quieres mentiras o la verdad?

Reynolds tomó un sorbo de café, suspiró y se reclinó en el sillón.

—Ahora mismo no estoy segura.

Connie se inclinó hacia adelante y depositó la taza de café en el escritorio.

—He rastreado la zona con los chicos de la UCV. Cuando llegué al FBI, empecé con ellos. Como en los viejos tiempos. —Colocó las palmas sobre las rodillas y flexionó su grueso cuello para destensarlo—. Maldita sea, tengo la espalda molida, como si Reggie White hubiera estado saltándome encima. Me estoy haciendo viejo para este trabajo.

—No puedes retirarte. Sin ti no haría nada.

Connie levantó la taza de café.

—Anda ya —exclamó. Sin embargo, era obvio que el comentario le había complacido. Se recostó, se desabrochó la americana y dejó que la barriga se abriera paso. Permaneció en silencio durante un minuto, como si intentara pensar.

Reynolds se armó de paciencia y aguardó. Sabía que Connie no había venido para darle a la lengua con ella. Rara vez charlaba con nadie. Reynolds había aprendido que todo lo que él hacía tenía un objetivo concreto. Era un veterano y conocía bien los entresijos de la burocracia, por lo que siempre llevaba consigo una agenda. Si bien confiaba por completo en su conocimiento de campo y en sus instintos, Reynolds no pasaba por alto el hecho de que era más joven y tenía menos experiencia que él, y aun así era su superiora. Para colmo, en un campo en el que todavía no había muchas mujeres con el mismo nivel de responsabilidad que ella. Lo cierto es que si Connie le guardara rencor, Reynolds lo comprendería. Sin embargo, Connie nunca había hecho un solo comentario negativo al respecto ni le había dado largas a una misión para hacerla quedar mal. Por el contrario, era metódico en extremo y constante como la salida del sol. No obstante, Reynolds tenía que ir con tiento.

—Esta mañana he visto a Anne Newman. Estaba muy agradecida de que hubieras ido a verla anoche. Me ha dicho que le sirvió de consuelo.

Aquello sorprendió a Reynolds. Quizás, Anne no la culpase, después de todo.

—Se lo tomó bien, dadas las circunstancias.

—Tengo entendido que el director también le hizo una visita. Todo un detalle por su parte. Sabes que Ken y yo nos conocíamos desde hacía mucho tiempo. —No hacía falta ser un experto para interpretar la mirada de Connie. Si atrapaba al asesino antes que la UCV, era posible que no se celebrase ningún juicio.

—Lo sé. No he dejado de pensar en lo duro que debe de ser para ti.

—Ya tienes bastantes cosas en la cabeza. Además, soy la última persona de quien deberías preocuparte. —Connie tomó un sorbo de café—. El tirador resultó herido. Al menos, eso parece.

Reynolds se inclinó hacia adelante de inmediato.

—Cuéntamelo todo.

Connie esbozó una breve sonrisa.

—¿No prefieres esperar a recibir el informe escrito de la UCV? —Se alzó las perneras y cruzó las piernas—. Tenías razón sobre la ubicación del tirador. Encontramos bastante sangre en el bosque, detrás de la casa y trazamos una trayectoria aproximada. El lugar coincide con el punto del que probablemente salió el disparo. Seguimos el rastro como mejor pudimos, pero lo perdimos al adentrarnos unos cien metros en el bosque.

—¿Cuánta sangre había? ¿Suficiente para que la vida del tirador corriese peligro?

—No sabría decirte. Estaba muy oscuro. Ahora mismo hay un equipo allí que continúa buscando. Están inspeccionando el césped para encontrar la bala que mató a Ken. También están interrogando a quienes viven cerca, pero la casita está tan aislada que no creo que valga la pena.

Reynolds respiró a fondo.

—Si encontráramos un cuerpo, eso simplificaría las cosas y las complicaría al mismo tiempo.

Connie asintió meditabundo.

—Entiendo adónde quieres ir a parar.

—¿Tienes una muestra de sangre?

—Ahora mismo la están analizando en el laboratorio. No sé si nos servirá de algo.

—Como mínimo sabremos si es humana o no.

—Cierto. Tal vez encontremos el cuerpo de un ciervo muerto, aunque lo dudo. —Notó que Reynolds se animaba—. Por nada en concreto —puntualizó, como respondiendo a su mirada—; es algo instintivo.

—Si el tipo está herido, será más fácil localizarlo.

—Quizá. Si necesitaba ir al médico, no creo que fuera tan estúpido como para acudir a la sala de urgencias local. Tienen la obligación de informar sobre los heridos de bala. Y no sabemos si su estado era grave o no. Tal vez tenía una herida superficial que sangraba sin parar. Si así fuera, se la venda, toma un avión y, ¡puf!, desaparece. Tenemos vigilados todos los puntos estratégicos, pero si el tipo se ha marchado en un avión privado, entonces se nos complica todo. Lo más probable es que ya esté muy lejos de aquí.

—O que esté muerto. Por lo visto, no acabó con el objetivo principal. No creo que quienquiera que lo contratase estuviese loco de contento.

—Cierto.

Reynolds entrelazó las manos delante de sí mientras meditaba sobre el asunto que trataría a continuación.

—Ken no llegó a usar el arma, Connie.

Era obvio que Connie ya había reflexionado al respecto porque dijo:

—Lo cual significa que, si la sangre es humana, anoche había una cuarta persona en la casita. Y esa persona disparó contra el tirador. —Negó con la cabeza cansinamente—. Mierda, todo esto parece una locura.

—Una locura, pero a la luz de los hechos tal como los conocemos, parece cierta. ¿Crees que fue la cuarta persona quien mató a Ken y no el tipo herido?

—No lo creo. Los de la UCV están buscando casquillos en la zona del bosque desde donde creemos que se efectuó el otro disparo. Si las dos personas desconocidas se enzarzaron en un tiroteo, entonces es posible que encontremos otro conjunto de casquillos expulsados.

—Bueno, la presencia de la cuarta persona explicaría la puerta abierta y que las cámaras se activasen.

Connie se irguió en la silla.

—¿Han descubierto algo en la cinta? Necesitamos caras o lo que sea.

—Te lo diré en pocas palabras: la han desmagnetizado.

—¿Qué?

—No me preguntes, pero en estos momentos no podemos contar con la cinta.

—Vaya, mierda. No nos quedan muchas opciones.

—En realidad sólo nos queda Faith Lockhart.

—Hemos cubierto todos los aeropuertos, estaciones de tren y autobuses y las agencias de alquiler de coches. Su empresa también, aunque dudo que vaya allí.

—De acuerdo. En realidad, es posible que la bala procediera de ahí —dijo Reynolds lentamente.

—¿De Buchanan?

—¡Ojalá pudiésemos demostrarlo!

—Si encontramos a Lockhart, tal vez podamos. Nos daría cierta ventaja.

—No estés muy seguro. Cuando ha faltado poco para que te vuelen la cabeza te pones a reconsiderar las lealtades —apuntó Reynolds.

—Si Buchanan y los suyos van a por Lockhart, entonces también deben de ir a por nosotros.

—Eso ya lo has dicho. ¿Una filtración? ¿Aquí?

—Una filtración en algún lugar. Aquí o por parte de Lockhart. Quizá Faith hizo algo que despertó las sospechas de Buchanan. Por lo que sabemos, es un tipo de lo más cauteloso. Ordenó que la siguieran, por algún motivo. La vieron reunirse contigo en la casa. Investigó un poco más, descubrió la verdad y contrató a alguien para hacerla desaparecer.

—Prefiero creer eso a que alguien de aquí nos haya traicionado —dijo Reynolds.

—Yo también. Pero lo cierto es que en todos los cuerpos que se dedican a velar por el cumplimiento de la ley hay algunas manzanas podridas.

Reynolds se preguntó si Connie sospechaba de ella. Todo el personal del FBI, desde los agentes especiales hasta el personal de apoyo, tenían autorización para tratar asuntos de máxima confidencialidad. Cuando alguien solicitaba un puesto en el FBI, un grupo de agentes indagaba todos los detalles de su pasado, por insignificantes que fueran, y hablaba con todas las personas que lo conocían. Cada cinco años se efectuaba una investigación de campo a gran escala de todos los empleados del FBI. En el ínterin, se informaba al jefe de seguridad del departamento de recursos humanos sobre cualquier actividad sospechosa en que estuviese implicado un agente y se le transmitía cualquier queja sobre personas que formularan preguntas sospechosas acerca de algún empleado. Gracias a Dios, a Reynolds eso nunca le había sucedido. Su expediente estaba impoluto.

Si se sospechaba que se había producido una filtración o alguna infracción de las normas de seguridad, era probable que la Oficina de Responsabilidad Profesional llevase a cabo una investigación y que el empleado sospechoso tuviera que someterse al detector de mentiras. Asimismo, el FBI siempre estaba ojo avizor por si un miembro del personal tenía demasiados problemas profesionales o personales que pudiesen impulsarlo a aceptar sobornos o caer en el tráfico de influencias.

Reynolds sabía que a Connie las cosas le iban bien desde un punto de vista económico. Su esposa había muerto hacía varios años tras una enfermedad prolongada que había mermado sus recursos, pero vivía en una buena casa que valía mucho más de lo que había pagado por ella. Sus hijos ya habían terminado sus estudios universitarios y su pensión ya estaba asegurada. En otras palabras, disfrutaría de una jubilación más que decente.

Por otro lado, Reynolds no ignoraba que tanto su vida personal como su economía atravesaban un mal momento. ¿Fondos para que sus hijos fueran a la universidad? Tendría suerte si lograba costear las clases particulares para el primer curso. Dentro de bien poco ni siquiera tendría casa propia. El acuerdo de divorcio exigía que la vendiera. Estaba pensando en mudarse a un piso del mismo tamaño que el que había alquilado después de licenciarse. Para una persona resultaba acogedor, pero un adulto y dos niños llenos de energía estarían muy estrechos allí. ¿Podría seguir pagando a la niñera? ¿Acaso le quedaba otra opción, teniendo en cuenta todo lo que trabajaba? No podía dejar a los niños solos por la noche.

En cualquier trabajo, estaría en la lista de las diez personas con más posibilidades de ser despedidas. Pero en el FBI, el número de divorcios era tan elevado que el suyo pasaría inadvertido para el radar del organismo. Trabajar en el FBI no solía ser compatible con disfrutar de una vida personal feliz.

Parpadeó al percatarse de que Connie todavía la miraba. ¿Sospechaba que ella era la autora de la filtración, o la causante de la muerte de Ken?

Era consciente de que las circunstancias no la favorecían. Habían matado a Newman la misma noche que le había pedido que la sustituyera para acompañar a Lockhart. Sabía que Paul Fisher había estado dando vueltas al asunto y con toda seguridad Connie lo estaba pensando en esos momentos.

Reynolds se serenó.

—Exista o no la filtración, ahora mismo no podemos hacer nada al respecto —aseveró—. Concentrémonos en lo que sí podemos hacer.

—Bien. ¿Cuál es el siguiente paso?

—Agotar las líneas de investigación. Encontrar a Lockhart. Esperemos que use una tarjeta de crédito para comprar los billetes de avión o tren. Si lo hace, es nuestra. También debemos encontrar al tirador. Seguir de cerca a Buchanan. Descifrar la cinta de vídeo y averiguar quién estaba en la casa. Quiero que actúes de enlace con la UCV. Tenemos un montón de cabos sueltos, ¡si tan sólo pudiésemos atar uno o dos!

—¿Acaso no es lo que nos ocurre siempre?

—Nos encontramos en un verdadero aprieto, Connie.

Connie asintió pensativo.

—He oído que Fisher pasó por aquí. Supongo que vendría a verte. —Reynolds no replicó, por lo que Connie prosiguió—: Hace trece años dirigí una operación antidroga secreta junto con la DEA en Brownsville, Tejas. —Guardó silencio por unos instantes, como dudando si debía continuar o no—. Nuestro objetivo oficial era detener el tráfico de cocaína de la frontera mexicana. Nuestro objetivo extraoficial era llevar a cabo la misión sin hacer quedar mal al Gobierno mexicano. Por ese motivo, teníamos líneas de comunicación abiertas con nuestros homólogos de Ciudad de México. Quizá demasiado abiertas, porque al sur de la frontera reinaba una corrupción ilimitada a todos los niveles. Pero se hizo así para que las autoridades mexicanas compartieran la gloria después de que nosotros hiciéramos todo el trabajo y atrapáramos a los narcotraficantes que dirigían el cártel. Tras dos años de investigación, se planeó una gran redada. Sin embargo, se filtró información y mis hombres sufrieron una emboscada; dos de ellos murieron.

—Oh, Dios mío. Había oído hablar del caso, pero no sabía que hubieras participado.

—Probablemente todavía te estaban saliendo los dientes en Quantico.

Reynolds no sabía si era una pulla velada o no, pero decidió no replicar.

—En fin —prosiguió Connie—, cuando todo acabó, vino a verme uno de los jóvenes arribistas de la oficina central que no sabía ni sostener la pistola y, cortésmente, me comunicó que si no hacía las cosas bien, estaba acabado. Pero había una condición. Si descubría que nuestros amigos mexicanos nos traicionaban, no podría alegarlo como excusa. Relaciones internacionales, me dijo. Tendría que sacrificarme por el bien del mundo. —Le tembló la voz al pronunciar las últimas palabras.

Reynolds se percató de que estaba conteniendo el aliento. Connie no solía hablar tanto. En un diccionario, el retrato de Connie aparecería junto a la definición de «taciturno».

Connie bebió café y se secó los labios con el dorso de la mano.

—Bueno, ¿sabes qué pasó? Descubrí que la filtración procedía de los altos mandos del departamento de policía mexicano, así que marqué la frente de esos cabrones con una enorme equis y me largué. Si mis superiores no querían hacer nada al respecto, bien. Pero, maldita sea, yo no estaba dispuesto a tragarme la mierda de otros. —Miró a Reynolds de hito en hito—. «Relaciones internacionales» —añadió, esbozando una sonrisa amarga. Apoyó los codos en el escritorio.

Reynolds se preguntó si se trataba de una especie de reto. ¿Acaso quería marcarle la frente con una equis o la desafiaba a marcarle la suya?

—Desde entonces, ése ha sido mi lema —dijo Connie.

—¿Cuál?

—A la mierda las «relaciones internacionales».

21

Agentes del FBI y de la CIA iban y venían por la terminal del aeropuerto, sin que el primer grupo estuviera al tanto de la presencia del segundo. Los hombres de Thornhill, además, sabían que lo más probable era que Lee Adams viajara con Faith Lockhart. Los agentes del FBI sólo buscaban a la mujer.

Lee, sin saberlo, pasó ante una pareja de agentes del FBI vestidos de empresarios con maletines y ejemplares del *Wall Street Journal*. Los agentes tampoco lo reconocieron a él. Poco antes, Faith había pasado junto a ellos.

Lee aflojó el paso al acercarse al principal mostrador de venta de billetes. Faith hablaba con una empleada. Todo parecía ir bien. De repente, se sintió culpable por no haber confiado en ella. Se retiró a un rincón y esperó.

En el mostrador, Faith enseñó su nueva documentación y compró tres billetes, dos de ellos a nombre de Suzanne Blake y Charles Wright. La empleada apenas miró la foto. Faith dio gracias a Dios, aunque supuso que casi nadie se parecía a la foto del carné de identidad. El vuelo para Norfolk salía al cabo de cuarenta y cinco minutos. El tercer billete estaba a nombre de Faith Lockhart. Era un vuelo con destino a San Francisco que hacía escala en Chicago. Faltaban cuarenta minutos para que saliera. Lo había visto en los monitores. La costa Oeste, una ciudad enorme. Allí podría perderse, conducir por el litoral e incluso escapar a México. No sabía cómo lo haría, pero cada cosa a su tiempo.

Faith explicó que el billete para San Francisco era para su superiora, que llegaría de un momento a otro.

—Tendrá que darse prisa —le advirtió la empleada—. Todavía tiene que facturar y los pasajeros embarcarán dentro de diez minutos.

—No se preocupe —dijo Faith—. No lleva equipaje, así que puede ir directamente a la puerta de embarque.

La empleada le entregó el billete. Faith supuso que no corría riesgos al poner su nombre en el billete porque había pagado los tres billetes con la tarjeta de Suzanne Blake. Además, la única documentación de que disponía aparte de la de Suzanne era la suya propia. O compraba el billete a nombre de Faith Lockhart o se quedaba sin él. Todo saldría bien.

No sabía cuán equivocada estaba.

Mientras Lee la observaba, le asaltó un pensamiento. ¡La pistola! Tenía que facturarla antes de pasar por el arco detector o se armaría un buen lío. Corrió hasta el mostrador y sobresaltó a Faith.

La rodeó con el brazo y la besó en la mejilla.

—Eh, nena. Lo siento, la llamada de teléfono se alargó más de la cuenta. —Miró a la empleada y, con toda tranquilidad, dijo—: Tengo que facturar una pistola.

La empleada apenas levantó la mirada.

—¿Es usted el señor Wright?

Lee asintió. La empleada le pidió los documentos. Lee le mostró su documentación falsa, y ella le selló el billete e introdujo la información en el ordenador. Él le entregó la pistola y la munición y rellenó el formulario. La empleada pegó una etiqueta en el estuche, y Lee y Faith se retiraron del mostrador.

—Lo siento, me había olvidado de la pistola. —Lee miró hacia el arco detector—. Habrán apostado agentes en la puerta. Pasaremos por separado. No pierdas la calma; no te pareces en nada a Faith Lockhart.

Aunque Faith no dejó de sentir el corazón en la garganta, pasaron por el detector sin incidentes.

Cuando se hallaban junto a los monitores con la información de los vuelos, Lee vio su puerta de embarque.

—Por ahí —indicó.

Faith asintió al tiempo que observaba la disposición de las puertas. La puerta de embarque para el vuelo de San Francisco estaba bastante cerca, pero un tanto alejada de la de Norfolk. Contuvo una sonrisa. Perfecto.

Mientras caminaban, Faith miró a Lee de reojo. Le había ayudado mucho. Se sentía un poco culpable por lo que iba a hacer, pero estaba convencida de que era lo mejor. Para los dos.

Llegaron a la puerta para el vuelo de Norfolk. Les informaron de que embarcarían al cabo de unos diez minutos. Había bastante gente esperando.

Lee se volvió hacia ella.

—Será mejor que llames a ese servicio de aviones de enlace para el vuelo a Pine Island.

Lee y Faith se dirigieron a un teléfono y ella realizó la llamada.

—Todo arreglado —informó—. Ya podemos relajarnos.

—Bien —dijo Lee con sequedad.

Faith miró en torno a sí.

—Tengo que ir al baño.

—Será mejor que te des prisa.

Faith se alejó rápidamente sin que Lee le quitara el ojo de encima.

22

—¡Bingo! —exclamó el hombre que estaba sentado frente a la pantalla del ordenador. Se encontraba en una furgoneta estacionada cerca del aeropuerto. El FBI tenía un contacto en las compañías aéreas que controlaba los viajes que realizaban las personas que el organismo perseguía. Con más de un sistema de reservas de vuelos compartido entre compañías aéreas y la llegada de los códigos comunes, el trabajo le resultaba más fácil al FBI. Dicha organización había solicitado que se marcara el nombre de Faith Lockhart en los sistemas de reserva de las principales compañías aéreas. Esa petición acababa de rendir grandes frutos.

—Ha reservado un vuelo para San Francisco que sale dentro de una media hora —dijo por el micrófono de los auriculares—. United Airlines. —Facilitó la información sobre el número del vuelo y la puerta de embarque—. A por ella —ordenó a los hombres que estaban en la terminal. Descolgó el auricular para informar a Brooke Reynolds.

Mientras Lee hojeaba una revista que alguien había dejado en el asiento de al lado, dos hombres trajeados pasaron corriendo junto a él. Al cabo de unos segundos, un par de individuos con vaqueros y cazadoras se alejaron en la misma dirección.

Lee se levantó de un salto, echó un vistazo alrededor y, tras cerciorarse de que nadie más corría hacia allí, siguió al grupo.

Los agentes del FBI, seguidos de los hombres con vaqueros, pasaron por delante de los servicios de señoras instantes antes de que Faith saliera. Ya habían desaparecido entre la multitud cuando ella emergió.

Lee aflojó el paso al verla salir del baño. ¿Otra falsa alarma? Cuando Faith dio la vuelta y echó a andar hacia el otro lado, Lee comprendió que sus temores no eran infundados. Advirtió que Faith comprobaba la hora y aceleraba el paso. Mierda, Lee sabía perfectamente qué haría: tomaría otro vuelo. Y a juzgar por el modo en que había mirado el reloj y había apresurado la marcha, no debía de faltar mucho para que despegara. Mientras se abría paso entre la multitud, recorrió con la vista el pasillo. Había diez puertas delante de él. Se detuvo por unos instantes ante los monitores, leyó rápidamente las salidas y las puertas de embarque correspondientes hasta que vio el mensaje parpadeante de «embarque» de un vuelo de United con destino a San Francisco. También reparó en que ya era la hora de embarque de un vuelo para Toledo. ¿Cuál sería el de Faith? Sólo existía una forma de averiguarlo.

Lee corrió a toda velocidad, atravesó una zona de espera y logró adelantar a Faith sin que ella lo viera. Se detuvo bruscamente cerca de la puerta de embarque para el vuelo de San Francisco. Los hombres de traje que habían pasado corriendo junto a él estaban allí, hablando con una empleada de United que parecía estar muy nerviosa. Entonces, los hombres, con el semblante impasible, se colocaron tras un tabique sin apartar la mirada de la multitud y la zona de embarque. Lee dedujo que Faith tomaría el vuelo para San Francisco.

Sin embargo, algo no encajaba. Si Faith había empleado el nombre falso, ¿cómo...? Entonces Lee cayó en la cuenta. No podía poner el nombre falso en dos billetes distintos que salían con tan poca diferencia de tiempo, pues habría despertado sospechas en la empleada. Había utilizado su nombre verdadero porque necesitaba la documentación para tomar el avión. ¡Mierda! La atraparían en cualquier momento. Mostraría el billete, la empleada le haría una seña a los del FBI y todo se habría acabado.

Justo cuando Lee se disponía a dar media vuelta, divisó a los dos hombres con las cazadoras y los vaqueros. Su olfato le indicó que, aunque no lo pareciera, estaban vigilando de cerca a los agentes del FBI. Se acercó un poco más y, gracias al tiempo sombrío del exterior, alcanzó a ver el reflejo de los hombres en el cristal. Uno de ellos llevaba algo en la mano. Lee se estremeció al aproximarse aún más y descubrir de qué se trataba. O al imaginarlo. De repente, el caso cobró una dimensión completamente distinta.

Lee, no sin dificultad, volvió sobre sus pasos; al parecer, todos los habitantes de la zona metropolitana de Washington habían decidido volar ese día. Localizó a Faith en el pasillo. En cosa de segundos pasaría junto a él. Se lanzó hacia el muro de personas y tropezó con una maleta que alguien había apoyado en el suelo. Cayó al suelo y se hizo daño en las rodillas. Cuando se incorporó, ella ya lo había dejado atrás. Apenas le quedaban unos segundos.

—¿Suzanne? ¿Suzanne Blake? —gritó.

Al principio, Faith no se dio por enterada, pero luego se detuvo y se volvió. Lee sabía que si lo veía era posible que intentara huir corriendo. No obstante, al pararse le había dado los pocos segundos que necesitaba. La rodeó y se le acercó por detrás.

Cuando él le sujetó el brazo, Faith estuvo a punto de sufrir un colapso.

—Date vuelta y ven conmigo —dijo Lee.

Faith intentó soltarse.

—Lee, no lo entiendes. Por favor, deja que me vaya.

—No, eres tú quien no lo entiende. El FBI está esperándote en la puerta de embarque para el vuelo de San Francisco.

Aquellas palabras le helaron la sangre.

—Lo has echado todo a perder. Has hecho la segunda reserva a tu nombre. Controlan ese tipo de cosas, Faith. Ahora saben que estás aquí.

Regresaron a toda prisa al pasillo que conducía a la puerta de embarque por la que tendrían que pasar. Los viajeros ya estaban embarcando. Lee recogió las bolsas pero, en lugar de subir al avión, giró bruscamente y arrastró a Faith tras de sí. Volvieron a pasar por la puerta de seguridad y se dirigieron hacia el ascensor.

—¿Adónde vamos? —preguntó Faith—. El avión para Norfolk está a punto de despegar.

—Nos largaremos de aquí antes de que cierren la maldita terminal para buscarnos.

Tomaron el ascensor hasta la planta baja, salieron y pararon un taxi. Después de entrar, Lee indicó al taxista una dirección de Virginia y el vehículo salió disparado. Sólo entonces Lee la miró.

—No podíamos subir al avión a Norfolk.

—¿Por qué no? Ese billete estaba a mi otro nombre.

Lee observó al conductor: un tipo mayor arrellanado en el asiento que escuchaba música *country* en la radio.

Satisfecho, respondió a Faith en voz baja.

—Porque lo primero que harán será comprobar en

el mostrador de venta de billetes quién ha comprado el billete para Faith Lockhart. Entonces sabrán que lo ha hecho una tal Suzanne Blake. Y sabrán que Charles Wright viaja contigo. Y les proporcionarán nuestras descripciones. Y comprobarán las reservas para Blake y Wright y el FBI nos estaría esperando cuando nos bajásemos del avión en Norfolk.

Faith palideció.

—¿Se mueven tan deprisa?

Lee montó en cólera.

—¿Con quién demonios crees que estás jugando? ¿Con los Tres Chiflados? —Se dio una palmada en el muslo en un arrebato de furia—. ¡Mierda!

—¿Qué? —inquirió Faith agitadamente—. ¿Qué?

—Tienen mi pistola. Está registrada a mi nombre. Mi nombre verdadero. ¡Maldita sea! Ya he instigado y secundado a una persona en la comisión de un delito, y los del FBI nos pisan los talones. —Desesperado, apoyó la cabeza en las manos—. Las cosas me están saliendo tan bien que supongo que debe de ser mi cumpleaños.

Faith se disponía a tocarle el hombro, pero se acobardó y miró por la ventanilla.

—Lo siento. Lo siento de veras. —Colocó una mano contra la ventanilla y dejó que el frío del cristal le atravesara la piel poco a poco—. Entrégame al FBI. Les contaré la verdad.

—No es mala idea. El problema es que el FBI no te creería. Y hay algo más.

—¿Qué? —Faith se preguntó si le revelaría que trabajaba para Buchanan.

—Ahora no. —Lee estaba pensando en los otros hombres que había visto junto a la puerta y en lo que uno de ellos llevaba en la mano—. Ahora mismo me gustaría que me explicaras lo que ha pasado en la terminal.

Faith contempló el Potomac, gris y revuelto a través de la ventana.

—No sé si podré —dijo en voz tan baja que Lee apenas la oyó.

—Bueno, será mejor que lo intentes —repuso Lee con firmeza—. Me gustaría que te esforzaras al máximo.

—No creo que lo entendieras.

—Lo entenderé a la perfección.

Finalmente, Faith se volvió, ruborizada, sin atreverse a mirar a Lee a los ojos. Jugueteó nerviosa con el dobladillo de la chaqueta.

—Pensaba que era mejor que no fueras conmigo. Creía que estarías más seguro.

Lee apartó la vista, indignado.

—¡Tonterías!

—¡Es verdad!

Lee giró de nuevo y le agarró el hombro con tanta fuerza que a Faith se le crispó el rostro de dolor.

—Óyeme bien, Faith, fueran quienes fueran, han estado en mi apartamento. Saben que estoy implicado. Tanto si estoy contigo como si no, corro el mismo peligro o incluso más. Y el que intentes huir de mí no me ayuda en absoluto.

—Pero ellos ya sabían que estabas implicado. Recuerda lo que sucedió en tu apartamento.

Lee negó con la cabeza.

—No eran del FBI.

Faith parecía sorprendida.

—Entonces, ¿quiénes eran?

—No lo sé, pero los del FBI no se disfrazan de trabajadores de UPS. Regla número uno del FBI: la fuerza arrolladora puede con todo. Habrían enviado a unos cien agentes y al Equipo de Rescate de Rehenes y a los perros y a los cuerpos blindados y toda esa mierda. Llegan y te pillan, caso cerrado. —Lee hablaba con más tranquilidad a medida que reflexionaba—. Veamos, los tipos que te esperaban en la puerta eran del FBI. —Asintió pensativo—. No intentaban disimular su identidad. —¿Y los otros dos hombres? Ni idea. Pero sabía que Faith tenía suerte de estar viva—. Ah, y por cierto, de nada por volver a salvarte el pellejo. Unos segundos más y estarías de nuevo en manos del FBI, acribillada a preguntas que no sabrías responder. Quizá debería haber dejado que te atraparan —añadió en tono de hastío.

—¿Por qué no lo has hecho? —preguntó Faith en voz baja.

A Lee le entraron ganas de reírse. Toda aquella experiencia era como un sueño. «Pero ¿dónde me despertaré?», pensó.

—En estos momentos la locura parece prevalecer sobre todo lo demás.

Faith intentó sonreír.

—Menos mal que hay locos en el mundo.

Lee no le devolvió la sonrisa.

—A partir de ahora, somos siameses. Será mejor que se acostumbre a ver mear a un hombre, señora, porque ahora somos inseparables.

—Lee...

—¡No quiero oírlo! No digas una maldita palabra. —Le temblaba la voz—. Te juro que me falta bien poco para romperte la cabeza. —Le sujetó con fuerza las muñecas, como si sus manos fueran una especie de esposas vivientes. Luego se recostó, con la mirada perdida.

Aunque hubiera podido, Faith no habría intentado soltarse. Le aterraba la idea de que él la golpeara. Era probable que Lee Adams nunca se hubiera enfadado tanto en toda su vida. Al final, también ella se recostó e intentó relajarse. El corazón le latía con tanta fuerza que le sorprendió que los vasos sanguíneos soportaran la presión. Quizá lo mejor sería ahorrarle un montón de problemas a los demás y morirse de un infarto.

En Washington era fácil mentir sobre el sexo, el dinero, el poder o la lealtad. Las mentiras se convertían en verdades y los hechos en mentiras. Faith había visto de todo. Era uno de los lugares más frustrantes y crueles del mundo, donde había que confiar en las viejas alianzas y en los reflejos para sobrevivir y donde cada día y cada relación nueva podían acabar contigo. Faith se encontraba a gusto en ese mundo e incluso había llegado a amarlo. Hasta ese momento.

Faith no se atrevía a mirar a Lee Adams porque temía lo que vería en sus ojos. Lee era todo cuanto tenía. Aunque apenas lo conocía, por algún motivo que desconocía ansiaba obtener su respeto y su comprensión. Sabía que no lo conseguiría. No lo merecía.

Por la ventana vislumbró un avión que ganaba altitud rápidamente. Al cabo de unos segundos desaparecería entre las nubes. Los pasajeros sólo verían abajo la capa de cúmulos hinchados, como si el mundo se hubiera esfumado de repente. ¿Por qué no viajaba ella a bordo de ese avión, con rumbo a un lugar donde pudiese comenzar de nuevo? ¿Por qué no existían lugares así? ¿Por qué?

23

Brooke Reynolds, abatida, se sentó junto a la mesita con la barbilla apoyada en la palma de la mano y se preguntó si algo saldría bien en el caso que llevaba. Habían encontrado el coche de Ken Newman. Lo habían limpiado con tanta profesionalidad que su equipo de «expertos» no había encontrado una sola pista relevante. Acababa de hablar con los del laboratorio; todavía estaban intentando arreglar la cinta de vídeo. Lo peor de todo era que Faith Lockhart se les había escapado por los pelos. A ese ritmo, llegaría a directora del FBI en un abrir y cerrar de ojos. Estaba convencida de que, cuando regresara al despacho, se encontraría con un torrente de mensajes del SEF, e intuía que ninguno sería elogioso.

Reynolds y Connie estaban en un zona reservada del aeropuerto nacional Reagan. Habían interrogado en profundidad a la empleada que había vendido los billetes a Faith Lockhart. Habían revisado todas las cintas de vigilancia y la empleada había reconocido a Lockhart. Al menos Reynolds suponía que la mujer era Faith Lockhart. Le habían mostrado una fotografía suya a la empleada y ésta parecía bastante segura de que se trataba de la misma mujer.

Si era ella, había cambiado de aspecto notablemente: a juzgar por lo que Reynolds había visto en la cinta de vigilancia del aeropuerto, Lockhart se había cortado el pelo y se lo había teñido. Y ahora contaba con ayuda, porque en la cinta de vídeo se distinguía a un hombre alto y fornido que se marchaba con ella. Reynolds había pedido a sus colegas de Norfolk que averiguaran si la pareja había buscado otra manera de llegar allí. Hasta el momento no habían descubierto nada. Sin embargo, tenían una pista que prometía mucho.

Reynolds abrió el estuche metálico de la pistola y observó la SIG-Sauer de 9 milímetros mientras Connie se apoyaba en la pared con el ceño fruncido. Estaban comprobando las huellas dactilares de la pistola en las bases de datos del FBI, pero tenían algo mejor: la pistola estaba registrada. La policía de Virginia les había facilitado el nombre y la dirección del propietario.

—Bien, la pistola está registrada a nombre de un tal Lee Adams —dijo Reynolds—. DMV nos enviará una foto del tipo. Supongo que es el mismo que acompaña a Lockhart. ¿Qué sabemos de él?

Connie tomó un sorbo de Coca-Cola y se tragó dos cápsulas de Advil.

—Investigador privado. Lleva bastante tiempo en el mundillo. Parece legal. De hecho, algunos agentes del FBI lo conocen. Dicen que es un buen tipo. Le enseñaremos la foto a la empleada del mostrador de venta de billetes para ver si lo identifica. Eso es todo por ahora. Dentro de poco sabremos más. —Miró la pistola—. Encontramos casquillos en el bosque situado detrás de la casita. Son de pistola. Nueve milímetros. Dado el número de casquillos que había, la persona vació la mitad del cargador contra algo.

—¿Crees que se trata de la misma pistola?

—No hemos encontrado ninguna bala para comprobarlo, pero los de balística nos dirán si el agujerito de los casquillos hallados en el bosque coincide con los de esta pistola —dijo Connie, refiriéndose a la hendidura que el percutor de las pistolas realiza en la parte inferior de los casquillos, una marca tan exclusiva como las huellas dactilares—. Y puesto que tenemos su munición, podremos disparar a modo de prueba con la pistola verdadera, que es lo idóneo. Además, estamos analizando las marcas de los casquillos. Eso no servirá para confirmar de forma concluyente que Adams estuviera allí, porque es posible que cargara la pistola antes y que luego la usara otra persona, pero algo es algo.

Los dos sabían que era más fácil obtener huellas útiles de la superficie de los casquillos que de la empuñadura de una pistola.

—Lo ideal sería conseguir sus huellas dactilares en la casa.

—La UCV no ha encontrado nada. Es obvio que Adams sabía lo que hacía. Debía de llevar guantes.

—Si el análisis balístico da resultados iguales, entonces es probable que Adams fuera quien hirió al tirador.

—Lo que es seguro es que no disparó todas esas veces contra Ken, y una SIG no vale una mierda para las distancias largas. Si Adams alcanzó a Ken desde esa distancia y en la oscuridad, entonces deberíamos ofrecerle un trabajo en Quantico como tirador.

Reynolds no parecía convencida.

—Y el laboratorio ha confirmado que la sangre es humana —prosiguió Connie—. También encontramos una bala cerca del lugar donde estaban los casquillos. Impactó en un árbol y cayó allí. Además, había varios casquillos cerca del reguero de sangre. Eran de rifle; revestimientos metálicos de calibre pesado. Y personalizados, ya que en los casquillos no figuraba el código del fabricante ni el cuño del calibre. Pero los del laboratorio dicen que el fulminante de la munición era Berdan y no American Boxer.

Reynolds se volvió hacia él de golpe.

—¿Berdan? ¿De fabricación europea?

—Hoy día hay miles de variantes de lo más extrañas, pero sí, parece europea.

Reynolds estaba familiarizada con el fulminante Berdan. Se diferenciaba de la versión americana en que no llevaba yunque incorporado. El yunque se colocaba dentro del casquillo, formando una proyección en miniatura en forma de T en la cavidad del fulminante con dos orificios que permitían que el fogonazo detonase la pólvora. A Reynolds le parecía un diseño ingenioso y eficaz.

Cuando se incorporó al FBI, Brooke había aprendido que al apretar el gatillo de un arma el percutor golpeaba la cápsula, comprimiendo el fulminante contra el yunque y haciéndolo estallar. Esta pequeña explosión, a su vez, pasaba por los orificios y hacía que la pólvora alcanzase temperaturas superiores a los dos mil quinientos grados. Un milisegundo después, la bala salía disparada por el cañón del arma y lo más probable era que, en menos de un abrir y cerrar de ojos, un ser humano muriera. En Estados Unidos el arma más popular para perpetrar asesinatos era la pistola, y Brooke sabía que se cometían unos cincuenta y cinco homicidios diarios. Por tanto, a ella y a sus colegas nunca les faltaría trabajo.

—Los casquillos de fabricación europea podrían encajar con la trama de intereses extranjeros de los que Lockhart nos habló —dijo Reynolds casi para sí—. De modo que Adams y el tirador se lían a tiros y Adams es quien sale mejor parado. —Miró pensativamente a Connie—. ¿Alguna relación entre Adams y Lockhart?

—Hasta ahora no, pero seguiremos investigando.

—Tengo otra teoría, Connie: Adams salió de la espesura, mató a Ken y luego regresó al bosque. Puede que se cayera y se hiriera. Eso explicaría la sangre. Sé que esta teoría no explica la bala de rifle, pero es una posibilidad que no debemos descartar. Adams también podría haber llevado un rifle consigo. O tal vez fuera el arma de un cazador. Estoy segura de que en ese bosque se practica la caza.

—Vamos, Brooke. Adams no puede entablar un tiroteo consigo mismo. Recuerda que había dos pilas de casquillos diferentes. Y los cazadores no disparan una y otra vez contra algo. Podrían matar a sus colegas o incluso a sí mismos. Ése es el motivo por el que la mayor parte de los estados exigen topes en las recámaras de los rifles para limitar el número de disparos. Y los casquillos no llevaban mucho tiempo allí.

—Vale, vale, pero no estoy dispuesta a confiar en Adams.

—¿Y crees que yo sí? No confío ni en mi madre, que en paz descanse. Pero no puedo pasar por alto los hechos. ¿Lockhart se marcha en el coche de Ken? ¿Y Adams se deja las botas antes de irse de excursión por el bosque? Por favor, no te lo crees ni tú.

—Oye, Connie, me limito a estudiar las posibilidades, pero eso no quiere decir que me decante por ninguna de ellas. Lo que me irrita es no saber qué asustó a Ken. Si el tirador estaba en el bosque, no fue él.

Connie se frotó la barbilla.

—Eso es verdad.

De repente, Reynolds chasqueó los dedos.

—Maldita sea, la puerta. ¿Cómo he podido estar tan ciega? Cuando llegamos a la casita, la contrapuerta estaba abierta de par en par. Lo recuerdo con claridad. Se abre hacia afuera, así que Ken debió de verla abierta cuando miró hacia allí. ¿Cuál sería su reacción? Desenfundar la pistola.

—Y es posible que también viera las botas. Estaba oscuro, pero el porche trasero de la casa no es tan grande. —Connie bebió un poco más de Coca-Cola y se frotó la sien izquierda—. Vamos, Advil, surte efecto. Bueno, cuando los del laboratorio descifren la grabación sabremos con toda seguridad si Adams estuvo allí o no.

—Si es que la descifran. Pero ¿por qué querría Adams ir a la casita?

—Es posible que alguien lo contratara para seguir a Lockhart.

—¿Buchanan? —preguntó Reynolds.

—Ése es el primero de mi lista.

—Pero si Buchanan contrató al tirador para que acabara con Lockhart, ¿de qué serviría que Adams lo presenciara?

Connie se encogió de hombros y luego los dejó caer, como un oso rascándose contra un árbol.

—La verdad es que no tiene mucho sentido.

—Bueno, si me lo permites, complicaré las cosas todavía más. Lockhart compró dos billetes para Norfolk, pero sólo uno a su nombre verdadero con destino a San Francisco.

—Y en el vídeo de vigilancia del aeropuerto se ve a Adams correr tras los nuestros.

—¿Crees que Lockhart intentaba huir de él?

—La empleada dijo que Adams llegó al mostrador después de que Lockhart hubiera comprado los billetes. Y en el vídeo Adams la aleja de la puerta de embarque del vuelo para San Francisco.

—Así que tal vez se trate de una asociación más bien involuntaria —aventuró Reynolds. De repente, mientras contemplaba a Connie, se le ocurrió algo: «Como la nuestra, ¿no?», pensó—. ¿Sabes lo que me gustaría? —preguntó en voz alta—. Me gustaría devolverle las botas al señor Adams. ¿Tenemos la dirección de su casa?

—North Arlington. A veinte minutos de aquí, como mucho.

Reynolds se puso en pie.

—Vámonos.

24

Mientras Connie aparcaba el coche junto al bordillo, Reynolds observó la vieja casa de piedra rojiza.

—Adams debe de ganar lo suyo. Esta zona no es barata.

Connie echó un vistazo alrededor.

—Tal vez debería vender mi casa y comprarme un apartamento por aquí —dijo—. Pasear por la calle, sentarme en el parque, disfrutar de la vida...

—¿Ya te ha entrado el gusanillo de la jubilación?

—Después de ver a Ken en una bolsa para transportar cadáveres se me han quitado las ganas de trabajar toda la vida en esto.

Se encaminaron hacia la puerta de entrada. Los dos vieron la cámara de vídeo; Connie pulsó el botón del portero automático.

—¿Quién es? —preguntó una voz que parecía enfadada.

—El FBI —respondió Reynolds—. Los agentes Reynolds y Constantinople.

La puerta, sin embargo, no se abrió.

—Muéstrenme las placas —exigió la voz cascada—. Sosténganlas en alto frente a la cámara.

Los dos agentes se miraron.

Reynolds sonrió.

—Seamos buenos y hagamos lo que nos piden, Connie.

La pareja enseñó sus credenciales a la cámara. Los dos las llevaban de la misma forma: la placa dorada prendida en el exterior de la funda de la documentación, por lo que se veía primero el distintivo y luego la foto. Su intención era intimidar y solían lograrlo. Al cabo de un minuto, oyeron que una puerta se abría en el interior del edificio y el rostro de una mujer apareció detrás del cristal de las anticuadas puertas de dos hojas.

—Enséñenmelas de nuevo —les indicó—. Mi vista ya no es lo que era.

—Señora… —comenzó a decir Connie acaloradamente, pero Reynolds le propinó un codazo. Sostuvieron en alto las placas.

La mujer las examinó y luego abrió la puerta.

—Lo siento —dijo mientras entraban—, pero después de todos los tejemanejes de esta mañana, me falta poco para hacer las maletas y marcharme para siempre. Y hace veinte años que vivo aquí.

—¿Qué tejemanejes? —inquirió Reynolds con brusquedad.

La mujer la miró con hastío.

—¿A quién han venido a ver?

—A Lee Adams —contestó Reynolds.

—Me lo imaginaba. Pues no está.

—¿Sabe dónde lo podríamos encontrar, señora…?

—Carter. Angie Carter. Y no, no tengo la menor idea de adónde ha ido. Se ha ido esta mañana y no lo he vuelto a ver.

—¿Qué es lo que ha ocurrido esta mañana? —inquirió Connie—. Ha sido esta mañana, ¿no?

Carter asintió.

—Era muy temprano. Me estaba tomando el café cuando Lee me llamó y me pidió que cuidara de *Max* porque pensaba marcharse. —Los agentes la miraron con curiosidad—. *Max* es el pastor alemán de Lee. —Le temblaron los labios—. Pobre animal.

—¿Qué le ha pasado al perro? —preguntó Reynolds.

—Le han pegado. Se pondrá bien, pero le han hecho daño.

Connie se acercó a la mujer.

—¿Quién le ha hecho daño?

—Señora Carter, ¿por qué no nos deja entrar para que nos sentemos? —sugirió Reynolds.

En el apartamento había muebles viejos y cómodos, pequeñas estanterías con chucherías curiosas colocadas de cualquier manera; en el ambiente se respiraba un aroma a cebolla y col rizada.

—Quizá lo mejor será que usted comience por el principio y nosotros le haremos preguntas sobre la marcha —dijo Reynolds una vez que se sentaron.

Carter les explicó que había accedido a cuidar del perro de Lee.

—Lo hago a menudo, Lee está fuera muchas veces. Es investigador privado, ¿saben?

—Lo sabemos. ¿No dijo adónde iría? ¿Nada de nada? —inquirió Connie.

—Nunca me lo dice. Lee se tomaba al pie de la letra lo de ser un investigador «privado».

—¿Tiene un despacho en algún otro lugar?

—No, usa de despacho un cuarto que tiene libre. También vigila el edificio. Instaló la cámara en el exterior, las cerraduras resistentes de las puertas y cosas así. Nunca ha aceptado un centavo a cambio. Si alguno de los inquilinos tiene problemas, y casi todos son tan mayores como yo, acude a Lee y él se hace cargo.

Reynolds sonrió afectuosamente.

—Parece un buen tipo. Continúe.

—Bueno, acababa de quedarme con *Max* cuando llegó el mensajero de UPS. Lo vi por la ventana. Entonces Lee me llamó y me dijo que soltara a *Max*.

—¿La telefoneó desde el edificio? —interrumpió Reynolds.

—No lo sé. Se oían interferencias; tal vez llamara desde un móvil. Pero lo cierto es que no lo vi salir del edificio. Supongo que habrá salido por detrás, por la escalera de incendios.

—¿Cómo se le oía?

La señora Carter se frotó las manos mientras pensaba.

—Bueno, creo que estaba un tanto nervioso. Me sorprendió que me pidiera que soltara a *Max*; acababa de dejármelo. Me dijo que tenía que ponerle una inyección o algo así. No me parecía que tuviese mucho sentido, pero hice lo que me pedía y luego se armó una buena.

—¿Vio al hombre de UPS?

La señora Carter resopló.

—No era de UPS. Quiero decir, llevaba el uniforme y todo, pero no era nuestro mensajero habitual.

—Tal vez fuera un sustituto.

—No es muy normal que un repartidor de UPS lleve pistola, ¿no?

—¿Así que vio una pistola?

Carter asintió.

—Se la vi cuando bajaba corriendo por las escaleras. La llevaba en una mano y la otra le sangraba. Pero me estoy adelantando un poco. Antes de eso, oí a *Max* ladrar como un poseso. Luego escuché una refriega con toda claridad: pisadas fuertes, gritos de hombre y las uñas de *Max* en el parqué. Después oí un ruido sordo y luego al pobre de *Max* aullando. Entonces alguien comenzó a aporrear la puerta de Lee. Poco después escuché que varias personas subían por la escalera de incendios. Miré por la ventana de la cocina y vi a un montón de hombres subir por la escalera de incendios. Parecía una serie de televisión. Fui hasta la puerta de entrada y eché un vistazo por la mirilla. Entonces vi al hombre de UPS salir por la puerta principal. Supongo que dio la vuelta y se reunió con los otros. No lo sé.

Connie se inclinó hacia adelante.

—¿Iban uniformados los otros hombres?

La señora Carter pareció extrañarse.

—Bueno, supongo que ustedes deberían saberlo mejor que nadie.

Reynolds la miró, confundida.

—¿A qué se refiere?

Sin embargo, la señora Carter se apresuró a proseguir la narración.

—Cuando derribaron la puerta trasera, la alarma se disparó. La policía llegó de inmediato.

—¿Qué sucedió cuando llegó la policía?

—Los hombres todavía estaban aquí. Al menos, algunos de ellos.

—¿La policía los arrestó?

—Por supuesto que no. La policía se llevó a *Max* y dejó que continuaran registrando el lugar.

—¿Sabe por qué motivo la policía les permitió quedarse?

—Por el mismo motivo que les he dejado pasar a ustedes.

Reynolds, perpleja, miró a Connie y luego a Carter.

—Quiere decir que…

—Quiero decir —la cortó Carter, molesta— que eran del FBI.

25

—¿Qué estamos haciendo aquí exactamente, Lee? —preguntó Faith.

Habían tomado otros dos taxis después del del aeropuerto. El último los había dejado en lo que parecía el centro de un lugar perdido y tenían la impresión de haber recorrido a pie kilómetros de callejuelas.

Lee la miró.

—Regla número uno cuando se huye de la justicia: dar por sentado que la poli encontrará al taxista o taxistas que te llevaron. Por tanto, nunca hay que dejar que un taxi te deje en tu verdadero destino. —Señaló hacia adelante—. Casi hemos llegado. —Mientras caminaban, Lee se llevó la mano a los ojos y se quitó las lentillas, con lo que recuperaron su color azul natural. Depositó las lentes de contacto en un estuche especial que llevaba en la bolsa—. Estas cosas me destrozan los ojos.

Faith miró al frente pero no vio más que edificios abandonados, aceras resquebrajadas y árboles y jardines con césped de aspecto enfermizo. Avanzaban por una calle paralela a la carretera general número uno de Virginia, también llamada autopista de Jefferson Davis en honor al presidente de la Confederación. Faith pensó que resultaba irónico porque el mismo Davis había vivido en sus carnes lo que era ser perseguido. De hecho lo habían buscado por todo el Sur después de la guerra hasta que al final los chicos de azul lo capturaron y Davis pasó una larga temporada en prisión. Faith conocía la historia pero no le apetecía correr la misma suerte.

No frecuentaba esta zona del norte de Virginia. Estaba muy industrializada, y había varios negocios pequeños en la periferia: talleres de reparación de embarcaciones y camiones, concesionarios de automóviles de aspecto turbio con oficinas en tráilers oxidados y un mercadillo ubicado en un edificio en ruinas que parecía al borde del derribo. Se sorprendió un poco cuando Lee torció hacia la Jeff Davis. Tuvo que apretar el paso para no quedarse atrás.

—¿No deberíamos salir de la ciudad? Me refiero a que, según tú, el FBI puede hacer cualquier cosa. Y luego están los otros, cuyo nombre todavía no me has dicho, que nos siguen la pista. Estoy convencida de que son de lo más peligrosos. Y aquí estamos paseando por las afueras. —Él no dijo nada y ella optó por agarrarle del brazo—. Lee, ¿me vas a decir qué pasa, por favor?

Lee se detuvo con tanta brusquedad que Faith chocó con él. Fue como golpearse contra la pared.

Lee la miró.

—Te pareceré tonto, pero no logro sacudirme la sensación de que cuanta más información tengas, más probable será que se te ocurra otra idea disparatada que acabe dando con nuestros huesos en un ataúd.

—Mira, siento lo del aeropuerto. Tienes razón, ha sido una estupidez pero tenía mis motivos.

—Tus motivos son una sarta de gilipolleces. Toda tu vida es una gilipollez —espetó enfadado y reanudó la marcha.

Ella aceleró para alcanzarlo, le tiró del brazo y se encararon.

—Bueno, si eso es lo que piensas, ¿qué te parece si

cada uno de nosotros sigue su camino? Ahora mismo. Separémonos.

Él se puso en jarras.

—Por tu culpa no puedo ir a casa ni utilizar mi tarjeta de crédito. Me he quedado sin pistola, los agentes federales me pisan los talones y tengo cuatro pavos en la cartera. Permítame que decline la oferta, señora.

—Puedes quedarte con la mitad de mi dinero.

—¿Y se puede saber adónde irás?

—Quizá toda mi vida sea una gilipollez pero, aunque te sorprenda, sé cuidarme solita.

Él negó con la cabeza.

—Seguiremos juntos. Tengo muchos motivos para ello. El primero es que cuando los federales nos pillen, si es que nos pillan, te quiero ahí a mi lado jurando por tu madre que tu seguro servidor no es más que una criatura inocente atrapada en tu pesadilla.

—¡Lee!

—Fin de la discusión.

Echó a andar rápidamente y Faith pensó que más valía no decir nada más. Lo cierto es que no quería continuar sola. Lo alcanzó en cuanto enfilaron la ruta 1. Aguardaron a que el semáforo se pusiera verde para cruzar la calle.

—Quiero que esperes aquí —dijo Lee depositando las bolsas en el suelo—. Cabe la posibilidad de que me reconozcan allí donde voy y no quiero que estés conmigo.

Faith miró alrededor. Tras ella se alzaba una verja de casi dos metros y medio de alto coronada con alambre de espino. Albergaba un taller de reparaciones para embarcaciones. Un dóberman vigilaba la zona al otro lado de la verja. Se preguntó si era necesaria tanta seguridad para los barcos. Quizás en ese barrio todas las precauciones fueran pocas. Había un negocio situado en la esquina siguiente, en el interior de un edificio de feo hormigón ligero con grandes pancartas rojas sobre las ventanas que anunciaban las mejores ofertas de la ciudad para motocicletas nuevas y usadas. El aparcamiento estaba lleno de vehículos de dos ruedas.

—¿Tengo que quedarme aquí sola? —preguntó.

Lee extrajo una gorra de béisbol de la bolsa y se puso unas gafas de sol.

—Sí —respondió cortante—. ¿Acaso ha sido un fantasma el que me ha dicho que sabía cuidar de sí mismo?

Como no se le ocurrió ninguna respuesta adecuada, Faith tuvo que conformarse con observar enfadada a Lee al tiempo que éste cruzaba la calle y entraba en la tienda de motocicletas. De repente, mientras esperaba, sintió una presencia detrás de sí. Cuando se volvió, se encontró cara a cara con el enorme dóberman. Había salido del recinto cerrado. ¡Al parecer el avanzado sistema de seguridad no incluía cerrar la dichosa puerta! Cuando el animal le mostró los colmillos y profirió un gruñido aterrador, Faith se agachó lentamente y recogió las bolsas. Sujetándolas contra el pecho, cruzó la calle y entró en la zona de aparcamiento de la tienda de motocicletas. El perro perdió interés en ella y regresó al recinto del taller de embarcaciones.

Faith exhaló un suspiro de alivio y dejó caer las bolsas. Reparó en un par de adolescentes rollizos con perillas poco pobladas que probaban una Yamaha y a la vez se la comían con los ojos. Se encasquetó un poco más la gorra de béisbol, apartó la mirada y fingió que examinaba una reluciente Kawasaki roja que, oh sorpresa, estaba en venta. Al otro lado de la autopista Jeff Davis había un negocio dedicado al alquiler de equipos pesados para la construcción. Observó una grúa que se alzaba en el aire a más de nueve metros de altura. Una pequeña carretilla elevadora que llevaba la palabra ALQUÍLAME pintada colgaba del cable. Adondequiera que mirara veía un mundo que le resultaba prácticamente desconocido. Ella se había movido por un ambiente muy distinto: capitales del mundo, intereses políticos importantes, clientes exigentes, cantidades ingentes de poder y de dinero, todos ellos en un estado de cambio continuo, como las placas continentales. Muchas cosas quedaban atrapadas entre estas masas y nadie parecía darse cuenta. De repente se percató de que el mundo real era una carretilla elevadora de dos toneladas de peso que pendía como una sardina de una caña de pescar. «Alquílame.» «Contrata a gente.» «Construye algo.»

No obstante, Danny le había dado la oportunidad de redimirse. Ella era una más pero había hecho algo bueno por el mundo. Durante los últimos diez años había ayudado a gente que necesitaba ayuda desesperadamente. Quizás estos diez años le hubieran servido para expiar la culpa indirecta que había notado que crecía en su interior, observando las artimañas de su padre, por bienintencionadas que fueran, y todo el dolor que habían causado. En realidad nunca había tenido el valor suficiente para analizar esa parte de su vida en demasiada profundidad.

Faith oyó pasos detrás de sí y se volvió. El hombre llevaba pantalones vaqueros, botas negras y una sudadera con el logotipo de la tienda de motocicletas. Era joven, de poco más de veinte años y ojos grandes y somnolientos, alto, delgado y bien parecido. Y él lo sabía, saltaba a la vista, por su actitud de gallito. Su expresión ponía de manifiesto que su interés por Faith era más marcado que el de ella por los vehículos de dos ruedas.

—¿La puedo ayudar en algo, señora? ¿En lo que sea?

—Estaba mirando. Estoy esperando a mi amigo.

—Eh, esta moto no está nada mal. —Señaló una BMW que apestaba a dinero, incluso para una persona tan inexperta como Faith. Dinero desperdiciado, en su opinión. De todos modos, ¿no era ella la orgullosa propietaria de un gran BMW, aparcado en el garaje de su cara residencia en McLean?

Él acarició despacio el depósito de la motocicleta.

—Ronronea como un gatito. Si cuidas las cosas hermosas, ellas cuidarán bien de ti. Muy bien. —Desplegó una amplia sonrisa mientras lo decía. La repasó con la mirada y le guiñó el ojo.

Faith se preguntó si ésa era su mejor baza para ligar.

—No conduzco, sólo las monto —dijo con indiferencia. Acto seguido, se arrepintió de las palabras que había elegido.

Él sonrió de nuevo.

—Vaya, es la mejor noticia del día. De hecho, yo diría que de todo el año. Sólo las montas, ¿eh? —El joven se rió y dió una palmada—. Bueno, ¿qué te parece si vamos a dar una vuelta, guapa? Puedes probar lo bien equipado que estoy. Móntate.

Faith se sonrojó.

—Me parece que no…

—Bueno, no te enfades. Si necesitas algo, me llamo Rick. —Le tendió su tarjeta y volvió a guiñarle el ojo. Entonces añadió en voz baja—: El teléfono de mi casa está detrás, guapa.

Ella miró la tarjeta con desagrado.

—Muy bien, Rick, pero a mí me gusta ir con la verdad por delante. ¿Eres lo bastante hombre para oírla?

Rick no pareció entonces tan seguro de sí mismo.

—Soy lo bastante hombre para lo que quieras, guapa.

—Me alegro. Mi novio está dentro. Mide lo mismo que tú pero tiene el cuerpo de un hombre de verdad.

Rick frunció el ceño y dejó caer a un costado la mano con la que sostenía la tarjeta. Faith notó enseguida que ya se le habían agotado los recursos y que su mente era demasiado lenta para discurrir una frase nueva.

Faith le clavó la vista.

—Sí, tiene los hombros del tamaño de Nebraska y, por cierto, no te he dicho que fue boxeador en la Marina.

—¿Ah, sí? —Rick se guardó la tarjeta en el bolsillo.

—Si no te lo crees puedes ir tú mismo a preguntárselo. —Ella señaló detrás de él.

Rick se dio vuelta y observó a Lee, que salía del edificio cargado con un par de cascos y de trajes de motorista de una sola pieza. Llevaba un mapa en el bolsillo delantero de la chaqueta. Aunque vestía prendas muy voluminosas, la imponente complexión de Lee resultaba evidente. Miró a Rick con desconfianza.

—¿Te conozco de algo? —preguntó Lee con brusquedad.

Rick sonrió incómodo y tragó saliva al mirar a Lee.

—N-no, caballero —tartamudeó.

—¿Entonces qué diablos quieres, chico?

—Oh, sólo me estaba preguntando qué equipo me gusta llevar para montar, ¿verdad, Ricky? —sonrió Faith al joven vendedor.

—Sí, eso. Bueno, hasta luego. —Rick prácticamente corrió hacia la tienda.

—Adiós, guapo —se despidió Faith.

Lee frunció el entrecejo.

—Te he dicho que esperaras al otro lado de la calle. ¿Es que no puedo dejarte sola ni un momento?

—He tenido un encuentro con un dóberman. Me ha parecido que lo más sensato era batirme en retirada.

—Ya. Y qué, ¿estabas negociando con ese tipo para dejarme tirado y largarte con él?

—No la tomes conmigo, Lee.

—En cierto modo me habría gustado que lo hicieras. Así tendría una excusa para partirle la cara a alguien. ¿Y ése qué quería?

—El muchacho quería venderme algo y no precisamente una motocicleta. ¿Qué es eso? —preguntó apuntando a lo que él llevaba.

—El equipo necesario para los motoristas en esta época del año. A cien kilómetros por hora, el viento corta un poco.

—No tenemos moto.

—Ahora sí.

Ella lo siguió hasta la parte posterior, donde había una magnífica moto de carretera Honda Gold Wing SE. El vehículo, con su diseño futurista metalizado, equipamiento de alta tecnología y parabrisas completo, parecía propio de Batman. Estaba pintado de color nacarado, gris y verde, y el borde de verde oscuro. Además, contaba con unos asientos comodísimos con el respaldo acolchado. El del pasajero se ajustaba a la perfección, como una mano en un guante. La moto era tan grande y estaba tan bien equipada que parecía un coche deportivo descapotable.

Lee introdujo la llave en el contacto y empezó a ponerse el traje. Le pasó el otro a Faith.

—¿Adónde vamos en este trasto?

Lee se subió la cremallera del traje.

—Vamos a tu casita de Carolina del Norte.

—¿Hasta allí en moto?

—No podemos alquilar un coche sin tarjeta de crédito ni carné de identidad. Tu coche y el mío están inutilizados. No podemos ir ni en tren, ni en avión ni en autocar. Controlarán todas esas posibilidades. A no ser que tengas alas, ésta es la única alternativa que nos queda.

—Nunca he viajado en moto.

Él se quitó las gafas de sol.

—Tú no tienes que conducir. Para eso estoy yo. Bueno, ¿qué me dices? ¿Vamos a dar una vuelta? —Le sonrió.

Faith sintió como si un ladrillo acabara de golpearle la cabeza. Le ardió el cuerpo al contemplarlo montado en la moto. Y en ese preciso momento, como por arte de magia, el sol se abrió paso entre las sombras. Un rayo de luz iluminó aquellos ojos azules tan deslumbrantes como zafiros. Faith se quedó paralizada. Cielos, apenas podía respirar y le temblaban las rodillas.

Le ocurrió en el colegio, durante el recreo. El muchacho con los ojos increíblemente grandes del mismo color que los de Lee, se había acercado en su bicicleta al columpio donde ella estaba leyendo un libro.

—¿Vamos a dar una vuelta? —le había propuesto él.

—No —le respondió ella, pero acto seguido había soltado el libro y se había montado detrás. Su romance duró dos meses: planearon su vida juntos, se prometieron amor eterno aunque nunca llegaron a darse más que un beso en los labios. Entonces su madre murió y Faith y su padre se marcharon de la zona. Por unos instantes se preguntó si Lee y el chico serían la misma persona. Había borrado el recuerdo de su subconsciente hacía tanto tiempo que ni siquiera recordaba cómo se llamaba. Podía llamarse Lee, ¿no? Lo pensó porque el único otro lugar donde le habían temblado las piernas había sido aquel patio. El chico había dicho lo mismo que Lee y el sol se había reflejado en sus ojos del mismo modo que en los de Lee; además tenía la impresión de que el corazón le explotaría si no seguía sus indicaciones al pie de la letra. Como en aquel preciso instante.

—¿Te encuentras bien? —preguntó Lee.

Faith se agarró a uno de los manillares para recobrar el equilibrio y habló con la máxima tranquilidad posible.

—¿Y dejarán que te la lleves así, sin más?

—Mi hermano dirige el negocio. Es un modelo de exposición. Oficialmente nos la llevamos para someterla a una prueba de resistencia.

237

—No puedo creer que esté haciendo esto. —Al igual que en el colegio, no le quedaba otro remedio que subirse a aquella moto.

—Piensa en las alternativas y verás que la idea de posar el trasero en la Honda te parecerá la mejor. —Se puso las gafas de sol y el casco como si quisiera dar por concluida la conversación.

Faith se enfundó el traje y, con ayuda de Lee, consiguió ceñirse el casco. Él cargó las bolsas en el amplio maletero y los compartimientos laterales de la Honda y Faith montó detrás de él. Lee puso en marcha el motor, lo revolucionó durante unos segundos y luego aceleró. Cuando soltó el embrague, la potencia de la Honda empujó a Faith hacia la barra posterior acolchada y tuvo que sujetarse con los brazos a Lee y con las piernas a la motocicleta de trescientos sesenta kilos, mientras entraban disparados a la autopista Jeff Davis con rumbo al sur.

Estuvo a punto de caerse cuando oyó una voz en su oído.

—Bueno, tranquilízate, es una conexión de audio Chatterbox de casco a casco —dijo la voz de Lee. Era obvio que había notado su sorpresa—. ¿Has ido alguna vez en coche a la casa de la playa?

—No, siempre he ido en avión.

—Da igual, tengo un mapa. Tomaremos la 95 en dirección sur y luego la nacional 64 cerca de Richmond. Así llegaremos a Norfolk. Desde allí ya decidiremos cuál es el mejor camino. Ya pararemos para comer algo. Deberíamos estar allí antes del anochecer, ¿de acuerdo?

Ella asintió con la cabeza antes de darse cuenta de que debía hablar.

—De acuerdo.

—Ahora, recuéstate en el asiento y relájate. Estás en buenas manos.

Por el contrario, Faith se apoyó en él, le rodeó la cintura con los brazos y se agarró con fuerza. De repente, volvió a sumirse en el recuerdo de aquellos dos meses divinos de su época escolar. Aquello debía de ser un presagio. Quizá pudieran marcharse en la moto y no volver jamás. Empezar en los Outer Banks, alquilar una embarcación y acabar en alguna isla deshabitada del Caribe, un lugar inaccesible para todos excepto ellos. Ella aprendería a vivir en una cabaña, a cocinar con leche de coco o lo que fuera, a ser una buena ama de casa mientras Lee se dedicaba a pescar. Podían hacer el amor cada noche bajo la luz de la luna. Se acercó más a él. Aquello no sonaba nada mal. Ni demasiado improbable, teniendo en cuenta las circunstancias.

—Por cierto, Faith… —le dijo Lee al oído.

Ella tocó el casco de él con el suyo y sintió la amplitud de su torso contra su pecho. Volvía a tener veinte años, la brisa le parecía deliciosa, el calor del sol inspirador y su mayor preocupación era el examen de mitad del trimestre. La repentina imagen de ellos tumbados desnudos bajo el sol, con la piel bronceada, el cabello húmedo y las extremidades entrelazadas le hizo desear que no estuviesen enfundados en trajes de motorista con gruesas cremalleras, avanzando a cien kilómetros por hora sobre el duro asfalto.

—¿Sí?

—Si me vuelves a hacer una jugarreta como la del aeropuerto, no tendré inconveniente en retorcerte el pescuezo con mis propias manos, ¿entendido?

Faith se separó de Lee y se recostó en el asiento como si quisiera incrustarse en el cuero para alejarse de él, su resplandeciente caballero blanco de diabólicos ojos azules.

Al carajo los recuerdos. Al carajo los sueños.

26

Danny Buchanan presenció una escena que le resultaba familiar. El acto era típico de Washington: una cena para recaudar fondos para algún político en un hotel del centro. El pollo estaba fibroso y frío, el vino era barato, la conversación dinámica, los intereses en juego impresionantes, el protocolo rebuscado y los egos casi siempre insoportables. Los comensales que no eran ricos o gozaban de influencias eran empleados mal pagados de los políticos que trabajaban muchas horas a todo tren durante el día y cuya recompensa por tales esfuerzos prodigiosos consistía en tener que seguir trabajando en este tipo de reuniones por la noche. Se esperaba la asistencia del ministro de Hacienda, junto con otros pesos pesados de la política. Desde que se había prometido con una famosa actriz de Hollywood aficionada a exhibir el escote a la menor ocasión, el ministro estaba más solicitado que sus antecesores en el cargo. Sin embargo, en el último momento, había recibido una oferta mejor para pronunciar un discurso en otro acto, lo cual era lo habitual en el eterno juego del «¿dónde está más verde el césped de la política?». Había mandando a un subalterno en su lugar, una persona nerviosa y desgarbada que no conocía a nadie ni despertaba ningún interés.

El acto constituía otra oportunidad de ver y ser visto, de comprobar la jerarquía siempre cambiante de cierto subgrupo de la clase política. La mayoría de los asistentes ni siquiera se sentaba a comer. Dejaban su cheque y se marchaban a otro acto organizado para recaudar fondos. La red de contactos se extendía por la sala como el agua de un manantial. O la sangre de una herida, según el cristal con el que se mirara.

¿A cuántos actos como ése había asistido Buchanan a lo largo de los años? Durante los períodos más frenéticos de recaudación de fondos, cuando representaba a las grandes empresas, Buchanan asistía a desayunos, almuerzos, cenas y fiestas varias sin parar durante semanas. En alguna ocasión, debido al agotamiento, se había presentado en el acto equivocado: una recepción para el senador de Dakota del Norte en vez de una cena para el congresista de Dakota del Sur. Desde que había decidido tomar a su cargo a los pobres del mundo, esos problemas habían desaparecido por la sencilla razón de que ahora él tenía dinero que dar a los políticos. Sin embargo, Buchanan era perfectamente consciente de que el tópico de la recaudación de fondos con fines políticos era que nunca había dinero suficiente. Eso significaba que siempre existiría la posibilidad de traficar con las influencias. Siempre.

Tras regresar de Filadelfia, el día había empezado verdaderamente para él, sin Faith. Se había reunido con media docena de congresistas distintos en el Capitolio y con su correspondiente equipo para abordar una infinidad de asuntos y fijar fechas para futuras reuniones. Los equipos eran importantes, sobre todo los de los comités y, en especial, los de los comités de gastos. Los congresistas iban y venían, pero el equipo tendía a conservarse pues conocía los temas y los procesos a la perfección.

Además, Danny sabía que no era muy recomendable sorprender a un congresista intentando eludir al equipo. Quizá la primera vez uno saldría airoso, pero no la siguiente ya que los airados asesores se vengaban haciendo el vacío a quien cometiera tal error.

A continuación acudió a un almuerzo tardío con un cliente de pago del que se habría ocupado Faith. Buchanan tuvo que excusar su ausencia con su habitual aplomo y sentido del humor.

—Lo siento, hoy le toca el segundón —dijo al cliente—. Pero intentaré no meter demasiado la pata.

Si bien no había necesidad de reafirmar la excelente fama de Faith, Buchanan había referido a dicho cliente la historia de cómo Faith había entregado en mano, en una caja de regalo adornada con un lazo, a los quinientos treinta y cinco miembros del Congreso los resultados de una encuesta que ponían de manifiesto que el pueblo estadounidense estaba a favor de donar fondos para la vacunación de todos los niños del mundo. La caja también contenía informes detallados y fotografías del antes y el después de niños vacunados en tierras lejanas. A veces las fotografías eran las armas más importantes. Luego Faith se había pasado treinta y seis horas seguidas al teléfono recabando apoyo en el país y en el extranjero y había realizado exposiciones exhaustivas sobre cómo alcanzar semejante objetivo en colaboración con varias organizaciones internacionales de ayuda humanitaria durante un período de dos semanas en tres continentes distintos. Aquello era de suma importancia. El resultado: se aprobó un proyecto de ley en el Congreso para financiar un estudio a fin de determinar si tal esfuerzo funcionaría. Ahora los consultores cobrarían millones de dólares y destruirían varios bosques en aras de las montañas de papeleo que generaría el estudio (para justificar los descomunales honorarios, por supuesto), sin ofrecer garantías de que un solo niño recibiría una vacuna.

—Un éxito pequeño, sin duda, pero es un paso adelante —había dicho Buchanan al cliente—. Cuando Faith persigue algo, más vale apartarse de su camino.

Buchanan era consciente de que el cliente ya conocía esa faceta de Faith. Quizá lo dijera para levantarse el ánimo. Tal vez lo único que quería era hablar de Faith. Durante el último año se había mostrado duro con ella, muy duro; por temor a que se viera arrastrada hacia la pesadilla de Thornhill, Buchanan la había alejado de sí sin miramientos. En realidad parecía que lo que había conseguido era lanzarla a los brazos del FBI. «Lo siento, Faith», pensó.

Tras el almuerzo regresó al Capitolio, donde se puso a esperar con un puñado de Rolaids los resultados de una serie de votaciones. Mandó sus tarjetas al hemiciclo solicitando una cita con algunos congresistas. Acorralaría a otros en cuanto salieran del ascensor.

—La reducción de la deuda externa es esencial, senador —dijo en persona y por separado a más de una docena de miembros, apremiándolos delante de sus séquitos excesivamente protectores—. Gastan más dinero en pagar la deuda que en sanidad y educación —alegaba Buchanan—. ¿De qué sirve un buen balance si un diez por ciento de la población muere cada año? Dispondrán de un crédito fantástico, pero nadie podrá usarlo. Distribuyamos la riqueza desde aquí.

Sólo existía una persona más apropiada para hacer ese tipo de llamamientos, pero Faith no estaba allí.

—Bueno, bueno, Danny, nos pondremos en contacto contigo. Mándame material.

Al igual que los pétalos de una flor que se cierran por la noche, el séquito cerraba filas alrededor del político y

Danny la abeja se marchaba a libar el néctar de otra flor.

El Congreso era un ecosistema igual de complejo que el de los océanos. Danny, mientras recorría los pasillos, observaba la actividad que se desplegaba alrededor. Los encargados de imponer la disciplina del partido pululaban recordando continuamente a los políticos la línea que debían seguir. Cuando estaban en sus despachos, Buchanan sabía que los teléfonos funcionaban a todas horas con el mismo propósito. Los recaderos iban de aquí para allá en busca de gente más importante que ellos. Pequeños grupos de personas se congregaban en los espaciosos vestíbulos para tratar asuntos de importancia con expresión solemne y abatida. Hombres y mujeres entraban a empujones en ascensores repletos de gente con la esperanza de pasar unos preciados segundos con un congresista cuyo apoyo necesitaban desesperadamente. Los congresistas hablaban entre sí, sentando las bases para tratos futuros o afianzando acuerdos ya alcanzados. Todo era caótico pero al mismo tiempo poseía cierto orden, ya que las personas se acoplaban y desacoplaban como los brazos de un robot en torno a trozos de metal sobre una línea de montaje. Un toque aquí y pasamos al siguiente. Danny se atrevía a pensar que su trabajo quizá resultara tan agotador como dar a luz y estaba dispuesto a jurar que era más emocionante que el paracaidismo. El trabajo representaba su mayor adicción. Lo echaría de menos.

—¿Te pondrás en contacto conmigo? —era su forma de despedirse del asesor de cada uno de los congresistas.

—Por supuesto, cuenta con ello —era la respuesta típica de los asesores.

Y, por descontado, nunca se ponían en contacto con él. Pero Buchanan seguía insistiendo. Una y otra vez, hasta que recibía noticias suyas. Era cuestión de disparar los perdigones de la escopeta y esperar que alguno diera en el blanco.

A continuación, Buchanan había pasado unos minutos con uno de los «elegidos» para repasar el párrafo que Buchanan quería insertar en la enmienda de un proyecto de ley. Aunque casi nadie leía esos informes, los resultados importantes se obtenían gracias a esos detalles monótonos. En este caso, el párrafo especificaba a los directivos del ODI cómo había que gastar los fondos aprobados por el proyecto de ley subyacente.

Como estaba inspirado, Buchanan despachó enseguida el asunto y se dispuso a rondar a otros congresistas. Gracias a sus años de experiencia, se orientaba con facilidad por las laberínticas oficinas del Senado y de la Cámara de Representantes donde incluso los miembros más veteranos del Capitolio se perdían. El único otro lugar donde pasaba las mismas horas era el propio Capitolio. Dirigía la mirada a izquierda y derecha, fijándose en todo el mundo, ya fueran miembros del equipo o cabilderos como él, calibrando rápidamente si una persona en concreto podía servir a su causa o no. Y cuando uno entraba en los despachos con los congresistas, o se los encontraba por los pasillos, debía darse prisa. Por lo general estaban muy ocupados, nerviosos y tenían miles de asuntos en la cabeza.

Por fortuna, la habilidad de Buchanan de resumir las cuestiones más complejas en pocas frases era legendaria; tratar con los miembros del Congreso, acosados por todas partes por intereses de toda clase, exigía esa habilidad. Además, él sabía exponer con pasión la situación de sus clientes. Todo ello en dos minutos mientras caminaba por un pasillo atestado de gente, en el interior de un ascensor o, si tenía mucha suerte, en un vuelo de larga distancia. Era esencial acercarse a los congresistas verdaderamente importantes. Si conseguía que el presidente de la Cámara de los Representantes manifestara su apoyo a uno de los proyectos de ley, aunque fuera de modo informal, Buchanan podía aprovechar ese comentario para influir en otros políticos. A veces bastaba con eso.

—¿Está dentro, Doris? —preguntó al asomar la cabeza al despacho de uno de los congresistas, dirigiéndose a la secretaria con aspecto de matrona, una veterana en el lugar, que concertaba sus citas.

—Se marcha dentro de cinco minutos para tomar un avión, Danny.

—Perfecto, porque dos minutos me bastan. Puedo dedicarte los otros tres para que me pongas al día. De hecho prefiero hablar contigo. Y lo siento por Steve, pero tú resultas mucho más agradable a la vista, querida.

El severo rostro de Doris se arrugó en una sonrisa.

—Cuánta labia tienes.

Y así consiguió sus dos minutos con el congresista Steve.

Acto seguido, Buchanan se detuvo en el guardarropa y se enteró de a qué comisiones del Senado se les había asignado una serie de proyectos de ley que le interesaban. Había comisiones de jurisdicción primaria, secuencial y, en muy pocos casos, concurrente, según el contenido del proyecto de ley. El mero hecho de desentrañar quién tenía qué proyecto y qué prioridad se le había otorgado constituía un rompecabezas enorme y siempre cambiante que los miembros de los cabilderos debían resolver. A menudo suponía un reto desesperante, y a nadie se le daba mejor que a Danny Buchanan.

Como de costumbre, en el transcurso de ese día Buchanan había importunado a los empleados de las oficinas de los congresistas con sus «recados», información y resúmenes que los equipos necesitarían para concienciar a sus jefes de los temas en cuestión. Si expresaban una duda o preocupación, él no tardaba en encontrar la respuesta o a un experto. Además, Buchanan había concluido todas y cada una de las reuniones con la pregunta fundamental: «¿Cuándo me dirás algo?» Si no concretase una fecha nunca volvería a recibir noticias de ellos. Lo olvidarían y cientos de personas ocuparían su lugar luchando con la misma pasión por sus clientes.

Había pasado las últimas horas de la tarde tratando con otros clientes a quienes normalmente atendía Faith. Se disculpó y dio explicaciones vagas sobre su ausencia. ¿Qué alternativa tenía?

Más tarde, participó en un seminario sobre el hambre en el mundo patrocinado por un comité asesor y luego regresó a su despacho para hacer varias llamadas de todo tipo: desde recordar a los equipos de los distintos congresistas varias cuestiones que serían sometidas a votación, hasta conseguir el apoyo para alguna coalición por parte de otras organizaciones benéficas. Concertó un par de cenas y reservó viajes al extranjero, así como una visita a la Casa Blanca en junio, donde se encargaría personalmente de presentar al presidente al nuevo director de una organización internacional destinada a defender los derechos de los niños. Se trataba de un auténtico golpe de efecto, y Buchanan y las organizaciones que él defendía esperaban que generara mucha publicidad positiva. Constantemente buscaban el patrocinio de las celebridades. A Faith esto se le daba especialmente bien. Los periodistas pocas veces se interesaban por los pobres de tierras lejanas, pero si conseguían implicar a alguna estrella de Hollywood, la sala de prensa se abarrotaba de reporteros. Así era la vida.

Acto seguido, Buchanan había dedicado algún tiempo a redactar los informes trimestrales de la ley de Registro de Agentes Extranjeros, que eran un verdadero calvario, sobre todo porque tenía que estampar en cada una de las páginas presentadas en el Congreso el siniestro sello de «propaganda extranjera», como si fuera Tokyo Rose y estuviese haciendo llamamientos a derrocar el Gobierno de Estados Unidos, en vez de vender el alma para conseguir semillas de cultivo y leche en polvo.

Tras dar la lata por teléfono y repasar unos pocos cientos de páginas de informes, había decidido dar por concluida la jornada laboral. Un día intenso en la vida del típico miembro de un cabildero de Washington solía acabar cuando él caía rendido en la cama pero hoy no había podido permitirse ese lujo. En cambio, se encontraba en un hotel del centro de la ciudad, donde se celebraba otro acto para recaudar fondos; el motivo de su presencia allí se encontraba en el otro extremo de la sala, bebiendo una copa de vino blanco y con expresión aburrida. Buchanan se dirigió hacia él.

—Parece que necesitas algo más fuerte que el vino blanco —comentó Buchanan.

El senador Russell Ward se volvió y esbozó una sonrisa al verlo.

—Es agradable ver un rostro honesto en este mar de iniquidad, Danny.

—¿Qué te parece si cambiamos este sitio por el Monocle?

Ward depositó la copa en la mesa.

—Es la mejor oferta que me han hecho en todo el día.

27

El Monocle era un restaurante con una larga trayectoria a sus espaldas situado cerca del edificio del Senado en el Congreso. El restaurante y el edificio de la policía del Capitolio, que había albergado la sede de Inmigración y Nacionalización, eran las dos únicas estructuras que quedaban en ese emplazamiento donde antes se alzaba una larga hilera de edificios. El Monocle era uno de los lugares preferidos de los políticos, cabilderos y otras personalidades para reunirse, almorzar, cenar y tomar copas.

El *maître d'hotel* dio la bienvenida a Buchanan y a Ward saludándolos por su nombre y los acompañó a una mesa tranquila situada en una esquina. La decoración era clásica y las paredes estaban adornadas con suficientes fotografías de políticos pasados y actuales como para llenar el monumento a Washington. La comida era buena pero los comensales no acudían a disfrutar de las delicias de la carta sino a exhibirse, a hacer negocios y a hablar del trabajo. Ward y Buchanan eran clientes habituales.

Pidieron algo de beber y examinaron la carta por separado durante unos minutos.

Russell Ward recibía el sobrenombre de Rusty desde que Buchanan tenía memoria. Y eso era mucho tiempo ya que los dos habían crecido juntos. Como presidente de la Comisión Investigadora sobre Inteligencia del Senado, Ward influía directamente en el buen —o mal— funcionamiento de todas las agencias de información del país. Era inteligente, muy perspicaz, honrado y trabajador. Provenía de una familia muy acaudalada del nordeste que había perdido su fortuna cuando Ward era joven. Se había desplazado a Raleigh, en el sur, y poco a poco se había labrado una carrera en el sector público. Era el senador más antiguo de Carolina del Norte y lo adoraban en todo el estado. De acuerdo con el sistema de clasificación de Buchanan, Rusty Ward podía calificarse sin duda alguna de «creyente». Estaba familiarizado con todos los juegos políticos en los que participaba. Conocía todos los secretos de la ciudad, por lo que estaba al tanto de las virtudes y, lo que era más importante, los defectos de todo el mundo. Buchanan sabía que físicamente el hombre estaba destrozado y que lo aquejaban dolencias de todo tipo, desde la diabetes a problemas de próstata. Sin embargo, mentalmente, Ward se encontraba mejor que nunca. Quienes habían infravalorado su impresionante capacidad intelectual a causa de sus problemas de salud habían acabado por lamentarlo.

Ward levantó la mirada de la carta.

—¿Traes algo interesante entre manos, Danny?

Ward tenía una voz profunda y sonora y un acento deliciosamente sureño, pues había perdido hacía tiempo todos los vestigios del característico acento áspero del Norte. Buchanan era capaz de sentarse a escucharlo durante horas. En realidad lo había hecho en muchas ocasiones.

—Lo de siempre, lo de siempre, ¿y tú? —respondió Buchanan.

—He asistido a una sesión importante esta mañana. El servicio de inteligencia del Senado. La CIA.

—¿Ah, sí?

—¿Alguna vez has oído hablar de un tal Thornhill, Robert Thornhill?

Buchanan ni se inmutó al oír el nombre.

—No me suena de nada. Háblame de él.

—Es una de las viejas glorias. Subdirector adjunto de operaciones. Inteligente, astuto, se rodea sólo de los mejores. No me inspira confianza.

—No me extraña.

—Sin embargo, tengo que reconocer su eficacia. Ha hecho una labor magnífica y ha durado más en el cargo que varios directores de la CIA. Ha servido al país extraordinariamente bien. De hecho, allí es toda una leyenda. Por eso le dejan hacer más o menos lo que quiere. No obstante, esa actitud es peligrosa.

—¿De veras? Parece que es un buen patriota.

—Eso es lo que me preocupa. La gente que se considera patriota tiende a ser fanática. Y, en mi opinión, los fanáticos están a un sólo paso de la locura. La historia ya nos ha proporcionado suficientes ejemplos de ello. —Ward sonrió—. Hoy me ha venido con las sandeces de siempre. Se lo veía tan pagado de sí mismo que he decidido bajarle los humos.

Buchanan parecía muy interesado.

—¿Y cómo lo has hecho?

—Pues le he preguntado sobre los escuadrones de la muerte. —Ward se calló y miró en torno a sí por unos momentos—. En el pasado ya habíamos tenido problemas con la CIA por esto. Financian esos pequeños grupos insurgentes, los visten y los entrenan, luego los sueltan como si fueran un perro sabueso. Pero, a diferencia de los sabuesos, hacen cosas que se supone que no deberían hacer. Por lo menos según las normas oficiales de la agencia.

—¿Y qué ha contestado él?

—Bueno, lo que le dije no estaba en su guión. Ha consultado sus notas como si intentara librarse de una pequeña banda de hombres armados. —Ward soltó una carcajada—. Luego me ha salido con una jerigonza que en realidad no significaba nada. Ha dicho que la «nueva» CIA no hacía más que compilar y analizar información. Cuando le he preguntado si estaba reconociendo que algo iba mal con la «vieja» CIA, por poco se me echa encima. —Ward volvió a reír—. Lo de siempre, lo de siempre.

—¿Y qué se trae ahora entre manos que te tiene tan enfadado?

Ward sonrió.

—¿Pretendes que te haga confidencias?

—Por supuesto.

Ward volvió a echar un vistazo a su alrededor antes de inclinarse hacia adelante y empezar a hablar en voz queda.

—Estaba ocultando información, ¿qué si no? Ya conoces a los secretas, Danny, siempre quieren más fondos pero cuando empiezas a hacer preguntas sobre cómo gastan el dinero, cielos, es como si estuvieras matando a su madre. Pero ¿qué voy a hacer cuando me entreguen informes del inspector general de la CIA con tanta información confidencial que el papel parece negro? Así que se lo he hecho notar al señor Thornhill.

—¿Y cómo ha reaccionado? ¿Se ha enfadado? ¿Se lo ha tomado con filosofía?

—¿Por qué sientes tanta curiosidad por él?

—Tú has empezado, Rusty. No me culpes si tu trabajo me fascina.

—Bueno, me ha dicho que esos informes tienen que censurarse para proteger la identidad de las fuentes de información. Que se trataba de un asunto muy delicado y que la CIA lo abordaba con el máximo cuidado. Le he replicado que era como cuando mi nieta juega a la rayuela. No puede saltar en todos los recuadros así que se salta algunos a propósito. Le he dicho que me hacía mucha gracia, pero sólo cuando lo hacen los niños pequeños. De todos modos, tengo que reconocer sus méritos. Lo que me ha contestado tenía sentido. Me ha dicho que es un error pensar que vamos a derribar a los dictadores mejor afianzados con unas sencillas fotos hechas por satélite y con módems de alta velocidad. Necesitamos medios antiguos sobre el terreno. Necesitamos agentes dentro de las organizaciones, dentro de sus propios círculos. Ésa es la única forma que tenemos de vencerlos. Pero la arrogancia de ese hombre me saca de mis casillas. Además, estoy convencido de que aunque Robert Thornhill no tuviera motivos para mentir tampoco diría la verdad. Caramba, es que incluso tiene un truco: cuando da un golpecito en la mesa con el bolígrafo, uno de sus asesores finge susurrarle al oído, de forma que dispone de un par de minutos más para pensar en alguna otra mentira. Lleva utilizando este código muchos años. Supongo que cree que soy una especie de imbécil y que ni siquiera me doy cuenta.

—Preferiría pensar que ese tal Thornhill no es tan tonto como para subestimarte.

—Oh, es bueno. Debo reconocer que se ha llevado la mejor parte en las justas de hoy. Me refiero a que es capaz de no decir prácticamente nada y aun así lograr que sus palabras parezcan tan profundas y nobles como los Diez Mandamientos. Y cuando lo he acorralado, ha salido con todas esas sandeces sobre la seguridad nacional porque piensa que así asusta a todo el mundo. En resumen: me ha prometido un montón de respuestas. Y le he dicho que estaba deseoso de colaborar con él. —Ward tomó un sorbo de agua—. Sí, hoy ha ganado pero siempre nos queda el mañana.

El camarero regresó con las bebidas y ellos pidieron sus platos. Buchanan saboreó un vaso de whisky escocés con agua mientras Ward hacía lo propio con un bourbon solo.

—Por cierto, ¿cómo está tu colaboradora? ¿Está quemándose las pestañas para desplumar a los pobres e indefensos funcionarios elegidos en beneficio de algún cliente?

—De hecho, creo que ahora está fuera de la ciudad. Por motivos personales.

—Espero que no sea nada grave.

Buchanan se encogió de hombros.

—Ya lo veremos. De todos modos, estoy seguro de que saldrá adelante. —Pero ¿dónde estaba Faith?, se preguntó una vez más.

—Supongo que todos somos supervivientes. Sin embargo, no sé cuánto tiempo más aguantará esta vieja carcasa mía.

Buchanan levantó su copa.

—Nos enterrarás a todos, palabra de Danny Buchanan.

—Cielos, espero que no. —Ward lo miró de hito en hito—. Es duro pensar que han pasado cuarenta años desde que dejamos Bryn Mawr. Sabes, a veces te envidio por haberte criado en aquel apartamento situado encima de nuestro garaje.

Buchanan sonrió.

—Tiene gracia, yo estaba celoso de ti porque te criaste en la mansión con tantísimo dinero mientras mi familia servía a la tuya. Bueno, ¿quién de los dos está más borracho?

—Eres el mejor amigo que he tenido jamás.

—Y sabes que el sentimiento es recíproco, senador.

—Lo más sorprendente es que nunca me has pedido nada. Sabes perfectamente que presido un par de comités que podrían ayudarte en tus batallas.

—Me gusta evitar la falta de decoro.

—Debes de ser el único de toda la ciudad. —Ward rió.

—Digamos que para mí nuestra amistad es mucho más importante que todo eso.

—Nunca te lo había dicho —murmuró Ward—, pero lo que dijiste en el funeral de mi madre me conmovió profundamente. Te juro que pienso que la conocías mejor que yo.

—Era una persona excelente. Me enseñó todo lo que necesitaba saber. Se merecía una despedida a lo grande. Lo que dije no le hacía justicia ni por asomo.

Ward contempló su vaso.

—Si mi padrastro se hubiera dedicado a vivir a costa de la herencia de mi familia en vez de intentar jugar a los negocios quizás habría conservado las propiedades y no se habría volado la tapa de los sesos. Por otro lado, si yo hubiera tenido una fortuna que dilapidar quizá no habría jugado a los senadores durante todos estos años.

—Si participara más gente como tú en el juego, Rusty, el país funcionaría mucho mejor.

—No pretendía que me halagaras, pero agradezco tus palabras.

Buchanan tamborileó sobre la mesa.

—Fui a la vieja casa hace un par de semanas.

Ward levantó la mirada, sorprendido.

—¿Por qué?

Buchanan se encogió de hombros.

—No estoy muy seguro. Pasaba por la zona y tenía tiempo. No ha cambiado mucho, sigue siendo un lugar hermoso.

—No he vuelto por allí desde que me marché para ir

a la universidad. Ni siquiera sé quiénes son los propietarios.

—Una pareja joven. Vi a la mujer y a los niños a través de la verja, jugando en el jardín delantero. Probablemente un banquero o algún magnate de Internet. Una idea y diez pavos en el bolsillo ayer; una empresa innovadora y cientos de millones en acciones hoy.

Ward levantó la copa.

—Dios bendiga a América.

—Si yo hubiese tenido dinero entonces, no habría permitido que tu madre perdiese la casa.

—Lo sé, Danny.

—Pero todo tiene una razón de ser en la vida, Rusty. Como bien has dicho, quizá no habrías entrado en política. Tu trayectoria ha sido impresionante. Eres un creyente.

Ward sonrió.

—Tu sistema de clasificación siempre me ha intrigado. ¿Lo tienes escrito en algún sitio? Me gustaría compararlo con mis propias conclusiones sobre mis distinguidos colegas.

Buchanan se dio un golpecito en la frente.

—Está todo aquí dentro.

—Toda esa riqueza almacenada en la mente de un hombre. Qué pena.

—Tú también lo sabes todo sobre el mundo en esta ciudad. —Buchanan se calló y luego se apresuró a añadir con voz queda—: ¿Qué sabes de mí?

A Ward pareció sorprenderle la pregunta.

—No me digas que el mejor cabildero del mundo duda de sí mismo. Pensaba que las cualidades de Daniel J. Buchanan eran la seguridad inquebrantable, una mente enciclopédica y una agudeza sin igual para analizar a los políticos charlatanes y sus flaquezas innatas, que, por cierto, podrían llenar el Pacífico.

—Todo el mundo tiene dudas, Rusty, incluso gente como tú y como yo. Por eso duramos tanto. A unos centímetros del abismo. La muerte puede sorprendernos en cualquier momento si bajamos la guardia.

Al oír esto, Ward adoptó una expresión más seria.

—¿Hay algo que quieras contarme?

—Ni lo sueñes —respondió Buchanan sonriendo—. Si empiezo a confiar mis secretos a desgraciados como tú, entonces tendré que poner el tenderete en otro sitio y empezar de nuevo. Y soy demasiado viejo para hacer eso.

Ward se recostó en el blando respaldo y observó a su amigo.

—¿Por qué lo haces, Danny? Seguro que no es por dinero.

Buchanan asintió lentamente.

—Si sólo lo hiciera por dinero me habría retirado hace diez años.

Apuró su copa y miró hacia la puerta, donde se encontraban el embajador de Italia y su abultado séquito, junto con varios funcionarios de alto rango del Capitolio, un par de senadores y tres mujeres con vestidos negros cortos que parecían contratadas para la noche, lo que no sería de extrañar. En el Monocle había tantas personalidades que no se podía dar un paso sin encontrar al líder de algo. Y todos querían comerse el mundo. Y que los demás se lo sirviesen en bandeja. Devorarlo sin dejar ni las migas y luego llamarte amigo. Buchanan se sabía la canción.

Alzó la vista hacia una vieja fotografía de la pared. Un hombre calvo de nariz prominente, expresión adusta y ojos fieros lo miraba. Había muerto hacía tiempo, pero había sido uno de los hombres más poderosos de Washington durante décadas. Y el más temido. Allí el poder y el temor parecían ir de la mano. Ahora Buchanan ni siquiera recordaba cómo se llamaba, lo cual decía mucho.

Ward dejó la copa en la mesa.

—Creo que lo sé. Las causas por las que luchas se han tornado mucho más benéficas con el paso de los años. Te has lanzado a salvar un mundo por el que muy pocos se preocupan. De hecho, eres el único cabildero que lo hace.

Buchanan negó con la cabeza.

—¿Un pobre irlandés que salió adelante sin ayuda de nadie y amasó una fortuna ve la luz y dedica sus años dorados a ayudar a los más desfavorecidos? Cielos, Rusty, me muevo más por temor que por altruismo.

Ward lo miró con curiosidad.

—¿Cómo es eso?

Buchanan irguió la espalda, juntó las palmas de las manos y se aclaró la garganta. Nunca le había contado esto a nadie, ni siquiera a Faith. Tal vez hubiera llegado el momento. Parecería una locura, pero por lo menos Rusty no lo iría contando por ahí.

—Tengo un sueño que se repite. En el sueño, Estados Unidos continúa enriqueciéndose y engordando sin parar. Es el lugar donde un deportista consigue cien millones de dólares por botar una pelota, una estrella de cine gana veinte millones por actuar en una película mala y una modelo obtiene diez millones por pasearse en ropa interior. Donde un joven de diecinueve años puede ganar miles de millones de dólares en opciones sobre acciones utilizando Internet para vendernos más cosas que no necesitamos con más rapidez que nunca. —Buchanan se calló y se quedó con la mirada perdida por unos instantes—. Y donde un cabildero gana lo suficiente para comprarse un avión. —Volvió a posar los ojos en Ward—.

Seguimos acaparando la riqueza del mundo. Si alguien se interpone en nuestro camino, lo aplastamos, de cien maneras distintas, mientras les vendemos el mensaje de las maravillas de Estados Unidos. Es la única superpotencia que queda en el mundo, ¿no?

»Luego, poco a poco, el resto del planeta se despierta y se da cuenta de lo que somos: un fraude. Entonces empiezan a volverse contra nosotros. Se acercan en balsas y aviones de hélices y sabe Dios qué más. Primero a miles, luego a millones y después a miles de millones. Y nos barren. Nos tiran por alguna cañería y nos hacen desaparecer para siempre. A ti, a mí, a los deportistas, a las estrellas de cine, a las supermodelos, Wall Street, Hollywood y Washington. La tierra de la fantasía.

Ward lo observaba con ojos bien abiertos.

—Dios mío, ¿sueño o pesadilla?

Buchanan le clavó una mirada severa.

—Dímelo tú.

—Es tu país, lo tomas o lo dejas, Danny. Ese lema tiene parte de verdad. No somos tan malos.

—También absorbemos una parte desproporcionada de la riqueza y la energía del mundo. Contaminamos más que cualquier otro país. Destrozamos las economías extranjeras sin siquiera mirar atrás. Sin embargo, por un montón de razones importantes y nimias que no sabría explicar, amo a mi país. Por eso me atormenta tanto esta pesadilla. No quiero que se haga realidad. Pero cada vez me cuesta más conservar la esperanza.

—Si es así, ¿por qué lo haces?

Buchanan contempló de nuevo la vieja fotografía.

—¿Quieres una respuesta sucinta o filosófica? —dijo.

—¿Qué tal si me dices la verdad?

Buchanan miró a su viejo amigo.

—Lamento profundamente no haber tenido hijos

—empezó a decir con voz pausada—. Un buen amigo mío tiene doce nietos. Me contó que había asistido a la reunión de la asociación de padres en la escuela de una de sus nietas. Yo le pregunté que por qué se molestaba en ir. «¿No es cosa de los padres?», le dije. ¿Sabes qué me contestó? Que, teniendo en cuenta cómo está el mundo, tenemos que pensar en lo que pasará cuando nosotros no estemos. Más allá de la vida de nuestros hijos, de hecho. Es nuestro derecho, nuestra obligación; eso es lo que me dijo. —Buchanan alisó la servilleta—. Así que quizás haga lo que hago porque la suma de las tragedias del mundo supera a la de las alegrías. Y eso no es justo. —Guardó silencio por unos segundos mientras se le humedecían los ojos—. Aparte de eso, no tengo la menor idea.

28

Brooke Reynolds acabó de bendecir la mesa y todos se pusieron a comer. Había llegado a casa hacía diez minutos, resuelta a cenar con su familia. Su horario en el FBI era de ocho y cuarto de la mañana a cinco de la tarde. Eso era lo más irónico del trabajo: el horario fijo. Se había enfundado unos vaqueros y una sudadera y había cambiado los mocasines de ante por unas zapatillas Reebok. Disfrutó repartiendo los guisantes y el puré de patatas entre todos los platos. Rosemary sirvió leche a los niños mientras Theresa, su hija adolescente, ayudaba al pequeño David, de tres años, a cortar la carne. Se trataba de una reunión familiar tranquila y apacible que Reynolds había llegado a apreciar sobremanera, de modo que hacía todo lo posible por disfrutarla cada noche, aunque luego tuviera que volver al trabajo.

Se levantó de la mesa y se sirvió una copa de vino blanco. No dejaba de pensar, por un lado en la búsqueda de Faith Lockhart y su nuevo cómplice, Lee Adams, y por otro en Halloween, celebración para la que faltaba menos de una semana. Sydney, su hija de seis años, se empeñaba en disfrazarse de Igor por segundo año consecutivo. David sería el alegre Tigger, personaje que encajaba a la perfección con el inquieto niño. Después lle-

261

garía el día de Acción de Gracias y quizá visitara a sus padres en Florida, si tenía tiempo. Luego Navidad. Este año Reynolds llevaría a los niños a ver a Papá Noel. El año anterior se lo había perdido —¿cómo no?— por asuntos del FBI. Este año apuntaría con su 9 milímetros a todo aquel que intentara impedir su cita con el gordo de barba blanca. En conjunto el plan no estaba nada mal, si lograba materializarlo. Planificarlo era fácil; llevarlo a cabo era la sopa que con demasiada frecuencia se caía de la cuchara.

Tras tapar la botella con el corcho, contempló con tristeza la casa que pronto dejaría de ser suya. Sus hijos intuían que se avecinaba un cambio. Hacía más de una semana que David no dormía seguido una noche entera. Reynolds, que llegaba a casa tras jornadas laborales de quince horas, abrazaba al pequeño, que temblaba y gimoteaba, para intentar calmarlo y lo acunaba en sus brazos hasta que se dormía. Le decía que todo iría bien cuando, en realidad, sabía tan poco del futuro como el que más. A veces ser madre resultaba aterrador, sobre todo en plena tramitación de un divorcio, con todo el dolor que ello conllevaba, y cada día lo veía grabado en los rostros de sus hijos. En más de una ocasión Reynolds había pensado en olvidar el divorcio por ese motivo exclusivamente. Sin embargo, consideraba que aguantar por los niños no era la solución. Al menos para ella. Llevaría una vida más agradable sin el hombre que con él. Además, creía que su ex marido sería mejor padre tras el divorcio. Bueno, por lo menos eso es lo que esperaba. Reynolds no deseaba defraudar a sus hijos, eso era todo.

Cuando advirtió que su hija Sydney la observaba con aprensión, le dedicó una sonrisa lo más natural posible. Sydney tenía seis años y parecía estar a punto de cumplir dieciséis; era tan madura que Reynolds estaba asustada.

Se percataba de todo y no se le escapaba ni un detalle significativo. A lo largo de su carrera, Reynolds nunca había interrogado a un sospechoso tan a fondo como Sydney la interrogaba casi cada día. La niña no se conformaba con cualquier respuesta, pues intentaba comprender qué ocurría, qué les deparaba el futuro, y Reynolds carecía de respuestas fáciles y rápidas para todas aquellas preguntas.

En más de una ocasión, había encontrado a Sydney abrazando a su hermano que lloraba en la cama a altas horas de la noche, tratando de aliviarlo, de ahuyentar sus temores. Recientemente, Reynolds le había dicho que no hacía falta que asumiera también esa responsabilidad, que su madre siempre estaría ahí. La afirmación sonó un tanto falsa y el rostro de Sydney evidenció esa falta de confianza. El hecho de que su hija no aceptara esas palabras como una verdad incuestionable hizo que Reynolds envejeciera varios años en cuestión de segundos. El recuerdo de la pitonisa que le había leído la mano y le había presagiado una muerte temprana se le había reaparecido, más vívido que nunca.

—El pollo de Rosemary está delicioso, ¿verdad, cariño? —comentó Reynolds a Sydney.

La niña asintió.

—Gracias, señora —dijo Rosemary, contenta.

—¿Te encuentras bien, mamá? —preguntó Sydney, al tiempo que apartaba del borde de la mesa el vaso de leche de su hermano pequeño. David era propenso a derramar todo líquido que estuviera a su alcance.

Esa sutil actitud maternal y la pregunta seria de su hija conmovieron tanto a Reynolds que le entraron ganas de llorar. Últimamente había estado en una especie de montaña rusa emocional por lo que no le costaba demasiado enternecerse. Tomó un sorbo de vino con la esperanza de evitar así que se le saltaran las lágrimas. Era como volver a estar embarazada. Cualquier nimiedad la afectaba como si se tratara de un asunto de vida o muerte. Sin embargo, enseguida se imponía su sentido común. Era madre, las cosas saldrían bien. Podía permitirse el lujo de contar con una niñera que vivía con ellos. Sentarse a gimotear, a compadecerse de sí misma no era la solución. Su vida no era perfecta. ¿Lo era la de alguien? Pensó en lo que Anne Newman estaba pasando en aquellos momentos. De repente, sus problemas no le parecieron tan graves.

—Todo va bien, Syd. Muy bien. Enhorabuena por la prueba de ortografía. La señorita Betack ha dicho que habías sido la estrella de la jornada.

—Me gusta mucho la escuela.

—Y se nota, jovencita.

Reynolds se disponía a recostarse en el sillón cuando sonó el teléfono. Consultó la pantallita del identificador de llamadas. No aparecía ningún número. La persona que telefoneaba debía de haber activado el bloqueo de identificación o bien su número no era de dominio público. Dudó si contestar. El problema era que todos los agentes del FBI que conocía disponían de dichos números. Por lo general, no obstante, los del FBI la llamaban al buscapersonas o al móvil, cuyos números sólo ellos conocían; siempre respondía si la llamaban por uno u otro medio. Quizá se tratara de un marcador informatizado de números aleatorios y le pedirían que esperara a que una persona de carne y hueso intentara venderle un apartamento multipropiedad en Disneylandia. No obstante, sin saber muy bien por qué, extendió la mano y descolgó el auricular.

—¿Diga?

—¿Brooke?

Anne Newman parecía angustiada, pero mientras la escuchaba, Reynolds intuyó que había algo más aparte de la muerte de su esposo en circunstancias violentas... Pobre Anne, ¿qué otra desgracia podía sobrevenirle?

—Estaré ahí en media hora —dijo Reynolds.

Tomó el abrigo y las llaves del coche, dio un mordisco a la rebanada de pan que tenía en el plato y besó a sus hijos.

—¿Volverás a tiempo para leernos un cuento, mamá? —preguntó Sydney.

—Tres osos, tres cerditos y tres cabras. —David se apresuró a recitar su lista favorita de cuentos nocturnos a Brooke, su narradora predilecta. Su hermana Sydney prefería leer los cuentos por sí sola, cada noche, pronunciando cada palabra en voz alta. El pequeño David bebió un buen trago de leche, eructó sin disimulo y se disculpó a continuación entre risotadas.

Reynolds sonrió. A veces cuando estaba cansada contaba los cuentos tan deprisa que casi se mezclaban unos con otros. Los cerditos construían sus casas, los osos salían de paseo mientras Ricitos de Oro robaba en la casa y tres cabritos daban una paliza al trol malvado y vivían felices para siempre en sus nuevos pastos. Sonaba bien. ¿Dónde podía comprarse unos? Luego, mientras se desvestía antes de acostarse, la embargaba un abrumador sentimiento de culpa. Lo cierto era que sus hijos crecerían y se independizarían en un abrir y cerrar de ojos y ella no hacía más que embaucarlos con aquellos tres cuentos tan cortos porque lo único que deseaba era algo tan poco trascendental como dormir. A veces valía más no pensar demasiado. Reynolds era la clásica persona que rendía más de lo que se le exigía, una perfeccionista y, por si fuera poco, la expresión «madre perfecta» era el mayor oxímoron del mundo.

—Lo intentaré, te lo prometo.

La mirada de desencanto de su hija hizo que Reynolds diera media vuelta y huyera de la sala rápidamente. Se detuvo en el pequeño cuarto del primer piso que le servía de estudio. Extrajo una pequeña caja de metal pesado de la parte superior del armario y la abrió con llave. Extrajo su SIG 9 milímetros, acopló un cargador nuevo, corrió la guía para cargar una bala, puso el seguro, deslizó el arma en la pistolera y salió por la puerta a toda prisa para no pensar en otra cena interrumpida dentro de la larga lista de desilusiones que había causado a sus hijos. Supermujer: carrera, hijos, lo tenía todo. Ahora sólo le faltaba clonarse a sí misma. Dos veces.

29

Lee y Faith se habían detenido dos veces camino de Carolina del Norte, una para tomar un almuerzo un tanto tardío en un Cracker Barrel y otra en un centro comercial del sur de Virginia. Lee había visto una valla publicitaria junto a la autopista que anunciaba una feria de armas que duraría una semana. La zona de aparcamiento estaba repleta de camionetas, caravanas y coches con neumáticos gruesos y motores que runruneaban bajo el capó. Algunos hombres vestían ropa de Polo y de Chaps, y otros camisetas de los Grateful Dead y vaqueros andrajosos. Al parecer a los norteamericanos de todos los estratos sociales les gustaban las armas de fuego.

—¿Por qué aquí? —preguntó Faith cuando Lee se apeó de la moto.

—Las leyes de Virginia exigen que los vendedores de armas autorizados comprueben los antecedentes de las personas que quieren comprarles algo —explicó—. Hay que cumplimentar un formulario, disponer de permiso de armas y dos documentos de identificación. Sin embargo, la ley no impera en las ferias de armas. Lo único que quieren es tu dinero, que, por cierto, a mí no me vendría nada mal.

—¿De verdad te hace falta un arma?

Él la observó como si acabara de salir del cascarón.

—Todos los que nos persiguen van armados.

Incapaz de rebatir una lógica tan aplastante, Faith no dijo nada más, le dio el dinero y se acurrucó en el asiento de la moto mientras Lee se dirigía al interior. El hombre tenía la habilidad de soltarle pedradas que la dejaban muda.

Lee compró una pistola automática Smith & Wesson de doble acción con un cargador circular de quince unidades para Parabellums de 9 milímetros. La denominación de «automática» inducía a error, pues para disparar había que apretar el gatillo cada vez. El término «automático» hacía referencia al hecho de que la pistola cargaba de forma automática una bala nueva cada vez que se apretaba el gatillo. Asimismo, compró una caja de municiones y un equipo de limpieza antes de volver a la zona de aparcamiento.

Faith lo miró detenidamente mientras guardaba el arma y la munición en un compartimiento de la moto.

—¿Ahora te sientes más seguro? —preguntó ella con sequedad.

—En estos momentos no me sentiría seguro ni en el edificio Hoover rodeado de cien agentes del FBI. Caray, me pregunto por qué.

Llegaron a Duck, Carolina del Norte, al atardecer y Faith indicó a Lee el camino para llegar a la casa de la comunidad de Pine Island.

Cuando se detuvieron enfrente, Lee contempló el inmenso edificio, se quitó el casco y se volvió hacia ella.

—Creí que habías dicho que era pequeña.

—En realidad creo que fuiste tú quien la calificó de pequeña. Yo dije que era cómoda.

Ella se apeó de la Honda y se estiró para desentumecer los músculos. Tenía todo el cuerpo, sobre todo el trasero, adormecido.

—Como mínimo tiene quinientos metros cuadrados.
—Lee no quitaba ojo a la casa de tres plantas, con reves-

timiento exterior de madera, provista de dos chimeneas de piedra y un tejado de cedro. Sendas galerías de amplias arcadas rodeaban las plantas primera y segunda, lo que recordaba a las construcciones típicas de las plantaciones. Había torrecillas con tejado de dos aguas, paredes de cristal y grandes extensiones de césped. Lee observó que los aspersores automáticos se ponían en marcha al tiempo que se encendía la iluminación exterior. Detrás de la casa se oía el embate de las olas. El edificio estaba situado al final de una tranquila calle sin salida, aunque gigantescas casas parecidas pintadas de amarillo, azul, verde y gris se alineaban frente al mar en ambas direcciones hasta donde alcanzaba la vista. Aunque el aire era tibio y ligeramente húmedo, faltaba poco para noviembre y prácticamente todas las otras casas estaban a oscuras.

—Nunca me he molestado en calcular los metros cuadrados. La alquilo de abril a septiembre. Así pago la hipoteca y además gano unos treinta mil al año, por si te interesa —dijo Faith. Se quitó el casco y se pasó las manos por el cabello sudado—. Necesito una ducha y algo de comer. En la cocina debería haber provisiones. Puedes dejar la moto en el garaje descubierto.

Faith abrió la puerta principal y entró en la casa mientras Lee aparcaba la Honda en una de las dos plazas del garaje antes de descargar el equipaje. El interior de la casa era incluso más hermoso que el exterior. Lee se sintió aliviado al ver que disponía de un sistema de seguridad. Echó un vistazo alrededor fijándose en todos los detalles: los techos altísimos, las vigas y los paneles de madera pulimentados, una cocina enorme, suelo de gres italiano en algunas partes y caras alfombras beréberes en las demás. Contó seis dormitorios, siete baños y descubrió en el porche posterior un *jacuzzi* lo bastante grande para dar cabida a seis adultos borrachos. También había tres chimeneas, incluida una de gas en la *suite* principal. El mobiliario era de rota y mimbre, todo aparentemente diseñado para invitar a echarse una cabezada.

Lee abrió un par de puertas de cristales para salir de la cocina y desde la terraza contempló el patio. Había una piscina en forma de riñón. El agua clorada centelleaba bajo las luces de la piscina. Una especie de artilugio se desplazaba por la superficie succionando insectos y residuos.

Faith también salió a la terraza.

—Los llamé para que vinieran esta mañana y lo pusieran todo en marcha. Se ocupan de la piscina todo el año, de todos modos. Me he bañado desnuda aquí en diciembre. Es un lugar de lo más tranquilo.

—No parece que haya gente en las otras casas.

—Algunos lugares de los Outer Banks están bastante concurridos unos nueve o diez meses al año ahora, cuando hace buen tiempo. Pero siempre cabe la posibilidad de que se desate un huracán en esta época, y esta zona es muy cara. Alquilan las casas por una pequeña fortuna, incluso en temporada baja. A no ser que se consiga que la alquile un grupo grande, una familia normal no puede alojarse aquí. En esta época las ocupan sobre todo los propietarios, pero teniendo en cuenta que los niños van a la escuela, es difícil que pasen aquí toda la semana. Así que están vacías.

—Pues vacías me gustan.

—La piscina está climatizada, por si quieres bañarte.

—No he traído el bañador.

—No te va el nudismo, ¿eh? —Faith sonrió y experimentó cierto alivio al percatarse de que estaba demasiado oscuro para poder verle los ojos. Si la hubiera mirado con aquellos ojos de color azul celeste, quizá lo habría empujado a la piscina, se habría zambullido tras él y se habrían olvidado de todo lo demás—. En el centro hay muchas tiendas donde venden bañadores. Yo tengo ropa aquí, así que no hay problema. Mañana te compraremos algo.

—Creo que me basta con lo que he traído.

—No quieres quedarte por aquí, ¿verdad?

—No estoy seguro de que vayamos a pasar demasiado tiempo en esta zona.

Faith miró en dirección a las pasarelas de madera que se extendían más allá de las dunas de arena hasta la orilla del océano Atlántico.

—Nunca se sabe. Creo que la playa es uno de los mejores lugares para dormir. No hay nada como el rumor de las olas para conciliar el sueño. En Washington nunca dormía bien. Demasiadas preocupaciones.

—Qué curioso, yo dormía bien allí.

Ella lo fulminó con la mirada.

—Nunca llueve a gusto de todos.

—¿Qué hay para cenar?

—Primero una ducha. Puedes instalarte en la *suite* principal.

—Es tu casa. Yo me conformo con un sofá.

—Con seis dormitorios no creo que esa opción tenga mucho sentido. Quédate en la que está al final del pasillo, en la planta de arriba. Da al porche trasero. El *jacuzzi* está ahí. Todo tuyo, incluso sin bañador. No te preocupes, no te espiaré.

Entraron en la casa. Lee recogió su bolsa y la siguió escaleras arriba. Se duchó y se puso unos pantalones caqui limpios, una sudadera y zapatillas de deporte sin calcetines pues se había olvidado de traer otro par. No se molestó en secarse el pelo ya que se lo había cortado hacía poco. Se miró al espejo. El corte no le sentaba tan mal. De hecho lo hacía parecer más joven. Se dio una palmada en el vientre e incluso adoptó una pose exagerada ante el espejo.

—Sí, claro —dijo a su reflejo—. Aunque ella fuera tu tipo, pero bueno, como no lo es... —Salió de la habitación y, cuando iba a bajar las escaleras, se detuvo en el pasillo.

El dormitorio de Faith estaba en el otro extremo del pasillo. Oyó correr el agua de la ducha. Probablemente estuviera relajándose bajo el agua caliente después del largo viaje. Tenía que reconocer que Faith había aguantado bien, no se había quejado mucho. Mientras avanzaba por el corredor, se le ocurrió que, en ese preciso instante, Faith podía estar escapando por la puerta trasera y utilizando la ducha como subterfugio. Era perfectamente posible que hubiese pedido un coche de alquiler estacionado y estuviera a punto de escapar, dejándolo en una situación comprometida. ¿Acaso era como su padre y ponía tierra de por medio siempre que la situación se ponía fea?

Llamó a la puerta.

—¿Faith? —No obtuvo respuesta así que llamó con más fuerza—. ¿Faith? ¡Faith! —El agua seguía corriendo—. ¡Faith! —gritó. Probó a abrir la puerta. Estaba cerrada con llave. Volvió a golpear y gritó su nombre.

Lee se disponía a precipitarse escaleras abajo cuando oyó pasos, la puerta se abrió de repente y apareció Faith. Tenía el pelo empapado y caído sobre el rostro, el agua le goteaba por las piernas y apenas iba tapada con una toalla.

—¿Qué? —inquirió—. ¿Qué sucede?

Lee no pudo evitar contemplar el elegante contorno de sus hombros, el cuello digno de Audrey Hepburn ahora totalmente al descubierto, la firmeza de sus brazos. Bajó la mirada hacia los muslos y enseguida llegó a la conclusión de que las piernas no tenían nada que envidiarle a los brazos.

—¿Qué demonios pasa, Lee? —preguntó ella elevando el tono de voz.

—Ah. Estaba pensando que... ¿qué te parece si preparo la cena? —Esbozó una tímida sonrisa.

Faith lo observó con expresión incrédula mientras se formaba un charco de agua a sus pies sobre la alfombra. Cuando se ajustó la toalla prácticamente mojada alrededor del cuerpo, los pechos pequeños y turgentes de Faith quedaron bien perfilados bajo el fino tejido húmedo. Fue entonces cuando Lee empezó a plantearse seriamente darse otra ducha, pero esta vez con el agua lo bastante fría para que ciertas partes de su anatomía adquiriesen el color de sus ojos.

—Bien. —Le cerró la puerta en las narices.

—Muy bien —dijo Lee con voz queda a la puerta.

Bajó las escaleras y examinó el contenido del frigorífico. Eligió el menú y empezó a sacar comida y cazuelas. Había vivido solo tanto tiempo que al final había decidido, tras alimentarse a base de la comida de Golden Arches durante varios años, que era preferible aprender a cocinar. De hecho le resultaba de lo más terapéutico y ahora confiaba en haber alargado veinte años su vida al haber suprimido toda la grasa de las arterias. Por lo menos hasta que había conocido a Faith Lockhart. Ahora todas esas esperanzas de longevidad se habían esfumado.

Lee colocó filetes de pescado sobre la bandeja del horno, los untó con la mantequilla que había derretido en una sartén y dejó que la absorbiesen poco a poco. Antes de introducir el pescado en el horno para asarlo, añadió ajo, jugo de limón y algunas especias secretas, cuyo empleo había aprendido a través de varias generaciones de Adams. Cortó tomates y un trozo de *mozzarella* en rodajas, las dispuso con cuidado en una bandeja y las roció con aceite de oliva y otros condimentos. Acto seguido, preparó una ensalada, rebanó una barra de pan, la embadurnó con mantequilla, añadió ajo y la colocó en la parte baja del horno. Sacó dos platos, cubiertos y servilletas de tela que encontró en un cajón y puso la mesa. Había unas velas pero no le pareció buena idea encenderlas. Aquello no era una luna de miel y no debían olvidar que los buscaban por todo el país.

Abrió un pequeño recipiente situado junto a la nevera para mantener frío el vino y escogió una botella. Mientras servía dos copas, Faith bajó la escalera. Llevaba una camisa vaquera azul sin abotonar sobre una camiseta blanca, unos pantalones holgados del mismo color y unas sandalias rojas. Advirtió que no iba maquillada o por lo menos no lo parecía. En la muñeca llevaba una esclava de plata. También se había puesto unos pendientes de turquesas con un diseño intrincado del suroeste.

Pareció sorprendida al ver la actividad de la cocina.

—Un hombre que sabe disparar un arma, despistar a los federales y además cocina. Nunca dejas de asombrarme.

Él le tendió una copa de vino.

—Una buena cena, una velada tranquila y luego pasamos a asuntos más serios.

Ella le dedicó una mirada fría cuando él acercó su copa para brindar.

—Lo has dejado todo limpio —observó.

—Otra de mis virtudes. —Se acercó al horno para controlar el pescado mientras Faith se aproximaba a la puerta acristalada y miraba hacia el exterior.

Comieron en silencio, como si se sintieran extraños ahora que habían llegado a su destino. Lo irónico de la situación era que llegar allí parecía la parte más sencilla.

Faith insistió en lavar los platos mientras Lee veía el televisor.

—¿Hemos salido en las noticias? —preguntó ella.

—Por ahora parece que no. Pero seguro que han informado de la muerte de un agente del FBI. Hoy día, sigue siendo muy poco habitual que asesinen a un agente, gracias a Dios. Mañana compraré el periódico.

Faith terminó de limpiar la cocina, se sirvió otra copa de vino y se sentó junto a él.

—Bueno, ya tenemos la tripa llena, la bebida nos ha relajado y ha llegado el momento de hablar —dijo Lee—. Tengo que saber toda la historia, Faith. Así de sencillo.

—¿Preparas una buena cena para la chica, la achispas con vino y crees que ya la tienes en el bote? —Faith sonrió con una timidez no exenta de coquetería.

Lee frunció el ceño.

—Hablo en serio, Faith.

La sonrisa, junto con la supuesta timidez, se borró de su rostro.

—Vayamos a dar un paseo por la playa.

Lee quiso protestar pero se contuvo.

—De acuerdo. Es tu territorio, tú ganas —dijo y se dirigió a las escaleras.

—¿Adónde vas?

—Enseguida vuelvo.

Lee regresó con una cazadora puesta.

—No hacía falta que te pusieras una chaqueta, todavía hace calor.

Él se abrió la parte delantera de la prenda para dejar al descubierto la pistolera con la Smith & Wesson.

—No quiero asustar a los cangrejos que nos encontremos por la arena.

—Las pistolas me dan pánico.

—Las pistolas también pueden evitar una muerte, si se emplean de la forma adecuada. Sobre todo las muertes violentas y repentinas.

—Nadie nos ha seguido —repuso Faith—. Nadie sabe que estamos aquí.

La respuesta de Lee le produjo un escalofrío.

—Espero de todo corazón que estés en lo cierto.

30

Reynolds no encendió la sirena policial pero lo habría hecho si un coche patrulla hubiera intentado detenerla, ya que aceleraba hasta sobrepasar el límite de velocidad permitido en más de treinta kilómetros en los pocos tramos rectos de la carretera de circunvalación antes de tener que reducir la marcha ante un mar rojo de luces de frenado. Miró el reloj: las siete y media. ¿Es que siempre era hora punta en esa zona? La gente se levantaba cada vez más temprano para ir a trabajar o se quedaban en el trabajo hasta más tarde antes de regresar a casa para evitar los atascos. Poco faltaba para que los dos grupos se juntaran y aquello se convirtiera oficialmente en una zona de aparcamiento abierta en la autopista veinticuatro horas al día. Por suerte, la casa de Anne Newman sólo se encontraba a unas pocas salidas de la suya.

Mientras conducía, pensó en su visita al bloque de apartamentos de Adams. Reynolds creía que ya lo había visto y oído todo en la vida, pero el comentario de Angie Carter sobre el FBI la había dejado anonadada y el impacto había ocasionado que ella y Connie empezaran a albergar todo tipo de dudas. Habían notificado a sus superiores del departamento y enseguida habían llegado a la conclusión de que el FBI no había llevado a cabo ninguna operación en el domicilio de Adams. Luego el asunto se había puesto feo de verdad. La suplantación de los agentes del FBI había llegado a oídos del mismo director, quien se había encargado en persona de dictar órdenes sobre el caso. Si bien habían arrancado la puerta posterior del apartamento de Adams y podían haber entrado por ahí perfectamente, enseguida se extendió una orden de registro que se ejecutó de forma inmediata, con el beneplácito personal del director. De hecho, Reynolds se sintió aliviada por ello porque no quería que se cometiera ningún descuido en este caso, pues la responsabilizarían de cualquier error.

Pidieron a uno de los mejores equipos forenses del FBI que aparcara el caso importante en que estaba trabajando e inspeccionase a conciencia el apartamento. Al final no encontraron gran cosa. En el contestador automático no había ninguna cinta. Eso había fastidiado a Reynolds. Si los falsos agentes del FBI se habían llevado la cinta, sin duda ésta contenía algo importante. Su equipo de registro tampoco había hallado nada. No había documentos de viaje ni mapas consultados, nada que proporcionara pistas sobre el destino elegido por Adams y Lockhart. Encontraron huellas dactilares que coincidían con las de Faith Lockhart, lo cual ya era algo. Ahora estaban investigando el historial de Adams. Tenía parientes en la zona; quizás ellos supieran algo.

Habían descubierto la trampilla de la azotea en el apartamento vacío contiguo al de Adams. Ingenioso. Asimismo, Reynolds había reparado en los cerrojos adicionales, la cámara de vigilancia, la puerta y el marco blindados y el revestimiento de cobre sobre el panel de alarma. Lee Adams sabía lo que hacía.

Habían sacado una bolsa con pelo y tinte de uno de

los contenedores de basura situado detrás del apartamento. Eso, junto con los retazos que habían visto en las cintas de los vídeos de vigilancia del aeropuerto, ponía de manifiesto que Adams se había teñido de rubio y Lockhart de negro. No es que resultara de gran ayuda. Ahora estaban comprobando si alguno de ellos constaba como propietario de alguna otra residencia en el país. Sabía que era como buscar una aguja en un pajar, aun si hubiesen usado sus nombres verdaderos. Dudaba que fueran tan estúpidos. Además, aunque hubiesen utilizado sus alias, Suzanne Blake y Charles Wright eran nombres demasiado comunes para que sirvieran de ayuda a Reynolds.

Se citó y se interrogó a los agentes de policía que habían acudido al apartamento de Adams atendiendo a la llamada del sistema de alarma. Los hombres que se hicieron pasar por agentes del FBI les habían asegurado que se buscaba a Lee Adams por su relación con una serie de secuestros ocurridos en distintos estados. Según las declaraciones de los dos policías, las credenciales de los falsos agentes parecían reales. Además, llevaban el arsenal y mostraban la arrogancia que se suele atribuir a quienes velan por el cumplimiento de la ley federal. Estaban registrando el lugar con minuciosidad y no hicieron ademán de huir cuando apareció el coche patrulla. Los impostores hablaban y se comportaban en todo momento como si pertenecieran al FBI, afirmaron los dos agentes de policía, que eran veteranos en el cuerpo. Les habían dado el nombre del supuesto agente especial encargado del caso. Se introdujo en la base de datos de personal del FBI y el resultado fue negativo, lo cual no sorprendió a nadie. Los agentes de policía habían descrito a los hombres que vieron, y un técnico del FBI estaba creando retratos robot informatizados de los mismos. No obstante, a grandes rasgos se trataba de un callejón sin salida con implicaciones alarmantes. Implicaciones que, tarde o temprano, acabarían por afectar a Reynolds.

Había recibido otra visita de Paul Fisher. Le traía órdenes directas de Massey, como se apresuró a puntualizar. Reynolds debía actuar con la máxima celeridad, aunque con suma cautela, para encontrar a Faith Lockhart, y para ello contaría con todo el apoyo necesario.

—Pero no cometas más errores —le había advertido.

—No sabía que hubiera cometido errores, Paul.

—Un agente muerto. Faith Lockhart te cae como llovida del cielo y la dejas escapar. ¿A ti qué te parece que es eso?

—La filtración de información fue lo que causó la muerte de Ken —le había espetado ella—. No creo que fuera culpa mía.

—Brooke —había dicho Fisher—, si de veras crees eso, entonces quizá debas plantearte la posibilidad de solicitar que te asignen otro caso de inmediato. La responsabilidad es tuya. Según las normas del FBI, si hay una filtración, todos los miembros de tu brigada, incluida tú, ocupan los primeros puestos de la lista de sospechosos. Y así es como el FBI está investigando el caso.

En cuanto Fisher hubo salido del despacho, Reynolds había arrojado un zapato contra la puerta cerrada. Luego había lanzado el otro a fin de asegurarse de que Fisher se enterase del profundo desagrado que sentía por él. Paul Fisher quedaba oficialmente excluido de sus fantasías sexuales.

Reynolds recorrió a toda velocidad la rampa de salida, giró a la izquierda en Braddock Road, se enfrentó de nuevo a otro pequeño atasco hasta que viró de nuevo para internarse en el tranquilo barrio residencial del agente del FBI asesinado. Aminoró la marcha al llegar a la calle de Newman. La casa estaba a oscuras y sólo había un coche aparcado en el camino de acceso. Reynolds estacionó su sedán de propiedad estatal junto al bordillo, se apeó del vehículo y se dirigió rápidamente hacia la puerta.

Anne Newman debía de haber estado esperándola porque la puerta se abrió antes de que Reynolds llamara al timbre.

Anne Newman no intentó entablar una conversación banal ni le ofreció algo de beber. Condujo a la agente del FBI directamente a un pequeño cuarto trasero habilitado como despacho con una mesa, un archivador metálico, un ordenador y un aparato de fax. En las paredes había postales de béisbol enmarcadas y otros objetos de interés deportivo. Sobre la mesa se alzaban pilas de dólares de plata recubiertos de un plástico duro y cuidadosamente etiquetados.

—Estaba curioseando en el estudio de Ken. No sé por qué. Es que me pareció...

—No tienes por qué darme explicaciones, Anne. No hay normas establecidas para tu situación.

Anne Newman se enjugó una lágrima ante la mirada escrutadora de Reynolds. Saltaba a la vista que se hallaba al límite de sus fuerzas, en todos los aspectos. Llevaba una bata vieja, el pelo sucio y tenía los ojos enrojecidos e hinchados. Reynolds supuso que, la noche anterior, la decisión más apremiante que había tenido que tomar era qué cenaba. Cielos, cómo podían cambiar las cosas de repente. Ken Newman no era la única persona enterrada. Anne estaba junto a él. La única diferencia era que ella tenía que seguir viviendo.

—He encontrado estos álbumes de fotos. Ni siquiera sabía que estaban aquí dentro. Estaban dentro de una caja junto con otras cosas. Ya sé que no parece muy correcto, pero... pero si sirve para esclarecer qué le ocurrió a Ken... —Se calló por unos instantes y varias lágrimas más cayeron encima del álbum de fotos que sostenía entre las manos, con su tapa psicodélica estilo años setenta—. Creo que he hecho bien en llamarte —dijo finalmente con una franqueza que a Reynolds le resultó tan dolorosa como gratificante.

—Sé que estás pasando por una situación terriblemente difícil. —Reynolds dirigió la mirada al álbum porque no quería prolongar esa situación más de lo necesario—. ¿Me enseñas lo que has encontrado?

Anne Newman se sentó en un pequeño sofá, abrió el álbum y levantó la lámina de plástico transparente que mantenía las fotografías en su sitio. En la página por la que lo había abierto había una foto de 20 × 25 de un grupo de hombres con ropa de caza armados con unos rifles. Ken Newman era uno de ellos. Anne extrajo la foto, dejando al descubierto un trozo de papel y una pequeña llave adheridos a la página del álbum. Le pasó ambos a Reynolds y la observó con atención mientras la agente del FBI los examinaba.

El trozo de papel era un extracto de cuenta de una caja de seguridad de un banco local. Cabía suponer que la llave pertenecía a dicha caja de seguridad.

Reynolds miró a la mujer.

—¿No sabías de su existencia?

Anne Newman negó con la cabeza.

—Tenemos una caja de seguridad pero no en ese banco. Y, por supuesto, eso no es todo.

Reynolds volvió a estudiar el extracto de cuenta y no pudo evitar sobresaltarse. El nombre del titular de la caja no era Ken Newman y la dirección tampoco coincidía con la suya.

—¿Quién es Frank Andrews?

Anne Newman parecía a punto de romper a llorar de nuevo.

—Cielo santo, no tengo ni idea.

—¿Te mencionó Ken ese nombre en alguna ocasión? —preguntó Reynolds.

Anne negó con la cabeza.

Reynolds respiró profundamente. Si Newman tenía una caja de seguridad con un nombre falso, habría necesitado algún documento de identidad para abrir la cuenta.

Se sentó en el sofá junto a Anne y le tomó la mano.

—¿Has encontrado algún documento por aquí con el nombre de Frank Andrews?

Los ojos de la mujer volvieron a humedecerse y Reynolds se apenó de verdad por ella.

—¿Te refieres a uno que lleve la foto de Ken? ¿Uno que demuestre que él era ese tal Frank Andrews?

—Sí, me refiero a eso —respondió Reynolds con ternura.

Anne Newman se llevó una mano al bolsillo y extrajo un carné de conducir del Estado de Virginia. El titular del mismo era Frank Andrews. También aparecía un número de carné, que en Virginia era el de la Seguridad Social. La pequeña foto mostraba el rostro de Ken Newman.

—Pensé en ir a abrir la caja de seguridad pero enseguida caí en la cuenta de que no me dejarían. No soy titular de la cuenta. Y tampoco podría explicarles que era de mi esposo, pero con un nombre falso.

—Lo sé, Anne, lo sé. Has hecho bien en llamarme. Veamos, ¿dónde encontraste exactamente el carné falso?

—En otro álbum de fotos. No era uno de los de la familia, por supuesto. Ésos los guardo yo, los he ojeado miles de veces. Estos álbumes contenían fotos de Ken y de sus amigos de caza y pesca. Iban de excursión cada año. Ken era buen fotógrafo. No sabía que guardara sus fotos en estos álbumes. La verdad es que no me interesaban en absoluto, ¿sabes? —Miró con añoranza la pared del fondo—. A veces parecía que Ken era más feliz con sus amigos cazando patos o jugando a las cartas que en casa. —Inspiró con rapidez, se cubrió la boca con la mano y bajó la vista.

Reynolds se dio cuenta de que Anne no había tenido intención de compartir esa información tan personal con ella, prácticamente una desconocida. Así pues, permaneció en silencio. Sabía por experiencia que era mejor dejar que Anne Newman se serenara por sí sola. Transcurrido un minuto, la mujer empezó a hablar de nuevo.

—Nunca lo habría encontrado, supongo, de no ser por... lo que le ocurrió a Ken..., ya sabes. Supongo que en cierto modo estas cosas de la vida tienen su gracia.

O resultan terriblemente crueles.

—Anne, tengo que examinar esto. Voy a llevármelo todo y no quiero que hables con nadie. Ni con los amigos, ni la familia... —Se calló e intentó elegir las palabras con el máximo cuidado—. Ni con nadie más del FBI. No hasta que investigue un poco.

Anne Newman se volvió hacia ella, asustada.

—¿En qué demonios crees que estaba implicado Ken, Brooke?

—Todavía no lo sé. No es bueno que nos precipitemos en este asunto. Quizá la caja de seguridad esté vacía. Tal vez Ken la contratara hace mucho tiempo y se olvidara de ella.

—¿Y el carné falso?

Reynolds se pasó la lengua por los labios secos.

—Ken trabajó de agente secreto en algunas ocasiones. Quizá se trate de un recuerdo de aquella época —contestó Reynolds.

Sabía que era mentira y supuso que Anne Newman también lo sabía. La fecha de expedición que constaba en el carné era reciente. Además, quienes trabajaban de agentes secretos para el FBI no solían llevarse a casa la documentación en la que aparecía su identidad secreta una vez terminada su misión. Su obligación era descubrir a qué respondía todo aquello.

—Anne, ni una palabra a nadie. Más que nada por tu bien.

Anne Newman agarró a Reynolds del brazo cuando ésta se puso en pie.

—Brooke, tengo tres hijos. Si Ken estaba involucrado en algo...

—Me encargaré de que vigilen la casa las veinticuatro horas del día. Si ves algo que te parezca siquiera un poco sospechoso, me llamas. —Le entregó una tarjeta con sus números de teléfono directos—. De día o de noche.

—No sabía a quién más acudir. Ken te tenía en mucha consideración, de verdad.

—Era un agente excelente y tenía una carrera muy prometedora.

Sin embargo, si se descubría que Ken había sido un traidor, el FBI acabaría con su recuerdo, su reputación y todo lo relacionado con su vida profesional. Eso, por supuesto, también afectaría su vida privada y por tanto a la mujer que Reynolds tenía ante sí y a sus hijos. Pero la vida era así. Reynolds no había inventado las reglas, no siempre estaba de acuerdo con ellas pero las cumplía.

No obstante, ella misma se encargaría de abrir esa caja de seguridad. Si encontraba algo sospechoso en su interior no se lo diría a nadie. Seguiría indagando el motivo por el que Newman empleaba un sobrenombre, pero lo haría en sus ratos libres. No estaba dispuesta a destruir su recuerdo sin una razón de peso. Se lo debía a Ken.

Dejó a Anne Newman sentada en el sofá, con el álbum de fotos abierto sobre el regazo. Lo irónico del asunto era que si Newman había sido el autor de la filtración en el caso Lockhart, probablemente fuera el culpable de su muerte prematura. Ahora que Reynolds lo pensaba, era muy posible que quienquiera que lo hubiera contratado pretendiese eliminar al topo y al objetivo principal de una sola estocada. Sólo el cañón de una pistola, al desviar la bala, había evitado que Faith Lockhart acabara en la mesa de autopsias junto a Ken Newman. ¿O quizá también la ayuda de Lee Adams?

Quienquiera que hubiera orquestado la operación sabía con certeza lo que se traía entre manos. Esto perjudicaba a Reynolds.

En contra de la creencia popular extraída de las novelas y las películas, la gran mayoría de los delincuentes no era tan hábil como para burlar con tanta facilidad a la policía a cada paso. Por lo general los asesinos, violadores, ladrones, atracadores, traficantes de drogas y otros delincuentes carecían de estudios o estaban asustados; solían ser gamberros drogados o borrachos aterrorizados de su propia sombra en cuanto se alejaban de la botella o la jeringuilla, aunque se convirtiesen en auténticos demonios cuando iban colocados. Dejaban numerosas pistas tras de sí y, si no los pillaban, se entregaban o sus «amigos» los delataban. Se les procesaba y acababan en la cárcel o, en escasas ocasiones, los ejecutaban. De ningún modo se les podía considerar «profesionales».

Reynolds sabía que en este caso la situación era bien distinta. Los aficionados no sabían cómo sobornar a los agentes veteranos del FBI. No contrataban a asesinos a sueldo para merodear por los bosques en espera de su presa. No se hacían pasar por agentes del FBI con unas credenciales tan auténticas que ahuyentaban a la policía. Le pasaron por la cabeza teorías siniestras sobre conspiraciones que la hicieron estremecerse. Por mucho tiempo que uno llevara en la profesión, el temor nunca desaparecía. Estar vivo significaba tener miedo. No tener miedo significaba que uno estaba muerto.

Al salir de la casa, Reynolds pasó bajo un detector de humo parpadeante situado en la entrada. Había otros tres dispositivos como aquél en la casa, contando el del estudio de Ken Newman. Aunque estaban conectados a la instalación eléctrica general y desempeñaban la función para la que se habían diseñado, llevaban incorporadas unas cámaras de vigilancia provistas de lentes diminutas. Dos de las tomas de corriente de la pared de cada nivel habían sido «modificadas» del mismo modo. Las modificaciones se habían realizado hacía dos semanas cuando los Newman se habían ido de vacaciones durante tres días, lo cual no era nada habitual. Este sistema de vigilancia se basaba en una tecnología muy empleada por el FBI. Y por la CIA.

Robert Thornhill estaba al acecho y ahora centraría su atención en Brooke Reynolds.

Cuando subió al coche, Reynolds comprendió con toda claridad que quizá se encontrase en un punto crítico de su carrera. Con seguridad necesitaría el máximo de ingenio y fuerza interior para sobrevivir a aquella situación. Sin embargo, lo único que quería hacer en ese preciso instante era llegar a casa y contar a sus queridos hijos el cuento de los tres cerditos, despacio y con todo lujo de detalles.

31

Resultó que el viento soplaba con fuerza en la playa y que la temperatura había descendido de una manera drástica. Faith se abotonó la camisa pero, a pesar del frío, se quitó las sandalias y las sostuvo en la mano.

—Me gusta sentir la arena —explicó a Lee. La marea estaba baja por lo que tenían a su disposición una playa ancha para pasear. En el cielo había algunas nubes dispersas, brillaba una luna casi llena y las estrellas les lanzaban sus destellos. A lo lejos, en el agua, vieron el parpadeo de lo que probablemente fuera la luz de un barco o una boya. Salvo por el ulular del viento, reinaba un silencio absoluto. No había coches, ni televisores a todo volumen, ni aviones, ni otras personas.

—La verdad es que aquí fuera se está bien —dijo finalmente Lee mientras contemplaba a un cangrejo que caminaba de lado hacia su diminuta morada. Un tubo de PVC sobresalía de la arena. Lee sabía que los pescadores introducían las cañas en el tubo vacío cuando pescaban desde la orilla.

—He pensado en trasladarme aquí de forma permanente —comentó Faith. Se apartó de él y se adentró en el agua hasta que le llegó por encima de los tobillos. Lee se despojó de sus zapatos, se arremangó los pantalones y se unió a ella.

—Está más fría de lo que pensaba —dijo—. No apetece ponerse a nadar.

—No te imaginas lo estimulante que puede llegar a ser un baño en agua fría.

—Tienes razón, no me lo imagino.

—Estoy segura de que te lo han preguntado un millón de veces, pero ¿cómo te convertiste en investigador privado?

Lee se encogió de hombros y dirigió la vista hacia el océano.

—En cierto modo la vida me llevó a eso. Mi padre era ingeniero y, al igual que a él, me gustaban los artilugios. Pero los estudios se me daban peor que a él. Era una especie de rebelde, como tú. Pero no fui a la universidad. Me alisté en la Marina.

—Por favor, dime que pertenecías al cuerpo de elite de la Marina. Así dormiré mejor.

Lee sonrió.

—Apenas sé disparar. No sé construir un dispositivo nuclear con palillos y envoltorios de chicle y, la última vez que lo intenté, no conseguí reducir a un hombre con sólo presionarle la frente con el pulgar.

—Bueno, creo que de todos modos seguiré contigo. Perdona que te haya interrumpido.

—No pasa nada. En la Marina estudié telefonía, comunicaciones, ese tipo de cosas. Me casé, tuve una hija. Dejé el servicio y trabajé en la compañía telefónica como técnico de averías. Luego perdí a mi hija en un divorcio muy reñido y amargo. Dejé el trabajo, respondí al anuncio de una empresa de seguridad privada en el que pedían a alguien experto en vigilancia electrónica. Supuse que con mi formación técnica podría aprender lo que me hacía falta. Me dediqué de lleno al trabajo. Fundé mi propia agencia de investigación privada, conseguí algunos clientes buenos, metí la pata en algunas ocasiones pero logré afianzarme en el negocio. Y ahora soy el director de un imperio poderoso.

—¿Cuánto hace que te divorciaste?

—Mucho tiempo. —Él la miró—. ¿Por qué?

—Por curiosidad. ¿Has estado cerca del altar desde entonces?

—No. Supongo que me horroriza cometer los mismos errores. —Se introdujo las manos en los bolsillos—. Para serte sincero, los problemas venían de ambos lados. No soy una persona con quien resulte fácil convivir. —Sonrió—. Pienso que Dios crea a dos tipos de personas: las que deben casarse y procrear y las que deben estar solas y mantener relaciones sexuales sólo por placer. Creo que pertenezco a este último grupo. Aunque no es que haya tenido muchos placeres últimamente.

Faith bajó los ojos.

—Guárdame un poco de sitio.

—Descuida. Hay mucho espacio. —Él le tocó el codo—. Hablemos. No nos queda demasiado tiempo.

Faith lo condujo hacia la parte superior de la playa y se dejó caer con las piernas cruzadas en una extensión de arena seca. Lee se sentó junto a ella.

—¿Por dónde quieres empezar? —inquirió ella.

—¿Qué te parece por el principio?

—No, me refiero a si quieres que primero te lo cuente todo yo o si prefieres confiarme antes tus secretos.

Él pareció sorprenderse.

—¿Mis secretos? Lo siento, ya no me quedan.

Ella tomó un palo, dibujó las letras d y b en la arena y lo miró.

—Danny Buchanan. ¿Qué sabes de él?

—Lo que te dije, que es tu socio —respondió él.

—También es el hombre que te contrató.

Lee fue incapaz de articular palabra por unos instantes.

—Ya te he dicho que no sé quién me contrató.

—Cierto. Eso es lo que me has dicho —repuso Faith.

—¿Cómo sabes que me contrató?

—Cuando estaba en tu despacho escuché un mensaje de Danny, que parecía muy ansioso por saber dónde estaba yo y qué habías descubierto tú. Dejó su número de teléfono para que lo llamaras. Nunca lo había oído tan angustiado. Supongo que yo también lo estaría si alguien a quien yo hubiera mandado matar siguiera vivito y coleando.

—¿Estás segura que el del teléfono era él?

—Llevo quince años trabajando con él; creo que conozco su voz. ¿Tú no lo sabías?

—No, no lo sabía.

—No es una respuesta muy convincente.

—Supongo que sí —admitió—. Pero resulta que es cierto. —Tomó un puñado de arena y la dejó deslizarse entre sus dedos—. Entonces imagino que esa llamada telefónica es la razón por la que intentaste darme esquinazo en el aeropuerto... No confías en mí.

Faith se humedeció los labios secos y vislumbró la pistola enfundada, que se entreveía cuando el viento abría la chaqueta de Lee.

—Sí que confío en ti, Lee. De lo contrario, no estaría sentada en una playa solitaria por la noche con un hombre armado que, en gran medida, continúa siendo un extraño para mí.

Lee dejó caer los hombros.

—Me contrataron para que te siguiera, Faith. Eso es todo.

—¿No intentas averiguar primero si las intenciones del cliente son legítimas?

Lee empezó a decir algo pero se calló. Aquélla era una pregunta razonable. Lo cierto es que últimamente no había tenido mucho trabajo y aquel encargo iba a proporcionarle unos ingresos de lo más oportunos. Y en el expediente que le habían entregado había una foto de Faith. Y luego la había visto en persona. Bueno, ¿qué demonios podía decir? La mayoría de sus objetivos no eran tan atractivos como Faith Lockhart. En la foto su rostro denotaba vulnerabilidad. Después de conocerla, se percató de que esa impresión no era del todo cierta. No obstante, la combinación de belleza y vulnerabilidad era muy atractiva para él; para cualquier hombre.

—Normalmente me gusta reunirme con el cliente, conocerlo a él y sus intenciones antes de aceptar el trabajo.

—¿Pero en esta ocasión no?

—Era un poco difícil porque no sabía quién me había contratado.

—Así pues, en vez de devolver el dinero, aceptaste la oferta y te pusiste a seguirme... a ciegas, por decirlo de algún modo.

—No veía nada malo en el hecho de seguirte.

—Pero podrían haber estado utilizándote para localizarme.

—No se puede decir que estuvieras precisamente escondida. Como he dicho, pensé que quizá tenías alguna aventura. Cuando entré en la casa me di cuenta de que no era el caso. El resto de los acontecimientos de la noche no hicieron más que confirmar esa conclusión. En realidad, eso es todo lo que sé.

Faith dejó que su vista se perdiera en el océano, en el horizonte, donde el agua se juntaba con el cielo. Era una especie de colisión visual que se producía en todo momento y que, por alguna razón, resultaba reconfortante. Le hacía concebir esperanza aunque probablemente no tuviera otros motivos para albergarla. Aparte del hombre sentado a su lado, quizá.

—Volvamos a la casa —propuso ella.

32

Se encontraban en el espacioso salón familiar. Faith tomó un mando a distancia, pulsó un botón y las llamas de la chimenea cobraron vida. Se sirvió otra copa de vino y le ofreció una a Lee, pero éste declinó la oferta. Se sentaron en el mullido sofá.

Faith tomó un sorbo de vino y miró por la ventana, sin fijar la vista en nada.

—Washington representa el pastel más suculento y grande de la historia de la humanidad. Y todo el mundo quiere su parte. Ciertas personas poseen el cuchillo con el que se puede partir ese pastel. Si quieres una porción, tienes que recurrir a ellas.

—¿Ahí es donde entráis tú y Buchanan?

—Yo vivía, respiraba y comía mi trabajo. A veces trabajaba más de veinticuatro horas al día porque cruzaba distintas franjas horarias. Soy incapaz de contarte los cientos de detalles, matices, conjeturas, momentos de tensión, la valentía y la perseverancia que supone cabildear a esa escala. —Dejó la copa de vino y miró a Lee—. Danny Buchanan era un gran maestro para mí. Casi nunca perdía. Eso es extraordinario, ¿no crees?

—Supongo que no perder nunca resulta admirable. No todos podemos ser Michael Jordan.

—En tu profesión, ¿puedes garantizar a un cliente que obtendrá un resultado concreto?

Lee sonrió.

—Si pudiera predecir el futuro, jugaría a la lotería.

—Danny Buchanan podía garantizar resultados.

Lee dejó de sonreír.

—¿Cómo?

—Quien controla a los guardianes, controla el futuro.

Lee asintió lentamente en señal de que lo comprendía.

—Entonces, ¿sobornaba a los miembros del gobierno?

—De un modo mucho más complejo que nadie.

—¿Congresistas en nómina? ¿Te refieres a eso?

—En realidad lo hacían gratis.

—¿Qué...?

—Hasta que dejaban el cargo. Entonces Danny les brindaba todo un mundo de delicias: puestos lucrativos que no les exigían nada en empresas que él había fundado; ingresos de carteras privadas de acciones y bonos del estado, y dinero canalizado a través de negocios legales bajo la tapadera de servicios prestados. Podían jugar al golf todo el día, hacer un par de llamadas fingidas al Congreso, asistir a un par de reuniones y vivir como reyes. Es como sacar el premio gordo. Ya sabes cómo son los americanos con las acciones. Danny les hacía trabajar duro mientras estaban en el Congreso pero luego les proporcionaba los mejores años dorados que el dinero puede comprar.

—¿Cuántos se han «retirado»?

—De momento, ninguno. Pero está todo preparado para cuando se retiren. Danny sólo lleva en esto unos diez años.

—Hace mucho más de diez años que está en Washington.

—Me refiero a que sólo lleva diez años sobornando a gente. Antes era un cabildero mucho más próspero. Durante los últimos diez años ha ganado mucho menos dinero.

—Yo pensaba que el hecho de garantizar resultados le proporcionaría mucho más dinero.

—Los últimos diez años han sido una especie de década caritativa para él.

—Debe de tener unos ahorros considerables.

—Danny ha agotado casi todo su capital. Empezamos a representar a clientes de pago otra vez para poder continuar con nuestra misión. Y cuanto más tiempo haga su gente lo que él le pida, más dinero recibirá a posteriori. Además, si esperan a dejar el cargo para cobrar, las posibilidades de que los descubran se reducen de forma considerable.

—Pues deben de confiar plenamente en la palabra de Danny Buchanan.

—Estoy segura de que les ha dado muestras de lo que les espera. Pero es un hombre honrado.

—Todos los sinvergüenzas lo son, ¿no? ¿Quiénes figuran en su plan de pensiones?

Ella le dedicó una mirada de desconfianza.

—¿Por qué?

—Tú contesta.

Faith mencionó a dos de ellos.

—Corrígeme si me equivoco, pero ¿no son el actual vicepresidente de Estados Unidos y el presidente de la Cámara de Representantes?

—Danny no trabaja con mandos intermedios. De hecho empezó a colaborar con el vicepresidente antes de que ocupara ese cargo, cuando era diputado. Pero si Danny necesita que el hombre descuelgue el teléfono para apretarle las tuercas a alguien, lo hace.

—Joder, Faith. ¿Para qué demonios necesitabas ese tipo de arsenal? ¿Os dedicabais a los secretos militares?

—A algo mucho más valioso, en realidad. —Tomó la copa de vino—. Representamos a los más pobres de entre los pobres del mundo: los países africanos en asuntos de ayuda humanitaria, alimentos, medicina, ropa, equipamiento agrícola, semillas y sistemas de desalinización. En América Latina, dinero para vacunas y otros suministros médicos. Exportación de medios legales para el control de natalidad, agujas esterilizadas e información sanitaria a los países más pobres.

Lee adoptó una expresión de escepticismo.

—¿Me estás diciendo que sobornabais a cargos del gobierno para ayudar a los países del Tercer Mundo?

Ella dejó la copa de vino y lo miró a los ojos.

—En realidad, la denominación oficial ha cambiado. Las naciones ricas han creado una terminología políticamente correcta para sus vecinos necesitados. Es más: la CIA ha publicado un manual al respecto. Así pues, en vez de «Tercer Mundo» hay nuevas categorías: los PPD, países poco desarrollados, son los que integran el último grupo dentro de la jerarquía de países desarrollados. Hay oficialmente ciento setenta y dos PPD, es decir la amplia mayoría de los países del mundo. Luego están los PMD, que son los países menos desarrollados. Están al final de la cola, muriéndose de hambre. «Sólo» hay cuarenta y dos de éstos. Quizá te sorprenda, pero la mitad de la población de este planeta vive en un estado de miseria absoluta.

—¿Y eso lo justifica? —preguntó Lee—. ¿Eso justifica el soborno y la estafa?

—No te pido que apruebes esa conducta. En realidad no me importa si estás de acuerdo con ella o no. Tú querías hechos, y eso es lo que te he dado.

—Estados Unidos gasta mucho en ayuda externa. Y de hecho no estamos obligados a dar un solo centavo.

Faith le clavó la vista con una fiereza que Lee nunca había percibido en ella.

—Si hablamos de datos concretos, tienes todas las de perder —espetó.

—¿Cómo?

—¡Llevo investigando y viviendo con esto más de diez años! Pagamos a los agricultores de este país más dinero para que no cultiven que el que destinamos a ayuda humanitaria en el extranjero. Del total del presupuesto federal, la ayuda externa representa alrededor del uno por ciento, y la mayor parte va a parar a dos países, Egipto e Israel. Los americanos gastan cien veces más en maquillaje, comida rápida o alquiler de vídeos en un año que en dar de comer a niños moribundos en los países del Tercer Mundo en toda una década. Podríamos erradicar una docena de enfermedades infantiles graves en los países subdesarrollados de todo el mundo con menos dinero del que gastamos en muñecos Beanie Babies.

—Qué ingenua eres, Faith. Probablemente, tú y Buchanan sólo estáis llenando los bolsillos de algún dictador.

—¡No! ¡Eso no es más que una excusa fácil y ya estoy harta de oírla! El dinero que conseguimos va directamente a organizaciones legítimas de ayuda humanitaria y nunca al gobierno. Yo misma he visto demasiados ministros de sanidad en países africanos vestidos de Armani y conduciendo un Mercedes mientras los niños mueren de hambre a sus pies.

—¿Y en este país no hay niños que pasen hambre?

—Reciben mucha ayuda y la merecen, sin duda. Lo único que digo es que Danny y yo teníamos nuestro objetivo, que era echar una mano a los pobres del extranjero. Hay millones de seres humanos a punto de morir, Lee. Niños de todo el mundo mueren por la sencilla razón de que están desatendidos. Cada día, cada hora, cada minuto.

—¿Y de verdad esperas que me crea que lo hacíais porque tenéis buen corazón? —Echó un vistazo a la casa—. Esto no es precisamente un comedor de beneficencia, Faith.

—Los primeros cinco años que colaboré con Danny hice mi trabajo, representé a los clientes importantes y gané mucho dinero, mucho. No tengo problemas en reconocer que soy una materialista redomada. Me gusta el dinero y me gustaba lo que podía comprar con él.

—¿Y entonces qué pasó? ¿Encontraste a Dios?

—No, él me encontró a mí. —Lee parecía desconcertado y Faith se apresuró a continuar—. Danny había empezado a cabildear en nombre de los pobres extranjeros. Pero no conseguía nada. A nadie le preocupaba, me decía siempre. Los otros socios de nuestra empresa empezaban a hartarse de los empeños caritativos de Danny. Querían representar a IBM y a Philip Morris, no a las multitudes hambrientas de Sudán. Un día Danny entró en mi despacho, me dijo que iba a fundar su propia empresa y que quería que yo participara en ella. No tendríamos clientes poderosos, pero Danny me dijo que no me preocupara, que él cuidaría de mí.

Lee pareció calmarse.

—Hasta ahí me lo creo. No sabías que estaba sobornando a gente, o por lo menos que ésa era su intención.

—¡Claro que lo sabía! Me lo contó todo. Quería que me implicara en esto con los ojos bien abiertos. Él es así. No es un sinvergüenza.

—Faith, ¿tienes idea de lo que estás diciendo? ¿Accediste a participar aun sabiendo que infringías la ley?

Ella le clavó una mirada helada.

—Si podía ocuparme de que las tabacaleras siguieran vendiendo cáncer en un cigarrillo a cualquier persona con un par de pulmones y de que los fabricantes de armamento repartieran metralletas a todo bicho viviente, supongo que pensaba que nada estaba fuera de mi alcance. Además, en este caso el fin era algo de lo que podía enorgullecerme.

—¿La materialista redomada se ablandó? —soltó Lee con desdén.

—No es la primera vez que ocurre —replicó ella.

—¿Cómo os lo montabais vosotros dos? —preguntó Lee en tono acusador.

—Yo era la agente exterior y me trabajaba a todas las personas que no teníamos en el bolsillo. Se me daba bien conseguir que ciertas celebridades aparecieran en actos sociales e incluso viajaran a algunos de los países. Sesiones de fotos, reuniones con miembros, etcétera. —Sorbió un poco de vino—. Danny era el agente interno. Trabajaba con las personas sobornadas mientras yo presionaba desde el exterior.

—¿Y te dedicaste a esto durante diez años?

Faith asintió.

—Hace aproximadamente un año Danny empezó a quedarse sin dinero. Pagaba muchos de nuestros gastos de cabildeo de su propio bolsillo. Tampoco podíamos cobrarles nada a nuestros clientes, y él tenía que invertir mucho capital propio en esos «fondos de inversiones», como él los llamaba, para las personalidades que sobornábamos. Danny se tomaba esa parte muy en serio. Él era su fideicomisario. Se encargaba de que todos y cada uno de los centavos que les prometía estuviesen ahí.

—El honor entre ladrones.

Faith hizo caso omiso del comentario sarcástico.

—Entonces fue cuando me pidió que me dedicara a pagar a los clientes mientras él se ocupaba del resto de los asuntos. Me ofrecí a vender mi casa, y esta casa también, para ayudar a recaudar fondos. Se negó. Dijo que ya había hecho suficiente. —Ella negó con la cabeza—. Quizá debería venderla, créeme, nunca se hace lo suficiente. —Faith se quedó callada por unos instantes y Lee decidió no romper el silencio. Ella lo miró—. Estábamos consiguiendo muchas cosas buenas.

—¿Qué pretendes, Faith? ¿Quieres que te aplauda? Los ojos de ella centellearon.

—¿Por qué no te montas en esa estúpida moto de una maldita vez y desapareces de mi vida?

—De acuerdo —dijo Lee con voz queda—, si te parecía tan bien lo que hacías, ¿cómo acabaste siendo testigo del FBI?

Faith se cubrió el rostro con las manos, como si estuviese a punto de romper a berrear. Cuando por fin se descubrió, parecía tan angustiada que Lee notó que su propio enfado se esfumaba.

—Danny llevaba algún tiempo comportándose de forma extraña. Sospeché que quizás alguien lo había descubierto. Eso me asustó muchísimo. Yo no quería ir a la cárcel. No hacía más que preguntarle qué había sucedido pero se negaba a hablar conmigo de ello. Se retraía cada vez más, se volvió paranoico y al final incluso llegó a pedirme que dejara la empresa. Por primera vez en mi vida me sentí muy sola. Era como si hubiera vuelto a perder a mi padre.

—Así que fuiste al FBI e intentaste hacer un trato. Tú a cambio de Buchanan.

—¡No! —exclamó—. ¡Nunca!

—¿Entonces por qué?

—Hace unos seis meses los medios de comunicación

se hicieron mucho eco de que el FBI había destapado un caso de corrupción pública en el que estaba involucrado un contratista de armamento que al parecer sobornaba a varios congresistas para obtener un suculento contrato federal. Un par de empleados del contratista se pusieron en contacto con el FBI y revelaron lo que estaba ocurriendo. En realidad habían participado en la conspiración pero consiguieron la inmunidad a cambio de su testimonio y ayuda. Eso me parecía un buen trato. Quizá yo también pudiera conseguir algo parecido. Puesto que Danny no confiaba en mí, decidí seguir adelante. En un artículo periodístico se mencionaba a la agente principal, Brooke Reynolds, así que la llamé.

»No sabía qué esperar del FBI pero de algo estaba segura: no les iba a decir mucho de entrada, ni nombres ni nada por el estilo, al menos hasta saber qué terreno estaba pisando. Además, yo me encontraba en una situación ventajosa. Necesitaban a una testigo viva con la cabeza llena de fechas, horas, nombres, reuniones, recuentos de votos y programas para llevar a cabo este trabajo.

—¿Y Buchanan no sabía nada de todo esto?

—Supongo que no, teniendo en cuenta que contrató a alguien para matarme.

—No sabemos con certeza que contratara a alguien.

—Oh, vamos, Lee, ¿quién lo hizo si no?

Lee se acordó de los hombres que había visto en el aeropuerto. El aparato que uno de ellos tenía en la mano era una especie de cerbatana de alta tecnología. Lee había visto una demostración de un arma parecida en un seminario sobre antiterrorismo. La pistola y la munición eran de plástico para que pudieran pasar sin problemas por los detectores de metal. Se aprieta el gatillo con la palma y el aire comprimido dispara una aguja diminuta cuyo extremo está empapado de un veneno mortal, como el talio, la ricinina o la favorita de los asesinos de todos los tiempos, el curare, porque tiene un efecto tan rápido en el cuerpo que no existe un antídoto conocido. El artilugio permite al asesino perpetrar el acto entre la muchedumbre y desaparecer antes de que la víctima caiga muerta.

—Continúa —dijo él.

—Propuse a los del FBI que incluyeran a Danny en el trato.

—¿Y cómo reaccionaron ante tu propuesta?

—Pues me dejaron muy claro que Danny tenía todas las de perder.

—No te sigo. Si tú y Buchanan ibais a convertiros en testigos, ¿a quién enjuiciarían los federales, a los países extranjeros?

—No. Sus representantes no sabían lo que estábamos haciendo. Como he dicho, el dinero no iba directamente a los gobiernos. Y organizaciones como CARE, Catholic Relief Services o UNICEF no estarían de acuerdo con los sobornos. Danny era su cabildero oficioso y sin sueldo, pero no tenían la menor idea de lo que estaba haciendo. Representaba a unas quince organizaciones como ésas. Era un trabajo duro. Todas tenían sus programas, querían abarcar muchas cosas distintas al mismo tiempo. Lo típico es que presentaran cientos de proyectos de ley sobre un solo tema, en vez de menos propuestas pero de mayor alcance. Danny las organizó, estableció colaboraciones entre ellas, apoyó un pequeño número de proyectos con un enfoque más global. Les enseñó qué hacer para resultar más eficaces.

—Entonces, ¿contra quién ibais a testificar exactamente?

—Contra los políticos a quienes sobornábamos —respondió—. Lo hacían por dinero. Les importa un rábano que niños con los ojos velados vivan en el paraíso de la hepatitis. Lo notaba cada día en sus rostros avariciosos. No esperaban más que una recompensa suculenta; pensaban que se la habían ganado.

—¿No crees que estás siendo muy dura con esos tipos?

—¿Por qué no dejas de ser tan ingenuo? ¿Cómo te crees que la gente sale elegida en este país? La eligen los grupos que organizan a los votantes, que influyen en las decisiones de los ciudadanos para que voten a una persona en concreto. ¿Y sabes cuáles son estos grupos? Son grandes empresas, intereses particulares y los ricos que llenan las arcas de los candidatos políticos cada año. ¿De verdad crees que la gente normal asiste a cenas que cuestan cinco mil dólares el cubierto? ¿De verdad crees que estos grupos donan todo ese dinero desinteresadamente? Cuando los políticos acceden a un cargo de importancia, puedo asegurarte que se espera de ellos que den algo a cambio.

—O sea que crees que todos los políticos de este país son corruptos. Sin embargo, eso no significa que lo que hicisteis estuviera bien.

—¿Ah, no? ¿Qué congresista del estado de Michigan votaría a favor de medidas que perjudicaran seriamente la industria automovilística? ¿Cuánto tiempo crees que permanecería en su escaño? ¿Y un diputado que actuase contra la industria informática en California, los granjeros en el Medio Oeste o la industria tabaquera en el Sur? En cierto modo, es como una especie de profecía que se cumple a sí misma. Las empresas, los sindicatos y demás grupos con intereses particulares se juegan mucho. Saben lo que quieren, disponen de millones de dólares, cuentan con comités de acción política y con cabilderos que no paran de vocear sus mensajes en Washington. Tanto las empresas grandes como las pequeñas tienen en nómina a prácticamente todo el mundo. Esas mismas personas votan en las elecciones. Votan por sus billeteras. Ya ves, ésta es la grande y oscura conspiración de la política americana. Creo que Danny es el primer visionario que ha burlado la avaricia y el egoísmo.

—Pero ¿qué me dices de la ayuda externa? Si esta historia saliera a la luz, ¿no sería como cortar el suministro?

—¡Precisamente! ¿Te imaginas toda la publicidad positiva que eso supondría? Los países más pobres de la Tierra, obligados a sobornar a políticos estadounidenses avariciosos para conseguir la ayuda que necesitan desesperadamente porque les resulta imposible recibirla de otro modo. Si esto llegara a oídos del gran público, entonces quizá se producirían algunos cambios verdaderos y notables.

—Todo esto suena demasiado rocambolesco, ¿no crees?

—Puede que sí, pero no me quedaban demasiadas alternativas. Es muy fácil criticar a posteriori, Lee.

Lee se recostó en el asiento mientras reflexionaba sobre todo el asunto.

—De acuerdo, de acuerdo —dijo—. ¿De verdad crees que Buchanan intentaría matarte?

—Éramos socios, amigos. De hecho, más que todo eso. En muchos sentidos era como un padre para mí. No... no lo sé. Tal vez descubriera que acudí al FBI y pensara que lo había traicionado; eso lo habría empujado al límite.

—La hipótesis de que Buchanan está detrás de todo esto presenta un grave problema.

Ella lo miró con curiosidad.

—Yo no he informado a Buchanan, ¿recuerdas? —prosiguió Lee—. Así que, a no ser que haya contratado a alguien más, no sabe que tienes tratos con el FBI. Y lleva su tiempo planear un trabajito de categoría profesional. No se puede llamar al matón del pueblo y pedirle que se cargue a alguien y luego te lo cobre con la Visa.

—Pero quizá ya conociera a un asesino a sueldo y luego tuviese pensado tenderte una trampa para que te acusaran del homicidio.

Lee negó con la cabeza antes de que ella terminara de hablar.

—Era imposible que supiera que yo estaría allí aquella noche. Y si te hubieran matado, habría corrido el riesgo de que yo lo descubriera y acudiera a la policía, con lo que todas las pistas apuntarían a él. ¿Por qué buscarse tantas complicaciones? Piénsalo, Faith, si Buchanan hubiera proyectado matarte no me habría contratado.

Ella se desplomó en una silla.

—Dios mío, lo que dices tiene sentido. —Una sombra de terror asomó a los ojos de Faith al pensar en las implicaciones de todo aquello—. Eso significa que...

—Significa que otra persona quiere verte muerta.

—¿Quién? ¿Quién? —preguntó ella casi gritando.

—No lo sé —admitió él.

Faith se levantó con brusquedad y dirigió la vista hacia la chimenea. Las sombras de las llamas se reflejaban en su rostro. Habló con voz calmada, casi resignada.

—¿Ves mucho a tu hija?

—No mucho, ¿por qué?

—Pensé que el matrimonio y los hijos podían esperar. Y luego los meses se transformaron en años y los años en décadas. Y ahora esto.

—Todavía no has llegado a la tercera edad.

Faith lo miró.

—¿Puedes asegurarme que estaré viva mañana o dentro de una semana?

—Nadie tiene esa garantía —repuso él—. Siempre podemos acudir al FBI. Quizá deberíamos.

—No puedo hacer eso, sobre todo después de lo que acabas de decir.

Él se levantó y la agarró por los hombros.

—¿De qué estás hablando?

Ella se apartó de él.

—El FBI no me dejará que incluya a Danny en el trato. O él o yo tendremos que ir a la cárcel. Cuando creía que él estaba detrás del intento de asesinato probablemente habría vuelto para testificar. Pero ahora no puedo. No puedo contribuir a su encarcelamiento.

—Antes de que atentaran contra tu vida, ¿qué pensabas hacer?

—Iba a darles un ultimátum. Si querían mi cooperación, entonces tendrían que conceder la inmunidad a Danny.

—¿Y si no aceptaban el trato, tal como hicieron?

—Entonces Danny y yo habríamos desaparecido. No sé cómo, pero de alguna manera. —Fijó los ojos en él—. No voy a regresar. Por muchas razones. No quiero morir ahora que estoy en la cima.

—¿Y puedes decirme dónde diablos encajo yo en todo esto?

—Este lugar no está tan mal, ¿no? —comentó Faith con timidez.

—¿Estás loca? No podemos quedarnos aquí para siempre.

—Pues entonces será mejor que pensemos en otro sitio adonde huir.

—¿Y mi casa? ¿Y mi vida? Yo sí tengo una familia. ¿Pretendes que lo deje todo atrás?

—Quienquiera que desee verme muerta dará por supuesto que tú sabes todo lo que yo hago. No estarías a salvo.

—Me corresponde a mí tomar esa decisión, no a ti.

—Lo siento, Lee. Nunca pensé que otra persona se vería involucrada en esto. Especialmente alguien como tú.

—Tiene que haber otra solución.

Ella se dirigió hacia las escaleras.

—Estoy muy, pero que muy cansada. ¿Y de qué más podemos hablar?

—Maldita sea, no puedo marcharme así como así y empezar de cero.

Faith había subido medio tramo de escaleras. Se paró, se volvió y bajó la vista hacia él.

—¿Crees que la situación nos parecerá mejor mañana? —le preguntó.

—No —respondió Lee con sinceridad.

—Ésa es la razón por la que no tenemos nada más de que hablar. Buenas noches.

—¿Por qué tengo la sensación de que tomaste la decisión de no volver hace mucho tiempo? Incluso me atrevería a decir que fue en el momento en que me conociste...

—Lee...

—Me embaucas para que vaya contigo, montas ese numerito estúpido en el aeropuerto y ahora yo también estoy atrapado. Muchas gracias, señora.

—¡Yo no lo planeé así! Te equivocas.

—¿De verdad esperas que me lo crea?

—¿Qué quieres que diga?

Lee alzó los ojos hacia ella.

—Ya sé que mi vida no es gran cosa pero me gusta, Faith.

—Lo siento. —Faith desapareció escaleras arriba.

33

Lee asió un paquete de seis Red Dog del frigorífico y al salir cerró la puerta lateral de un portazo. Se detuvo junto a la Honda, preguntándose si no debía montar en la monumental moto y correr hasta agotar la gasolina, el dinero o la cordura. Acto seguido se le ocurrió otra posibilidad. Podría acudir a los federales por su cuenta, entregar a Faith y decir que no sabía nada del asunto. Porque no sabía nada. Él no había hecho nada malo. Y no debía nada a esa mujer. De hecho, ella no había sido sino una fuente de misterio, terror y experiencias que a punto habían estado de costarle la vida. Entregarla debería resultarle fácil. Entonces, ¿por qué demonios se resistía a hacerlo?

Salió por la verja trasera y recorrió el camino que discurría más allá de las dunas. Lee tenía la intención de sentarse en la arena, contemplar el mar y beber cerveza hasta que, una de dos, o su cerebro dejara de funcionar o se le ocurriera un plan brillante que los salvara a los dos. O por lo menos a él. Por algún motivo, se volvió para observar la casa por unos instantes. En el dormitorio de Faith había luz. Las persianas estaban bajadas pero no cerradas.

Lee se puso tenso cuando Faith entró en su campo

de visión. No cerró las persianas. Cruzó la habitación, desapareció en el baño durante un rato y luego reapareció. Cuando empezó a desvestirse, Lee echó un vistazo alrededor para cerciorarse de que nadie lo veía mientras la espiaba. Si alguien lo denunciaba por mirón, la policía pondría la guinda a un día espectacular en la encantadora vida de Lee Adams. No obstante, las otras casas estaban a oscuras, por lo que podía continuar practicando el voyeurismo sin problemas. Faith se quitó primero la camisa y luego los pantalones. Fue despojándose de la ropa hasta que su cuerpo llenó toda la ventana. Además, no se puso un pijama ni una camiseta. Al parecer esta acaudalada cabildera convertida en una especie de Juana de Arco dormía en cueros. Lee vio con claridad todo aquello que la toalla había insinuado. Quizá supiera que él se hallaba allí y estuviera ofreciéndole un espectáculo privado. ¿Por qué? ¿Como compensación por destruir su vida? La luz del dormitorio se apagó y Lee abrió una cerveza, se dio vuelta y se encaminó a la playa. El espectáculo había terminado.

Cuando llegó a la arena ya había apurado la primera cerveza. La marea empezaba a subir y no tuvo que ir demasiado lejos para que el agua le llegara por encima de los tobillos. Abrió otra cerveza y se adentró más, hasta que le llegó a las rodillas. El agua estaba helada pero se internó todavía más, casi hasta la entrepierna; entonces se detuvo por una cuestión práctica: una pistola mojada no resultaba de especial utilidad.

Regresó a la arena, tiró la cerveza, se quitó las zapatillas llenas de agua y arrancó a correr. Estaba cansado, pero parecía que las piernas se le movían por propia voluntad mientras él espiraba grandes bocanadas de vaho. Recorrió un kilómetro y medio a una velocidad que le pareció inaudita. Acto seguido, se desplomó sobre la arena al tiempo que inspiraba el oxígeno del aire húmedo. Pasó de tener calor a sentir escalofríos. Pensó en sus padres y en sus hermanos. Imaginó a su hija Renee de pequeña, cayéndose de su gran caballo y llamando a papá a gritos hasta cansarse al ver que no aparecía. Era como si se le hubiera invertido el flujo sanguíneo; retrocedía porque no sabía adónde ir. Le pareció que las paredes de su cuerpo cedían, incapaces de contener sus entrañas.

Se levantó con las piernas temblorosas y corrió con paso vacilante hacia donde había dejado la cerveza y las zapatillas. Se sentó en la arena durante un rato, escuchó los bramidos que le dedicaba el océano y se bebió otras dos latas de Red Dog. Entrecerró los ojos para escrutar la oscuridad. Tenía gracia. Unas cuantas cervezas y veía con claridad el final de su vida en la línea del horizonte. Siempre se había preguntado cuándo ocurriría. Ahora lo sabía. A los cuarenta y un años, tres meses y catorce días, el Altísimo había expedido su billete. Levantó la mirada hacia el cielo y saludó con la mano. «Muchas gracias, Dios.»

Se levantó y se dirigió a la casa pero, en vez de entrar, fue al patio cercado, dejó la pistola sobre la mesa, se desvistió y se zambulló en la piscina. Calculó que la temperatura del agua era de unos treinta grados. Los escalofríos le desaparecieron al momento y se sumergió hasta el fondo, lo tocó, intentó hacer el pino al tiempo que expulsaba agua con cloro por los orificios de la nariz y luego se quedó flotando boca arriba, contemplando el cielo moteado de nubes. Nadó un poco más, practicó su crol y el estilo braza y a continuación se acercó al borde a fin de beberse otra cerveza.

Salió de la piscina y meditó sobre la ruina de su vida y sobre la mujer que la había causado. Volvió a zambullirse, hizo varios largos más y luego salió del agua definitivamente. Bajó los ojos, sorprendido. Aquello sí que tenía gracia. Levantó la vista hacia la ventana a oscuras. ¿Estaba dormida? ¿Cómo se atrevía? ¿Cómo demonios podía estar dormida después de todo lo sucedido?

Lee decidió averiguarlo. Nadie podía destrozarle la vida y sumirse acto seguido en un plácido sueño. Volvió a mirarse el cuerpo. ¡Mierda! Echó un vistazo a su ropa mojada y llena de arena y se volvió de nuevo hacia la ventana. Apuró otra lata de cerveza con tragos rápidos, en aparente sincronía con su pulso acelerado. No necesitaría los trapos. También dejaría la pistola ahí abajo. Si las cosas se ponían feas, no quería que empezara a llover plomo. Lanzó la última lata de Red Dog por encima de la verja, sin abrir, para que los pájaros la abrieran y se emborrachasen. ¿Por qué iba a divertirse sólo él?

Abrió la puerta lateral con sigilo y subió las escaleras de dos en dos. Pensó en abrir de una patada la puerta del dormitorio pero la encontró entornada. La empujó, se asomó al interior y permitió que sus ojos se acostumbraran poco a poco a la oscuridad. La distinguió en la cama, un bulto alargado. «Un bulto alargado», pensó. Para su mente saturada de alcohol esa frase resultaba sumamente graciosa. Dio tres pasos rápidos y se plantó junto a la cama.

Faith levantó la mirada hacia él.

—Lee.

No lo dijo como una pregunta. Era una sencilla afirmación que para él no tenía significado.

Sabía que ella había visto que estaba desnudo. Incluso en la oscuridad confiaba en que Faith notara su grado de excitación. Lee apartó las sábanas de golpe.

—¿Lee? —repitió ella, esta vez en tono de pregunta.

Él contempló las delicadas curvas y la suavidad de su cuerpo desnudo. Se le aceleró el pulso, la sangre corría por sus venas a una velocidad de vértigo, confiriendo una potencia diabólica a un hombre que había sido tratado con injusticia. Se abrió camino entre sus piernas con brusquedad y se dejó caer sobre su pecho. Ella no opuso resistencia, no parecía tener fuerzas. Él empezó a besarla por el cuello pero se detuvo. No se trataba de eso. No había lugar para la ternura. La agarró con fuerza de las muñecas.

Faith seguía tumbada, sin abrir la boca, sin exigirle que la soltara. Eso lo enojaba. Le respiró con fuerza en la cara. Quería que supiera que era por la cerveza, no por ella. Quería que sintiera, que supiera que no era por ella ni por su aspecto ni por los sentimientos que él pudiera albergar hacia ella ni nada por el estilo. Era un cabrón borracho con los ojos enrojecidos, y ella era una presa fácil. No había nada más. Dejó de apretar fuerte. Quería que gritara, que lo abofeteara con todas sus fuerzas. Entonces se detendría, no antes.

La voz de ella se oyó por encima de los sonidos que él mismo emitía.

—Te agradecería que me quitaras los codos del pecho.

Sin embargo él no estaba dispuesto a parar; siguió adelante. Codo duro contra piel suave. El rey y la campesina. «Vamos, Faith, dámelo todo», pensó.

—No hace falta que lo hagas así.

—¿Se te ocurre otro modo? —preguntó él arrastrando las palabras.

La última vez que había estado casi igual de borracho había sido durante un permiso de la Marina en la ciudad de Nueva York. Sentía intensas palpitaciones en las sienes. Cinco cervezas, unas cuantas copas de vino y ya estaba como una cuba. Cielos, se estaba haciendo viejo.

—Yo encima. Obviamente estás demasiado borracho

como para saber lo que haces —dijo ella en tono categórico, como haciéndole un reproche.

—¿Encima? ¿Siempre mandando, incluso en la cama? Vete a la mierda. —La sujetó con tanta fuerza de las muñecas que sus dedos pulgar e índice se tocaban. Faith aguantó la situación sin proferir un quejido aunque Lee notó que el dolor le recorría el cuerpo, tenso bajo su peso. Le toqueteó los pechos y las nalgas, le pasó la mano con violencia por las piernas y el torso. Sin embargo, no hizo el menor intento de penetrarla. Y no era porque estuviera demasiado borracho para poner en marcha el mecanismo, sino porque ni siquiera el alcohol lo impulsaría a hacerle eso a una mujer. Mantuvo los ojos cerrados, no quería mirarla. No obstante, pegó su rostro al de ella. Quería que Faith oliera el hedor de su sudor, que se empapara de la mezcla de cebada y lúpulo que provocaba su lujuria.

—Pensé que disfrutarías más, eso es todo —afirmó ella.

—¡Maldita sea! —bramó él—. ¿Vas a dejarme hacerlo sin más?

—¿Prefieres que llame a la policía?

La voz de ella sonó como un taladro que le perforase la cabeza. Se cernió sobre ella, con los brazos extendidos, posición que hacía resaltar sus desarrollados tríceps.

Sintió que una lágrima le corría por la mejilla, como un único copo de nieve errante, sin hogar, igual que él.

—¿Por qué no me mandas a la mierda, Faith?

—Porque no es culpa tuya.

Los brazos empezaron a flaquearle y le entraron náuseas. Ella movió el brazo y él la soltó sin que se lo pidiese. Faith le tocó la cara con suavidad, como una pluma caída del cielo. Con un único movimiento le secó la lágrima solitaria. Faith habló con voz ronca.

—Porque te he arruinado la vida.

Él asintió.

—Entonces si huyo contigo, ¿consigo esto cada noche? ¿La galletita de premio, como a los perros?

—Si eso es lo que quieres... —De repente apartó la mano y la dejó caer encima de la cama.

Él no hizo ademán de volver a agarrársela.

Al final abrió los ojos y contempló la abrumadora tristeza del rostro de ella, el dolor vivo en la rigidez de su cuello y de su rostro; el dolor que él le había infligido y ella había soportado, en silencio; el reguero de sus propias lágrimas de desesperación contra sus mejillas pálidas. Era como si un calor abrasador le atravesara la piel, chocara contra su corazón y lo evaporase.

Se quitó de encima de ella y se dirigió al baño dando traspiés. En cuanto llegó al inodoro, la cerveza y la cena salieron mucho más deprisa de lo que habían entrado. Acto seguido, perdió el conocimiento sobre los caros azulejos italianos que revestían el baño.

El cosquilleo de la toalla fría contra la frente lo hizo volver en sí. Faith estaba detrás de él, sosteniéndolo contra el pecho. Llevaba una especie de camiseta de manga larga. Distinguió sus pantorrillas alargadas y musculosas y sus dedos de los pies finos y curvos. Lee notó que una toalla gruesa le rodeaba la cintura. Todavía estaba mareado y tenía frío, le castañeteaban los dientes. Ella lo ayudó a incorporarse y luego a ponerse en pie rodeándole la cintura con el brazo. Él llevaba unos calzoncillos. Debió de habérselos puesto ella pues él habría sido incapaz. Se sentía como si hubiese pasado dos días atado de pies y manos a un helicóptero en marcha. Volvieron juntos a la cama, ella le echó una mano para acostarse y lo tapó con la sábana y el edredón.

—Dormiré en la otra habitación —murmuró ella.

Lee no dijo nada y se negó a abrir los ojos una vez más.

Oyó que Faith se dirigía a la puerta.

—Lo siento, Faith —dijo cuando ella estaba a punto de salir de la habitación. Tragó saliva; tenía la lengua hinchada como una maldita pelota.

Antes de que cerrara la puerta, la oyó hablar en voz baja.

—No te lo creerás, Lee, pero yo lo siento más que tú.

34

Brooke Reynolds escrutó el interior del banco con la mirada. Acababan de abrir y no había más clientes. Si alguien la hubiera observado, quizás habría pensado que estaba reconociendo el terreno para un atraco futuro. Esa idea ocasionó que una extraña sonrisa se le dibujara en el rostro. Había preparado varias formas de presentarse, pero el joven sentado detrás de la mesa que, según la placa que tenía frente a él, era el director adjunto de la sucursal, se le adelantó.

Levantó la mirada al ver que se acercaba.

—¿En qué puedo ayudarla? —Abrió los ojos más de lo normal cuando le mostró las credenciales del FBI y se sentó mucho más erguido, como si deseara demostrarle que tras esa apariencia juvenil se ocultaba una persona madura—. ¿Hay algún problema?

—Necesito su ayuda, señor Sobel —dijo Reynolds, llamándolo por el nombre de la placa de latón—. Para una investigación que lleva a cabo el FBI.

—Por supuesto, claro, la ayudaré en lo que sea —se ofreció él.

Reynolds se sentó frente a él y habló en voz baja pero sin rodeos.

—Tengo la llave de una caja de seguridad de este banco. La conseguimos durante la investigación. Cree-

mos que lo que hay en esa caja podría acarrear consecuencias graves. Así pues, tengo que abrirla.

—Entiendo. Bueno, eh…

—Tengo el extracto de cuenta, por si sirve de algo.

A los banqueros les encantaba el papeleo, y cuantos
más números y estadísticas, mejor. Le pasó el documento.

Él examinó el extracto.

—¿Le suena el nombre de Frank Andrews? —preguntó ella.

—No —respondió él—. Pero sólo llevo una semana
en esta oficina. Esta fusión bancaria nunca termina.

—No lo dudo; incluso el Gobierno está haciendo
recortes.

—Espero que no les afecte a ustedes. Cada día se
cometen más crímenes.

—Supongo que al trabajar en un banco se ven muchos.

El joven pareció enorgullecerse y sorbió el café.

—Oh, podría contarle infinidad de historias.

—No lo dudo. ¿Hay algún modo de saber con qué
frecuencia abría la caja el señor Andrews?

—Por supuesto. Ahora esa información la pasamos al
ordenador. —Introdujo el número de cuenta en la com-
putadora y esperó a que procesara los datos—. ¿Le apetece un café, agente Reynolds?

—No, gracias. ¿Qué dimensiones tiene la caja?

Él echó una mirada al extracto.

—A juzgar por la cuota mensual es una de lujo, el
doble de ancha.

—Supongo que tiene mucha capacidad.

—Son muy espaciosas. —Se inclinó hacia adelante y
susurró—: Seguro que este asunto está relacionado con
las drogas, ¿no? Blanqueo de dinero, ¿es eso? He asistido a un cursillo sobre el tema.

—Lo siento, señor Sobel, la investigación está en curso y no puedo hacer ningún comentario. Estoy segura de que lo comprende.

El director adjunto se recostó de nuevo en el asiento.

—Claro. Por supuesto. Todos tenemos normas... No se imagina los problemas con los que lidiamos en este lugar.

—No lo dudo. ¿Ha aparecido algo en el ordenador?

—Ah, sí. —Sobel examinó la pantalla—. De hecho ha estado por aquí bastante a menudo. Si quiere puedo imprimirle esta información.

—Me resultaría de gran ayuda.

Poco después, camino de la cámara acorazada, Sobel comenzó a ponerse nervioso.

—Me preguntaba si no debería pedir permiso primero. Me refiero a que estoy seguro de que no tendrán ningún inconveniente pero, aun así, son sumamente estrictos respecto del acceso a las cajas de seguridad.

—Lo entiendo, pero creí que el director adjunto de la oficina poseía suficiente autoridad. No pienso llevarme nada, sólo voy a examinar el contenido. Y según lo que encuentre, quizás haya que confiscar la caja. No es la primera vez que el FBI se ve obligado a hacer algo así. Asumo plena responsabilidad. No se preocupe.

Eso pareció tranquilizar al joven, que la guió hasta la cámara acorazada. Tomó la llave de Reynolds y la maestra y extrajo la gran caja.

—Disponemos de una habitación privada donde puede examinarla.

La acompañó a un pequeño recinto y Reynolds cerró la puerta. Tomó aire y notó que tenía las palmas de la mano sudadas. Aquella caja quizá contuviera algo capaz de hacer añicos la vida y quizá la carrera de varias personas. Levantó la tapa despacio. Lo que vio la hizo maldecir entre dientes.

El dinero estaba bien liado con gomas elásticas gruesas; eran billetes viejos. Hizo un recuento rápido. Decenas de miles. Bajó la tapa.

Cuando abrió la puerta encontró a Sobel esperándola fuera de la habitación. El joven introdujo de nuevo la caja en la cámara acorazada.

—¿Podría ver la firma en el registro de esta caja?

Él le enseñó el libro de firmas. Era la letra de Ken Newman; la conocía bien. Un agente del FBI asesinado y una caja llena de dinero registrada con un nombre falso. Necesitarían la ayuda de Dios.

—¿Ha encontrado algo útil? —inquirió Sobel.

—Esta caja queda confiscada. Si aparece alguien que quiera abrirla debe llamar inmediatamente a estos números. —Le entregó su tarjeta.

—Es grave, ¿no? —De repente Sobel pareció alegrarse muy poco de haber sido destinado a aquella oficina.

—Le agradezco su ayuda, señor Sobel. Seguiremos en contacto.

Reynolds regresó a su coche y condujo lo más rápidamente posible hacia la casa de Anne Newman. La telefoneó desde el coche para cerciorarse de que estaba allí. Faltaban tres días para que se celebrase el funeral. Sería una ceremonia a lo grande, a la que asistirían altos cargos del FBI y de los cuerpos de policía de todo el país. El desfile de vehículos funerarios sería especialmente largo y pasaría entre columnas de agentes federales sombríos y respetuosos, así como hombres y mujeres de azul. El FBI enterraba a los agentes que morían en el cumplimiento del deber con el honor y la dignidad que se merecían.

—¿Qué has descubierto, Brooke? —Anne Newman llevaba un vestido negro, un bonito peinado y se había maquillado ligeramente. Reynolds oyó voces procedentes de la cocina. Al llegar había visto dos coches aparcados frente a la casa. Probablemente se tratara de familiares o amigos que habían ido a darle el pésame. También reparó en las bandejas de comida que había sobre la mesa del comedor. Por irónico que resultara, parecía que la comida y las condolencias iban de la mano; por lo visto el dolor se digería mejor con el estómago lleno.

—Tengo que ver los extractos de vuestras cuentas bancarias. ¿Sabes dónde están?

—Bueno, Ken era quien se encargaba de las cuestiones económicas, pero supongo que están en su estudio. —Condujo a Reynolds por el pasillo y entraron en el estudio de Ken Newman.

—¿Teníais tratos con más de un banco?

—No. Eso sí lo sé. Siempre recojo el correo. Sólo hay un banco. Y sólo tenemos una cuenta corriente, ninguna de ahorros. Ken decía que los intereses que pagaban eran una miseria. Los números se le daban muy bien. Tenemos algunas acciones rentables y los niños tienen sus cuentas para la universidad.

Mientras Anne buscaba los extractos, Reynolds paseó la mirada por la habitación. Había numerosas cajas de plástico duro de distintos colores apiladas en una estantería. Aunque en su primera visita se había fijado en las monedas empaquetadas en plástico transparente, no había reparado en aquellos receptáculos.

—¿Qué hay en esas cajas?

Anne dirigió la vista hacia donde ella señalaba.

—Oh, son los cromos de béisbol de Ken. También hay monedas. Sabía mucho del tema. Incluso siguió un cursillo y aprendió a clasificar los cromos y las monedas.

Casi cada fin de semana asistía a algún que otro evento. —Apuntó al techo—. Por eso hay un detector de incendios aquí. Ken tenía miedo de que estallara un incendio, sobre todo en este cuarto. Hay mucho papel y plástico. Ardería en cuestión de segundos.

—Me sorprende que tuviera tiempo para coleccionar.

—Bueno, lo encontraba. Era algo que le encantaba.

—¿Tú o los niños lo acompañabais en alguna ocasión?

—No. Nunca nos lo pidió.

El tono de la respuesta hizo que Reynolds dejara de interrogarla al respecto.

—Odio preguntártelo, pero ¿tenía Ken un seguro de vida?

—Sí, uno bueno.

—Por lo menos no tendrás que preocuparte por eso. Ya sé que no sirve de consuelo, pero hay mucha gente que nunca piensa en esas cosas. Es evidente que Ken deseaba que no os faltara de nada si le ocurría algo. Los actos de amor a menudo expresan mejor los sentimientos que las palabras.

Reynolds era sincera aunque esa última afirmación había sonado tan increíblemente forzada que decidió no hablar más del tema.

Anne extrajo una libreta roja de poco menos de diez centímetros y se la pasó a Reynolds.

—Creo que esto es lo que estás buscando. Hay más en el cajón. Ésta es la última.

Reynolds observó el cuaderno. En la cubierta frontal había una etiqueta plastificada que indicaba que contenía los extractos de la cuenta corriente del año en curso. La abrió. Los extractos estaban bien etiquetados y ordenados cronológicamente por mes, empezando por el más reciente.

—Las facturas pagadas están en el otro cajón. Ken las tenía clasificadas por años.

¡Dios! Reynolds guardaba sus documentos bancarios sin ordenar en varios cajones del dormitorio e incluso del garaje. Cuando llegaba el momento de hacer la declaración de la renta, la casa de Reynolds se asemejaba a la peor pesadilla de un contable.

—Anne, sé que tienes visitas. Puedo revisar esto yo sola.

—Puedes llevártelo, si quieres.

—Si no te importa lo miraré aquí.

—De acuerdo. ¿Quieres algo de comer o de beber? Comida no nos falta, y acabo de poner la cafetera.

—De hecho, me tomaría un café con mucho gusto, gracias. Con un poco de leche y azúcar.

De repente, Anne pareció nerviosa.

—Todavía no me has dicho si has descubierto algo.

—Quiero estar absolutamente segura antes de hablar. No quiero equivocarme. —Cuando Reynolds miró a la pobre mujer, la invadió un enorme sentimiento de culpa. Sin saberlo, estaba ayudándola a empañar la reputación de su esposo—. ¿Cómo lo llevan los chicos? —preguntó Reynolds, esforzándose al máximo para reprimir la sensación de traición.

—Como lo llevaría cualquier chico, supongo. Tienen dieciséis y diecisiete años respectivamente, por lo que comprenden mejor las cosas que un niño de cinco años. Pero sigue siendo duro para ellos. Para todos nosotros. Si ahora no estoy llorando es porque creo que esta mañana he agotado las lágrimas. Los he mandado al instituto porque me ha parecido que no sería peor que estar aquí sentados viendo desfilar a un montón de personas que hablan de su padre.

—Seguro que has hecho bien.

—Intento llevarlo lo mejor posible. Siempre supe que esa posibilidad existía. Cielos, Ken llevaba veinticuatro años en el cuerpo. La única vez que resultó herido al estar de servicio fue cuando se le pinchó un neumático y le dio un tirón en la espalda mientras lo cambiaba. —Anne esbozó una sonrisa al recordarlo—. Incluso había empezado a hablar de jubilarse, de mudarnos cuando los chicos estuvieran en la universidad. Su madre vive en Carolina del Sur. Está llegando a la edad en la que necesita tener cerca a alguien de la familia.

Anne parecía estar a punto de llorar de nuevo. Si lo hacía, Reynolds temía unirse a ella, habida cuenta de su estado anímico en esos momentos.

—¿Tienes hijos? —le preguntó Anne.

—Un niño y una niña. De tres y seis años.

La mujer sonrió.

—Oh, todavía son pequeños.

—Dicen que cuanto más mayores, más duro es —repuso Reynolds.

—Bueno, digamos que la cosa se complica. Se pasa de los biberones, los primeros dientes y los pañales a las batallas por la ropa, los novios y el dinero. A los trece años de repente no soportan estar con mamá y papá. Esa etapa fue dura pero al final la superaron. Luego no dejas de preocuparte por el alcohol, los coches, el sexo y las drogas.

Reynolds le dedicó una leve sonrisa.

—Vaya, lo que me espera.

—¿Cuánto tiempo llevas trabajando en el FBI?

—Trece años. Me incorporé después de un año increíblemente aburrido como abogada de empresa.

—Es un trabajo peligroso.

Reynolds la miró a los ojos.

—Sí, sin duda puede llegar a serlo.

—¿Estás casada? —preguntó Anne.

—Oficialmente sí, pero dentro de un par de meses dejaré de estarlo.

—Lo siento.

—Créeme, era lo mejor en todos los sentidos.

—¿Te quedas con los niños?

—Por supuesto —respondió Reynolds.

—Eso está bien. Los niños tienen que estar con su madre; no me importa lo que diga la gente políticamente correcta.

—En mi caso, me lo cuestiono... Trabajo mucho, a veces hasta horas intempestivas. Pero lo único que sé es que el lugar de mis hijos está conmigo.

—¿Dices que eres licenciada en Derecho?

—Si, estudié en Georgetown.

—Los abogados ganan mucho dinero. Y no corren ni por asomo tantos riesgos como los agentes del FBI.

—Supongo que no. —Por fin, Reynolds se percató de adónde quería llegar.

—Quizá debas plantearte cambiar de profesión —sugirió Anne—. Hay demasiados locos por ahí sueltos. Y demasiadas armas. Cuando Ken empezó a trabajar en el FBI, no había niños rondando por ahí con ametralladoras y disparando a la gente como si estuvieran en un maldito cómic.

Reynolds no tenía nada que decir al respecto. Permaneció de pie, sosteniendo la libreta junto a su pecho, pensando en sus hijos.

—Te traeré el café.

Anne cerró la puerta tras de sí y Reynolds se dejó caer en la silla más cercana. De repente, tuvo una visión en la que introducían su cuerpo en una bolsa negra mientras la pitonisa daba las malas noticias a sus desconsolados hijos. «Ya advertí a vuestra madre.» ¡Mierda! Desechó esos pensamientos y abrió la libreta. Anne volvió con el café y luego la dejó sola. Reynolds realizó progresos considerables. Lo que descubrió resultaba muy inquietante.

Durante por lo menos los tres últimos años, Ken Newman había efectuado ingresos, todos en metálico, en su cuenta corriente. Las cantidades eran pequeñas, cien dólares aquí, cincuenta allá, y las fechas de ingreso eran aleatorias. Tomó el registro que Sobel le había proporcionado y repasó los días en que Newman había visitado la caja de seguridad. Casi todos coincidían con las fechas de los ingresos en la cuenta corriente. Reynolds conjeturó que Ken abría la caja, introducía dinero nuevo en ella, tomaba parte del viejo y lo depositaba en la cuenta bancaria de la familia. También imaginó que habría ido a otra sucursal a efectuar los ingresos. Era improbable que, en la misma oficina, extrajera dinero de la caja de seguridad a nombre de Frank Andrews y lo ingresara en una cuenta a nombre de Ken Newman.

Todos aquellos movimientos ascendían a una cantidad de dinero significativa, aunque no a una fortuna. El saldo total de la cuenta corriente nunca era demasiado elevado porque siempre extendía cheques para aquella cuenta que lo reducían. Observó que la nómina de Newman en el FBI estaba domiciliada en la cuenta. Además, había numerosos cheques extendidos a nombre de una agencia de corredores de bolsa. Reynolds encontró esos extractos en otro archivador y enseguida llegó a la conclusión de que, aunque Newman no fuera ni mucho menos multimillonario, contaba con una buena cartera de valores, y los registros ponían de manifiesto que aumentaba con regularidad. Gracias a la tendencia alcista del mercado, sus inversiones se habían incrementado de forma considerable.

Excepto por los ingresos en metálico, lo que había averiguado no resultaba tan insólito. Había ahorrado dinero y lo había invertido bien. No era rico pero vivía con desahogo. Los dividendos de la cuenta de inversiones también iban a parar a la cuenta corriente de los Newman, lo que enmarañaba todavía la visión de conjunto de los ingresos. En pocas palabras, sería difícil concluir que había algo sospechoso en las finanzas del agente a no ser que se analizaran en profundidad. Y a menos que se supiese la existencia de la caja de seguridad, la cantidad de dinero que se apreciaba no parecía merecer semejante escrutinio.

Lo que la confundía era la cantidad de dinero que había visto en la caja de seguridad. ¿Por qué querría guardar tanto en un lugar que no devengaba intereses? Lo que le sorprendía casi tanto como el dinero era lo que no había encontrado. Cuando Anne apareció para preguntarle cómo iba todo, decidió interrogarla directamente.

—Aquí no consta el pago de ninguna hipoteca ni de tarjetas de crédito.

—No tenemos hipoteca. Bueno, la teníamos, una a treinta años, pero Ken fue haciendo pagos extras y al final la amortizó toda antes de tiempo.

—Qué bien. ¿Cuándo fue eso?

—Hará unos tres o cuatro años, creo.

—¿Y las tarjetas de crédito?

—A Ken no le gustaban. Pagábamos siempre en efectivo. Electrodomésticos, ropa, incluso coches. Nunca compramos uno nuevo, siempre de segunda mano.

—Es una costumbre inteligente. Así se ahorran muchos gastos de financiación.

—Ya te dije que a Ken se le daban muy bien las cuentas.

—Si hubiera sabido que se le daban tan bien, le habría pedido que me asesorara.

—¿Necesitas revisar algo más?

—Me temo que una cosa más. Las declaraciones de la renta de los últimos dos años, si las tienes.

Ahora la ingente cantidad de dinero en efectivo de la caja cobraba sentido a los ojos de Reynolds. Si Newman pagaba todo en metálico, entonces no tenía necesidad de ingresarlo en la cuenta corriente. Por supuesto, para pagos como el de la hipoteca, el agua, la luz y el teléfono tenía que extender un cheque, por lo que debía ingresar dinero para pagarlos. Además, eso implicaba que no quedaba constancia del dinero que guardaba en la caja y no depositaba en la cuenta corriente. Al fin y al cabo, el dinero en metálico tenía esa ventaja; y eso significaba que Hacienda no tenía forma de saber que Newman lo poseía.

Había sido lo bastante inteligente como para no cambiar su estilo de vida. Vivía en la misma casa, no se compraba coches deslumbrantes, ni le había dado por despilfarrar dinero yendo de compras, error que cometían muchos ladrones. Además, sin pagos de la hipoteca ni de tarjetas de crédito, disponía de mucha liquidez; a primera vista ese hecho parecería explicar la capacidad para invertir en bolsa con regularidad. Para averiguar la verdad, alguien tendría que investigar con tanta o mayor profundidad que Reynolds.

Anne encontró las declaraciones de la renta correspondientes a los últimos seis años en el archivador metálico situado contra una de las paredes. Estaban tan bien ordenadas como el resto de los documentos financieros del hombre. Con un vistazo rápido a las declaraciones de los tres últimos años, Reynolds confirmó sus sospechas. Los únicos ingresos declarados eran el sueldo que el FBI pagaba a Newman y varios intereses y dividendos de inversiones, así como los intereses del banco.

Reynolds dejó las carpetas en su sitio y se puso el abrigo.

—Anne, siento mucho haber tenido que venir a hacer esto en medio de todo lo que estás pasando.

—Fui yo quien te pidió ayuda, Brooke.

Reynolds sintió otra punzada de culpabilidad.

—Bueno, no sé si te he sido de gran ayuda.

Anne la agarró del brazo.

—¿Ahora puedes decirme qué ocurre? ¿Ken ha hecho algo malo?

—Lo único que puedo decirte en estos momentos es que he encontrado algunas cosas que no soy capaz de explicar. No te mentiré; resultan muy preocupantes.

Anne apartó la mano lentamente.

—Supongo que tendrás que informar de lo que has descubierto.

Reynolds la observó. Estrictamente hablando, lo que debía hacer era acudir de inmediato a la ORP y contarlo todo. La Oficina de Responsabilidad Profesional estaba oficialmente al amparo del FBI pero en realidad la gestionaba el Departamento de Justicia. La ORP investigaba acusaciones de mala conducta dirigidas contra empleados del FBI. Tenían fama de ser muy rigurosos. Una indagación de la ORP asustaría incluso al agente más duro del FBI.

Sí, desde un punto de vista técnico era muy sencillo. Ojalá la vida fuera tan simple. La desconsolada mujer que Reynolds tenía ante sí complicaba mucho su decisión. Al final venció su lado humano y resolvió pasar por alto las normas del FBI de momento. Ken Newman sería enterrado como un héroe. El hombre había servido como agente durante más de dos décadas, así que por lo menos se merecía ese reconocimiento.

—Más tarde o más temprano, sí, tendré que informar de mis averiguaciones. Pero ahora no. —Se calló y le tomó la mano—. Sé cuándo celebrarán el funeral. Estaré ahí con todo el mundo, presentando mis respetos a Ken.

Reynolds dio a Anne un abrazo tranquilizador y se marchó. Se le agolpaban tantos pensamientos en la mente que se sentía un tanto mareada.

Si Ken Newman había aceptado sobornos, llevaba haciéndolo bastante tiempo. ¿Era él quien había filtrado información sobre el caso del que se ocupaba Reynolds? ¿Había vendido también otras investigaciones? ¿Acaso era un topo independiente que se ofrecía al mejor postor? ¿O era un chivato fijo que trabajaba para una sola organización? Si así era, ¿qué valor tenía Faith para una organización como aquélla? Había ciertos intereses extranjeros implicados. Lockhart había alcanzado a revelárselo. ¿Era aquélla la clave? ¿Había trabajado Newman para un gobierno extranjero durante todo aquel tiempo, un gobierno extranjero que por casualidad también formaba parte de la confabulación de Buchanan?

Exhaló un suspiro. Todo aquello empezaba a complicarse tanto que le entraban ganas de marcharse a casa corriendo y cubrirse la cabeza con las mantas. Sin embargo, subiría al coche, conduciría hasta la oficina y seguiría investigando el caso, como había hecho con tantos otros en el transcurso de los años. Había ganado más de lo que había perdido. Y eso era lo mejor que cualquiera que se dedicara a lo mismo que ella podía esperar.

35

Lee se había despertado muy tarde con una resaca terrible y había decidido superarla corriendo. Al principio, cada uno de los pasos por la arena le enviaba dardos letales al cerebro. Luego, a medida que se desentumecía, respiraba el aire fresco y notaba la brisa salada en el rostro, cuando hubo recorrido más de un kilómetro y medio, los efectos del vino y de las Red Dog desaparecieron. Cuando volvió a la casa de la playa, se acercó a la piscina y recuperó su ropa y su pistola. Se sentó un rato en una tumbona para sentir el calor del sol. Al entrar en la casa, olió a huevos y a café.

Faith estaba en la cocina sirviéndose una taza de café. Llevaba unos vaqueros, una camisa de manga corta e iba descalza. Cuando lo vio entrar, tomó otra taza y la llenó. Por unos instantes, aquel sencillo acto de compañerismo le resultó placentero, pero acto seguido su comportamiento de la noche anterior hizo que esa sensación se desvaneciera como un castillo de arena arrasado sin piedad por las olas.

—Pensaba que dormirías todo el día —dijo ella. Lee pensó que le hablaba con un tono excesivamente desenfadado aunque no lo miró al hablar.

Aquél podía considerarse el momento más embarazoso de toda su vida. ¿Qué se suponía que debía decir?: «Oye, siento lo de la agresión sexual de anoche.»

Se acercó a los quemadores toqueteando la taza, deseando hasta cierto punto que el gran nudo que se le había formado en la garganta acabara por ahogarlo.

—A veces el mejor remedio después de hacer algo estúpido e inexcusable es correr hasta caer extenuado. —Echó un vistazo a los huevos—. Huelen bien.

—Nada comparado con la cena que preparaste anoche. Pero bueno, ya te dije que no soy una gran cocinera. A mí me va más lo de llamar al servicio de habitaciones. Aunque supongo que ya te habrás percatado de ello. —Cuando ella se acercó a los quemadores, Lee advirtió que cojeaba ligeramente. Tampoco pudo evitar reparar en los cardenales que tenía en las muñecas. Dejó la pistola sobre la encimera para no sucumbir a la tentación de pegarse un tiro.

—¿Faith?

Ella continuó revolviendo los huevos en la sartén sin darse vuelta.

—Si quieres que me marche, me marcharé —dijo Lee. Mientras ella parecía pensárselo, él decidió contarle lo que había estado cavilando durante su carrera matutina—. Lo que ocurrió anoche, lo que te hice anoche, no tiene justificación. Nunca, nunca he hecho una cosa semejante en mi vida. Yo no soy así. No puedo culparte si no te lo crees, pero es la verdad.

De repente, ella se volvió hacia él con los ojos brillantes.

—Bueno, no voy a decir que no se me había pasado por la cabeza que ocurriera algo entre nosotros, aun a pesar de la pesadilla en que estamos metidos. Pero no pensé que sería así… —Se le quebró la voz y apartó la vista enseguida.

Lee bajó los ojos y asintió ligeramente porque las palabras de Faith le resultaban demoledoras por partida doble.

—Sabes —murmuró—, me enfrento a una especie de dilema. El instinto y la conciencia me dicen que salga de tu vida para que no tengas que recordar lo que sucedió anoche cada vez que me veas. Pero no quiero dejarte sola en esto. Sobre todo porque hay alguien que quiere matarte.

Ella apagó el quemador, repartió los huevos en dos platos, untó con mantequilla dos tostadas y lo dejó todo sobre la mesa. Lee no se movió. Se limitó a observarla mientras actuaba con lentitud, con la humedad de las lágrimas en las mejillas. Los cardenales de las muñecas eran para él como unos grilletes que le aprisionaban el alma.

Lee se sentó frente a ella y empezó a comerse los huevos.

—Podría haberte detenido anoche —afirmó Faith con rotundidad. Las lágrimas le resbalaban por el rostro pero no hizo ademán de enjugárselas.

Lee sintió que a él también se le humedecían los ojos.

—Ojalá lo hubieras hecho.

—Estabas borracho. No digo que eso sirva de excusa, pero también sé que no lo habrías hecho si hubieras estado sobrio. Además no llegaste hasta el final. Prefiero creer que nunca caerías tan bajo. De hecho, si no estuviera absolutamente segura de ello, te habría pegado un tiro con tu pistola cuando perdiste el conocimiento. —Se calló y pareció buscar la combinación de palabras correcta—. Pero quizá lo que yo te he hecho sea mucho peor que lo que tú podrías haberme hecho anoche. —Apartó el plato y contempló por la ventana lo que parecía el principio de un hermoso día. Cuando volvió a hablar, empleó un tono nostálgico, ausente, a la vez que esperanzador y trágico—. Cuando era pequeña, tenía toda mi vida planificada. Iba a ser enfermera y luego médico. Me casaría y tendría diez hijos. La doctora Faith Lockhart salvaría vidas durante el día y luego regresaría a casa para estar junto a un hombre maravilloso que la amaría y sería la madre perfecta para sus hijos perfectos. Tras ir de aquí para allá durante todos aquellos años, lo único que quería era un hogar donde vivir el resto de mis días. Mis hijos siempre, siempre sabrían dónde encontrarme. Parecía tan sencillo, tan... alcanzable, cuando tenía ocho años. —Al final se secó los ojos con la servilleta de papel, como si acabara de darse cuenta de que tenía el rostro húmedo. Miró de nuevo a Lee—. Pero resulta que llevo esta vida. —Recorrió la agradable estancia con la vista—. De hecho no me puedo quejar. He ganado mucho dinero. ¿Por qué iba a quejarme? Éste es el sueño americano, ¿no? Dinero, poder, cosas bonitas... Incluso acabé haciendo el bien, en cierto modo, aunque fuera de forma ilegal. Pero luego lo estropeé todo. Como mi padre. Tienes razón, de tal palo tal astilla. —Volvió a callarse y se puso a juguetear con los cubiertos: formó un ángulo recto con el tenedor y el cuchillo de postre—. No quiero que te marches. —Acto seguido, se levantó, atravesó la cocina a toda prisa y subió las escaleras corriendo.

Lee oyó que daba un portazo tras entrar en su dormitorio.

Respiró a fondo, se puso en pie y se sorprendió al sentir las piernas tan gomosas. Sabía perfectamente que no era por la carrera. Se duchó, se cambió y regresó a la planta baja. La puerta de Faith seguía cerrada, y él no tenía la menor intención de interrumpir lo que estuviera haciendo, fuera lo que fuera. Puesto que estaba un poco más tranquilo, decidió dedicar una hora a la tarea mundana de limpiar la pistola a conciencia. El inconveniente de la sal y el agua residía en que estropeaban las armas y, de todos modos, las pistolas automáticas eran especialmente delicadas. Si la munición no era de la mejor calidad, seguro que el arma erraba el tiro y luego se encasquillaba. Un poco de arena y polvo podían provocar el mismo fallo. Además, las pistolas automáticas no se podían vaciar apretando el gatillo sin más y sacando un cilindro limpio, como se hace con un revólver. Antes de que uno acabase de cargar la pistola, ya lo habrían matado. Y teniendo en cuenta la suerte de Lee hasta el momento, ocurriría justo cuando necesitara que el arma disparara sin problemas. Sin embargo, una de las ventajas era que las balas Parabellum de 9 milímetros que disparaba la Smith & Wesson compacta resultaban de lo más eficaces. Derribaban todo cuanto alcanzaban. No obstante, Lee rezaba por no tener que utilizarla porque, con toda probabilidad, eso significaría que alguien dispararía contra él primero.

Rellenó de nuevo el cargador de quince municiones, lo introdujo en la empuñadura y colocó una bala en la recámara. Puso el seguro y enfundó la pistola. Pensó en ir con la Honda a la tienda a buscar el periódico pero decidió que carecía de la energía y las ganas para desempeñar incluso una tarea tan sencilla. Por otro lado, no le parecía bien dejar a Faith sola. Quería estar presente cuando ella bajara.

Fue a buscar un vaso de agua al fregadero, miró por la ventana y estuvo a punto de sufrir un ataque al corazón. ¡Al otro lado de la calzada, sobre un alto muro de maleza espesa que se extendía hasta donde la vista alcanzaba, apareció de repente una avioneta! Entonces Lee recordó la pista de aterrizaje de la que Faith le había hablado. Estaba frente a la casa y quedaba protegida por ese seto.

Lee se dirigió rápidamente a la puerta principal para observar el aterrizaje pero cuando llegó al exterior, la avioneta ya había desaparecido. Entonces avistó la cola del avión por encima del muro de arbustos. Brilló ante él y continuó su trayectoria a toda velocidad.

Subió a la galería de la segunda planta y observó el aterrizaje del avión y el desembarco de los pasajeros. Un coche los esperaba para recogerlos. Descargaron las maletas y las introdujeron en el coche, que se alejó con los pasajeros tras salir por una pequeña abertura practicada en el seto bastante cercana a la casa de Faith. El piloto bajó del bimotor, comprobó varias cosas y volvió a subirse. Pocos minutos después la avioneta rodó hasta el otro extremo de la pista y dio media vuelta. El piloto aceleró y el aparato rugió por la pista en la misma dirección en que había aterrizado antes de elevarse en el aire con elegancia. Se dirigió hacia el mar, giró y no tardó en desaparecer en el horizonte.

Lee regresó al interior de la casa e intentó ver la televisión durante un rato, aunque estaba atento por si oía a Faith. Después de repasar unos mil canales, llegó a la conclusión de que no había nada que valiera la pena y se puso a jugar al solitario. Le gustaba tanto perder que echó doce partidas más, con el mismo resultado. Bajó a la sala de juegos y jugó un poco al billar. A la hora del almuerzo, preparó un sándwich de atún junto con un poco de sopa de carne y cebada y comió en la terraza que daba a la piscina. Observó que la misma avioneta volvía a aterrizar alrededor de la una. Descargó a los pasajeros y se elevó de nuevo. A Lee se le ocurrió llamar a la puerta del dormitorio de Faith para preguntarle si tenía hambre pero descartó la idea. Se dio un chapuzón en la piscina y luego se tumbó en el frío cemento para tomar el sol, que brillaba con intensidad. Se sentía culpable en todo momento por disfrutar dc aquello.

Las horas transcurrieron, y cuando empezó a anochecer se planteó la posibilidad de preparar una buena cena. Esta vez iría a buscar a Faith y la instaría a que comiese. Se disponía a subir las escaleras cuando se abrió la puerta y apareció ella.

Lo primero en lo que se fijó fue en su atuendo: un vestido blanco de algodón, largo hasta la rodilla y ceñido, combinado con un suéter de algodón azul claro. Llevaba las piernas descubiertas y unas sandalias sencillas pero con mucho estilo. Iba bien peinada; un toque de maquillaje realzaba sus facciones, y los labios pintados de color rojo daban el toque final. Sostenía un pequeño bolso sin asas. El suéter le cubría los cardenales de las muñecas. Lee pensó que, probablemente, se lo había puesto por eso. Se sintió aliviado al notar que ya no cojeaba.

—¿Piensas salir? —preguntó Lee.

—A cenar. Estoy muerta de hambre.

—Iba a preparar algo.

—Prefiero cenar fuera. Me está entrando claustrofobia.

—¿Y adónde vas?

—Bueno, de hecho, pensaba que iríamos juntos.

Lee bajó la mirada hacia sus pantalones caquis descoloridos, las chanclas y el polo de manga corta.

—Voy un poco andrajoso comparado contigo.

—Vas bien. —Faith reparó en el arma enfundada—. De todos modos, yo dejaría la pistola.

Lee se fijó en el vestido.

—Faith, no sé si irás muy cómoda en la Honda con ese vestido.

—El club de campo está a menos de un kilómetro calle arriba. Tiene un restaurante abierto al público. Podríamos ir andando. Creo que hará una noche estupenda.

Lee asintió, convencido de que lo mejor era salir, por una infinidad de razones.

—Parece buena idea. Enseguida estoy.

Subió corriendo las escaleras y dejó la pistola en un cajón de la habitación. Se lavó la cara, se humedeció un poco el cabello, tomó su chaqueta y se reunió con Faith, que estaba activando la alarma, en la puerta principal. Salieron de la casa y cruzaron el camino de acceso. Al llegar a la acera, que discurría paralela a la carretera principal, caminaron bajo un cielo cuyo color había pasado del azul al rosa con la puesta de sol. Las farolas se habían encendido en las zonas comunes y los aspersores se habían puesto en marcha. El sonido del agua a presión relajaba a Lee. Observó que las luces conferían un ambiente especial al paseo. El lugar parecía despedir un brillo casi etéreo, como si se hallaran en el decorado perfectamente iluminado de una película.

Lee alzó la vista a tiempo de ver un bimotor preparándose para el aterrizaje. Negó con la cabeza.

—Me he llevado un susto de muerte la primera vez que he visto ese aparato esta mañana.

—Yo también me habría asustado, si no fuera porque vine aquí por primera vez en una de esas avionetas. Es el último vuelo del día. Ahora ya está demasiado oscuro.

Llegaron al restaurante, decorado con un inconfundible estilo náutico: un gran timón en la entrada principal, cascos de escafandra colgados de las paredes, redes de pescar suspendidas del techo, paredes recubiertas de pino nudoso, pasamanos y barandillas de cuerda y un acuario enorme lleno de castillos, flora y un extraño surtido de peces. Los camareros eran jóvenes, dinámicos e iban vestidos con el uniforme propio de la tripulación de un crucero. La que los atendió era especialmente vivaracha. Les preguntó qué deseaban beber. Lee optó por un té helado. Faith pidió vino con soda. Una vez que hubo tomado nota, la camarera procedió a recitarles los platos del día con un agradable aunque un tanto tembloroso tono de contralto. Cuando se marchó, Faith y Lee intercambiaron una mirada y no pudieron evitar reírse.

Mientras esperaban las bebidas, Faith echó un vistazo a la sala.

Lee le clavó la mirada.

—¿Ves a alguien conocido?

—No. No salía mucho cuando venía aquí. Me daba miedo encontrarme con algún conocido.

—Tranquilízate. No te pareces a Faith Lockhart. —La examinó de arriba abajo—. Y debía haberlo dicho antes pero estás... bueno, estás muy guapa esta noche. Quiero decir que muy bien. —De repente pareció avergonzado—. No es que no estés bien siempre. Me refería a que... —Al notar que se le trababa la lengua, Lee se calló, se recostó en el asiento y leyó detenidamente la carta.

Faith lo miró, sintiéndose igual de incómoda que él, sin duda, pero con un atisbo de sonrisa en los labios.

—Gracias.

Pasaron allí dos agradables horas, hablando de temas intrascendentes, contándose cosas del pasado y conociéndose mejor el uno al otro. Como era temporada baja y día laborable, había pocos clientes. Terminaron de cenar, tomaron un café y compartieron una porción grande de pastel de coco. Pagaron en efectivo y dejaron una buena propina, que probablemente haría que su camarera se fuera cantando hasta su casa.

Faith y Lee regresaron caminando despacio, disfrutando del aire fresco de la noche y digiriendo la cena. Sin embargo, en vez de ir a la casa, Faith guió a Lee hasta la playa después de dejar el bolso junto a la puerta trasera de la casa. Se quitó las sandalias y prosiguieron su paseo por la arena. Había oscurecido por completo, soplaba una brisa ligera y refrescante y tenían toda la playa para sí.

Lee se volvió hacia ella.

—Salir ha sido buena idea —dijo—. Me lo he pasado muy bien.

—Puedes ser encantador cuando quieres.

Lee se mostró molesto por unos instantes hasta que se percató de que estaba bromeando.

—Supongo que salir juntos ha sido como empezar de nuevo.

—Eso también me ha pasado por la cabeza. —Faith se detuvo y se sentó en la playa, hundiendo los pies en la arena. Lee se quedó de pie, contemplando el océano—. ¿Qué hacemos ahora, Lee?

Se sentó junto a ella, se quitó los zapatos y dobló los dedos de los pies bajo la arena.

—Sería fantástico que pudiéramos quedarnos aquí, pero creo que no es posible.

—¿Y adónde vamos? Ya no me quedan más casas.

—He estado pensando sobre el tema. Tengo buenos amigos en San Diego. Son investigadores privados como yo. Conocen a todo el mundo. Si hablo con ellos, estoy seguro de que nos ayudarán a cruzar la frontera de México.

A Faith no pareció entusiasmarle la idea.

—¿México? ¿Y una vez allí?

Lee se encogió de hombros.

—No lo sé. Quizá podríamos conseguir pasaportes falsos y utilizarlos para ir a América del Sur.

—¿A América del Sur? ¿Y qué hacemos, tú trabajas en las plantaciones de coca y yo en un burdel?

—Mira, he estado allí. No sólo hay drogas y prostitución. Tendremos muchas opciones.

—¿Dos prófugos de la justicia con sabe Dios quién más pisándoles los talones? —Faith dirigió la vista a la arena y negó con la cabeza para dejar claras sus reservas al respecto.

—Si se te ocurre algo mejor, soy todo oídos —afirmó Lee.

—Tengo dinero. Mucho, en una cuenta numerada en Suiza.

Lee la miró con escepticismo.

—¿O sea que eso existe de verdad?

—Por supuesto. Y todas esas conspiraciones a escala global de las que has oído hablar y las organizaciones secretas que controlan el país, también. Pues, sí, todo es verdad. —Faith sonrió y le lanzó un puñado de arena.

—Bueno, si los federales registran tu casa o tu despacho, ¿encontrarán documentos relacionados con eso? Si saben los números de cuenta pueden rastrearla y localizar el dinero.

—La razón por la que la gente tiene cuentas numeradas en Suiza es por la confidencialidad absoluta. Si los banqueros suizos se dedicaran a dar información a todo aquel que la pidiese, su sistema entero se iría al traste.

—El FBI no es cualquiera.

—No te preocupes. No guardo ningún documento. Llevo toda la información de acceso conmigo.

Lee no parecía estar convencido.

—¿Y tienes que ir a Suiza para disponer del dinero? Porque eso sería más bien imposible, ¿sabes?

—Fui allí a abrir la cuenta. El banco nombró a un fiduciario, un empleado del banco, con poder notarial para gestionar la transacción en persona. Es una operación bastante compleja. Hay que mostrar los números de acceso, demostrar la identidad real, firmar y entonces comparan la firma con la que ellos tienen registrada.

—Y a partir de ahí, ¿tú llamas al fiduciario y él hace lo que le digas?

—Correcto. Ya he realizado pequeñas transacciones con anterioridad, para asegurarme de que funcionaba. Es la misma persona. Conoce mi voz. Le doy los números y los datos de la cuenta a la que quiero enviar el dinero. Y funciona.

—Ya sabes que no puedes transferirlo a la cuenta corriente de Faith Lockhart.

—No, pero tengo una cuenta aquí a nombre de SLC Corporation.

—¿Y consta tu firma como directiva de la empresa? —preguntó Lee.

—Sí, a nombre de Suzanne Blake.

—El problema radica en que los federales conocen ese nombre. Por lo del aeropuerto, ¿recuerdas?

—¿Sabes cuántas Suzanne Blake hay en este país? —repuso Faith.

Lee se encogió de hombros.

—Tienes razón.

—Así que por lo menos dispondremos de dinero para vivir. No nos durará eternamente, pero algo es algo.

—Más vale eso que nada.

Permanecieron en silencio durante unos minutos. Faith posaba los ojos alternativamente en él y en el mar.

Lee advirtió que lo escudriñaba.

—¿Qué pasa? ¿Tengo restos de pastel de coco en la barbilla?

—Lee, cuando llegue el dinero puedes quedarte con la mitad y marcharte. No hace falta que sigas conmigo.

—Faith, esto ya lo hemos hablado.

—No, no es cierto. Prácticamente te ordené que vinieras conmigo. Sé que volver sin mí te causaría problemas, pero por lo menos tendrás dinero para ir a algún sitio. Mira, incluso puedo llamar al FBI. Les diré que tú no estás implicado. Que me ayudaste a ciegas. Y que yo te di esquinazo. Así podrás volver a casa.

—Gracias, Faith, pero vayamos por partes. No me marcharé hasta que sepa que te encuentras a salvo.

—¿Estás seguro?

—Sí, completamente. No me iré a menos que me lo pidas e, incluso en ese caso, te vigilaré para asegurarme de que estás bien.

Faith alargó la mano y le tomó el brazo.

—Lee, nunca podré agradecerte todo lo que has hecho por mí.

—Considérame el hermano mayor que nunca tuviste.

Sin embargo, la mirada que intercambiaron destilaba algo más que cariño fraternal. Lee se volvió hacia la arena intentando mantener la cabeza fría. Faith volvió a dirigir la vista hacia el mar. Cuando Lee se volvió hacia ella de nuevo al cabo de un minuto, Faith sacudía la cabeza y sonreía.

—¿En qué piensas? —preguntó Lee.

Faith se levantó.

—Estoy pensando que me gustaría bailar.

Lee la observó sorprendido.

—¿Bailar? ¿Tan borracha estás?

—¿Cuántas noches nos quedan aquí? ¿Dos? ¿Tres? Luego quizá seamos fugitivos durante el resto de nuestras vidas. Vamos, Lee, es nuestra última oportunidad para divertirnos. —Se quitó el suéter y lo dejó caer en la arena. El vestido blanco tenía unos tirantes muy finos. Se los bajó de los hombros, le dedicó un guiño que lo dejó mudo y extendió los brazos para que Lee la tomara de las manos—. Vamos, muchachote.

—Estás loca, de verdad. —No obstante, Lee le asió las manos y se puso en pie—. Te advierto, hace mucho tiempo que no bailo.

—Eres boxeador, ¿no? Tu juego de piernas seguramente es mejor que el mío. Yo empiezo y luego tú me llevas.

Lee dio unos pocos pasos vacilantes y dejó caer las manos.

—Esto es absurdo, Faith. ¿Y si nos ve alguien? Nos tomarán por locos.

Ella lo miró con expresión testaruda.

—Me he pasado los últimos quince años de mi vida preocupándome de lo que los demás pensaban. Así que ahora mismo me importa un bledo lo que piense el resto del mundo.

—Pero si ni siquiera tenemos música.

—Tararea una canción. Escucha el viento, ya saldrá.

Sorprendentemente, así fue. Al principio se balanceaban despacio, Lee se sentía torpe y Faith no estaba acostumbrada a llevar la batuta. Luego, a medida que se familiarizaban con los movimientos del otro, empezaron a describir círculos más amplios en la arena. Al cabo de unos diez minutos, Lee tenía la mano derecha posada con soltura en la cadera de Faith, y ella le rodeaba la cintura con el brazo y tenían entrelazadas las manos libres a la altura del pecho.

Se envalentonaron y comenzaron a realizar algunos giros, vueltas y otros movimientos que recordaban al swing y a otros bailes de pareja de la época de las grandes orquestas. Les costaba, incluso en las zonas en las que la arena era más compacta, pero se esforzaban al máximo. Cualquiera que los hubiera visto habría pensado que estaban ebrios o reviviendo su juventud y pasándoselo en grande. En cierto modo, ambas observaciones habrían sido acertadas.

—No hacía esto desde mis años en el instituto —confesó Lee, sonriendo—. Aunque entonces estaba de moda Three Dog Night y no Benny Goodman.

Faith guardó silencio mientras daba vueltas alrededor de él. Sus movimientos eran cada vez más atrevidos y seductores, parecía una bailarina de flamenco envuelta en llamas de color blanco.

Se levantó la falda para gozar de mayor libertad de movimiento y el corazón de Lee se aceleró cuando vio sus muslos pálidos.

Incluso se aventuraron a entrar en el agua, chapoteando con fuerza mientras seguían dando unos pasos de baile cada vez más complejos. Se cayeron algunas veces sobre la arena y hasta en el agua salada y fría, pero se levantaron y continuaron bailando. En alguna ocasión, una combinación realmente espectacular, ejecutada a la perfección, los dejaba sin aliento y risueños como jovencitos en el baile del colegio.

Por fin llegó el momento en que ambos se callaron, sus sonrisas se desvanecieron y se acercaron más el uno al otro. Los giros y vueltas finalizaron, su respiración se hizo más lenta y descubrieron la proximidad de sus cuerpos a medida que se estrechaban los círculos que describían al bailar. Acabaron deteniéndose por completo y permanecieron de pie balanceándose ligeramente; entregados al último baile de la noche, abrazados con los rostros muy cerca, mirándose a los ojos mientras el viento ululaba en torno a ellos, las olas rompían con fuerza en la orilla y las estrellas y la luna los observaban desde el cielo.

Al final Faith se separó de él, con los ojos entrecerrados, mientras empezaba de nuevo a mover las extremidades sensualmente al son de una melodía silenciosa.

Lee extendió los brazos para tomarla por la espalda.

—No me apetece bailar más, Faith. —El significado de sus palabras era claro como el agua.

Ella también hizo ademán de abrazarlo y entonces, con la rapidez de un rayo, le dio un fuerte empujón en el pecho, y Lee cayó hacia atrás sobre la arena. Faith se volvió y echó a correr, prorrumpiendo en carcajadas al tiempo que él la miraba atónito. Sonrió, se incorporó y corrió tras ella. La alcanzó en las escaleras que conducían a la casa de la playa. La agarró por el hombro y la guió el resto del camino mientras ella agitaba piernas y brazos fingiendo resistirse. Habían olvidado que la alarma de la casa estaba conectada y entraron por la puerta posterior. Faith tuvo que correr como una loca hasta la puerta delantera para desactivarla a tiempo.

—Cielos, nos hemos librado por los pelos. Sólo nos faltaría que viniera la policía a ver qué ocurre —dijo.

—No quiero que venga nadie.

Faith agarró con fuerza la mano de Lee y lo condujo al dormitorio de ella. Se sentaron sobre la cama durante unos minutos abrazándose, meciéndose suavemente y a oscuras, como adaptando los movimientos de la playa a un lugar más íntimo.

Al final, Faith se separó un poco de Lee y le llevó la mano al mentón.

—Hace bastante tiempo, Lee. De hecho, hace mucho tiempo.

Había cierto deje de vergüenza en su voz, y Faith se sintió un tanto incómoda por hacer tal confesión. No quería decepcionarlo.

Lee le acarició los dedos con dulzura sin despegar los ojos de ella, mientras el sonido de las olas les llegaba a través de la ventana abierta. Resultaba reconfortante, pensó Faith, el agua, el viento, las caricias; un momento que quizá no volvería a experimentar en mucho tiempo, si es que llegaba a repetirse.

—Nunca lo tendrás más fácil, Faith.

Ese comentario la sorprendió.

—¿Por qué dices eso?

Tenía la impresión de que, incluso en la oscuridad, el brillo de sus ojos la rodeaba, la sostenía, la protegía. ¿Se consumaría por fin el idilio del instituto? De hecho, no estaba con un jovencito, sino con un hombre. Un hombre único, por derecho propio. Ella lo estudió. No, definitivamente no era un jovencito.

—Porque no creo que jamás hayas estado con un hombre que sienta lo que yo siento por ti.

—Eso es fácil de decir —murmuró ella, aunque de hecho sus palabras la habían conmovido profundamente.

—No para mí —declaró Lee.

Pronunció esas tres palabras con tal sinceridad, con una falta de hipocresía tan absoluta, tan distinta del mundo en el que Faith se había desenvuelto durante los últimos quince años, que ella no supo cómo reaccionar. Sin embargo, ya no era momento para el diálogo. Sin más preámbulos, empezó a desnudar a Lee y, a continuación, él hizo lo propio con ella. Le masajeó los hombros y el cuello mientras la desvestía. Los grandes dedos de Lee eran sorprendentemente suaves al tacto, muy diferentes de como los había imaginado.

Todos sus movimientos eran pausados, naturales, como si hubieran hecho todo aquello miles de veces en el transcurso de un matrimonio largo y feliz, buscando las partes correctas en las que detenerse para dar placer al otro.

Se deslizaron bajo las sábanas. Al cabo de diez minutos, Lee se dejó caer, respirando agitadamente. Faith estaba debajo de él, también jadeando. Le besó el rostro, el pecho, los brazos. Sus respectivos sudores se fundieron, entrelazaron las extremidades, se quedaron tumbados charlando y besándose despacio durante otras dos horas más, durmiéndose y despertándose de vez en cuando. Alrededor de las tres de la mañana, volvieron a hacer el amor. Acto seguido, ambos se sumieron en un sueño profundo, agotados.

36

Reynolds estaba sentada en su despacho cuando recibió una llamada. Se trataba de Joyce Bennett, la abogada que la representaba en el divorcio.

—Tenemos un problema, Brooke. El abogado de tu esposo acaba de llamar, despotricando contra tus bienes ocultos.

Brooke no daba crédito a sus oídos.

—¿Hablas en serio? Bueno, dile que me explique dónde están, no me vendría mal un poco de dinero extra.

—No es broma. Me ha enviado por fax unos extractos de cuenta que dice que acaba de descubrir. A nombre de los niños.

—Por el amor de Dios, Joyce, son las cuentas de los niños para la universidad. Steve sabe que existen, por eso no las incluí en mi lista de bienes. Además, sólo contienen unos pocos cientos de dólares.

—De hecho, según los extractos que tengo delante, el saldo es de cincuenta mil dólares cada una.

A Reynolds se le secó la boca.

—Eso es imposible. Debe de haber algún error.

—El otro asunto preocupante es que las cuentas están sujetas a la ley de Menores. Eso significa que son revocables a discreción del donante y administrador. Tú eres la administradora y supongo que también eres la donante del capital. En suma, es tu dinero. Tenías que habérmelo contado, Brooke.

—Joyce, no había nada que contar. No tengo la menor idea de dónde ha salido ese dinero. ¿Qué aparece en los extractos como origen de esos ingresos?

—Son varios giros telegráficos de cantidades parecidas. No se especifica de dónde proceden. El abogado de Steve amenaza con denunciarte por fraude. Brooke, también dice que ha llamado al FBI.

Reynolds apretó con fuerza el teléfono y se puso rígida.

—¿Al FBI?

—¿Estás segura de que no sabes de dónde salió ese dinero? ¿Y tus padres?

—No tienen tanto dinero —contestó Reynolds—. ¿Hay forma de averiguar de dónde procede?

—Es tu cuenta. Más vale que hagas algo. Mantenme informada.

Reynolds colgó el auricular con la mirada perdida, mientras las implicaciones de lo que acababan de contarle se le arremolinaban en la cabeza. Cuando sonó el teléfono al cabo de unos minutos, estuvo a punto de no contestar. Sabía quién llamaba.

Paul Fisher le habló con más frialdad que nunca. Debía ir al edificio Hoover de inmediato. Eso fue todo lo que le dijo. Mientras bajaba las escaleras en dirección al aparcamiento, las piernas amenazaron con no responderle varias veces. Su instinto le decía que acababan de convocarla a su propia ejecución profesional.

La sala de reuniones del edificio Hoover era pequeña y carecía de ventanas. Paul Fisher estaba allí, junto con el SEF, Fred Massey, que se hallaba sentado a la cabecera de la mesa, con un bolígrafo entre los dedos y la vista clavada en ella. Reconoció a los demás presentes: un abogado del FBI y un investigador jefe de la ORP.

—Tome asiento, agente Reynolds —indicó Massey con firmeza.

Reynolds se sentó. No era culpable de nada, así que ¿por qué se sentía como Charlie Manson con un cuchillo ensangrentado en el calcetín?

—Tenemos algunos temas que tratar con usted. —Massey señaló con la mirada al abogado del FBI—. Debo advertirle, sin embargo, que tiene derecho a contar con la presencia de un abogado, si así lo desea.

Intentó mostrarse sorprendida pero le costó, sobre todo por la llamada de Joyce Bennett que acababa de recibir. Sin duda, estaba convencida de que su reacción forzada no hacía más que aumentar su culpabilidad a los ojos de los demás. Le pareció curioso que Bennett la hubiese telefoneado justo antes. Aunque no creía demasiado en las conspiraciones, de repente empezó a contemplar esa posibilidad.

—¿Y por qué iba a necesitar un abogado?

Massey miró a Fisher, quien se volvió hacia Reynolds.

—Hemos recibido una llamada telefónica del abogado que representa a tu esposo en el divorcio.

—Entiendo. Bueno, acabo de recibir una llamada de mi abogada y les garantizo que ignoro por completo cómo ha llegado ese dinero a las cuentas.

—¿Ah, sí? —dijo Massey con expresión escéptica—. ¿Así que dice que es un error que alguien ingresara cien mil dólares en cuentas a nombre de sus hijos hace poco, capital que sólo usted controla?

—Digo que no sé qué pensar. Pero lo descubriré, se lo aseguro.

—El que ocurriera en fechas tan recientes, como

comprenderá, nos preocupa profundamente —aseveró Massey.

—No tanto como a mí. Mi reputación está en juego.

—De hecho, lo que nos preocupa es la reputación del FBI —terció Fisher con rotundidad.

Reynolds le dedicó una mirada gélida y luego se dirigió a Massey.

—No sé qué está pasando. Investiguen lo que quieran, no tengo nada que ocultar.

Massey clavó la vista en una carpeta que tenía ante sí.

—¿Está absolutamente segura de ello?

Reynolds observó la carpeta. Se trataba de una técnica de interrogatorio clásica. Ella misma la había empleado. Consistía en marcarse un farol sugiriendo que se tenían pruebas incriminatorias contra el sospechoso, pillarlo en una mentira y confiar en que confesase. La diferencia era que ella no sabía si Massey estaba marcándose un farol o no. De pronto se dio cuenta de lo que era estar al otro lado en un interrogatorio. No le hacía ninguna gracia.

—¿Absolutamente segura de qué? —inquirió, intentando ganar tiempo.

—De que no tiene nada que ocultar.

—La duda ofende, señor.

Massey dio un golpecito en la carpeta con el dedo índice.

—¿Sabe lo que de verdad me aflige de la muerte de Ken Newman? El hecho de que la noche de su asesinato él la había relevado, siguiendo sus instrucciones. De no ser por esa orden, todavía estaría vivo. ¿Y usted?

Reynolds enrojeció de furia y se levantó de inmediato.

—¿Me está acusando de estar implicada en la muerte de Ken?

—Siéntese, por favor, agente Reynolds.

—¿Me está acusando?

—Digo que la coincidencia, si es que lo es, me preocupa.

—Fue una coincidencia —afirmó Reynolds— porque resulta que yo no sabía que había alguien allí esperándolo para matarlo. Si lo recuerda, llegué casi a tiempo de impedirlo.

—Casi a tiempo. Qué oportuno. Casi como una coartada perfecta. ¿Una coincidencia o una sincronización perfecta? Quizá demasiado perfecta. —Massey la fulminó con la mirada.

—Estaba trabajando en otro caso y acabé antes de lo previsto. Howard Constantinople puede confirmarlo.

—Oh, tenemos intención de hablar con Connie. Usted y él son amigos, ¿no?

—Somos compañeros de trabajo.

—Estoy seguro de que él no diría nada que la implicara en modo alguno.

—Estoy segura de que si le preguntan les dirá la verdad.

—¿Entonces sostiene que la muerte de Ken Newman y el dinero aparecido en su cuenta no guardan relación alguna? —preguntó Massey.

—Permítame que se lo diga con mayor claridad. ¡Todo esto es una estupidez! Si fuera culpable, ¿por qué iba a pedir a alguien que ingresara cien de los grandes en una de mis cuentas en un momento tan cercano al asesinato de Ken? ¿No le parece demasiado obvio?

—Pero en realidad no era su cuenta, ¿verdad? Estaba a nombre de sus hijos. Y según el departamento de personal, no le toca someterse a una investigación del FBI hasta dentro de dos años. Dudo que el dinero estuviera todavía en la cuenta y, para entonces, estoy seguro de que tendría una buena respuesta en caso de que alguien descubriera que ese dinero había estado allí. Lo cierto es que si el abogado de su esposo no lo hubiera sacado a la luz, nadie lo sabría. Eso difícilmente podría calificarse de obvio.

—De acuerdo, si no es un error entonces alguien me ha tendido una trampa.

—¿Y quién exactamente haría una cosa así? —preguntó Massey.

—La persona que mató a Ken e intentó matar a Faith Lockhart. Tal vez tema que me esté acercando demasiado.

—Así que Danny Buchanan está intentando tenderle una trampa, ¿es eso lo que está diciendo?

Reynolds miró al abogado del FBI y al representante de la ORP.

—¿Están autorizados para escuchar esto?

—Tu investigación ha quedado relegada a un segundo plano después de las acusaciones recientes —declaró Fisher.

Los ojos de Reynolds centellearon con ira creciente.

—¿Acusaciones? ¡Son tonterías sin fundamento!

Massey abrió la carpeta.

—¿Entonces considera una tontería investigar por su cuenta las finanzas de Ken Newman?

Al oír esas palabras, Reynolds se quedó helada y se sentó con brusquedad. Presionó la mesa con las palmas sudadas de la mano e intentó controlar sus emociones. Su carácter no estaba haciéndole ningún bien. Estaba en sus manos. De hecho, Fisher y Massey intercambiaron lo que ella interpretó como miradas complacidas ante su obvio malestar.

—Hemos hablado con Anne Newman. Nos ha contado todo lo que has hecho —explicó Fisher—. Ni siquiera soy capaz de enumerar las normas del FBI que has infringido.

—Intentaba proteger a Ken y a su familia.

—¡Vamos, por favor! —exclamó Fisher.

—¡Es cierto! Pensaba informar a la ORP después del funeral.

—Qué consideración por tu parte —comentó Fisher en tono sarcástico.

—¿Por qué no te vas a la mierda, Paul?

—Agente Reynolds, modere su vocabulario —ordenó Massey.

Reynolds se recostó en el asiento y se frotó la frente.

—¿Puedo preguntar cómo descubrieron lo que estaba haciendo? ¿Anne Newman acudió a ustedes?

—Si no le importa, nosotros formularemos las preguntas. —Massey se inclinó hacia adelante y colocó los dedos en forma de pirámide—. ¿Qué encontró exactamente en esa caja de seguridad?

—Dinero. Mucho. Miles de dólares.

—¿Y los documentos financieros de Newman?

—Ingresos sin explicación.

—También hemos hablado con la sucursal bancaria que visitó. Usted les dijo que no permitieran que nadie accediera a la caja. Y le pidió a Anne Newman que no se lo contara a nadie, ni siquiera a alguien del FBI.

—No quería que ese dinero cayese en manos de nadie. Era una prueba importante. Y le pedí a Anne que no dijera nada hasta que yo tuviera la oportunidad de investigar un poco más. Lo hice para protegerla, hasta que descubriera quién estaba detrás de todo aquello.

—¿O acaso quería ganar tiempo para quedarse con el dinero? Teniendo en cuenta que Ken estaba muerto y que por lo visto Anne Newman no estaba al corriente de lo que contenía la caja de seguridad, usted sería la única que sabría de la existencia del dinero. —Massey la miró fijamente; sus diminutos ojos parecían dos balas a punto de alcanzarla.

—Qué curioso que cuando Newman muere tú accedes a una caja con miles de dólares que tenía bajo nombre falso —intervino Fisher—. Y que, por la misma época, ciertas cuentas controladas por ti se llenan de cientos de miles de dólares.

—Si pretendes decir que yo mandé matar a Ken para quedarme con el dinero de la caja, te equivocas —se defendió Reynolds—. Anne me llamó y me pidió ayuda. No me enteré de que Ken tenía una caja de seguridad hasta que ella me lo dijo. No tenía idea de lo que había en la caja hasta después de la muerte de Ken.

—Eso dices —comentó Fisher.

—Eso lo sé —espetó Reynolds con vehemencia—. ¿Se me acusa formalmente de algo? —le preguntó a Massey.

Éste se recostó en el asiento y se colocó las manos detrás de la cabeza.

—Debe ser consciente de que esta situación pinta muy, muy mal. Si usted estuviera en mi lugar, ¿a qué conclusiones llegaría?

—Comprendo que sospeche de mí, pero si me dan la oportunidad de...

Massey cerró la carpeta y se puso en pie.

—Queda usted suspendida de su cargo, agente Reynolds, con efecto inmediato.

Reynolds se quedó anonadada.

—¿Suspendida de mi cargo? Ni siquiera se me ha acusado formalmente. No tiene una sola prueba concreta de que haya hecho algo malo, ¿y me suspende?

—Deberías estar agradecida de que no sea peor —soltó Fisher.

—Fred —dijo Reynolds, levantándose de la silla—, puedo entender que me aparte de este caso. Transfiérame a otro sitio mientras investigan, pero no me suspenda. Todo el personal del FBI dará por sentado que soy culpable. No es justo.

Massey no se ablandó en absoluto.

—Entregue sus credenciales y su arma al agente Fisher, por favor. No vuelva a su despacho ni abandone la zona bajo ningún concepto.

Reynolds empalideció y se desplomó en la silla.

Massey se acercó a la puerta.

—Sus actos sumamente sospechosos, combinados con la muerte de un agente y la noticia de que personas desconocidas se hacían pasar por agentes del FBI, no me permiten tomar la decisión de asignarle otro caso distinto, Reynolds. Si, como usted afirma, es inocente, será restituida en su cargo sin deducciones de salario ni disminución de la antigüedad o la responsabilidad. Y me aseguraré de que su reputación no quede dañada. En caso de que sea culpable, bueno ya sabe mejor que nadie lo que le espera. —Massey cerró la puerta tras de sí.

Reynolds se levantó para marcharse, pero Fisher se interpuso en su camino.

—Credenciales y pistola. Inmediatamente.

Reynolds se las entregó. Se sentía como si estuviera abandonando a uno de sus hijos. Reparó en la expresión triunfante de Fisher.

—Caray, Paul, intenta disimular tu alegría. Quedarás peor que un memo cuando me exculpen.

—¿Cuando te exculpen? Podrás darte por satisfecha si no te detienen antes de que termine el día de hoy. Pero queremos que este caso sea hermético. Y, por si estás pensando en huir, te estaremos observando. Así que ni lo intentes.

—Jamás se me pasaría por la cabeza. Quiero estar aquí para ver la cara que pones cuando venga a recupe-

357

rar mi arma y mi placa. No te preocupes, no te pediré
que me beses el culo.

Reynolds recorrió el vestíbulo y salió del edificio,
con la impresión de que todas las miradas estaban puestas sobre ella.

37

Lee se levantó antes que Faith, se duchó, se puso ropa limpia y regresó junto a la cama, para observarla mientras dormía. Durante unos segundos se permitió el lujo de olvidarse de todo excepto de la maravillosa noche que habían pasado juntos. Sabía que aquello le había cambiado la vida para siempre, y esa certeza lo asustaba sobremanera.

Descendió a la planta baja moviéndose con cierta lentitud. Le dolían algunos músculos del cuerpo que había olvidado que tenía. Y no era sólo por el baile. Entró en la cocina y decidió preparar café. Mientras calentaba el agua pensó en la noche anterior. En su interior, se había comprometido seriamente con Faith Lockhart. Algunos quizá lo considerarían un sentimiento anticuado, pero para Lee acostarse con una mujer significaba que sentía algo profundo por ella.

Se sirvió una taza de café y salió para sentarse en la terraza de la cocina. Eran alrededor de las once y hacía un día soleado y caluroso, aunque no parecía que fuera a durar mucho pues se aproximaban varios nubarrones. Más cerca, divisó el bimotor en el aire, preparándose para aterrizar con otra carga de pasajeros. Faith le había dicho que, durante los meses de verano, los aviones realizaban unos diez viajes al día. Ahora sólo había tres vuelos, uno por la mañana, otro al mediodía y otro a primera hora de la tarde.

Hasta el momento ninguno de los pasajeros del avión se había quedado en aquella calle. Todos se habían marchado en coche a otros lugares, lo cual ya le parecía bien a Lee.

Mientras se tomaba el café, llegó a la conclusión de que albergaba aquellos sentimientos profundos por Faith, aunque hacía pocos días que la conocía. Supuso que cosas más extrañas se habían visto. Además, su relación había empezado en un terreno de lo más resbaladizo. Después de todo lo que le había hecho pasar, Lee sabía que sería comprensible que odiara a aquella mujer. Y después de lo que él le había hecho aquella noche, borracho o no, ella tenía todo el derecho a odiarlo. ¿Amaba a Faith Lockhart? Sabía que en aquel preciso instante no quería separarse de ella. Deseaba protegerla de todo mal. Quería abrazarla, pasar todos los minutos del día junto a ella y, sí, mantener relaciones sexuales lo más vigorosas posibles mientras su cuerpo aguantara. ¿Aquello era amor?

Por otro lado, Faith había participado en una trama de sobornos a altos cargos del gobierno y la buscaba el FBI, entre otros. Sí, pensó exhalando un suspiro, la situación se había complicado mucho. Justo antes estaban dispuestos a marcharse quién sabe adónde. No parecía muy probable que pudieran acudir a una iglesia o presentarse ante el juez de paz y casarse. «Así es, padre, somos una pareja de fugitivos. ¿Podría darse prisa?»

Lee puso los ojos en blanco y se dio una palmada en la frente. ¡Boda! Cielo santo, ¿se había vuelto loco? Quizás ésos fueran sus sentimientos pero ¿y Faith? Tal vez le iban las aventuras de una noche, aunque todo lo que había observado en ella apuntaba a lo contrario. ¿Lo amaba ella? Posiblemente estuviera encaprichada, cautivada por su papel de protector. Lo sucedido la noche anterior podía achacarse al alcohol, a la embriaguez del peligro que los acechaba o quizás a la simple lujuria. Además, él no iba a preguntarle su opinión. Ya tenía bastantes cosas de que preocuparse.

Se centró en el futuro inmediato. ¿Acaso el mejor plan sería viajar a campo traviesa en la Honda hasta San Diego? ¿México y luego América del Sur? Sintió una punzada de culpabilidad cuando pensó en la familia que dejaría atrás. Acto seguido, algo más le vino a la mente: su reputación, lo que creería su familia. Si huía, en cierto modo era como reconocer su culpabilidad. Y si los detenían en el camino, ¿quién los creería?

Se reclinó en el asiento y de repente se planteó una estrategia totalmente distinta. Pocos minutos antes, la huida le parecía la mejor opción. Faith no quería volver ni colaborar en la inculpación de Buchanan, lo que no era de extrañar. Lee tampoco tenía demasiado interés en ello, y menos ahora que conocía la razón por la que sobornaba a los políticos. A decir verdad, Danny Buchanan debía ser canonizado. Fue entonces cuando una idea empezó a rondarle la cabeza.

Entró de nuevo en la cocina y tomó su teléfono móvil de la mesita. Había contratado una de esas superofertas sin cuotas predeterminadas para llamadas de larga distancia, así que ya casi nunca utilizaba el teléfono fijo. Disponía de buzón de voz, buzón de mensajes e identificación de llamada. Incluso poseía un servicio de información que permitía acceder a las últimas noticias o consultar el precio de las acciones, aunque él no tuviera.

Cuando empezó a ejercer de investigador privado,

Lee utilizaba una máquina de escribir IBM, los teléfonos inalámbricos suponían la vanguardia de la tecnología y los aparatos de fax escupían rollos de papel térmico y eran privativos de las grandes empresas. Aquélla era la situación hacía menos de quince años. Ahora tenía un centro de comunicación global en la palma de la mano. Unos cambios tan rápidos no podían ser saludables. Sin embargo, ¿quién era capaz de vivir ahora sin todos esos trastos?

Se desplomó en el sofá y contempló el giro lento de las aspas de rota del ventilador del techo, mientras se planteaba las ventajas y los inconvenientes de lo que se le había ocurrido. Entonces se decidió y extrajo la cartera de su bolsillo trasero. Ahí estaba el trozo de papel con el número que su cliente, que ahora sabía que era Danny Buchanan, le había dado en un principio. La persona a quien había sido incapaz de localizar. Pero entonces lo asaltó una duda. ¿Y si se equivocaba al pensar que Buchanan no tenía nada que ver con el intento de asesinato de Faith? Se levantó y empezó a ir y venir por la habitación. Cuando miró por la ventana hacia el cielo azul, no vio más que la cercanía del desastre simbolizado por las nubes de tormenta que se avecinaban. De todos modos, Buchanan lo había contratado. Estrictamente hablando, trabajaba para aquel hombre. Quizás hubiera llegado el momento de rendirle cuentas. Rezó una oración en silencio, tomó el teléfono móvil y marcó el número escrito en el trozo de papel.

38

Connie no pareció alegrarse cuando Paul Fisher se inclinó hacia adelante y lo abordó en tono de complicidad.

—Tenemos muchos motivos para creer que Reynolds está implicada, Connie. A pesar de lo que nos has contado.

Connie le clavó la vista al hombre. Odiaba todo lo que Fisher representaba, desde su peinado perfecto y su mentón prominente hasta su postura tan rígida como un palo de escoba, pasando por sus camisas perfectamente planchadas. Llevaba ahí sentado media hora. Había referido a Fisher y a Massey su versión de la historia y ellos la suya. No se pondrían de acuerdo.

—Eso no es más que una sarta de sandeces, Paul.

Fisher se recostó en el asiento y miró a Massey.

—Ya has oído los hechos. ¿Cómo puedes sentarte ahí y defenderla?

—Porque sé que es inocente —respondió Connie—, ¿qué te parece?

—¿Tienes algún dato que lo demuestre, Connie? —inquirió Massey.

—Ya te he contado los hechos aquí sentado, Fred. Teníamos una pista concluyente de otro caso en Agricultura. Brooke ni siquiera quería que Ken acompañara a Lockhart aquella noche. Quería ir ella.

—O eso es lo que te dijo —repuso Massey.

—Escúchame bien, mis veinticinco años de experiencia me dicen que Brooke Reynolds está más limpia que nadie.

—Investigó las cuentas de Ken Newman sin decírselo a nadie.

—Vamos, no es la primera vez que un agente se salta las normas. Se encuentra con un caso delicado y quiere investigarlo, pero no quiere enterrar la reputación de Ken junto con su cadáver, al menos hasta estar segura.

—¿Y los cientos de miles de dólares en las cuentas de los niños? —preguntó Massey.

—Se los han colocado para inculparla.

—¿Quién?

—Eso es lo que tenemos que averiguar.

Fisher sacudió la cabeza en señal de frustración.

—Ordenaremos que la sigan en todo momento hasta que resolvamos este asunto.

Connie se inclinó sobre la mesa, haciendo lo posible por evitar que sus grandes manos se lanzaran al cuello de Fisher.

—Lo que deberíais hacer, Paul, es seguir las pistas del asesinato de Ken e intentar localizar a Faith Lockhart.

—Si no te importa, Connie, nosotros llevaremos la investigación.

Connie se volvió hacia Fred Massey.

—Si buscáis a alguien que siga a Reynolds, ya lo habéis encontrado.

—¡Tú! ¡Ni hablar! —protestó Fisher.

—Escúchame, Fred —dijo Connie con la mirada clavada en Massey—. Lo reconozco, la situación pinta mal para Brooke. Pero también sé que no existe un agente más honesto en el FBI. Y no quiero que la carrera de un buen agente se vaya al garete sólo porque alguien hizo una llamada equivocada. Yo también he pasado por eso, ¿verdad, Fred?

Massey se mostró sumamente inquieto al oír esa última frase. Pareció encogerse en el asiento bajo la mirada fulminante de Connie.

—Fred —dijo Fisher—, necesitamos una fuente independiente...

—Puedo ser independiente —lo interrumpió Connie—. Si me equivoco, entonces Brooke acabará en prisión y yo seré el primero en darle la noticia. Pero apuesto lo que sea a que regresará para recoger su placa y su arma. De hecho, la veo dirigiendo este cotarro dentro de diez años.

—No sé, Connie... —empezó a decir Massey.

—Creo que alguien me debe esa oportunidad, Fred —dijo Connie con voz queda—. ¿Qué te parece?

Se produjo una larga pausa mientras Fisher miraba a uno y a otro hombre alternativamente.

—De acuerdo, Connie, síguela —accedió Massey—. Y mantenme informado a intervalos regulares. De todo lo que veas, con exactitud. Ni más, ni menos. Cuento contigo. Por los viejos tiempos.

Connie se levantó de la mesa y dedicó una mirada victoriosa a Fisher.

—Gracias por el voto de confianza, caballeros. No os decepcionaré.

Fisher siguió a Connie hasta el vestíbulo.

—No sé cómo lo has conseguido, pero recuerda esto: tu carrera ya tiene una mancha negra, Connie. No puedes permitirte otra. Y yo también quiero estar al corriente de todo lo que informes a Massey.

Connie arrinconó a Fisher, que era mucho más alto que él, contra la pared.

—Escúchame, Paul. —Se calló con el pretexto de quitar una pelusa de la camisa de Fisher—. Sé que, oficialmente, tú eres mi superior. Sin embargo, no confundas eso con la realidad.

—Estás entrando en terreno peligroso, Connie.

—Me gusta el peligro, Paul, por eso entré en el FBI. Por eso llevo pistola. He matado con la mía. ¿Y tú?

—Estás perdiendo el sentido común. Vas a tirar tu carrera por la borda. —Fisher sentía la pared en su espalda; se le estaba enrojeciendo el rostro mientras Connie continuaba inclinado sobre él como un roble contra una valla.

—¿Eso crees? Bueno, permíteme que te explique la situación. Alguien le ha tendido una trampa a Brooke. ¿Y quién podría ser? Tiene que ser el infiltrado del FBI. Alguien quiere desacreditarla, hundirla. Y, por lo que veo, Paul, tú estás intentando precisamente eso con todas tus fuerzas.

—¿Yo? ¿Me acusas de ser el infiltrado?

—No estoy acusando a nadie de nada. Me limito a recordarte que, para mí, mientras no encontremos al infiltrado, nadie, y me refiero a nadie, desde el director hasta los tipos que limpian los lavabos, está libre de sospecha. —Connie se apartó de Fisher—. Que pases un buen día, Paul. Tengo que ir a perseguir a los malos.

Fisher lo observó mientras se alejaba, moviendo la cabeza lentamente, con cierta expresión de temor en el rostro.

39

El número de teléfono al que Lee llamó correspondía a un buscapersonas que Buchanan llevaba siempre encima. Cuando sonó, Buchanan estaba en casa preparando el maletín para una reunión con un bufete de abogados de la ciudad que trabajaba para uno de sus clientes. Ya había perdido la esperanza de que el busca llegara a sonar. Cuando lo oyó, creyó que iba a sufrir un ataque.

El dilema que se le presentaba era obvio: cómo escuchar el mensaje y devolver la llamada sin que Thornhill se enterara. Entonces discurrió un plan. Llamó a su chófer. Era un hombre de Thornhill, por supuesto, como siempre. Fueron al centro en el coche hasta el bufete.

—Tardaré un par de horas. Telefonearé cuando termine —dijo al conductor.

Buchanan entró en el edificio. Ya había estado allí antes y conocía bien la distribución del mismo. No se dirigió a la zona de ascensores sino que atravesó el vestíbulo principal y cruzó una puerta al fondo que también hacía las veces de entrada posterior para el aparcamiento. Tomó el ascensor y bajó dos plantas. Recorrió el vestíbulo subterráneo y entró en el garaje. Justo al lado de la puerta había una cabina de teléfono. Introdujo unas monedas y marcó el número de la central de mensajes.

Su razonamiento era claro: si Thornhill era capaz de interceptar una llamada hecha desde un teléfono público situado bajo toneladas de cemento, sin duda era el mismo diablo y Buchanan no tenía posibilidad alguna de vencerlo.

En el escueto mensaje Lee hablaba con voz tensa. Sus palabras causaron gran impresión a Buchanan. Había dejado un número. Buchanan lo marcó. Un hombre respondió al momento.

—¿Señor Buchanan? —preguntó Lee.

—¿Faith está bien?

Lee exhaló un suspiro de alivio. Había deseado que ésa fuera la primera pregunta del hombre. Aquello decía mucho. Aun así, debía mostrarse precavido.

—Quiero verificar que se trata verdaderamente de usted. Me envió un paquete con información. ¿Cómo lo mandó y qué contenía? Y dese prisa al responder.

—Mensajero. Utilizo Dash Services. El paquete incluía una foto de Faith, cinco páginas de información sobre ella y mi empresa, el teléfono de contacto, un resumen de mis preocupaciones y lo que quería de usted. También contenía cinco mil dólares en billetes de cincuenta y veinte. Además, lo llamé hace tres días a la oficina y dejé un mensaje en el contestador. Ahora, por favor, dígame que Faith está bien.

—Por ahora está bien, pero tenemos algunos problemas.

—Y que lo diga. Para empezar, ¿cómo sé que usted es Adams?

Lee pensó con rapidez.

—Tengo un anuncio en las Páginas Amarillas con una lupa cursi y todo eso. Tengo tres hermanos. El pequeño trabaja en una tienda de motocicletas en el sur de Alexandria. Lo llaman Scotty, pero su apodo en el instituto era Scooter porque jugaba al fútbol y corría muy deprisa. Si quiere, puede telefonearlo, comprobar lo que le digo y volverme a llamar.

—No es necesario —aseguró Buchanan—. Ya me ha convencido. ¿Qué ocurrió? ¿Por qué huyeron?

—Bueno, usted también huiría si alguien intentara matarlo.

—Cuéntemelo todo, señor Adams. Con pelos y señales.

—Sé quién es, pero no sé si confiar en usted. ¿Qué piensa hacer al respecto?

—Dígame entonces por qué Faith acudió al FBI. De eso estoy enterado. Luego le contaré con quién se enfrenta en realidad. Y no soy yo. Cuando le diga de quién se trata, deseará que fuera yo.

Lee reflexionó por unos instantes. Oyó que Faith se había levantado y que probablemente se dirigía a la ducha. «Vamos, allá», pensó.

—Estaba asustada. Dijo que usted se comportaba de forma extraña, con nerviosismo. Intentó hablar con usted al respecto, pero usted no le hizo caso e incluso le pidió que dejara la empresa. Eso la asustó. Temía que las autoridades les hubieran descubierto. Acudió al FBI con la idea de lograr que usted testificara contra la gente que estaban sobornando. De ese modo los dos llegarían a un acuerdo con los federales y quedarían libres.

—Eso nunca habría dado resultado.

—Bueno, como a ella le gusta decir, es fácil cuestionarlo a posteriori.

—¿Entonces se lo ha contado todo?

—Más o menos —respondió Lee—. Faith pensó que quizá fuera usted quien quería matarla. Pero yo la convencí de lo contrario. —«Espero no haberme equivocado», pensó.

—No me enteré de que Faith había acudido al FBI hasta después de su desaparición.

—No sólo la busca el FBI. También hay otras personas. Estaban en el aeropuerto. Y llevaban algo que sólo he visto en un seminario sobre antiterrorismo.

—¿Quién patrocinaba el seminario?

La pregunta sorprendió a Lee.

—Lo del contraterrorismo estaba organizado por los de la secreta. Ya sabe, supongo que era la CIA.

—Bueno, por lo menos se ha encontrado con el enemigo y sigue vivo —comentó Buchanan—. Ya es algo.

—¿De qué está hablando...? —De repente sintió que la sangre se le agolpaba en las sienes—. ¿Se refiere a lo que creo que se refiere?

—Digámoslo así, señor Adams: Faith no es la única que trabaja para una oficina federal importante. Por lo menos su implicación era voluntaria. La mía no.

—Oh, mierda.

—Sí, es una forma suave de decirlo. ¿Dónde están ustedes?

—¿Por qué?

—Porque necesito verlos.

—¿Y cómo va a hacerlo sin atraer a la mayor brigada de asesinos del país? Supongo que está bajo vigilancia.

—Bajo una vigilancia increíblemente estrecha y rígida —reconoció Buchanan.

—Pues entonces no podrá acercarse a nosotros.

—Señor Adams, la única salida que nos queda es colaborar. No podemos hacerlo a distancia. Tengo que ir a verlos porque no creo que sea muy sensato que Faith y usted vengan aquí.

—No me convence.

—No vendré si no logro despistarlos.

—¿Despistarlos? —exclamó Lee—. ¿Quién se cree

que es, la reencarnación de Houdini? Permítame que le diga que ni siquiera Houdini sería capaz de despistar al FBI y a la CIA juntos.

—No soy ni espía ni mago. No soy más que un cabildero, pero tengo una ventaja: conozco esta ciudad mejor que nadie. Y tengo amigos tanto en las altas esferas como en los bajos fondos. Además, ahora mismo son igual de valiosos para mí. Descuide, llegaré solo. Entonces quizá sobrevivamos a esto. Ahora quiero hablar con Faith.

—No estoy seguro de que sea buena idea, señor Buchanan.

—Sí que lo es.

Lee se dio vuelta y vio a Faith de pie en las escaleras vestida con una camiseta.

—Ha llegado la hora, Lee. De hecho, la hora pasó hace tiempo.

Lee respiró a fondo y le alargó el teléfono.

—Hola, Danny —saludó ella.

—Cielos, Faith, siento todo esto. —La voz de Buchanan se quebró a media frase.

—Soy yo quien debería disculparse. Yo desencadené esta pesadilla al acudir al FBI.

—Bueno, tenemos que acabar con esto. Más vale que lo hagamos juntos. ¿Qué tal es Adams? ¿Es competente? Vamos a necesitar apoyo.

Faith echó una ojeada a Lee, quien la observaba ansioso.

—Por lo que he visto, en ese sentido no tenemos problemas. De hecho, probablemente sea nuestra mejor baza.

—Dime dónde estáis e iré allí lo antes posible.

Faith le dio la información y le contó a Buchanan todo lo que Lee y ella sabían. Cuando colgó, miró a Lee.

Él se encogió de hombros.

—Me figuré que era nuestra única alternativa. O eso o pasarnos el resto de nuestra vida huyendo —declaró él.

Faith se sentó sobre sus rodillas, dobló las piernas y apoyó la cabeza contra su pecho.

—Hiciste lo correcto. Quienquiera que esté metido en esto, tendrá que vérselas con Danny, que no es poco.

Sin embargo, las esperanzas de Lee se habían ido a pique. La CIA. Asesinos a sueldo, gente experta en todo tipo de técnicas: ordenadores, satélites, operaciones encubiertas, pistolas de aire comprimido con balas envenenadas; disponían de todo eso para encontrarlos. Si hubiese tenido un dedo de frente, habría obligado a Faith a montarse en la Honda y se habrían largado de allí a todo gas.

—Voy a darme una ducha —anunció Faith—. Danny ha dicho que vendrá en cuanto pueda.

—De acuerdo —dijo Lee con la mirada ausente.

Mientras Faith subía las escaleras, Lee tomó su teléfono, lo observó y se quedó petrificado. Lee Adams no había estado tan anonadado en su vida. Y eso que, habida cuenta de los acontecimientos de los últimos días, el listón de lo que le sorprendía estaba situado al nivel del sol. El mensaje de texto que aparecía en la pantalla del teléfono era conciso y a punto estuvo de detener los latidos de su robusto corazón.

«Faith Lockhart por Renee Adams», decía, e incluía un número al que llamar. Querían a Faith a cambio de su hija.

40

Reynolds estaba sentada en la sala de su casa con una taza de té entre las manos y con la mirada perdida en el fuego, que se apagaba lentamente. La última vez que recordaba haber estado en casa a esas horas era durante la baja por maternidad después de tener a David. Su hijo se había sorprendido tanto de verla entrar por la puerta como Rosemary. Ahora David estaba echándose una siesta y Rosemary lavaba la ropa. Para ellos era otro día normal. Reynolds se limitaba a contemplar las ascuas de la chimenea, deseando que algo en su vida, cualquier cosa, fuera normal.

Había empezado a llover con fuerza, en perfecta consonancia con la profunda depresión que la embargaba. Suspendida de su cargo. Se sentía desnuda sin su pistola y las credenciales. Todos esos años en el FBI, sin una sola tacha en su expediente, y ahora estaba a un paso de la ruina de su carrera. ¿Qué haría entonces? ¿Adónde iría? Sin trabajo, ¿intentaría su esposo arrebatarle a los niños? ¿Podría evitarlo en caso de que lo hiciera?

Dejó la taza, se quitó los zapatos y se hundió en el sofá. Las lágrimas empezaron a brotar con rapidez y se pasó el brazo por la cara para secarlas y amortiguar sus sollozos. El sonido del timbre de la puerta hizo que se levantara, se frotara el rostro y se dirigiera a la entrada. Echó una ojeada por la mirilla y vio a Howard Constantinople.

Connie se situó frente al fuego que acababa de avivar para calentarse las manos. Reynolds, nerviosa, se enjugaba las lágrimas con un pañuelo. Era imposible que Connie no hubiera reparado en sus ojos enrojecidos y en los regueros de sus mejillas, pero había tenido el tacto de no decirle nada.

—¿Han hablado contigo? —preguntó ella.

Connie se volvió y se dejó caer en una silla, negando con la cabeza.

—Y por poco consigo que me suspendan a mí también. Me han faltado dos segundos para darle un puñetazo a Fisher en su mierdosa cara de agente de tres al cuarto.

—No destruyas tu carrera por mí, Connie.

—Si hubiera atacado a ese tipo no habría sido por ti sino por mí, créeme. —Cerró el puño con fuerza, para recalcar su afirmación y luego la miró—. Lo que me fastidia es que realmente creen que estás implicada en esto. Les dije la verdad. Surgió algo, estábamos trabajando en otro caso. Tú querías ir con Lockhart porque te habías relacionado con ella, pero teníamos que atender a aquel posible chivatazo en Agricultura. Les dije que estabas inquieta porque no sabías si lo correcto era mandar a Ken allí con Lockhart.

—¿Y?

—No me hicieron caso. Ya habían sacado sus propias conclusiones.

—¿Por lo del dinero? ¿Te lo han contado? —preguntó Reynolds.

Connie sacudió despacio la cabeza y de repente se

encorvó hacia adelante. Teniendo en cuenta que era un hombre alto y fornido, se movía con rapidez y agilidad.

—No me gusta reprenderte en estos momentos pero ¿por qué demonios estuviste husmeando en las cuentas de Newman sin decírselo a nadie? ¿A mí, por ejemplo? Ya sabes que los detectives trabajan en pareja por muchos motivos, y uno de ellos es para cubrirse el uno al otro. Ahora no tienes a nadie que corrobore lo que tú dices, excepto a Anne Newman. Y por lo que a ellos respecta, ella no cuenta.

Reynolds levantó las manos.

—Nunca habría imaginado que esto pasaría. Intentaba ser justa con Ken y su familia.

—Bueno, si le estaban untando la mano, quizá no mereciera tanta consideración. Y te lo dice un buen amigo suyo.

—Todavía no se ha demostrado que no fuera honesto —afirmó Reynolds.

—¿Dinero en una caja de seguridad a un nombre falso? Sí, supongo que todo el mundo hace eso, ¿no?

—Connie, ¿cómo se enteraron de que estaba investigando las finanzas de Ken? Me cuesta creer que Anne llamara al FBI. Ella me pidió ayuda.

—Le pregunté a Massey pero es una tumba. Se imagina que yo también soy el enemigo. Sin embargo, investigué un poco y creo que recibieron el chivatazo por teléfono. Una llamada anónima, por supuesto. Según Massey, tú asegurabas que se trataba de una trampa. Y ¿sabes qué? Creo que tienes razón, aunque ellos piensen lo contrario.

Le había alegrado ver a Connie en la puerta. El hecho de que se mantuviese leal significaba mucho para ella. Y también quería ser justa con él; sobre todo con él.

—Mira, que te vean conmigo no va a beneficiar tu

carrera, Connie. Estoy segura de que Fisher ha asignado a alguien para que siga todos mis movimientos.

—De hecho me ha asignado a mí —dijo Connie.

—¿Bromeas?

—No, te juro que no. Convencí al SEF. Moví algunos hilos. Por los viejos tiempos, dijo Massey. Por si no lo sabías, Fred Massey fue el tipo que me pidió que me dejara ganar en el caso Brownsville hace un montón de años. Si cree que con esto estamos empatados, ha perdido el juicio. Pero no te emociones. Saben que tengo todos los alicientes para cubrir mis propias espaldas. Y eso implica que si tú caes, no tendrán que culpar a nadie más, incluido tu seguro servidor. —Connie se calló y fingió sorpresa—. ¿SEF? Ahora que lo pienso, esta sigla va de perlas. Massey también podría ser el Subnormal En Funciones.

—No muestras mucho respeto por tus superiores. —Sonrió Reynolds—. ¿Qué opina de mí, agente Constantinople?

—Creo que has metido la pata hasta el fondo y que acabas de darle al FBI un chivo expiatorio para guardar las apariencias —soltó.

Reynolds ensombreció el semblante.

—No te andas con rodeos.

—¿Quieres que pierda el tiempo con ellos? —Connie se puso en pie—. ¿O quieres que limpie tu nombre?

—Tengo que limpiar mi nombre. De lo contrario, lo perderé todo, Connie. Mis hijos, mi carrera, todo. —Reynolds notó que temblaba de nuevo y respiró a fondo varias veces para contrarrestar el pánico que se había apoderado de ella. Se sentía como una adolescente que acabara de enterarse de que estaba embarazada—. Pero me han suspendido del cargo. No tengo placa, ni arma.

Connie se puso el abrigo.

—Bueno, me tienes a mí —dijo—. Tengo credenciales, un arma y aunque no soy más que un humilde agente de campo después de haber estado trabajando dos décadas y media en esta mierda, puedo ejercer mi autoridad como el mejor. Así que ponte el abrigo e intentemos localizar a Lockhart.

—¿A Lockhart?

—Me imagino que si la entregamos, las piezas empezarán a encajar. Cuanto más hagan, menos te culparán. He hablado con los tipos de la UCV. Están estancados en espera de los resultados del laboratorio y estupideces como ésas. Y ahora Massey les hace trabajar a toda máquina en lo tuyo y deja que se olviden de Lockhart por el momento. ¿Sabes que ni siquiera han ido a su casa a buscar pistas?

Reynolds parecía abatida.

—Fuimos muy lentos en todo este asunto —se lamentó—. Ken asesinado. Lockhart desaparecida. El fiasco del aeropuerto. Luego los tipos que se hacen pasar por agentes del FBI en el apartamento de Adams. Nunca tuvimos una posibilidad auténtica de encauzar bien la investigación.

—Así que imagino que seguiremos algunas pistas mientras estén calientes. Por ejemplo, visitar a la familia de Adams en la zona. Tengo la lista de nombres y las direcciones. Si se dio a la fuga, quizás haya pedido ayuda a alguien.

—Esto podría acarrearte graves problemas, Connie.

Él se encogió de hombros.

—No sería la primera vez. Además, ya no tenemos supervisora de brigada. No sé si te has enterado, pero la suspendieron del cargo por tonta.

Intercambiaron una sonrisa.

—Así pues —prosiguió Connie—, como número

dos, tengo derecho a investigar un caso abierto que resulta que me habían asignado. Tengo órdenes de encontrar a Faith Lockhart, así que eso es lo que voy a hacer. Lo que no saben es que vas a ayudarme. Y hablé con los tipos de la UCV. Ellos saben lo que llevo entre manos, así que no toparemos con otro equipo que esté investigando a los parientes de Adams.

—Tengo que decirle a Rosemary que quizá pasaré esta noche fuera.

—Pues díselo. —Connie consultó su reloj—. Supongo que Sydney está todavía en la escuela. ¿Y el niño?

—Está durmiendo.

—Susúrrale al oído que mamá va a patear unos cuantos traseros.

Cuando Reynolds volvió, fue directa al armario para tomar el abrigo. Se dirigió a toda prisa a su estudio pero se detuvo de repente.

—¿Qué ocurre? —preguntó Connie.

Ella lo miró, ligeramente avergonzada.

—Iba a buscar la pistola. Las viejas costumbres son difíciles de quitar.

—No te preocupes. Recuperarás la tuya pronto. Pero tienes que prometerme algo. Cuando vayas a recoger tu arma y tu placa, llévame contigo. Quiero verles la cara.

Ella le abrió la puerta.

—Trato hecho.

41

Buchanan realizó otras llamadas desde la cabina del aparcamiento como parte de sus preparativos. Acto seguido, subió al bufete y dedicó algún tiempo a un asunto importante que, de pronto, había dejado de importarle. Lo llevaron a casa en el coche y durante el trayecto su mente no dejó de urdir un plan contra Robert Thornhill. Ésa era la parte de su ser que el hombre de la CIA nunca controlaría. Pensar en ello le producía gran alivio. Poco a poco, Buchanan recuperaba la confianza. Tal vez podía hacer sudar tinta a Thornhill.

Buchanan abrió la puerta principal de su casa y entró. Dejó el maletín en una silla y pasó junto a la biblioteca, que estaba a oscuras. Pulsó el interruptor para contemplar su querido cuadro, a fin de que le infundiese fuerzas para lo que se avecinaba. Cuando la luz se hubo encendido, Buchanan observó incrédulo el marco vacío. Se acercó a él tambaleándose, palpó el marco y tocó la pared. Lo habían robado. Sin embargo, poseía un excelente sistema de seguridad y no había saltado.

Se abalanzó sobre el teléfono para llamar a la policía. En cuanto tocó el auricular, sonó el timbre del aparato. Contestó.

—Su coche estará listo en un par de minutos, señor. ¿Va al despacho?

Al principio Buchanan pareció no entender.

—¿Al despacho, señor? —insistió la voz.

—Sí —consiguió decir Buchanan finalmente.

Colgó el auricular y lanzó una mirada al lugar que había ocupado el cuadro. Primero Faith, ahora su cuadro. Todo obra de Thornhill. «Muy bien, Bob, anótate un tanto. Ahora me toca a mí.»

Subió a la primera planta, se lavó la cara y se cambió de ropa, seleccionando cuidadosamente las prendas. Su dormitorio disponía de un equipo audiovisual hecho por encargo que constaba de televisión, cadena de música, vídeo y reproductor de DVD. Era relativamente difícil de robar porque para extraer los componentes había que desatornillar numerosas piezas de madera, lo cual era muy laborioso. Buchanan no veía la televisión ni películas de vídeo. Y cuando quería oír música, ponía un disco de 33 revoluciones en su viejo tocadiscos.

Introdujo la mano en la ranura del vídeo y extrajo el pasaporte, la tarjeta de crédito y su identificación, todos ellos con nombre falso, así como un pequeño fajo de billetes de cien dólares, y lo guardó todo en un bolsillo interior del abrigo que se cerraba con cremallera.

Al descender a la planta baja, echó una ojeada al exterior y vio que el coche lo aguardaba. Lo haría esperar unos minutos más, sólo para fastidiar.

Una vez hubieron transcurrido esos minutos de más, Buchanan recogió su maletín, salió y se encaminó hacia el coche. Entró en el mismo y el vehículo arrancó.

—Hola, Bob —saludó Buchanan con la mayor calma posible.

Thornhill se fijó en el maletín.

Buchanan asintió con la cabeza mirando por la ventanilla de cristal tintado.

—Voy al despacho —dijo—. El FBI espera que

lleve el maletín. A no ser que des por sentado que todavía no me han pinchado la línea.

Thornhill asintió.

—Tienes madera de agente de campo, Danny.

—¿Dónde está el cuadro?

—En un lugar muy seguro, que es más de lo que te mereces, dadas las circunstancias.

—¿A qué te refieres exactamente?

—Me refiero exactamente a Lee Adams, investigador privado, contratado por ti para seguir a Faith Lockhart.

Buchanan aparentó desconcierto por unos instantes. De joven se había planteado ser actor. No de cine, sino de teatro. Para él, el cabildeo era la segunda mejor opción.

—No sabía que ella había acudido al FBI cuando lo contraté. Sólo me preocupaba su seguridad.

—¿Y eso por qué?

—Creo que ya conoces la respuesta —le dijo Buchanan.

Thornhill pareció ofenderse.

—¿Por qué demonios iba a querer hacer daño a Faith Lockhart? Ni siquiera la conozco.

—¿Acaso tienes que conocer a alguien para acabar con él?

—Te equivocaste al hacerlo, Danny. El cuadro probablemente te sea devuelto —dijo Thornhill en tono burlón—, pero por ahora tendrás que sobrevivir sin él.

—¿Cómo entraste en mi casa, Thornhill? Dispongo de un sistema de alarma.

Thornhill parecía a punto de echarse a reír.

—¿Un sistema de alarma doméstico? Vamos, hombre.

A Buchanan le entraron ganas de estrangularlo.

—Me haces gracia, Danny, de verdad —prosiguió

Thornhill—. Vas por ahí intentando salvar a los desposeídos. ¿Es que no lo entiendes? Eso es lo que hace girar el mundo. Los ricos y los pobres. Los poderosos y los débiles. Siempre existirán, hasta el fin de los tiempos. Y nada de lo que hagas lo cambiará. Además, las personas seguirán odiándose y traicionándose unas a otras. Si no fuera por las cualidades negativas del ser humano, yo no tendría trabajo.

—Estaba pensando que erraste tu vocación —declaró Buchanan—. Deberías ser psiquiatra de delincuentes psicóticos. Tendrías tanto en común con tus pacientes...

Thornhill sonrió.

—Así es como llegué a ti, sabes. Alguien a quien trataste de ayudar te traicionó. Celoso de tu éxito, de tus buenas intenciones, supongo. Él no sabía nada de tu pequeña estratagema, pero despertó mi curiosidad. Y cuando me centro en la vida de alguien no hay lugar para secretos. Pusimos micrófonos en tu casa, en tu despacho, incluso en tu ropa y me encontré con una mina. Disfrutábamos mucho escuchándote.

—Impresionante —comentó Buchanan—. Ahora dime dónde está Faith.

—Esperaba que me lo dijeras tú.

—¿Qué quieres de ella?

—Quiero que trabaje para mí. Hay una competencia amistosa entre las dos agencias, pero debo decir que nosotros jugamos mucho más limpio con nuestra gente que el FBI. Llevo trabajando en este proyecto más tiempo que ellos. No quiero que todos mis esfuerzos sean en vano.

Buchanan eligió sus palabras con cuidado. Sabía que corría un gran peligro personal.

—¿Qué puede ofrecerte Faith que yo no te haya dado yo?

—En mi trabajo, dos son siempre mejor que uno.

—¿Incluyes en tu cálculo al agente del FBI que mandaste asesinar, Bob?

Thornhill extrajo la pipa y jugueteó con ella.

—Oye, Danny, te aconsejo que te concentres exclusivamente en la parte del rompecabezas que te concierne.

—Todas las piezas son «mi parte». Leo los periódicos. Me dijiste que Faith había acudido al FBI. Un agente del FBI muere mientras trabajaba en un caso no revelado. Faith desaparece al mismo tiempo. Tienes razón, contraté a Lee Adams para que averiguase qué estaba ocurriendo. No he tenido noticias de él. ¿También lo has mandado matar?

—Soy un funcionario público. Yo no mando matar a la gente —repuso Thornhill.

—El FBI se puso en contacto con Faith y tú no podías permitirlo porque todo tu plan se iría al garete si descubriesen la verdad. ¿Pensabas en serio que me creería que me dejarías marchar con una palmadita en la espalda por un trabajo bien hecho? Si fuera tonto de remate no habría sobrevivido tanto tiempo en este mundillo.

Thornhill dejó la pipa a un lado.

—Supervivencia, un concepto interesante. Tú te consideras un superviviente y aun así vienes a mí y me lanzas todas esas acusaciones infundadas...

Buchanan se inclinó hacia adelante y se encaró con Thornhill.

—He olvidado más sobre el tema de la supervivencia de lo que tú has sabido jamás. No tengo legiones de personas armadas por ahí que obedezcan mis órdenes mientras yo estoy cómodamente sentado tras los muros de Langley analizando el campo de batalla como una partida de ajedrez. En cuanto entraste en mi vida, tomé medidas que acabarán contigo si me ocurre algo. ¿Te has planteado alguna vez la posibilidad de que alguien sea la mitad de ágil que tú? ¿O es que todos tus éxitos se te han subido de verdad a la cabeza?

Thornhill se limitó a mirarlo, así que Buchanan siguió hablando.

—Ahora bien, me considero una especie de socio tuyo, por odiosa que me parezca la idea. Y quiero saber si mataste al agente del FBI porque quiero saber exactamente qué tengo que hacer para salir de esta pesadilla. Asimismo, deseo saber si mataste a Faith y a Adams. Y si no me lo dices, en cuanto salga de este coche, mi siguiente parada será el FBI. Y si te consideras tan invencible como para intentar matarme en las narices de los agentes federales, adelante. Pero, si muero, tú también te hundirás. —Buchanan se recostó en el asiento y se permitió una sonrisa—. Conoces el cuento de la rana y el escorpión, ¿no? El escorpión tiene que cruzar una charca y le asegura a la rana que no le clavará el aguijón si lo ayuda a cruzar. Y la rana sabe que si el escorpión le pica, éste se ahogará, así que accede a transportalo. A medio camino, el escorpión, contra todo pronóstico, clava el aguijón a la rana. Mientras agoniza, la rana exclama: «¿Por qué lo has hecho? Tú también morirás.» Y el escorpión se limita a contestar: «Es propio de mi naturaleza.» —Buchanan agitó la mano a modo de saludo—. Hola, señor rana.

Los dos hombres se sostuvieron la mirada durante el siguiente kilómetro y medio, hasta que Thornhill rompió el silencio.

—Había que eliminar a Lockhart. El agente del FBI estaba con ella, así que también tenía que morir.

—¿Y Faith se salvó?

—Con la ayuda de tu investigador privado. De no ser por tu metedura de pata, esta situación nunca se habría producido.

—No se me había ocurrido que te propusieses matar a alguien. ¿Entonces no tienes idea de dónde está? —preguntó Buchanan.

—Es cuestión de tiempo. Tengo muchas redes echadas. Y mientras hay vida, hay esperanza.

—¿Qué quieres decir con eso?

—Quiero decir que he terminado de hablar contigo.

Los siguientes quince minutos transcurrieron en completo silencio. El coche entró en el aparcamiento subterráneo del edificio de Buchanan. Un sedán gris esperaba en el nivel inferior, con el motor en marcha. Antes de apearse, Thornhill sujetó a Buchanan por el brazo.

—Dices tener la capacidad de destruirme si te ocurre algo. Bueno, ahora escucha mi parte. Si tu colega y su nuevo «amigo» desbaratan todo aquello por lo que he trabajado, todos vosotros seréis eliminados. En el acto. —Le soltó el brazo—. Para que nos entendamos, señor escorpión —añadió Thornhill con desdén.

Un minuto después, el sedán gris salía del aparcamiento. Thornhill ya estaba al teléfono.

—No hay que perder a Buchanan de vista ni un segundo. —Colgó y empezó a pensar en cómo enfrentarse a esa nueva situación.

42

—Éste es el último lugar —señaló Connie cuando llegaron a la tienda de motocicletas en el sedán.

Salieron del coche y Reynolds miró en torno a sí.

—¿Su hermano pequeño?

Connie asintió mientras comprobaban la lista.

—Scott Adams. Es el encargado.

—Bueno, esperemos que resulte de más ayuda que los demás.

Habían hablado con todos los parientes de Lee en la zona. Nadie había tenido noticias de él durante la última semana. O por lo menos eso habían dicho. Scott Adams quizá fuera su última posibilidad. Sin embargo, cuando entraron en la tienda, les comunicaron que había salido de la ciudad para asistir a la boda de un amigo y que no regresaría hasta un par de días después.

Connie entregó su tarjeta al joven del mostrador.

—Dile que me llame en cuanto llegue.

Rick, el vendedor que había estado coqueteando con Faith sin disimulo, examinó la tarjeta.

—¿Esto tiene que ver con su hermano?

Connie y Reynolds lo observaron.

—¿Conoces a Lee Adams? —inquirió Reynolds.

—No puedo decir que lo conozca. No sabe cómo me

llamo ni nada. Pero ha venido aquí varias veces. La última fue hace un par de días.

Los dos agentes repasaron a Rick con la vista, calibrando su credibilidad.

—¿Iba solo? —preguntó Reynolds.

—No. Iba con una tía.

Reynolds extrajo una foto de Lockhart y se la enseñó.

—Imagínatela con el pelo más corto y negro, en vez de caoba.

Rick asintió sin quitar ojo a la fotografía.

—Sí, es ella. Y Lee también tenía el pelo distinto. Corto y rubio. Y también llevaba barba y bigote. Me fijo mucho en esas cosas.

Reynolds y Connie se miraron el uno al otro, intentando disimular la emoción con todas sus fuerzas.

—¿Tienes idea de adónde pueden haber ido? —preguntó Connie.

—Es posible. Pero sí sé por qué vinieron aquí.

—¿Ah, sí? ¿Por qué?

—Necesitaban transporte. Se llevaron una moto. Una de las Gold Wing grandes.

—¿Una Gold Wing? —repitió Reynolds.

—Sí. —Rick rebuscó entre una pila de folletos en color que había sobre el mostrador y dio vuelta a uno para que Reynolds lo viera.

—Esta de aquí. La Honda Gold Wing SE. Para recorrer largas distancias, es la mejor. De verdad.

—Y dices que Adams se llevó una. ¿Sabes el color y el número de matrícula?

—Puedo consultar la matrícula. El color es el mismo que el del folleto. Era de muestra, pero Scotty dejó que se la llevara.

—Has dicho que tal vez supieras adónde habían ido —intervino Reynolds.

—¿Qué quieren de Lee?

—Queremos hablar con él. Y con la mujer que lo acompaña —respondió ella amablemente.

—¿Han hecho algo malo?

—No lo sabremos hasta que hablemos con ellos —contestó Connie. Dio un paso hacia adelante—. Se trata de una investigación del FBI. ¿Eres amigo de ellos o algo así?

Rick empalideció.

—No, qué va, esa tía es un mal rollo. Tiene un genio de mil demonios. Mientras Lee estaba dentro, salí al aparcamiento de las motos e intenté atenderla, con toda profesionalidad, y casi se me echa encima. Y Lee es parecido. Cuando salió, se puso bravucón conmigo. De hecho, estuve a punto de darle una buena paliza.

Mientras Connie observaba al larguirucho de Rick, recordó la cinta de vídeo en la que había visto a un Lee Adams con un físico imponente.

—¿Darle una buena paliza? ¿Seguro?

—Me aventaja en peso, pero es un viejo. Y yo practico taekwondo —Rick se puso a la defensiva.

Reynolds observó a Rick de cerca.

—¿Así que dices que Lee Adams permaneció un rato en el interior y que la mujer se quedó fuera sola?

—Eso es.

Reynolds y Connie intercambiaron una mirada rápida.

—Si tienes información sobre adónde fueron, el FBI te estaría muy agradecido —dijo Reynolds con impaciencia—. Y sobre la matrícula de la moto. Ahora mismo, si no te importa. Tenemos prisa.

—Claro. Lee también se llevó un mapa de Carolina del Norte. Los vendemos aquí, pero Scotty se lo regaló. Eso es lo que dijo Shirley, la chica que suele atender detrás del mostrador.

—¿Está aquí?

—No. Está enferma. Me ha tocado sustituirla.

—¿Puedo llevarme uno de esos mapas de Carolina? —preguntó Reynolds. Rick sacó uno y se lo pasó—. ¿Cuánto es?

Él sonrió.

—Eh, regalo de la casa. Para que vean que soy buen ciudadano. ¿Saben? Estoy pensando en ingresar en el FBI.

—Siempre nos ha interesado reclutar a personas competentes —manifestó Connie con el semblante inexpresivo y apartando la mirada.

Rick consultó la matrícula en el folleto y se la dio a Connie.

—Ya me informarán de lo que ocurra —dijo Rick cuando se marchaban.

—Serás el primero en saberlo —aseguró Connie por encima del hombro.

Los dos agentes regresaron al coche.

Reynolds se volvió hacia su compañero.

—Bueno, parece que Adams no retiene a Lockhart en contra de su voluntad. La dejó fuera sola. Podría haberse largado.

—Deben de formar una especie de equipo. Por lo menos ahora.

—Carolina del Norte —dijo Reynolds casi para sí.

—Un estado grande —apuntó Connie.

Reynolds torció el gesto.

—Bueno, veamos si podemos reducir un poco el radio de acción. En el aeropuerto, Lockhart compró dos billetes para Norfolk.

—¿Y por qué se llevaron un mapa de Carolina del Norte?

—No podían ir en avión. Habríamos estado esperándolos en Norfolk. Por lo menos Adams parecía consciente de ello. Probablemente sabía que tenemos un convenio con las compañías aéreas y que gracias al mismo localizamos a Lockhart en el aeropuerto.

—Lockhart metió la pata al usar su nombre verdadero para el segundo billete. Pero seguramente no tenía alternativa, a no ser que contara con un tercer documento de identidad falso —añadió Connie.

—Así que no fueron en avión. No puede utilizar una tarjeta de crédito, así que tampoco alquilaron un coche. Adams se imagina que tenemos vigiladas las estaciones de autobús y ferrocarril. Así que le piden a su hermano la Honda y un mapa para su destino real: Carolina del Norte.

—Lo que significa que cuando llegaran a Norfolk en avión pensaban ir en coche o tomar otro avión para desplazarse a algún lugar de Carolina del Norte.

Reynols negó con la cabeza.

—Pero eso no tiene sentido. Si iban a Carolina del Norte, ¿por qué no ir ahí directamente en avión? Hay cientos de vuelos a Raleigh y Charlotte desde el National. ¿Por qué pasar por Norfolk?

—Quizás uno iría por Norfolk si no se dirige a Charlotte ni a Raleigh ni a otro lugar cercano —aventuró Connie—, pero sí a algún otro punto de Carolina del Norte.

—Pero ¿por qué no pasar por uno de esos dos grandes aeropuertos?

—Bueno, podría ser que Norfolk estuviera mucho más cerca de donde querían ir que Charlotte o Raleigh.

Reynolds reflexionó por unos momentos.

—Raleigh está más o menos en el centro del estado. Charlotte está en el oeste.

Connie chasqueó los dedos.

—¡Al este! La costa. ¿Los Outer Banks?

Reynolds asintió.

—Tal vez. En los Outer Banks hay miles de casas en la playa donde esconderse.

De repente, Connie no parecía tan esperanzado.

—Miles de casas en la playa —musitó.

—Bueno, lo primero que puedes hacer es llamar al contacto del FBI en las compañías aéreas y averiguar qué vuelos salen de Norfolk en dirección a los Outer Banks. Y tenemos varios horarios. Estaba previsto que su vuelo llegara a Norfolk al mediodía. No me los imagino entreteniéndose más de lo necesario en un lugar público, así que el otro vuelo debía de salir poco después del mediodía. Quizás alguna de las compañías pequeñas ofrezca un servicio regular. Ya hemos comprobado las principales compañías aéreas. No hicieron ninguna reserva con ellas para un vuelo que saliera desde Norfolk.

Connie descolgó el teléfono del coche e hizo una llamada. No tardó en recibir respuesta.

La esperanza volvía a reflejarse en su rostro.

—No vas a creerlo, pero sólo hay una compañía que vuela a los Outer Banks desde el aeropuerto de Norfolk.

Reynolds le dedicó una amplia sonrisa y sacudió la cabeza.

—Por fin un poco de suerte en este dichoso caso. Cuéntame.

—Tarheel Airways. Vuelan desde Norfolk a cinco destinos de Carolina: Kill Devil Hills, Manteo, Ocracoke, Hatteras y un lugar llamado Pine Island, cerca de Duck. No hay horarios regulares. Llamas con antelación y el avión te espera.

Reynolds desplegó el mapa y le echó un vistazo.

—Muy bien, están Hatteras y Ocracoke. Son los destinos más al sur. —Señaló el mapa con el dedo—. Kill Devil Hills está aquí y Manteo al sur. Y Duck está aquí, hacia el norte.

Connie miró a donde ella apuntaba.

—He estado ahí de vacaciones. Al cruzar el puente sobre el estrecho, Duck queda en dirección norte. Kill Devil está al sur. Ese punto está bastante equidistante de ambos lugares.

—¿Tú qué crees? ¿Norte o sur?

—Bueno, si se dirigieron a Carolina del Norte probablemente fuera por iniciativa de Lockhart. Porque Adams se llevó el mapa —explicó Connie ante la mirada inquisitiva de Reynolds—. Si conociera la zona no lo habría necesitado.

—Muy bien, Sherlock, ¿qué más?

—Bueno, Lockhart está forrada. Basta con echar un vistazo a su casa de McLean. Yo en su lugar tendría otra casa a un nombre falso por si me acabara la suerte.

—Pero todavía no hemos movido ficha: ¿norte o sur?

Se quedaron sentados reflexionando al respecto hasta que Reynolds se dio una palmada en la frente.

—Dios mío, qué tontos somos. Connie, si hay que llamar a Tarheel para reservar plaza en un vuelo determinado, ya tenemos la respuesta que necesitamos.

Connie abrió los ojos como platos.

—Maldita sea, vaya perspicacia la nuestra.

Tomó el teléfono, consiguió el número de Tarheel y llamó para preguntar la fecha y la hora aproximada del vuelo de una tal Suzanne Blake.

Colgó y miró a su compañera.

—Nuestra señora Blake reservó dos plazas en un vuelo a Tarheel que salió hace dos días de Norfolk alrededor de las dos de la tarde. Se enfadaron porque no se presentó. Normalmente anotan el número de la tarjeta de crédito pero ya había volado con su compañía así que confiaron en su palabra.

—¿Y el destino?

—Pine Island.

Reynolds no pudo disimular una sonrisa.

—Cielos, Connie, a lo mejor lo conseguimos.

Connie puso en marcha el vehículo.

—Lo único malo es que no tengo derecho a utilizar los aviones del FBI. Tenemos que conformarnos con el viejo Crown Vic. Calculo que tardaremos seis horas más o menos, sin contar las paradas. —Consultó la hora—. Si paramos poco, llegaremos hacia la una de la madrugada.

—Se supone que no debo salir de la zona.

—Regla número uno del FBI: puedes ir a donde quieras siempre y cuando te acompañe tu ángel de la guarda.

Reynolds parecía preocupada.

—¿No crees que deberíamos pedir refuerzos?

Connie la observó con expresión burlona.

—Bueno, supongo que podríamos llamar a Massey y a Fisher y dejar que se lleven todo el mérito.

Reynolds esbozó una sonrisa.

—Deja que llame a casa y pongámonos en marcha.

43

Lee había tardado muchas horas que le parecieron agónicas, pero al final localizó a Renee. Su madre se había negado rotundamente a darle su número de teléfono en los dormitorios de la universidad, pero gracias a una serie de llamadas a la oficina de matriculación, entre otras, en las que Lee había mentido, suplicado y amenazado, había conseguido el número. No era de extrañar. No había telefoneado a su hija desde hacía mucho tiempo y, cuando por fin lo hacía, tenía que ser para algo así. Vaya, ahora seguro que querría todavía más a su papaíto.

La compañera de habitación de Renee en la UVA juró sobre su tumba que Renee se había ido a clase acompañada por dos jugadores del equipo de fútbol, con uno de los cuales salía. Después de decirle a la joven quién era y dejarle un número para que Renee lo llamara, Lee había colgado el teléfono y había conseguido el número de la oficina del sheriff de Albermarle County. Logró hablar con una ayudante del sheriff y le dijo que alguien había amenazado a Renee Adams, estudiante de la UVA. ¿Podrían enviar a alguien para cerciorarse de que no corría peligro? La mujer formuló preguntas que Lee no podía responder, como por ejemplo quién demonios era él. «Eche una ojeada a la lista más reciente de los más buscados», quería decirle. Muerto de preocupación, hizo lo posible por transmitirle la sinceridad de sus palabras. Colgó y contempló de nuevo el mensaje digital: «Renee por Faith», se dijo lentamente para sí.

—¿Qué?

Se dio vuelta y vio a Faith, de pie en las escaleras con los ojos y la boca bien abiertos.

—Lee, ¿de qué se trata?

A Lee se le habían agotado las ideas. Se limitó a enseñarle el teléfono con expresión angustiada.

Faith leyó el mensaje.

—Tenemos que llamar a la policía.

—Renee está bien —dijo Lee—. Acabo de hablar con su compañera de habitación. Y he llamado a la policía. Alguien intenta asustarnos.

—Eso no lo sabes.

—Tienes razón, no lo sé —respondió abatido.

—¿Vas a devolver la llamada?

—Probablemente eso es lo que quieren que haga.

—¿Para rastrearla? ¿Es posible localizar un teléfono móvil?

—Sí, con el equipo adecuado. Las compañías telefónicas tienen que ser capaces de localizar una llamada realizada desde un móvil para determinar la ubicación de una persona que llame a urgencias. Utilizan un método que mide las distancias entre las torres de telecomunicaciones en función de la disparidad en la recepción de la señal y que genera una lista de posibles procedencias... Mierda, la cabeza de mi hija podría estar en la guillotina y yo aquí hablando como si fuera una revista científica andante.

—Pero no pueden determinar la ubicación exacta.

—No, creo que no. No es tan preciso como el posicionamiento por satélite, eso seguro. Pero ¿quién diablos lo sabe? Cada segundo algún capullo sabiondo inventa un aparato nuevo que te roba un poco más de intimidad. Lo sé, mi ex mujer se casó con uno de ésos.

—Deberías llamar, Lee.

—¿Y qué demonios se supone que tengo que decir? Quieren que te cambie por ella.

Faith posó una mano sobre su hombro, le acarició la nuca y se apoyó en él.

—Llámalos. Y luego ya veremos qué hacemos. No le va a pasar nada a tu hija.

Lee la miró.

—No puedes garantizármelo.

—Puedo garantizarte que haré todo lo posible para asegurarme de que no sufra ningún daño.

—¿Incluso entregarte?

—Si tengo que hacerlo, sí. No voy a permitir que una persona inocente sufra por mi culpa.

Lee se desplomó en el sofá.

—Se supone que tengo que ser capaz de funcionar bien bajo presión y ni siquiera consigo ordenar mis pensamientos.

—Llámalos —insistió Faith con gran firmeza.

Lee respiró a fondo y marcó los números. Faith estaba sentada a su lado escuchando. La señal de llamada sonó una vez y entonces obtuvieron respuesta.

—¿Señor Adams?

Lee no reconoció la voz. Poseía cierta cualidad mecánica que le hizo pensar que la modificaban con algún medio. Sonaba lo bastante inhumana como para hacerle sentir un hormigueo en la piel que le producía un terror absoluto.

—Soy Lee Adams.

—Fue todo un detalle por su parte dejar su número de móvil en su apartamento. Así nos ha sido mucho más fácil ponernos en contacto con usted.

—Acabo de preguntar por mi hija. Está bien. Y he llamado a la policía, así que su plan de secuestro...

—No tengo la menor necesidad de secuestrar a su hija, señor Adams.

—Entonces no sé por qué estoy hablando con usted.

—No hace falta secuestrar a una persona para matarla. Su hija puede ser eliminada hoy, mañana, el mes que viene o el próximo año. Mientras se dirige a clase, juega al *lacrosse*, va en coche, incluso mientras duerme. Su cama está al lado de una ventana, en la planta baja. Suele quedarse hasta tarde en la biblioteca. La verdad es que no podría resultar más fácil.

—¡Cabrón! ¡Hijo de puta! —Lee parecía querer partir el teléfono en dos.

Faith lo sujetó por los hombros, intentando calmarlo.

La voz siguió hablando con una tranquilidad irritante.

—El histrionismo no ayudará a su hija. ¿Dónde está Faith Lockhart, señor Adams? Eso es todo lo que queremos. Entréguela y todos sus problemas habrán terminado.

—¿Y se supone que debo aceptar eso como un acto de fe?

—No le queda otra opción.

—¿Por qué da por sentado que tengo a esa mujer? —preguntó Lee.

—¿Quiere que muera su hija?

—Pero si Lockhart se ha escapado.

—Muy bien, la semana que viene puede enterrar a Renee.

Faith tiró a Lee del brazo y señaló el teléfono.

—¡Espere, espere! —exclamó Lee—. De acuerdo, si yo tuviera a Faith, ¿qué propondría usted?

—Un encuentro.

—Ella no vendrá por voluntad propia.

—No me importa cómo consiga traerla —repuso la voz—. Eso es asunto suyo. Estaremos esperando.

—¿Y me dejarán marchar?

—La deja a ella y se larga. Nosotros nos ocuparemos del resto. Usted no nos interesa.

—¿Dónde?

Le indicaron una dirección en las afueras de Washington, D.C., en el lado de Maryland. Conocía bien el barrio: era una zona muy aislada.

—Tengo que conducir hasta allí. Y la poli está por todas partes. Necesito unos cuantos días.

—Mañana por la noche. A las doce en punto.

—Maldita sea, eso no es mucho tiempo.

—Entonces le sugiero que vaya poniendo en marcha el vehículo.

—Escúcheme bien —masculló Lee—, si le ponen la mano encima a mi hija, los encontraré, no sé cómo, pero lo haré. Se lo juro. Primero le romperé todos los huesos del cuerpo y luego le haré daño de verdad.

—Señor Adams, considérese el hombre más afortunado sobre la faz de la tierra porque no le consideramos una amenaza. Y hágase un favor: cuando se marche no se le ocurra mirar hacia atrás. No se convertirá en una estatua de sal pero no le gustará lo que vea. —El hombre colgó.

Lee dejó el teléfono. Durante unos minutos él y Faith permanecieron sentados en silencio.

—¿Y ahora qué hacemos? —logró decir Lee finalmente.

—Danny aseguró que llegaría aquí lo antes posible.

—Fantástico. Me han dado un plazo: la medianoche de mañana.

—Si Danny no llega a tiempo, iremos al lugar que te ha indicado, pero antes pediremos refuerzos.

—¿A quién, al FBI? —inquirió Lee. Faith asintió—. Faith, no estoy seguro de tener tiempo suficiente para explicar todo esto a los agentes federales en un año, y mucho menos en un día.

—Es todo lo que tenemos, Lee. Si Danny llega aquí a tiempo y tiene un plan mejor, lo ponemos en práctica. De lo contrario, llamaré a la agente Reynolds. Ella nos ayudará. La convenceré. —Le apretó el brazo con fuerza—. No le va a pasar nada a tu hija, te lo prometo.

Lee le estrechó la mano, deseando de todo corazón que Faith estuviera en lo cierto.

44

Buchanan tenía previstas varias reuniones en el Congreso a última hora de la tarde, para hablar ante un público que no quería recibir su mensaje. Era como lanzar una pelota contra una ola. O le golpearía en la cara o se perdería en el mar. Bueno, hoy era el último día. Después, se habría acabado.

El coche lo dejó cerca del Capitolio. Subió las escaleras principales y se encamino hacia la parte del edificio que ocupaba el Senado, donde ascendió por la amplia escalinata, que en su mayor parte era de zona restringida, y siguió hasta el segundo piso, donde se podía circular libremente.

Buchanan sabía que ahora lo seguían más personas. Aunque había muchos tipos con traje negro por ahí, había recorrido esos vestíbulos las suficientes veces como para darse cuenta de quién debía estar allí y quién parecía fuera de lugar. Supuso que eran los hombres del FBI y de Thornhill. Tras el encuentro en el coche, la Rana habría desplegado más recursos. Bien. Buchanan sonrió. A partir de ahora, llamaría Rana al hombre de la CIA. A los espías les gustaban los nombres en clave. Además, no se le ocurría otro más apropiado para Thornhill.

Sólo esperaba que su aguijón fuera lo bastante potente y que la espalda reluciente e incitante de la Rana no resultara ser demasiado resbaladiza.

Lo primero con lo que uno se encontraba al llegar a la segunda planta y torcer a la izquierda era una puerta. Junto a ella había un hombre trajeado de mediana edad. No había ninguna placa que indicara de quién era aquel despacho. Justo al lado estaba el de Franklin Graham, el ujier del Senado. Su trabajo consistía en mantener el orden en la sala, prestar apoyo administrativo y encargarse del protocolo del Senado. Graham era buen amigo de Buchanan.

—Me alegro de verte, Danny —dijo el hombre trajeado.

—Hola, Phil, ¿qué tal tu espalda?

—El médico dice que debería operarme.

—Hazme caso, no permitas que te abran. Cuando te duela, tómate un buen trago de whisky, canta una canción a voz en grito y haz el amor con tu mujer.

—Beber, cantar y amar... A mí me parece un buen consejo —opinó Phil.

—¿Qué esperabas de un irlandés?

Phil se rió.

—Eres un buen hombre, Danny Buchanan.

—¿Sabes por qué estoy aquí?

Phil asintió.

—El señor Graham me lo ha dicho. Ya puedes entrar.

Abrió la puerta con una llave y Buchanan entró. Phil cerró y se quedó haciendo guardia. No reparó en los dos pares de personas que habían presenciado con disimulo esta conversación.

No sin razón, los agentes supusieron que podían esperar a que Buchanan saliera para continuar vigilándolo.

Al fin y al cabo, estaban en la segunda planta, y el hombre no echaría a volar.

En el interior de la sala, Buchanan tomó un impermeable del colgador. Por suerte para él, estaba lloviznando. En otra percha había un casco amarillo. Se lo puso. Acto seguido, extrajo unas gafas de culo de botella y unos guantes de trabajo del maletín. Por lo menos desde cierta distancia, con el maletín oculto bajo el impermeable, el cabildero podía pasar por peón.

Se dirigió a otra puerta situada al fondo de la sala, retiró la cadena de la cerradura y la abrió. Enfiló escaleras arriba y tiró de una pequeña trampilla, tras la cual apareció una escalera. Buchanan colocó los pies en los travesaños y empezó a subir. Al final, abrió otra trampilla y se encontró en lo alto del Capitolio.

Por aquel desván los conserjes accedían a la azotea para cambiar las banderas que ondeaban en el Capitolio. Lo gracioso del caso era que cambiaban las banderas constantemente, pues algunas ondeaban sólo durante unos segundos, de modo que los representantes podían obsequiar continuamente con barras y estrellas que habían «ondeado» en el Capitolio a los electores generosos de su correspondiente estado. Buchanan se frotó la frente. Dios mío, qué ciudad.

Bajó la mirada hacia los terrenos delanteros del Capitolio. La gente corría de un lado a otro, camino de reuniones con personas cuya ayuda necesitaba desesperadamente. Y a pesar de todos los egos, facciones, programas, crisis tras crisis e intereses creados, en cierto modo todo parecía funcionar. Mientras observaba la escena pensó que parecía un hormiguero. La máquina bien engrasada de la democracia. Por lo menos las hormigas lo hacían para sobrevivir. «Quizá nosotros en cierto modo también lo hagamos por eso», se dijo.

Alzó los ojos hacia Lady Liberty, encaramada desde hacía un siglo y medio sobre la cúpula del Capitolio. Recientemente se la habían llevado con ayuda de un helicóptero y un cable rígido para limpiar a conciencia la mugre acumulada a lo largo de ciento cincuenta años. Qué lástima que los pecados de la gente no fueran tan fáciles de eliminar.

Por unos instantes de locura, Buchanan se planteó la posibilidad de saltar. Podía haberlo hecho pero el deseo de vencer a Thornhill resultaba demasiado intenso. Además, habría sido una solución cobarde. Buchanan tal vez mereciera muchos apelativos pero no el de cobarde.

Una pasarela que rodeaba la azotea del Capitolio condujo a Buchanan a la segunda parte de su recorrido. O, para ser más precisos, de su huida. El ala correspondiente a la Cámara de Representantes del edificio del Capitolio poseía un desván similar, que los pajes también utilizaban para izar y bajar sus banderas. Rápidamente, Buchanan cruzó la pasarela y entró por la trampilla del edificio de la Cámara de Representantes. Descendió por la escalera y entró en el desván, donde se quitó el casco y los guantes, si bien se quedó con las gafas puestas. Extrajo un sombrero del maletín y se lo encasquetó. Se levantó el cuello del impermeable, inspiró profundamente, abrió la puerta del desván y la atravesó. La gente iba de un lado a otro pero nadie pareció reparar en él.

Al cabo de un minuto ya había salido del Capitolio por una puerta trasera que sólo conocían los más veteranos del lugar. Allí lo aguardaba un coche. Media hora más tarde llegaba al aeropuerto nacional, donde un avión privado, con los motores gemelos en marcha, esperaba a su único pasajero. Allí era donde el amigo «de las altas esferas» se ganaba su dinero. El avión recibió la autorización para despegar al cabo de unos minutos. Poco después, Buchanan contemplaba por la ventanilla del avión la capital que desaparecía poco a poco de su vista. ¿Cuántas veces había visto aquella imagen desde el aire?

—¡Hasta nunca! —musitó.

45

Thornhill se dirigía a su casa tras un día productivo. Ahora que Adams ya estaba controlado, pronto tendrían en sus manos a Faith Lockhart. Quizá Lee intentara engañarlos, pero Thornhill lo dudaba. Había oído el pánico que traslucía la voz de Adams. Menos mal que existía la familia. Sí, en conjunto, había sido un día productivo. El timbre del teléfono pronto cambiaría esa sensación.

—¿Sí? —La expresión segura de Thornhill se esfumó en cuanto el hombre le informó de que, de alguna manera, inesperadamente, Danny Buchanan había desaparecido, nada menos que en la última planta del Capitolio.

—¡Encontradlo! —bramó Thornhill por teléfono antes de colgarlo con brusquedad. ¿Qué pretendía ese hombre? ¿Había decidido emprender la huida un poco antes? ¿O era por otro motivo? ¿Había conseguido ponerse en contacto con Lockhart? Todo aquello resultaba de lo más perturbador. A Thornhill no le interesaba que intercambiasen información. Rememoró el encuentro mantenido en el coche. Buchanan había mostrado su carácter de siempre, había hecho sus pequeños juegos de palabras, meras bravatas en realidad, pero por lo demás se había contenido bastante. ¿Qué podía haber precipitado esta última acción?

Preso de la inquietud, Thornhill tamborileó sobre el maletín que tenía sobre las rodillas. Cuando contempló el cuero rígido, se quedó boquiabierto. ¡El maletín! ¡El dichoso maletín! Le había dado uno a Buchanan. Llevaba una grabadora oculta. Durante la conversación del coche, Thornhill había reconocido que había mandado matar al agente del FBI. Buchanan le había tirado de la lengua para que se traicionara a sí mismo y lo había grabado. ¡Lo había grabado con los dispositivos de la propia CIA! ¡El taimado hijo de puta!

Thornhill agarró el teléfono; le temblaban tanto los dedos que se equivocó dos veces al marcar.

«El maletín, la cinta del interior. Encontradla. Y a él también. Tenéis que encontrarlo. Es una orden.»

Colgó y se recostó en el asiento. El cerebro de más de mil operaciones clandestinas estaba absolutamente anonadado ante esa situación. Buchanan podría destrozarlo si quisiera. Andaba por ahí sin vigilancia con pruebas suficientes para acabar con él. No obstante, Buchanan también se hundiría; era inevitable, no quedaba otra salida.

Un momento. ¡El escorpión! ¡La rana! Ahora todo cobraba sentido. Buchanan iba a hundirse y a arrastrar a Thornhill consigo. El hombre de la CIA se aflojó la corbata, se revolvió en el asiento e intentó combatir el pánico que lo atenazaba.

«Esto no va a acabar así, Robert —se dijo—. Después de treinta y cinco años éste no va a ser el fin. Tranquilízate. Ahora necesitas pensar. Ahora es cuando te ganarás un lugar en la historia. Este hombre no acabará contigo.» Poco a poco, la respiración de Thornhill se normalizó.

Quizá Buchanan se limitara a utilizar la cinta como medida de seguridad. ¿Por qué pasar el resto de su vida en prisión cuando podía desaparecer discretamente? No, de nada le serviría llevar la cinta a las autoridades. Tenía tanto que perder como Thornhill, y era imposible que fuera tan vengativo. De repente, se le ocurrió una idea: quizás había sido por lo del cuadro, ese estúpido cuadro. Tal vez aquello hubiera sido el origen de todo. Thornhill no debió habérselo llevado. Dejaría un mensaje en el contestador de Buchanan ahora mismo, diciéndole que le había devuelto su precioso cuadro. Así lo hizo y a continuación ordenó que llevaran el cuadro a la casa de Buchanan.

En cuanto se reclinó en el asiento y miró por la ventanilla recuperó la serenidad. Tenía un as en la manga. Un buen comandante siempre se reservaba algo. Thornhill realizó otra llamada y recibió buenas noticias, una información secreta que acababa de entrar. Se le iluminó el semblante y las imágenes catastrofistas se alejaron de su mente. Al final todo saldría bien. Esbozó una sonrisa. Arrancar la victoria de las fauces de la derrota podía envejecer a un hombre varias décadas de la noche a la mañana o volverlo invencible. A veces incluso sucedían ambas cosas.

Al cabo de unos minutos Thornhill salía de su coche y enfilaba el sendero que conducía a su hermosa casa. Su esposa, impecablemente vestida, lo recibió en la puerta y le dio un mecánico beso en la mejilla. Acababa de llegar de una recepción del club de campo. De hecho, siempre acababa de llegar de una recepción del club de campo, farfulló Thornhill para sus adentros. Mientras él combatía contra los terroristas que se introducían en el país con arsenales nucleares, ella pasaba las horas en desfiles de moda donde mujeres jóvenes y superficiales con piernas que les llegaban hasta sus pechos inflados se contorneaban con trajes que ni siquiera les tapaban el trasero. Él se dedicaba cada día a salvar el mundo y su esposa comía canapés y bebía champaña por la tarde en compañía de otras damas pudientes. Los ricos ociosos eran igual de estúpidos que los pobres sin educación, con menos cerebro que las vacas, en opinión de Thornhill. Por lo menos las vacas tenían cierta conciencia de ser esclavas. «Soy un funcionario público mal pagado —reflexionó Thornhill—, y si alguna vez bajo la guardia, lo único que quedará de los ricos y los poderosos de este país serán los ecos de sus alaridos.» Era una idea fascinante.

Apenas hizo caso de los comentarios intrascendentes de su esposa sobre «su día» mientras dejaba el maletín, se servía una copa y huía a su estudio, cerrando la puerta tras de sí. Nunca le hablaba a ella de su trabajo. Ella se lo contaría todo a su peluquero, quien a su vez lo transmitiría a otra clienta, que se lo soltaría a cualquier otro y el mundo se acabaría al día siguiente. No, nunca hablaba de esos temas con su mujer. Sin embargo, le consentía todos los demás caprichos. ¡Incluidos los canapés, claro está!

Resultaba irónico, pero el estudio que tenía Thornhill en casa se parecía mucho al de Buchanan. No había placas, trofeos ni recuerdos de su larga carrera a la vista. Al fin y al cabo era espía. ¿Se suponía que debía comportarse como los idiotas del FBI y llevar camisetas y gorras con la palabra CIA bordada? Casi se le atragantó el whisky al pensarlo. No, su carrera había permanecido invisible para el gran público pero perfectamente visible para quienes importaban. El país funcionaba mucho mejor gracias a él, aunque la gente de la calle nunca lo sabría. Eso no le parecía mal. Buscar el reconocimiento por parte del gran e ignorante público era propio de idiotas. Él hacía lo que hacía por una cuestión de orgullo. Orgullo de sí mismo, de su devoción por el país.

Thornhill recordó a su querido padre, un patriota que se llevó sus secretos, sus triunfos distinguidos, a la tumba. Servicio y honor. De eso se trataba.

Pronto, con un poco de suerte, el hijo se anotaría otro triunfo en su carrera. En cuanto Faith apareciera no sobreviviría más de una hora. ¿Y Adams? Bueno, también tendría que morir. Desde luego Thornhill le había mentido por teléfono. Para él el engaño no era ni más ni menos que una herramienta sumamente eficaz en su profesión. Sólo había que asegurarse de que las mentiras no afectaran a la vida privada de uno. Sin embargo, a Thornhill siempre se le había dado bien la compartimentación. No había más que preguntárselo a su esposa aficionada al club de campo. Era capaz de iniciar una acción encubierta en Centroamérica por la mañana y jugar y ganar al bridge en el club de campo del Congreso por la tarde. ¡Eso sí que era compartimentación!

Además, con independencia de lo que se dijera sobre él dentro de los límites de la Agencia, se portaba bien con su gente. Los sacaba de apuros cuando lo necesitaban. Nunca había dejado a un agente o funcionario a merced de la tormenta, desamparado, aunque también los mantenía a raya cuando sabía que podían escaparse de su control. Poseía un instinto para esos asuntos y casi nunca le había fallado. Tampoco participaba en juegos políticos en beneficio propio. Nunca se había limitado a decir a los políticos lo que querían oír, como hacían otras personas de la Agencia, a veces con consecuencias desastrosas. Bueno, él no podía hacer más que lo que estaba en su mano. Faltaban dos años para que la responsabilidad recayese en otra persona. Dejaría la organización tras haberla fortalecido en la medida de lo posible. Era su regalo de despedida. No tendrían que agradecérselo. Servicio y honor. Levantó su copa en memoria de su difunto padre.

46

—Agáchate, Faith —dijo Lee al tiempo que se arrimaba a una ventana que daba a la calle. Había sacado la pistola y observaba a un hombre que se apeaba de un coche justo enfrente—. ¿Es Buchanan? —preguntó.

Faith atisbó preocupada por encima del alféizar y se relajó de inmediato.

—Sí.

—Bien, abre la puerta. Yo te cubriré.

—Ya te he dicho que era Danny.

—Fantástico, pues entonces deja entrar a Danny. No quiero correr riesgos innecesarios.

Faith frunció el ceño al oír ese comentario, se acercó a la puerta delantera y la abrió. Buchanan entró en la casa y ella cerró la puerta con llave detrás de él. Se fundieron en un largo abrazo mientras Lee los miraba desde las escaleras, con la pistola bien visible en el estuche del cinturón. Sus cuerpos se estremecían y las lágrimas les resbalaban por el rostro. Experimentó una punzada de celos ante aquel abrazo. Sin embargo, se le pasó enseguida ya que advirtió que aquellas muestras de cariño eran las de un padre con su hija; un encuentro de almas separadas por las circunstancias de la vida.

—Debes de ser Lee Adams —dijo Buchanan, tendiéndole la mano—. Estoy seguro de que lamentas el día que aceptaste este trabajo.

Lee bajó y le estrechó la mano.

—Qué va. Esto ha sido pan comido. De hecho estoy pensando en especializarme en el tema, sobre todo teniendo en cuenta que nadie más sería lo suficientemente estúpido como para hacerlo.

—Gracias a Dios que estabas aquí para proteger a Faith.

—De hecho, salvar a Faith se me da bastante bien. —Lee intercambió una sonrisa con ella y volvió a dirigirse a Buchanan—. Pero lo cierto es que tenemos una complicación añadida, y muy importante —añadió—. Vamos a la cocina. Supongo que preferirás enterarte tomando una copa.

En cuanto se hubieron sentado a la mesa de la cocina, Lee informó a Buchanan de la situación relativa a su hija.

Buchanan se enfureció.

—Ese cabrón.

Lee le dirigió una mirada intensa.

—¿Ese cabrón tiene nombre? Me encantaría saberlo, más que nada para tenerlo presente en el futuro.

Buchanan negó con la cabeza.

—Créeme, no te interesa ir por ese camino.

—¿Quién está detrás de todo esto, Danny? —Faith le tocó el brazo—. Creo que tengo derecho a saberlo.

Buchanan se volvió hacia Lee.

—Lo siento —dijo Lee levantando las manos—. Te toca salir a escena.

Buchanan agarró a Faith del brazo.

—Son gente muy poderosa y resulta que trabajan para este país. Esto es lo único que puedo decir sin poneros en un peligro aún mayor.

Faith se recostó en el asiento, asombrada.

—¿Nuestro propio gobierno intenta matarnos?

—El caballero con quien he tratado hace las cosas a su manera. No obstante, dispone de recursos, muchos recursos.

—¿Entonces la hija de Lee corre verdadero peligro?

—Sí. Este hombre no suele revelar sus verdaderos propósitos.

—¿Por qué has venido aquí, Buchanan? —quiso saber Lee—. Te has librado de ese tipo. Por la cuenta que nos trae, espero que lo hayas conseguido. Pero podías haberte largado a cualquier otro sitio de entre un millón. ¿Por qué aquí?

—Yo os metí en esto y tengo la intención de sacaros sanos y salvos.

—Pues será mejor que tu plan incluya a mi hija, o no cuentes conmigo. Si es necesario, no me separaré de ella durante los próximos veinte años.

—Podríamos llamar a la agente del FBI con quien estaba colaborando, Brooke Reynolds —sugirió Faith—, y contarle lo que ocurre. Podría poner a la hija de Lee en custodia preventiva.

—¿Para el resto de su vida? —Buchanan negó con la cabeza—. No, eso no funcionará. Tendremos que cortar las cabezas de la hidra y luego quemar las heridas. De lo contrario estamos perdiendo el tiempo.

—¿Y se puede saber cómo vamos a hacerlo? —inquirió Lee.

Buchanan abrió el maletín y extrajo la diminuta cinta de un hueco oculto.

—Con esto. He grabado al hombre de quien os he hablado. En esta cinta confiesa haber ordenado que mataran a un agente del FBI, entre otros actos incriminatorios.

Por primera vez, Lee se mostró esperanzado.

—¿Lo dices en serio?

—Créeme, nunca bromearía sobre ese hombre.

—Entonces utilizamos esta cinta para mantener a raya al sabueso. Si nos hace daño lo destruimos. Él lo sabe, así que con ello le habremos arrancado los colmillos.

Buchanan asintió despacio con la cabeza.

—Exacto.

—¿Y sabes cómo ponerte en contacto con él? —preguntó Lee.

Buchanan asintió de nuevo.

—Estoy seguro de que ya ha descubierto lo que hice y ahora mismo estará intentando averiguar cuáles son mis intenciones.

—Bueno, mi intención es que llames a ese capullo de inmediato y le adviertas que no se le ocurra tocar a mi hija. Quiero que me lo jure por sus muertos. Y como no me fío de ese cabrón quiero que haya una brigada del cuerpo de elite de la Marina apostada en la puerta de su habitación. Además, estoy por ir yo mismo a ese lugar. Por si acaso. ¿Quieren a Renee? Pues tendrán que pasar por encima de mi cadáver.

—No estoy seguro de que sea buena idea —repuso Buchanan.

—No recuerdo haber pedido tu opinión —le espetó Lee.

—Lee, por favor —rogó Faith—. Danny intenta ayudarnos.

—No estaría viviendo esta pesadilla si este tipo hubiera sido sincero conmigo desde el principio. Así que perdóname si no lo trato como a mi mejor amigo.

—No te culpo por lo que sientes —manifestó Buchanan—. Pero me pediste ayuda y haré lo que pueda por ayudarte. Y a tu hija también. No lo dudes.

La actitud defensiva de Lee se suavizó ante aquella declaración, aparentemente sincera.

—De acuerdo —dijo a regañadientes—. Reconozco que te llevas unos puntos por haber venido aquí, pero obtendrás más cuando detengas a los asesinos. Y luego deberíamos largarnos de aquí. Ya he llamado a ese psicópata una vez desde mi teléfono móvil. Supongo que en algún momento acabará por localizarnos. Cuando lo llames tú, dispondrán de incluso más información para hacerlo.

—Entendido. Tengo un avión a mi disposición en una pista de aterrizaje privada no muy lejos de aquí.

—¿Tus amigos de las altas esferas?

—Amigo. Un senador de este estado, Russell Ward.

—El bueno de Rusty —dijo Faith sonriendo.

—¿Estás seguro de que no te han seguido? —Lee lanzó una ojeada hacia la puerta delantera.

—Nadie me ha seguido. No estoy seguro de mucho más, pero de eso sí.

—Si este tipo es tan hábil como tú pareces creer, yo no estaría seguro de nada. —Lee levantó el teléfono—. Ahora haz esa llamada, por favor.

47

Thornhill estaba en el estudio de su casa cuando recibió la llamada de Buchanan. Su conexión telefónica no permitía que se localizase el aparato por el que hablaba Thornhill, aunque Buchanan estuviese en la central del FBI. Además, contaba con un codificador de voz que impedía su identificación. Por otro lado, los hombres de Thornhill trabajaban para averiguar el origen de la llamada de Buchanan aunque todavía no lo habían conseguido. Incluso la CIA tenía sus límites, sobre todo debido a los avances en el campo de las telecomunicaciones. Había tantas señales electrónicas surcando el aire que era prácticamente imposible localizar con precisión una llamada realizada desde un inalámbrico.

La Agencia Nacional de Seguridad podría rastrear la llamada con su antena circular del tamaño de un estadio. Thornhill era perfectamente consciente de que la supersecreta ANS poseía tecnología que dejaba en ridículo todos los medios de la CIA. Se decía que la información que la ANS recogía continuamente del aire podía llenar la Biblioteca del Congreso cada tres horas, engullendo una avalancha de *bytes*. Thornhill había recurrido en otras ocasiones a los servicios de la ANS. Sin embargo, la ANS (internamente bromeaban diciendo que el acrónimo significaba «agencia nada segura») resultaba más bien difícil de controlar. Así pues, Thornhill no quería implicarlos en ese asunto tan delicado. Se encargaría en persona del mismo.

—¿Sabes por qué llamo? —preguntó Buchanan.

—Por una cinta. Muy personal.

—Me gusta hablar de negocios con alguien que se cree omnisciente.

—Te agradecería que me ofrecieras alguna prueba, si no es mucho pedir —dijo Thornhill tranquilamente.

Buchanan reprodujo un fragmento de la conversación que habían mantenido con anterioridad.

—Gracias, Danny. ¿Cuáles son tus condiciones?

—Punto uno: no te acerques a la hija de Lee Adams. Retira a tus hombres. Para siempre.

—¿Acaso estás ahora con el señor Adams y la señorita Lockhart?

—Punto dos: nosotros tres también somos intocables. Si ocurre algo remotamente sospechoso, la cinta irá directa al FBI.

—Durante nuestra última conversación dijiste que ya disponías de los medios para destruirme —comentó Thornhill.

—Mentía.

—¿Saben Adams y Lockhart que estoy implicado?

—No.

—¿Cómo puedo confiar en ti?

—Si lo supieran correrían todavía más peligro. Lo único que quieren es sobrevivir. Hoy día parece un objetivo bastante habitual. Y me temo que tendrás que confiar en mi palabra.

—¿Aunque acabas de reconocer que me habías mentido?

—Exactamente. Dime, ¿cómo te sientes? —inquirió Buchanan.

—¿Y mi plan a largo plazo?

—Ahora mismo me importa un bledo.

—¿Por qué huiste?

—Ponte en mi lugar; ¿qué habrías hecho?

—Nunca me habría permitido acabar en tu lugar —aseveró Thornhill.

—Menos mal que no todos podemos ser como tú. ¿Hemos llegado a un acuerdo?

—No tengo elección, ¿verdad?

—Bienvenido al club —dijo Buchanan—. No obstante, puedes estar absolutamente seguro de que si nos ocurre algo a alguno de los tres estás acabado. Pero si juegas limpio, alcanzarás tu objetivo. Todo el mundo vivirá para celebrarlo.

—Es un placer negociar contigo, Danny.

Thornhill colgó y se quedó ahí sentado hirviendo de indignación durante unos minutos. Telefoneó a otra persona pero no obtuvo los resultados esperados. No habían localizado la llamada. Bueno, no era tan grave. Apenas confiaba en que lo lograran. Todavía tenía un as en la manga. Marcó otro número y en esta ocasión la información le hizo esbozar una sonrisa. Tal como había dicho Danny, Thornhill sabía todo lo que había que saber y dio gracias a Dios por su omnisciencia. Cuando uno se preparaba para cualquier eventualidad, era difícil que saliese derrotado.

Buchanan estaba con Lockhart, de eso no cabía la menor duda. Sus dos pájaros dorados ocupaban el mismo nido. Eso simplificaba su tarea sobremanera. Buchanan se había pasado de listo.

Estaba a punto de servirse otro whisky cuando su esposa asomó la cabeza a la puerta. ¿Le apetecía ir al club con ella? Había un torneo de bridge. Acababan de llamarla. Una pareja había anulado su participación y querían saber si los Thornhill tendrían a bien ocupar su lugar.

—De hecho —dijo él—, estoy absorto en una partida de ajedrez. —Su esposa echó un vistazo alrededor de la estancia vacía—. Oh, es a distancia, querida —explicó Thornhill señalando con la cabeza al ordenador—. Ya sabes la de cosas que permite la tecnología actual. Puedes enfrentarte con alguien sin verlo siquiera.

—Bueno, no te acuestes tarde —dijo ella—. Has estado trabajando mucho y ya no eres un jovencito.

—Veo luz al final del túnel —afirmó Thornhill. Y en ese momento estaba diciendo la pura verdad.

48

Reynolds y Connie llegaron a Duck, Carolina del Norte, alrededor de la una de la madrugada tras una única parada para repostar y comer algo, y poco después se hallaban en Pine Island. Las calles estaban oscuras y los comercios cerrados. Sin embargo, tuvieron la suerte de encontrar una gasolinera que permanecía abierta toda la noche. Mientras Reynolds compraba dos cafés y unos bollos, Connie preguntó al empleado dónde estaba la pista de aterrizaje. Se sentaron en el aparcamiento de la gasolinera, comieron y reflexionaron sobre la situación.

—He llamado a la Oficina de Campo —informó Connie a Reynolds mientras removía el azúcar del café—. Un giro interesante. Buchanan ha desaparecido.

Reynolds engulló un trozo de bollo y lo miró de hito en hito.

—¿Cómo demonios ha ocurrido una cosa así?

—Nadie lo sabe. Por eso hay tanta gente lamentándose.

—Bueno, por lo menos no nos pueden echar la culpa a nosotros.

—No estés tan segura de ello —repuso Connie—. Culpar es un arte que se practica mucho en Washington, y el FBI no es una excepción.

De repente una idea asaltó a Reynolds.

—Connie, ¿crees que Buchanan podría intentar encontrarse con Lockhart? Tal vez desapareciera por eso.

—Si los atrapáramos a los dos a la vez, a lo mejor te nombran directora.

Reynolds sonrió.

—Me conformo con que me permitan reincorporarme a mi puesto. Pero quizá Buchanan esté de camino. ¿A qué hora dicen que le perdieron el rastro?

—Por la tarde.

—Entonces, si ha venido en avión, ya podría estar aquí, hace horas incluso.

Connie tomó un sorbo de café mientras meditaba.

—¿Por qué querrían Buchanan y Lockhart hacer algo juntos? —preguntó de forma pausada.

—No lo olvides, si es cierto que Buchanan contrató a Adams, entonces quizás Adams lo llamara y acabaran por asociarse.

—Si es que Adams es inocente en todo este asunto. Pero estoy convencido de que no habría llamado a Buchanan si pensara que el tipo tenía algo que ver con el intento de liquidar a Lockhart. A juzgar por todo lo que hemos descubierto, me parece que el tipo es una especie de protector para ella.

—Creo que estás en lo cierto —dijo Reynolds—, pero quizás Adams descubriera algo que le hiciera creer que Buchanan no ordenó el trabajito. En ese caso, quizás intentara colaborar con Buchanan para averiguar juntos qué demonios pasa y quién más quería ver a Lockhart muerta.

—¿Alguien más detrás de todo esto? ¿Uno de los gobiernos extranjeros con los que trabajaba Buchanan, quizá? Si la verdad saliera a relucir, sería como si les acabaran de lanzar cientos de huevos podridos a la cara. Eso es un incentivo suficiente para matar a alguien —manifestó Connie.

—Estoy desconcertada —dijo Reynolds, mientras Connie la observaba fijamente—. Algo en este caso no acaba de encajar. Hay un grupo de personas que se hacen pasar por agentes del FBI, y alguien parece conocer todos nuestros movimientos.

—¿Ken Newman?

—Quizá. Pero eso tampoco parece tener mucho sentido. Ken recibió dinero durante mucho tiempo. ¿Fue el topo de alguien durante tanto tiempo? ¿O se trata de alguien más?

—Y no te olvides de la persona que intenta tenderte una trampa para incriminarte —señaló Connie—. Se requiere cierta pericia para hacer transferencias entre cuentas como ésas.

—Exacto. Pero no me imagino a agentes de gobiernos extranjeros haciéndolo; sigo sin entenderlo.

—Brooke, los países se dedican al espionaje industrial contra nosotros cada día. Joder, incluso nuestros aliados incondicionales plagian nuestra tecnología porque no tienen los medios suficientes para crearla. Y nuestras fronteras están tan abiertas que no cuesta mucho cruzarlas. Bien lo sabes.

Reynolds exhaló un largo suspiro mientras contemplaba la oscuridad que lo inundaba todo más allá del chillón anillo luminoso que rodeaba la gasolinera.

—Supongo que tienes razón. Creo que en vez de intentar averiguar quién está detrás de todo esto deberíamos encontrar a Lockhart y compañía y preguntárselo.

—Ése es un plan que me gusta. —Connie puso en marcha el coche y se internaron a toda velocidad en la penumbra.

Tras localizar la pista de aterrizaje, Reynolds y Connie patrullaron por las calles oscuras en busca de la Honda Gold Wing. Prácticamente todas las casas de la playa parecían vacías, lo que facilitaba y dificultaba a la vez la búsqueda. Reducía el número de casas en las que tenían que fijarse pero también ocasionaba que los agentes llamaran más la atención.

Al final Connie avistó la Honda en el garaje abierto de una de las casas de la playa. Reynolds se apeó del coche y la examinó más de cerca para confirmar que la matrícula coincidía con la de la moto que Lee Adams había tomado prestada de la tienda de su hermano. Luego fueron en coche al otro extremo de la calle, apagaron los faros y se pusieron a discutir qué harían a continuación.

—Quizá sea tan sencillo como que yo me acerque por delante y tú por detrás —propuso Reynolds observando la casa a oscuras. Sentía un cosquilleo por todo el cuerpo sólo de pensar que a cincuenta metros escasos estaban las dos o posiblemente las tres personas clave de toda esa investigación.

Connie negó con la cabeza.

—Esto no me gusta. El hecho de que esté la Honda significa que Adams también se encuentra ahí.

—Tenemos su pistola —le recordó Reynolds.

—Lo primero que haría un tipo como ése es conseguir otra. Y cuando entremos, aunque lo pillemos por sorpresa, conocerá el terreno mejor que nosotros. Podría herir a uno de los dos —añadió—. Y tú ni siquiera vas armada, así que no nos separaremos.

—Fuiste tú quien dijo que Adams no parecía ser un mal tipo.

—Creer algo y estar absolutamente seguro de ello son dos cosas distintas. Además, no quiero arriesgar la vida de nadie por esa diferencia. Y cuando uno sorprende a alguien, sea bueno o malo, a altas horas de la noche, pueden cometerse errores. Tengo la intención de devolverte a tus hijos de una pieza. Y tampoco me importaría volver igual.

—¿Entonces qué hacemos? ¿Esperar a que se haga de día y pedir refuerzos?

—Si llamamos a los locales seguro que al cabo de una hora tendremos aquí a todas las cadenas de televisión de la zona —replicó Connie—. Eso no nos hará quedar muy bien a ojos del FBI.

—Entonces supongo que podemos esperar a que suban a la Honda para detenerlos.

—En vista de las opciones, me inclino por vigilar el lugar y ver qué ocurre. Si salen, intervenimos. Con un poco de suerte, Lockhart saldrá sin Adams y entonces podremos atraparla. Después, supongo que no nos costaría mucho pescar a Adams.

—¿Y si no salen, ni juntos ni por separado? —preguntó Reynolds.

—Entonces tendremos que actuar cuando lo estimemos conveniente.

—No quiero perderlos de nuevo, Connie.

—No van a largarse a la playa para irse nadando a Inglaterra. A Adams le costó conseguir esa moto. No va a abandonarla porque, sencillamente, no tiene forma de cambiarla por otro vehículo. Vaya a donde vaya, la Honda va con él. Y esa Honda no irá a ningún sitio sin que nosotros la veamos.

Se acomodaron en el coche a esperar.

49

Lee había pasado unas cuantas horas recostado intranquilo en el sofá de la planta baja con la pistola sobre el vientre. Cada pocos minutos le parecía que oía a alguien entrar en la casa pero no era más que su imaginación, ya agotada, que hacía todo lo posible por volverlo loco.

Como no podía dormir decidió al final arreglarse para marcharse a Charlottesville. Se dio una ducha rápida y se cambió de ropa. Estaba preparándose la bolsa cuando oyó que alguien llamaba a su puerta con suavidad.

Faith iba vestida con una bata blanca; las mejillas hinchadas y los ojos cansados ponían de manifiesto su incapacidad para conciliar el sueño.

—¿Dónde está Buchanan? —preguntó él.

—Dormitando, me parece. Yo no he podido conciliar el sueño.

—Pues ya somos dos. —Acabó de introducir sus cosas en la bolsa y la cerró.

—¿Estás seguro de que no quieres que te acompañe? —preguntó ella.

Lee sacudió la cabeza.

—No quiero que estés cerca de ese tipo y sus matones, si es que aparecen. Conseguí hablar con Renee anoche. La primera vez que hablo con ella desde no sé cuándo y tengo que decirle que podría ser la víctima de un psicópata por algo que hizo su estúpido padre.

—¿Cómo se lo tomó?

A Lee se le iluminó el semblante.

—La verdad es que pareció alegrarse de saber de mí. No le conté todo lo que pasaba. No quería aterrorizarla demasiado pero creo que tiene ganas de verme.

—Qué bien. Me alegro mucho por ti, Lee.

—Como mínimo la poli se tomó mi llamada en serio. Renee me dijo que un agente fue a hablar con ella y que hay un coche patrullando la zona.

Dejó la bolsa y le tomó la mano.

—No me siento tranquilo dejándote aquí.

—Es tu hija. Todo irá bien. Ya has oído a Danny. Tiene a ese tipo entre la espada y la pared.

Lee no parecía muy convencido.

—Lo último que deberías hacer ahora es bajar la guardia. El coche llegará a las ocho para llevaros al avión y volaréis de vuelta a Washington.

—¿Y luego qué?

—Id a un motel de las afueras. Registraos con un nombre falso y luego llamadme al móvil. En cuanto me cerciore de que Renee está bien me reuniré con vosotros. Ya lo he hablado con Buchanan. Está de acuerdo.

—¿Y luego? —insistió Faith.

—Vayamos por partes. Ya te dije que no había garantías.

—Me refería a nosotros.

Lee jugueteó con la correa de la bolsa.

—Ah —fue todo lo que dijo y sonó estúpido.

—Ya veo.

—¿Qué ves? —preguntó Lee.

—Un revolcón y adiós, muy buenas.

—¿Por qué piensas eso? ¿Todavía no sabes qué tipo de hombre soy?

—En realidad pensaba que sí, pero supongo que se me ha olvidado. Perteneces al grupo de los solitarios: para vosotros el sexo sólo es una manera de pasar un buen rato, ¿no?

—¿Por qué discutimos? Como si no tuviéramos suficientes problemas. Podemos hablar del tema más adelante. No creas que no voy a volver.

Lee no pretendía reprender a Faith pero... diablos, ¿por qué no se daba cuenta de que aquél no era el mejor momento?

Faith se sentó en la cama.

—Como dijiste, sin garantías —musitó.

Lee le posó una mano sobre el hombro.

—Volveré, Faith. No he llegado hasta aquí para abandonarte ahora.

—Bueno —se limitó a decir ella. Se levantó y le dio un breve abrazo—. Ten mucho cuidado, por favor.

Acompañó a Lee hasta la puerta posterior. Cuando se volvió para entrar, él clavó la vista en ella. No se perdió ni un detalle, desde los pies descalzos al cabello corto, pasando por todo lo que había en medio. Por un perturbador momento, se preguntó si sería la última vez que la vería.

Lee se montó en la Honda y arrancó la moto rápidamente.

Cuando Lee recorrió el camino de entrada y llegó a la calle haciendo un ruido infernal, Brooke Reynolds corrió hacia el Crown Vic y abrió la puerta. Sin aliento, se inclinó hacia el interior.

—Mierda, sabía que en cuanto saliera del coche para observar la casa más de cerca pasaría esto. Debe de haber salido por una puerta trasera. Ni siquiera ha encendido la luz del garaje. No lo he visto hasta que ha puesto la moto en marcha. ¿Qué hacemos? ¿La casa o la moto?

Connie echó un vistazo calle abajo.

—A Adams ya lo hemos perdido de vista y esa moto es mucho más rápida que este tanque.

—Supongo que eso nos deja con la casa y Lockhart.

De repente, Connie pareció preocuparse.

—Estamos dando por supuesto que ella continúa dentro. De hecho, ni siquiera sabemos si ha estado allí alguna vez.

—Mierda, sabía que dirías eso. Más nos vale que esté ahí. Si hemos dejado marchar a Adams y Lockhart no está en esa casa, me voy nadando a Inglaterra. Y tú tendrás que acompañarme. Vamos, Connie, tenemos que entrar en la casa.

Connie salió del coche, desenfundó el arma y miró en torno a sí con nerviosismo.

—Mierda, esto no me gusta. Podría ser una trampa. Quizá vayamos directos a una emboscada. Y no tenemos refuerzos.

—No tenemos otra opción, ¿verdad?

—De acuerdo, pero quédate detrás de mí, joder.

Se dirigieron a la casa.

50

Los tres hombres, vestidos con chándal negro y zapatillas de deporte, corrían por la orilla de la playa. Aunque faltaba poco para el amanecer, resultaban prácticamente invisibles con el mar como telón de fondo y el rumor de las olas que mitigaba el sonido de sus movimientos.

Habían llegado a la zona hacía apenas una hora y acababan de recibir una noticia inquietante. Lee Adams había salido de la casa. Lockhart no iba con él. Ella debía de estar todavía en la casa o, por lo menos, esperaban que así fuera. Les habían dicho que Buchanan quizá también se hallara allí. Atraparían a esos dos antes que a Adams. Él podía esperar. Ya le darían alcance. De hecho, no se detendrían hasta alcanzarlo.

Cada uno de los miembros del equipo llevaba una pistola automática y un cuchillo especialmente diseñado para seccionar la carótida de un solo golpe. Todos ellos estaban bien entrenados para ejecutar con precisión ese corte letal. Las órdenes que habían recibido eran claras. Todos los ocupantes de la casa tenían que morir. Si se llevaba a cabo a la perfección, sería una operación limpia. Estarían de regreso en Washington a última hora de la mañana.

Eran hombres orgullosos, profesionales por derecho propio y hacía tiempo que estaban al servicio de Robert Thornhill. Como equipo habían sobrevivido a momentos de peligro durante los últimos veinte años gracias a su ingenio, habilidad, fortaleza física y resistencia. Habían salvado vidas, conseguido que ciertas partes del mundo fueran más seguras y ayudado a que Estados Unidos se convirtiera en la única superpotencia mundial. Ello supondría que el mundo sería mejor y más justo para muchos. Al igual que Robert Thornhill, se habían incorporado a la Agencia para prestar un servicio, para participar en una empresa pública. Para ellos, aquello era lo máximo a lo que se podía aspirar.

Asimismo, los tres hombres formaban parte del grupo del que Lee y Faith se habían escabullido en el apartamento de Adams. El episodio les había avergonzado, pues había empañado su reputación casi perfecta. Habían deseado que se les presentara la oportunidad de reparar su falta y ahora no tenían la intención de dejarla escapar.

Uno de ellos se quedó en lo alto de las escaleras para montar guardia mientras los otros dos recorrían las pasarelas de madera en dirección a la parte posterior de la casa. El plan era sencillo, directo, carente de sutilezas. Tomarían la casa con rapidez y con decisión, empezando por la planta baja. Cuando se encontraran con alguien, no formularían preguntas ni le pedirían que se identificase. Sus pistolas con silenciador dispararían una vez por víctima hasta que no quedara un solo ser vivo en toda la casa. Sí, era perfectamente posible que estuvieran de vuelta en Washington antes de la hora del almuerzo.

51

Lee aminoró la marcha de la Honda y se detuvo en medio de la calle antes de poner los pies sobre el asfalto. Miró por encima del hombro. La calle era larga, estaba oscura y vacía. Sin embargo, pronto amanecería. Lo notaba en los bordes difuminados del cielo, como márgenes blancos de una Polaroid que lentamente cobrasen vida.

¿Por qué no había esperado? Podría haberse quedado hasta que llegara el coche que llevaría a Faith y a Buchanan a la pista de aterrizaje. Como mucho, sólo habría retrasado su llegada a Charlottesville dos horas. Y, sin duda, estaría más tranquilo. ¿Por qué demonios se marchaba tan rápido? Renee estaba protegida. Pero ¿y Faith?

Dio un golpecito al acelerador con la mano enguantada. Así también tendría la oportunidad de hablar con ella, de hacerle saber que le importaba mucho.

Dio media vuelta a la Honda y deshizo su camino. Cuando llegó a la calle, disminuyó la velocidad. El coche estaba estacionado al final de la calle. Era un gran sedán que a todas luces pertenecía al Gobierno federal. Cierto, estaba en el extremo opuesto de la calle y no había pasado por su lado al dirigirse a la carretera general pero ¿cómo demonios no había reparado en él su ojo «experto»? Cielos, ¿había perdido tantas facultades?

Se acercó directamente al coche pensando que, si se trataba de agentes federales, podría despistarlos y dejarlos atrás fácilmente. Sin embargo, cuando estuvo más cerca, advirtió que el coche estaba vacío. Preso del pánico, hizo virar la Honda, enfiló el camino de acceso a una de las casas contiguas a la de Faith y se apeó. Se deshizo del casco a toda prisa y desenfundó la pistola. Recorrió a grandes zancadas el patio trasero de la casa y subió a la pasarela de madera que se entrecruzaba con las zonas traseras comunes que comunicaban todas las casas con las escaleras que bajaban a la playa, como venas humanas conectadas con las arterias del corazón. Su propio corazón latía a una velocidad de vértigo.

Saltó de la pasarela, se agazapó detrás de unas juncias y escudriñó la parte posterior de la casa de Faith. Lo que vio le heló la sangre. Los dos hombres iban vestidos de negro y estaban deslizándose por el muro trasero del patio de Faith. ¿Eran los federales, o se trataba de los hombres que habían estado a punto de asesinar a Faith en el aeropuerto? «Que no sean ellos, por favor», se dijo. Ambos ya habían desaparecido por detrás del muro. En cuestión de segundos estarían en la casa. ¿Se habría acordado Faith de activar de nuevo el sistema de alarma después de que él saliera? No, pensó, probablemente no.

Lee se levantó con rapidez y salió disparado hacia la casa. Cuando cruzó la pasarela de madera, notó que algo se le acercaba desde la izquierda porque vio una sombra. Aquella sensación fue seguramente la que le salvó la vida.

El cuchillo se le clavó en el brazo en vez de en el cuello porque se agachó y rodó por el suelo. Empezó a sangrar, pero el material rígido del traje de motorista amortiguó en buena medida el golpe. Su atacante no vaciló ni por un momento y se abalanzó sobre él.

Sin embargo, Lee sincronizó sus movimientos a la

perfección, consiguió levantar el brazo no herido, empujó con fuerza al hombre y lo arrojó contra las juncias, lo que resultaba tan desagradable como que te clavaran en la piel un cuchillo afilado. Lee se lanzó a recoger su pistola, que se le había caído cuando el hombre había saltado sobre él. Lee no tenía reparos en pegarle un tiro al tipo y armar un escándalo. En ese preciso instante no le haría ascos a cualquier ayuda que le proporcionara la policía local.

No obstante, su oponente se recuperó enseguida, salió de las juncias a una velocidad sorprendente y se echó sobre Lee antes de que éste recuperase la pistola. Los dos hombres aterrizaron al borde de las escaleras. Lee vio el filo del cuchillo acercarse de nuevo, pero consiguió agarrar al hombre por la muñeca antes de que lo hiriese. Aquel tipo era fuerte, Lee le notó los tendones acerados del antebrazo y los tríceps duros como una piedra cuando le asió de la parte superior del brazo en un intento por obligarlo a dejar caer el cuchillo. Sin embargo, Lee tampoco era precisamente un alfeñique. No se había pasado años levantando pesas en vano.

El tipo con quien se enfrentaba también era un luchador experto porque consiguió asestarle dos o tres puñetazos en el vientre con la mano que tenía libre. No obstante, tras el primero, Lee tensó los abdominales y los oblicuos y casi no sintió el resto de las arremetidas. Durante más de dos décadas había hecho abdominales y parado pelotas medicinales con el vientre. Después de haberse castigado de ese modo, el puño humano presentaba muy poca dificultad para él, independientemente de la dureza del mismo.

Convencido de que él también podía entrar en juego, Lee soltó el brazo del hombre y le propinó un gancho en el diafragma. Reparó que el tipo se quedaba sin aire, pero continuaba sujetando el cuchillo. Acto seguido, Lee le descargó tres golpes en los riñones, que eran los más dolorosos que alguien podía encajar sin perder el conocimiento. El cuchillo cayó de las manos del hombre y repiqueteó escaleras abajo.

A continuación, los dos hombres se pusieron en pie, jadeando, aferrados todavía el uno al otro. Como una exhalación, el hombre realizó un barrido con la pierna que hizo que Lee perdiera el equilibrio. Se desplomó con un gruñido pero se incorporó de inmediato cuando se percató de que el tipo estaba a punto de desenfundar la pistola. Ver la muerte tan de cerca le otorgó una capacidad de recuperación que habría sido impensable en un momento menos peligroso. Le practicó un placaje al hombre y los dos rodaron hasta el borde de las escaleras, experimentando un agudo dolor al rebotar sobre cada una de las tablas, y dieron con su cuerpo en la arena en un revoltijo de brazos, piernas y torsos antes de tragar agua salada, ya que la marea ascendente casi había alcanzado las escaleras.

Lee había visto que la pistola se caía durante la pelea así que se apartó del hombre a patadas y se levantó con el agua hasta los tobillos. El tipo también se irguió pero con menos agilidad. Lee estaba en guardia. Su contrincante sabía kárate; Lee lo había advertido por el barrido que había ejecutado en lo alto de las escaleras y, en aquel mismo instante, por la postura defensiva que el hombre había adoptado: aovillado, sin ángulos desprotegidos ni zonas sensibles expuestas a los golpes. Lee, cuya mente funcionaba más rápido que su pensamiento consciente, calculó que era diez centímetros más alto y que pesaba por lo menos veinte kilos más que su adversario, pero que si éste le alcanzaba la cabeza con una patada letal, no tendría posibilidad de defenderse. Y entonces

Faith, Buchanan y él morirían. No obstante, si no reducía al hombre en cuestión de segundos, Faith y Buchanan morirían de todos modos.

El hombre hizo ademán de atizarle un demoledor puntapié lateral en el torso. Sin embargo, tuvo que chapotear un poco en el agua para alzar la pierna, dándole a Lee el tiempo adicional que necesitaba. El detective tenía que acercarse, agarrarlo por donde pudiera y evitar que aquel imitador de Chuck Norris pusiera en práctica sus conocimientos de artes marciales. Lee era boxeador; en el combate a distancia corta, donde las piernas no podían causar mucho daño, resultaba totalmente arrollador. Se apuntaló sobre el terreno y detuvo la patada directa a las costillas con el cuerpo pero consiguió agarrar la pierna con el brazo que le sangraba y apresarla contra su costado. Con la mano que le quedaba libre, le atizó un golpe en la rodilla que le rompió los cartílagos y la dobló hacia atrás formando un ángulo más bien impropio de las rodillas. El hombre profirió un grito. Acto seguido, Lee le asestó un puñetazo directo en plena cara y sintió que la nariz de su contrincante se aplastaba a consecuencia del impacto. Por último, en un ramalazo de movimiento propio de una coreografía, Lee soltó la pierna, se agachó y se irguió como un bólido desde esa postura con un gancho de izquierda en el que aplicó sus casi cien kilos de peso multiplicados por cualquiera que fuese el factor que la ira añadía a cualquier pelea. Cuando su puño golpeó el hueso facial, que rápidamente cedió bajo el terrible impacto, Lee supo que había vencido. Nadie que no fuera un peso pesado poseía una mandíbula tan dura.

El hombre cayó como si le hubieran pegado un tiro en la cabeza. Rápidamente, Lee lo tendió boca abajo y le sumergió la cabeza en el agua. En realidad no tenía tiempo de ahogar al tipo, por lo que le descargó un codazo en la nuca con todas sus fuerzas. El sonido resultante era inconfundible, aunque estuvieran dentro del agua, como si Dios quisiera que Lee tomara plena conciencia de lo que había hecho y no deseara que lo olvidara.

El cuerpo se relajó y Lee se incorporó junto al hombre muerto. Se había visto implicado en numerosas peleas, tanto dentro como fuera del cuadrilátero, pero nunca había matado a nadie. Cuando miró el cadáver se dio cuenta de que no era algo de lo que enorgullecerse. Lo único que agradecía era que el muerto no fuera él.

Con el estómago revuelto y atormentado de pronto por el dolor punzante de la herida del brazo, dirigió la vista hacia las escaleras que conducían a las casas de la playa. Sólo le quedaban otras dos bestias por combatir para dar por cumplida su misión. Además, estaba claro que no se trataba de los federales. Los agentes del FBI no se dedicaban a ir por ahí intentando matar a la gente con navajas ultramodernas y patadas de kárate; lo normal era que mostraran la placa y el arma y te ordenaran que te detuvieras inmediatamente; y lo más inteligente era obedecer.

No, éstos eran los otros. Los asesinos de la CIA, que actuaban como robots. Corrió escaleras arriba, encontró su pistola y se dirigió con la máxima celeridad posible a la casa de la playa, rezando con cada exhalación para que no fuera demasiado tarde.

52

Faith se había enfundado unos vaqueros y una sudadera y estaba sentada en la cama mirándose los pies descalzos. El sonido de la motocicleta se había apagado
como engullido por un enorme vacío. Echó un vistazo a
la habitación y le pareció que Lee Adams nunca había
estado allí, que jamás había existido. Había dedicado
mucho tiempo y esfuerzo al intentar librarse de él y, ahora que se había marchado, sentía que toda su alma se veía
arrastrada al vacío que Lee había dejado tras de sí.

Al principio creyó que el ruido que oía en la casa silenciosa se debía a los movimientos de Buchanan. Luego pensó que quizá Lee hubiera regresado. De hecho, le
había parecido oír la puerta trasera.

Cuando se levantó de la cama se le ocurrió de repente que no podía tratarse de Lee porque no había oído la
motocicleta entrar en el garaje; una vez que la asaltó la idea,
el corazón empezó a latirle de forma descontrolada.

¿Había cerrado la puerta con llave? No se acordaba.
Sabía que no había activado la alarma. ¿Acaso Danny
estaba dando vueltas por la casa? Por algún motivo, Faith
tenía la certeza de que no era él.

Se acercó despacio a la ventana y miró al exterior al
tiempo que aguzaba el oído al máximo. Sabía que el rui-

do no era fruto de su imaginación. Alguien había entrado en la casa, de eso no le cabía la menor duda. En ese preciso instante, alguien se encontraba dentro. Escudriñó el pasillo. En el dormitorio que había utilizado Lee había otro panel de control de la alarma. ¿Podría llegar hasta él, activar el sistema y el detector de movimiento? Se arrodilló y gateó por el corredor.

Connie y Reynolds habían entrado por la puerta trasera y se habían internado en el pasillo de la planta baja. Connie apuntaba al frente con la pistola. Reynolds iba detrás de él, sintiéndose desnuda e impotente sin su arma. Abrieron todas las puertas de la planta baja pero encontraron todas las habitaciones vacías.

—Deben de estar arriba —susurró Reynolds al oído de Connie.

—Espero que haya alguien —le respondió él en voz baja y con una entonación que no presagiaba nada positivo.

Los dos se quedaron petrificados al percibir un ruido procedente del interior de la casa. Connie señaló la planta superior con el dedo y Reynols asintió para mostrar su conformidad. Se acercaron a las escaleras y subieron. Afortunadamente, los escalones estaban enmoquetados y amortiguaron el sonido de sus pasos. Llegaron al primer rellano y se detuvieron, escuchando con atención. Silencio. Siguieron avanzando.

Por lo que alcanzaban a ver, la planta estaba vacía. Caminaban a lo largo de la pared, volviendo la cabeza casi a la vez.

Justo encima de ellos, en el pasillo superior, Faith yacía boca abajo en el suelo. Se asomó al borde del descansillo y experimentó un ligero alivio al ver que se trataba de la agente Reynolds. Cuando avistó a los otros dos hombres que subían por las escaleras desde la planta baja, todo el alivio se esfumó.

—¡Cuidado! —gritó Faith.

Connie y Reynolds se volvieron para mirarla y dirigieron la vista hacia donde señalaba. Connie apuntó con la pistola a los dos hombres, quienes también tenían encañonados con sus armas a ambos agentes.

—FBI —rugió Reynolds a los hombres de negro—. Suelten las armas. —Normalmente, cuando daba esa orden, se sentía bastante segura de la respuesta. En aquel momento, teniendo en cuenta que eran dos pistolas contra una, no tenía tanta confianza.

Los dos hombres no dejaron caer las armas. Continuaron avanzando mientras Connie ponía la pistola en dirección a uno y otro hombre alternativamente.

Uno de ellos alzó los ojos hacia Faith.

—Baje aquí, señorita Lockhart.

—Quédate ahí arriba, Faith —dijo Reynolds, mirándola fijamente—. Ve a tu habitación y cierra la puerta con llave.

—¿Faith? —Buchanan apareció en el pasillo, despeinado y con ojos somnolientos.

—Usted también, Buchanan. Ahora —ordenó el mismo hombre—. Baje.

—¡No! —gritó Reynolds, desplazándose hacia adelante—. Escúchenme bien, una unidad de elite viene en camino. La hora prevista de llegada es dentro de dos minutos. Si no sueltan las armas inmediatamente, les sugiero que echen a correr si no quieren vérselas con esos tipos.

El hombre sonrió.

—No va a venir ninguna unidad de elite, agente Reynolds.

Reynolds no fue capaz de ocultar su sorpresa, que aumentó sobremanera al escuchar las siguientes palabras del hombre.

—Agente Constantinople —dijo él dirigiéndose a Connie—, ya puede marcharse. La situación está bajo control, pero agradecemos su ayuda.

Lentamente, Reynolds se dio vuelta y contempló a su compañero boquiabierta y totalmente consternada.

Connie le devolvió la mirada con una clara expresión de resignación en el rostro.

—¿Connie? —Reynolds tomó aire con rapidez—. No puede ser, Connie. Por favor, dime que no.

Connie toqueteó la pistola y se encogió de hombros. Poco a poco distendió su postura.

—Mi plan era que salieras viva de ésta y que te readmitiesen. —Se volvió hacia los otros dos hombres. Uno de ellos sacudió la cabeza con decisión.

—¿Eres tú el infiltrado? —preguntó Reynolds—. ¿Y no Ken?

—Ken no era un espía —contestó Connie.

—¿Y el dinero de la caja de seguridad?

—Procedía de su comercio de cromos y monedas. Pagaba siempre en efectivo. De hecho participé en algunas operaciones con él. Yo estaba al corriente de todo. Engañaba a Hacienda. ¿Qué más daba? Mejor para él. De todos modos, la mayor parte de ese dinero iba a parar a las cuentas para la universidad de sus hijos.

—Me hiciste pensar que él era el responsable de las filtraciones.

—Claro, no quería que pensaras que era yo. Es obvio que eso no habría resultado demasiado positivo.

Uno de los hombres corrió escaleras arriba y desapareció en uno de los dormitorios. Salió al cabo de un minuto con el maletín de Buchanan. Condujo a Faith y a Buchanan escaleras abajo. Abrió el maletín y extrajo el casete. Reprodujo parte de la grabación para confirmar su contenido. Acto seguido, rompió el casete a la fuerza, sacó la cinta y la lanzó a la chimenea de gas antes de accionar el interruptor. Todos observaron en silencio cómo la cinta se convertía en una masa pegajosa.

Mientras Reynolds presenciaba la destrucción de la cinta no pudo evitar pensar que tenía ante sí los últimos minutos de su vida.

Miró a los dos hombres y luego a Connie.

—¿Entonces nos han seguido hasta aquí? No he visto a nadie —dijo con amargura.

Connie negó con la cabeza.

—Tengo un micrófono en el coche. Lo han escuchado todo. Nos dejaron encontrar la casa y luego nos siguieron.

—¿Por qué, Connie? ¿Por qué te convertiste en un traidor?

Connie pareció reflexionar en voz alta.

—He dedicado veinticinco años de mi vida al FBI. Veinticinco años de buen servicio y todavía estoy en la primera casilla, todavía soy un don nadie. Te llevo doce años de ventaja y eres mi jefa. Porque no quise participar en la farsa política al sur de la frontera. Como no quise mentir ni hacerles el juego me cerraron las puertas de los ascensos. —Negó con la cabeza y bajó la vista. Volvió a posar los ojos en ella con expresión de disculpa—. Entiende que no tengo nada contra ti, Brooke. Nada de nada. Eres una agente excelente. No quería que esto terminara así. El plan era que nosotros nos quedáramos fuera y que estos tipos hicieran el trabajo. Cuando me hubieran dado luz verde, habríamos entrado y encontrado los cadáveres. Tú habrías recuperado tu buen nombre y todo habría salido bien. El hecho de que Adams se largara de ese modo nos fastidió el plan. —Connie miró con cara de pocos amigos al hombre de negro que lo había llamado por su nombre—. Pero si este tipo no hubiera dicho nada, quizá se me habría ocurrido alguna manera de que te marcharas conmigo.

El hombre se encogió de hombros.

—Lo siento, no sabía que fuese importante. Pero más vale que se marche. Está amaneciendo. Denos media hora. Luego puede llamar a la policía. Invente la historia que quiera para las noticias.

Reynolds no apartó la vista de Connie.

—Permíteme que invente una historia para ti, Connie. Es la siguiente: encontramos la casa. Yo entro por la parte delantera mientras tú cubres la parte posterior. No salgo. Oyes disparos, entras y nos encuentras a todos muertos. —A Reynolds se le quebró la voz al pensar en sus hijos, en el hecho de no volver a verlos—. Notas que sale alguien y disparas hasta vaciar el cargador. Pero no lo alcanzas, vas tras él, casi te mata pero, por fortuna, logras salir con vida. Llamas a la policía, llegan. Telefoneas a la central y les pones al corriente de la situación. Envían a más hombres. Te critican un poco por venir aquí conmigo pero lo único que hacías era apoyar a tu jefa. Lealtad. ¿Cómo podían culparte? Investigan y nunca consiguen una respuesta satisfactoria. Probablemente piensan que yo era la infiltrada, que me dejé sobornar por dinero. Puedes decirles que fue idea mía venir aquí, que sabía exactamente adónde ir. Entro en la casa y me vuelan la tapa de los sesos. Y tú, pobre inocente, casi pierdes la vida. Caso cerrado. ¿Qué le parece, agente Constantinople? —Casi escupió esas últimas palabras.

Uno de los hombres de Thornhill miró a Connie y sonrió.

—A mí me parece bien.

Connie no le quitó ojo a Reynolds.

—Lo siento, Brooke, de verdad que lo siento.

A Reynolds se le saltaron las lágrimas y se le volvió a quebrar la voz al hablar.

—Dile eso a Anne Newman. Díselo a mis hijos, ¡cabrón!

Cabizbajo, Connie pasó junto a ellos y empezó a bajar las escaleras.

—Acabaremos con ellos aquí, uno por uno —dijo el primer hombre. Señaló a Buchanan—. Usted primero.

—Supongo que ésa fue una petición especial de vuestro jefe —comentó Buchanan.

—¿Quién? Quiero un nombre —exigió Reynolds.

—¿Qué más da? —dijo el segundo hombre—. No vivirá para testificar...

En cuanto hubo pronunciado esas palabras una bala lo alcanzó en la parte posterior de la cabeza.

El otro hombre se dio vuelta rápidamente e intentó apuntar con la pistola, pero fue demasiado tarde y recibió un impacto en pleno rostro. Cayó sin vida junto a su compañero.

Connie subió de nuevo las escaleras mientras todavía salía humo de la boca de su pistola. Bajó la mirada hacia los dos hombres muertos.

—Ésta va por Ken Newman, capullos de mierda. —Levantó la vista hacia Reynolds—. No sabía que iban a matar a Ken, Brooke. Te lo juro por mi madre. Pero después de que ocurriera yo no podía hacer otra cosa que aguardar el momento oportuno y ver qué ocurría.

—¿Y jugar conmigo? Ver cómo me suspendían del cargo, cómo arruinaban mi carrera.

—Yo no podía hacer gran cosa al respecto. Como te he dicho, mi intención era sacarte de ésta y conseguir que te rehabilitaran en el cargo. Que fueras la heroína. Dejar que creyeran que Ken había sido el infiltrado. Estaba muerto, ¿qué más daba?

—A su familia le habría importado, Connie.

Connie adoptó una expresión de enfado.

—Mira, no tengo que ponerme aquí a dar explicaciones a nadie, ni siquiera a ti. No estoy orgulloso de lo que hice pero tenía mis razones. No tienes por qué estar de acuerdo con ellas y tampoco te lo pido, pero no pretendas sermonearme sobre algo de lo que no tienes ni idea, señora. ¿Quieres hablar de dolor y amargura? Te llevo quince años de ventaja.

Reynolds parpadeó y dio un paso atrás sin apartar la vista del arma.

—De acuerdo, Connie, nos has salvado la vida. Eso cuenta mucho.

—¿Eso crees?

Brooke extrajo su teléfono móvil.

—Voy a llamar a Massey para que envíen un equipo.

—Deja ese teléfono, Brooke.

—Connie...

—¡Suelta el maldito teléfono inmediatamente!

Reynolds dejó caer el teléfono al suelo.

—Connie, se acabó.

—Nunca se acaba, Brooke, ya lo sabes. Las cosas que sucedieron hace años siempre vuelven para martirizarte. La gente descubre cosas, investiga sobre ti y de repente tu vida se acaba.

—¿Por eso te metiste en esto? ¿Alguien te chantajeaba?

Lentamente, Connie recorrió el lugar con la mirada.

—¿Qué coño importa?

—¡A mí me importa! —exclamó Reynolds.

Connie exhaló un profundo suspiro.

—Cuando mi esposa enfermó de cáncer, el seguro no cubría todos los tratamientos especializados. Los médicos pensaban que con ciertos tratamientos quizá tuviera alguna posibilidad, unos cuantos meses más de vida. Me hipotequé hasta el cuello. Agoté nuestras cuentas corrientes y aun así no había suficiente. ¿Qué se supone que debía hacer? ¿Dejarla morir? —Connie sacudió la cabeza con gesto enfadado—. Así que un poco de coca y otras drogas desaparecieron de la sala de pruebas del FBI. Al poco tiempo alguien lo descubrió y de repente tuve un jefe nuevo. —Se calló y bajó los ojos por unos instantes—. Y lo peor es que June murió de todos modos.

—Puedo ayudarte, Connie. Puedes acabar con esto ahora mismo.

Connie sonrió con tristeza.

—Nadie puede ayudarme, Brooke. Hice un trato con el diablo.

—Connie, déjalos marchar. Se acabó.

Él negó con la cabeza.

—He venido aquí a cumplir una misión. Y me conoces lo suficiente para saber que nunca dejo el trabajo inacabado.

—¿Y luego qué? ¿Qué historia inventarás para salir de este aprieto? —Miró a los dos cadáveres—. ¿Y ahora quieres matar a tres más? Esto es demencial. Haz el favor.

—No tan demencial como entregarme y pasarme el resto de la vida entre rejas. O quizás acabar en la silla eléctrica. —Encogió sus fornidos hombros—. Ya se me ocurrirá algo.

—Por favor, Connie. No lo hagas. No puedes hacerlo. Te conozco. No puedes.

Connie examinó su pistola, se arrodilló y recogió el arma con silenciador de uno de los hombres muertos.

—Tengo que hacerlo y lo siento, Brooke.

Todos oyeron el clic. Connie y Reynolds reconocieron enseguida el percutor de una pistola semiautomática.

—¡Suelta la pistola! —bramó Lee—. ¡Ahora mismo o te perforo la cabeza!

Connie se quedó paralizado y dejó caer la pistola al suelo.

Lee subió las escaleras y presionó la boca del arma contra la cabeza del agente.

—Me tienta mucho matarte, pero me evitaste el problema de tener que vérmelas con dos gorilas más. —Lee se volvió hacia Reynolds—. Agente Reynolds, le agradecería que recogiera la pistola y apuntara a su amiguito.

Ella obedeció mientras observaba enfurecida a su compañero.

—¡Connie, siéntate ahora mismo! —ordenó.

Lee se acercó a Faith y la abrazó.

—Lee —fue todo lo que ella alcanzó a decir, al tiempo que se refugiaba en sus brazos.

—Gracias a Dios que decidí volver.

—¿Puede explicarme alguien de qué va todo esto? —inquirió Reynolds.

Buchanan dio un paso adelante.

—Yo, pero no servirá de nada. La prueba que tenía estaba en esa cinta. Tenía la intención de hacer copias pero no tuve oportunidad antes de salir de Washington.

—Es obvio que tú sabes qué está pasando aquí —le dijo Reynolds a Connie—. Si cooperas, te reducirán la condena.

—Sí, a lo mejor dejan que yo mismo me ate a la silla eléctrica —espetó Connie.

—¿Quién? Maldita sea, ¿quién está detrás de esto que tiene tan asustado a todo el mundo?

—Agente Reynolds —dijo Buchanan—, estoy convencido de que dicho caballero espera recibir noticias de todo esto. Si no las recibe pronto, enviará a más hombres. Sugiero que lo evitemos.

—¿Por qué he de confiar en usted? —soltó Reynolds—. Lo que debería hacer es llamar a la policía.

—La noche que asesinaron al agente Newman —explicó Faith— le dije que quería que Danny testificara conmigo. Newman me dijo que eso no ocurriría nunca.

—Y tenía razón.

—Pero creo que si estuvieses al corriente de todos los hechos no pensarías eso. Lo que hicimos estaba mal, pero no había otra solución...

—Vaya, ahora sí que lo tengo todo claro —repuso Reynolds con ironía.

—Eso puede esperar —se apresuró a decir Buchanan—. Ahora mismo debemos ocuparnos del hombre que está detrás de estos dos. —Señaló con la cabeza a los hombres muertos.

—Puedes añadir uno más a la cuenta —le informó Lee—. Está fuera, dándose un baño en el mar.

Reynolds estaba exasperada.

—Aquí todo el mundo parece saberlo todo menos yo. —Se dirigió a Buchanan con el ceño fruncido—. Bueno, le escucho, ¿qué sugiere?

Buchanan había empezado a responder cuando todos oyeron el sonido de un avión que se acercaba. Dirigieron la vista a la ventana y vieron que ya había amanecido.

—Es el servicio aéreo. Ya es de día. El primer vuelo de la mañana. La pista está al otro lado de la calle —aclaró Faith.

—Eso sí lo sabía —manifestó Reynolds.

—Sugiero que utilicemos a su amigo —propuso Buchanan mirando hacia Connie— para comunicarnos con esa persona.

—¿Y qué le decimos?

—Que la operación ha sido todo un éxito pero que sus hombres han muerto en la refriega. Él lo entenderá, por supuesto. Es normal que haya víctimas. Pero le haremos creer que Faith y yo hemos sido eliminados y la cinta destruida. Así se sentirá seguro.

—¿Y yo? —preguntó Lee.

—Dejaremos que seas nuestro comodín —respondió Buchanan.

—¿Y por qué motivo debo hacer eso —quiso saber Reynolds—, cuando podría llevaros a vosotros, a Faith y a él —apuntó con la pistola a Connie— a la Oficina de Campo, recuperar mi puesto y quedar como una heroína?

—Porque si lo hace, el hombre que ha provocado todo esto quedará libre. Libre para hacer otra vez algo parecido.

Reynolds parecía confusa y preocupada.

Buchanan la escrutó.

—La decisión está en sus manos.

Reynolds los miró uno a uno y luego posó los ojos en Lee. Se fijó en la sangre de la manga, los cortes y las magulladuras del rostro.

—Nos has salvado la vida a todos. Probablemente seas el más inocente de toda la casa. ¿Qué opinas?

Lee se volvió hacia Faith y luego hacia Buchanan antes de dirigirse a Reynolds.

—Me parece que no puedo darte una razón de peso, pero el instinto me dice que deberías fiarte de él.

Reynolds exhaló un suspiro.

—¿Puedes ponerte en contacto con ese monstruo? —le preguntó a Connie, que no contestó—. Connie, será mejor que colabores con nosotros. Sé que estabas dispuesto a matarnos a todos y no debería importarme lo que te pase. —Guardó silencio y agachó la cabeza por unos instantes—. Pero me importa. Es tu última oportunidad, Connie, ¿qué dices?

Connie abría y cerraba sus grandes manos con nerviosismo. Miró a Buchanan.

—¿Qué quiere que diga exactamente?

Buchanan se lo explicó con todo lujo de detalles y Connie se sentó en el sofá, tomó el teléfono y marcó un número. Cuando respondieron a la llamada dijo:

—Aquí... —Pareció avergonzarse por un momento—, aquí Mejor Baza. —Al cabo de unos minutos, Connie colgó el teléfono y los miró—. Bueno, ya está.

—¿Se lo ha tragado? —preguntó Lee.

—Eso parece, pero con estos tipos nunca se sabe.

—Bueno, eso nos dará un poco más de tiempo —dijo Buchanan.

—Ahora tenemos ciertas cosas de las que ocuparnos —aseveró Reynolds—. Como unos cuantos muertos. Y yo tengo que informar de todo esto. —Fijó la vista en Connie—. Y encargarme de que te encierren.

Connie la observó airado.

—En eso queda la lealtad —dijo.

Brooke le devolvió la mirada.

—Tú elegiste. Lo que hiciste por nosotros te ayudará. Pero vas a pasar mucho tiempo en prisión, Connie. Por lo menos vivirás. Eso ya es más de lo que consiguió Ken. —A continuación se dirigió a Buchanan—. ¿Y ahora qué?

—Sugiero que nos marchemos de inmediato. Cuando estemos lejos de esta zona puede llamar a la policía. Una vez en Washington, Faith y yo nos reuniremos con el FBI y les contaremos lo que sabemos. Debemos mantenerlo todo en el más absoluto de los secretos. Si ese hombre se entera de que estamos colaborando con el FBI, nunca conseguiremos la prueba que necesitamos.

—¿Ese tipo ordenó matar a Ken? —preguntó Reynolds.

—Sí.

—¿Defiende intereses extranjeros?

—De hecho, usted y él tienen el mismo jefe.

Reynolds lo miró, sorprendida.

—¿El Tío Sam? —dijo despacio.

Buchanan asintió.

—Si confía en mí, haré lo posible por ponérselo en bandeja de plata. Tengo una asignatura pendiente con él.

—¿Y exactamente qué espera a cambio?

—¿Para mí? Nada. Si no hay más remedio, iré a la cárcel. Pero quiero que Faith quede libre. A no ser que me lo garantice, por mí ya puede llamar a la policía.

Faith lo agarró del brazo.

—Danny, tú no vas a pagar por todo.

—¿Por qué no? Fue cosa mía.

—Pero tus motivos...

—Los motivos no sirven de excusa —replicó Buchanan—. Yo sabía que corría ese riesgo cuando decidí infringir la ley.

—¡Yo también, maldita sea!

Buchanan se volvió hacia Reynolds.

—¿Acepta el trato? Faith no va a la cárcel.

—En realidad, no estoy en situación de ofrecer nada. —Reflexionó sobre el tema por unos instantes—. Pero puedo prometer algo: si es sincero conmigo, haré todo cuanto esté en mi mano para que Faith quede libre.

Connie se levantó con el rostro lívido.

—Brooke, necesito ir al baño, es urgente. —Le temblaban las piernas y se llevó una mano al pecho.

Brooke lo miró con recelo.

—¿Qué ocurre? —Escudriñó sus facciones páli- das—. ¿Estás bien?

—A decir verdad, podría estar mejor —musitó, de- jando caer la cabeza hacia un lado y encorvándose.

—Lo acompañaré —dijo Lee.

Mientras los dos hombres se acercaban a las escale- ras, Connie pareció perder el equilibrio y se apretó con fuerza el pecho con el rostro contraído de dolor.

—¡Mierda! ¡Oh, Dios mío! —Cayó sobre una de sus rodillas, gimoteando, al tiempo que le goteaba saliva de la boca y empezaba a emitir gritos ahogados.

—¡Connie! —Reynolds corrió hacia él.

—¡Le ha dado un ataque al corazón! —exclamó Faith.

—¡Connie! —repitió Reynolds mientras contempla- ba a su compañero enfermo, que pronto se puso a con- vulsionarse en el suelo.

El movimiento fue rápido, demasiado rápido para un hombre de más de cincuenta años, si bien, la desespera- ción podía combinarse con la adrenalina en un abrir y cerrar de ojos en circunstancias como aquélla.

Connie se llevó la mano al tobillo. Allí guardaba una pistola compacta. Antes de que alguien tuviera tiempo de reaccionar, Connie estaba apuntándolos con el arma. Tenía ante sí varios objetivos, pero escogió a Danny Bu- chanan y disparó.

La única persona que reaccionó con la misma rapi- dez que Connie fue Faith Lockhart.

Desde su posición, al lado de Buchanan, vio el arma antes que los demás y advirtió que el cañón apuntaba a su amigo. En su mente escuchó la detonación que propul- saría la bala que mataría a Buchanan. Lo inexplicable fue la rapidez con la que actuó.

La bala alcanzó a Faith en el pecho; profirió un

grito ahogado y se desplomó a los pies de Buchanan.

—¡Faith! —gritó Lee. En vez de intentar reducir a Connie, se abalanzó sobre ella.

Reynolds apuntó a Connie con la pistola. Cuando él se dio vuelta para encañonarla, la imagen de la pitonisa se le apareció en la mente. Esa línea de la vida demasiado corta. AGENTE FEDERAL MADRE DE DOS HIJOS MUERTA. En su cabeza vio el titular con nitidez. Todo aquello resultaba casi paralizante. Casi.

Reynolds y Connie se clavaron la mirada. Él alzó la pistola para apuntarle a la cabeza. Apretaría el gatillo, a Brooke no le cabía la menor duda. Tenía el valor suficiente, las agallas para matar. ¿Y ella? Tensó el dedo en el gatillo de su pistola mientras el mundo parecía ralentizarse al ritmo de un fondo submarino, donde la gravedad quedaba anulada o era muy superior. Su compañero. Un agente del FBI. Un traidor. Sus hijos. Su propia vida. Ahora o nunca.

Reynolds apretó el gatillo una vez y luego otra. El retroceso era corto, su puntería perfecta. Cuando las balas penetraron en el cuerpo de Connie, se le estremeció todo el organismo mientras su mente quizá continuara enviando mensajes, no consciente todavía de que estaba muerto.

Reynolds tuvo la impresión de que Connie la miraba inquisitivamente mientras caía y la pistola se le escapaba de la mano. Esa imagen la perseguiría para siempre. Brooke Reynolds no respiró hasta que el agente Howard Constantinople quedó tendido en el suelo, inmóvil.

—¡Faith! ¡Faith! —Lee le rasgó la camisa y dejó al descubierto la horrible herida sangrienta que tenía en el pecho—. ¡Oh, Dios mío, Faith! —Estaba inconsciente y apenas se percibía su respiración.

Buchanan la contemplaba horrorizado.

Reynolds se arrodilló junto a Lee.

—¿Es muy grave?

Lee levantó los ojos, angustiado. Era incapaz de articular palabra.

Reynolds inspeccionó la herida.

—Grave —afirmó—. La bala está dentro. Se ha alojado justo al lado del corazón.

Lee observó a Faith. Empezaba a palidecer. Se notaba que la vida se le escapaba con cada breve inspiración.

—¡Dios mío, no, por favor! —exclamó Lee.

—Tenemos que llevarla rápidamente a un hospital —dijo Reynolds. No tenía la menor idea de dónde estaba el más cercano ni mucho menos de dónde había uno que tuviera un buen quirófano, que era lo que Faith realmente necesitaba. Buscar por la zona en coche sería como firmar el certificado de defunción de Faith. Podía llamar a los paramédicos, pero a saber cuánto tiempo tardarían en llegar. El rugido del motor de la avioneta hizo que Reynolds mirara por la ventana. En pocos segundos se le ocurrió un plan. Se acercó corriendo a Connie y le arrebató la placa del FBI. Por un breve instante, se fijó en su antiguo compañero. No debía sentirse mal por lo que había hecho. Sin duda él estaba dispuesto a matarla. Así pues, ¿por qué la atormentaban los remordimientos? Connie estaba muerto. Faith Lockhart no. Por lo menos de momento. Reynolds regresó rápidamente junto a Faith.

—Lee, vamos a tomar el avión. ¡Date prisa!

El grupo corrió al exterior, con Reynolds en cabeza. Oyeron que los motores del bimotor aceleraban, preparándose para el despegue. Reynolds apreto el paso. Iba directa al seto hasta que Lee la llamó y le señaló el camino de acceso. Torció en esa dirección y llegó a la pista de aterrizaje al cabo de un minuto. Miró hacia el extremo opuesto. El avión estaba girando, preparado para rodar a toda velocidad por la pista y despegar; su única esperanza se esfumaría en cuestión de segundos. Recorrió el asfalto a toda velocidad, hacia el avión, al tiempo que blandía la pistola y la placa gritando «¡FBI!» a todo pulmón. El aeroplano se acercaba a Brooke a toda velocidad cuando Buchanan y Lee, que llevaban a Faith, irrumpieron en la pista.

Finalmente, el piloto reparó en la mujer armada que se aproximaba al avión. Desaceleró y el ruido de los motores disminuyó.

Reynolds se aproximó al aparato, mostró la placa y el piloto abrió la ventanilla.

—FBI —dijo Reynolds con voz ronca—. Tengo a una mujer herida de gravedad. Necesito su avión. Llévenos inmediatamente al hospital más cercano.

Él echó un vistazo a la placa y a la pistola y asintió anonadado.

—De acuerdo.

Subieron todos a la avioneta y Lee abrazó a Faith contra su pecho. El piloto hizo girar la nave de nuevo, regresó al final de la pista e inició el despegue una vez más. Un minuto después el bimotor se elevaba en el aire para surcar el cielo ya iluminado.

53

El piloto llamó por radio para que tuvieran preparada una ambulancia equipada con un sistema de respiración artificial en la pista de aterrizaje de Manteo
que, por fortuna, se encontraba a pocos minutos de distancia en avión. Reynolds y Lee utilizaron algunas ven-
das del botiquín de primeros auxilios del aeroplano
para intentar cortar la hemorragia. Además, Lee había
administrado oxígeno a Faith de la pequeña bombona
que había a bordo, pero ninguno de sus esfuerzos parecían surtir efecto. Ella todavía no había recobrado el
conocimiento y apenas le encontraban el pulso. Se le
habían empezado a enfriar las extremidades, aunque
Lee la abrazaba, en un intento por transmitirle algo de
calor con su cuerpo, como si eso pudiera mejorar su
estado.

Lee se trasladó con Faith en la ambulancia al Beach
Medical Center, un hospital que contaba con sala de urgencias y centro de traumatología. A Reynolds y Buchanan los llevaron allí en coche. Camino del hospital, Reynolds llamó a Fred Massey a Washington. Le contó lo
suficiente para que éste corriese a tomar un avión del
FBI. Reynolds le insistió en que sólo viniera él, sin nadie

más. Massey había aceptado esta condición sin rechistar. Quizás había sido el tono de su voz o, sencillamente, el asombroso contenido de las pocas palabras que Reynolds había pronunciado.

Trasladaron en el acto a Faith a la sala de urgencias, donde los médicos se ocuparon de ella durante casi dos horas intentando mantener sus constantes vitales, regularle el ritmo cardíaco y detener la hemorragia interna. La perspectiva no era demasiado halagüeña. En una ocasión incluso tuvieron que recurrir al desfibrilador.

A través de las puertas, Lee observaba petrificado a Faith sacudirse bajo el impacto de la corriente eléctrica que le aplicaban con los electrodos. Sólo fue capaz de moverse cuando vio que en el monitor aparecía la característica serie de picos y valles en vez de una línea recta.

Apenas dos horas después tuvieron que abrirle el pecho, separarle las costillas y practicarle un masaje cardíaco para que el corazón siguiera latiéndole. Cada hora parecía enfrentarse a una nueva crisis destinada a segar el débil hilo que la mantenía unida a la vida.

Lee recorría la sala de un extremo a otro con las manos en los bolsillos, cabizbajo, sin hablar con nadie. Había rezado todas las oraciones que recordaba. Incluso había inventado algunas nuevas. No podía hacer nada por ella y eso era lo que no soportaba. ¿Cómo había permitido que ocurriera algo así? ¿Cómo era posible que Constantinople, ese viejo y gordo hijo de puta, hubiera disparado? Y encima mientras él estaba a su lado. Y Faith, ¿por qué se había puesto en medio? ¿Por qué? Era Buchanan quien debía yacer en esa camilla rodeado de médicos que intentaran desesperadamente devolverle la vida a su cuerpo destrozado.

Lee se reclinó en la pared y se deslizó hasta el suelo,

al tiempo que se cubría el rostro con las manos y su cuerpo robusto se estremecía.

En una sala privada, Reynolds esperaba con Buchanan, que apenas había pronunciado una palabra desde que Faith cayera herida. Estaba sentado mirando la pared. Al verlo, nadie habría imaginado la ira que se estaba acumulando en su interior: el odio absoluto que sentía por Robert Thornhill, el hombre que había destruido todo lo que le importaba.

Poco después de que llegara Fred Massey, condujeron a Faith a la UCI. El médico les dijo que, por el momento, la habían estabilizado. La bala era del tipo dum-dum, les explicó. Se había abierto paso en el cuerpo de Faith como una bola en la pista de la bolera, le había dañado los órganos de manera considerable y le había causado una hemorragia interna grave. Faith era fuerte y por el momento estaba viva. Tenía posibilidades de sobrevivir, eso era todo, les advirtió. Más adelante les daría más información.

Cuando el médico se marchó, Reynolds posó una mano en el hombro de Lee y le dio una taza de café.

—Lee, si ha sobrevivido hasta ahora, estoy segura de que saldrá de ésta.

—No hay garantías —murmuró Lee para sí, incapaz de mirar a Brooke.

Se dirigieron a la sala privada, donde Reynolds presentó a Buchanan y Lee a Fred Massey.

—Creo que el señor Buchanan debería empezar a contar su historia —dijo Reynolds a Massey.

—¿Y está dispuesto a hacerlo? —preguntó Massey con escepticismo.

—Algo más que dispuesto —respondió Buchanan, un poco más animado—. Pero antes, dígame una cosa. ¿Qué es más importante para usted? ¿Lo que yo hice o detener a la persona que mató a su agente?

Massey se inclinó hacia adelante.

—No me siento preparado para negociar con usted.

Buchanan puso los codos sobre la mesa.

—Cuando le cuente mi historia, lo estará. Pero lo haré con una sola condición. Déjeme tratar con ese hombre, a mi manera.

—La agente Reynolds me ha informado de que esa persona trabaja para el Gobierno federal.

—Eso es.

—Pues resulta bastante increíble. ¿Tiene pruebas?

—Si me deja hacerlo a mi manera, tendrá las pruebas.

—Los cadáveres de la casa. ¿Sabemos ya quiénes son? —preguntó Massey a Reynolds.

Ella negó con la cabeza.

—Acabo de dar parte. La policía y los agentes de Washington, Raleigh y Norfolk están en la escena del crimen. Pero es demasiado pronto para disponer de esa información. No obstante, todo se lleva en el más absoluto de los secretos. No hemos dicho nada a los policías de la localidad. Controlamos todos los flujos de información. No verás nada en las noticias sobre los cadáveres ni sobre el hecho de que Faith esté viva y se encuentre en este hospital.

Massey asintió.

—Buen trabajo. —Como si recordara algo de repente, abrió el maletín, extrajo dos objetos y se los entregó.

Reynolds observó su pistola y sus credenciales.

—Siento que ocurriera todo esto, Brooke —afirmó Massey—. Debí confiar en ti y no lo hice. Quizás haya pasado demasiado tiempo alejado de la realidad, rodeado de demasiados papeles y sin hacer caso de mis instintos.

Reynolds enfundó la pistola y se guardó la placa en el bolso. Volvió a sentirse plena.

—Quizá yo habría hecho lo mismo en tu lugar, pero eso pertenece al pasado, Fred, sigamos adelante. No disponemos de demasiado tiempo.

—Tenga por seguro, señor Massey —intervino Buchanan—, que nunca identificará a esos hombres. Y, aunque lo logre, no habrá forma de relacionarlos con la persona de quien estoy hablando.

—¿Cómo puede estar tan seguro de ello? —inquirió Massey.

—Créame, sé cómo actúa ese hombre.

—Mire, ¿por qué no me dice quién es y deja que me encargue yo de él?

—No —repuso Buchanan con firmeza.

—¿Cómo que no? Somos el FBI, señor, nos dedicamos a esto. Si lo que quiere es un trato...

—Escúcheme bien. —Buchanan apenas levantó la voz, pero miró a Massey con tal intensidad que el SEF guardó silencio, con la mente en blanco—. Tenemos una posibilidad de atraparlo. ¡Una! Ya contaba con un infiltrado en el FBI. Quizá Constantinople no fuera el único traidor. Quizás haya otros.

—Lo dudo... —empezó a decir Massey.

Ahora Buchanan alzó la voz.

—¿Puede garantizarme que no los hay? ¿Puede?

Massey se recostó en el asiento con expresión incómoda. Se volvió hacia Reynolds, quien se encogió de hombros.

—Si pudieron sobornar a Connie, podrían sobornar a cualquiera —manifestó ella.

Massey estaba abatido y sacudía la cabeza lentamente.

—Connie... Todavía no me lo acabo de creer.

Buchanan dio un golpecito en la mesa.

—Y si hay otro espía en sus filas y usted intenta atrapar a ese hombre por su cuenta, será un fracaso absoluto. Desperdiciará su única oportunidad. Para siempre. ¿De verdad quiere correr ese riesgo?

Massey se frotó la barbilla bien afeitada mientras reflexionaba. Cuando levantó los ojos hacia Buchanan, su expresión denotaba cautela pero también interés.

—¿Cree de veras que puede poner a ese tipo al descubierto?

—Estoy dispuesto a morir en el intento. Y necesito echar mano del teléfono. Apelar a una ayuda muy especial. —Buchanan sonrió para sus adentros. Cabildeando hasta el final. Se dirigió a Lee—. También necesito tu ayuda, Lee. Si estás dispuesto.

Lee pareció sorprenderse.

—¿Yo? ¿Qué puedo hacer yo para ayudar?

—Anoche conversé con Faith sobre ti. Me habló de tus habilidades «especiales». Dijo que eras un buen recurso para circunstancias difíciles.

—Supongo que se equivocó. De lo contrario no estaría ahí tumbada con el pecho perforado.

Buchanan puso una mano en el brazo de Lee.

—El sentimiento de culpabilidad que tengo por el hecho de que ella se interpusiera en la trayectoria de la bala casi me impide moverme. Pero ahora no lo puedo cambiar. Lo que sí puedo hacer es procurar asegurarme de que no arriesgó su vida en vano. Tú corres un grave peligro. Aunque detengamos a ese hombre, hay muchas personas que lo apoyan. Siempre habrá alguien ahí fuera.

Buchanan se echó atrás en su asiento y observó fijamente a Lee. Massey y Reynolds también miraron al investigador privado. Sus brazos musculosos y anchas espaldas contrastaban claramente con la fragilidad que transmitía su mirada.

Lee Adams respiró a fondo. Lo que realmente quería era estar junto al lecho de Faith y no levantarse hasta que se despertara, lo viera, le sonriera y le dijera que estaba bien. Entonces él también se sentiría bien. Sin embargo, Lee era consciente de que pocas veces en la vida se consigue lo que uno desea. Así pues, dirigió la vista a Buchanan.

—Supongo que puedes contar conmigo.

54

El sedán negro se detuvo frente a la casa. Robert Thornhill y su esposa, vestidos de etiqueta, salieron por la puerta principal. Thornhill cerró la puerta con llave antes de que los dos subieran al coche y se alejaran en el vehículo. El matrimonio se dirigía a una cena oficial en la Casa Blanca.

El sedán pasó junto al armario de control de las líneas telefónicas correspondiente al vecindario en el que vivían los Thornhill. La caja metálica era voluminosa y estaba pintada de color verde claro. La habían instalado allí hacía unos dos años cuando la compañía telefónica había actualizado las líneas de comunicación de ese viejo barrio residencial. Muchos consideraban que la caja metálica era un adefesio en una zona que se enorgullecía de sus suntuosas casas y magníficos jardines. Así pues, los vecinos habían pagado para que plantaran unos arbustos grandes alrededor del armario que sobresalía del suelo. Ahora, vistos desde la carretera, dichos arbustos ocultaban la caja por completo, lo que implicaba que los técnicos de la compañía de teléfonos tenían que acceder a ella por la parte posterior, que daba al bosque. Los arbustos, muy agradables desde un punto de vista estético, también fueron muy apreciados por el hombre que había visto pasar al sedán y, acto seguido, había abierto la caja y empezado a revolver sus intestinos electrónicos.

Lee Adams identificó la línea que iba a la residencia de los Thornhill con un dispositivo especial de su equipo particular. Su experiencia con los equipos de telecomunicaciones le estaba resultando útil. La casa de los Thornhill poseía un buen sistema de seguridad. No obstante, todos los sistemas de seguridad tenían un talón de Aquiles: la línea telefónica. Gracias, señor Bell.

Lee repasó los pasos en su cabeza. Cuando un intruso entraba en la casa de alguien, la alarma se disparaba y el ordenador marcaba automáticamente el número del centro de control para informar del posible robo. Acto seguido, el encargado de seguridad del centro telefoneaba a la casa para saber si había algún problema. Si respondía el propietario, tenía que dar una clave especial o, de lo contrario, la policía acudía a la casa. Si nadie contestaba, se enviaba a la policía a la casa de inmediato.

Por decirlo llanamente, Lee se estaba encargando de que en el sistema de seguridad de la casa la llamada de teléfono del ordenador nunca llegara al centro de control aunque el ordenador «creyera» que sí. Lo estaba consiguiendo mediante un componente en línea o simulador telefónico. Había desconectado la casa de los Thornhill de la alimentación de línea alámbrica, con lo cual había cortado toda comunicación telefónica externa. Ahora tenía que manipular el ordenador de alarma para que creyera que efectuaba las llamadas necesarias. Para ello, instaló el componente en línea y se deshizo del conmutador, a fin de que la residencia de los Thornhill dispusiera de un tono de marcado y una línea telefónica que no iba a ninguna parte.

Asimismo, había descubierto que el sistema de alarma de los Thornhill no tenía refuerzo celular, sólo la línea alámbrica normal. Aquello constituía un punto débil importante. El refuerzo celular no podía manipularse ya que se trataba de un sistema inalámbrico que habría impedido que Lee accediese a la línea de alimentación. Prácticamente todos los sistemas de alarma del país poseían el mismo eje de líneas de tierra y de datos. Así pues, se podía acceder a todas por la «puerta trasera». Lee acababa de hacerlo.

Recogió sus utensilios y se abrió camino por el bosque hasta la parte posterior de la residencia de los Thornhill. Encontró una ventana que no resultaba visible desde la calle. Contaba con una copia del plano de la casa y del sistema de alarma. Fred Massey se lo había proporcionado. Si entraba por esa ventana, llegaría al panel de alarma de la planta superior sin pasar por ningún sensor de detección de movimiento.

Extrajo una pistola de descargas eléctricas de la mochila y la sostuvo contra el travesaño. Lee sabía que todas las ventanas estaban cableadas, incluso las de la segunda planta. Además, tanto los travesaños superiores como inferiores de la ventana disponían de contactos. En la mayor parte de las casas sólo había contactos en el marco inferior de la ventana; si aquél hubiera sido el caso, Lee sólo habría tenido que forzar el cierre y bajar la hoja superior sin tener que romper los contactos.

Apretó el gatillo de la pistola de descargas y la colocó en otra posición en la ventana, allí donde pensó que se encontraban los elementos del contacto. En total realizó ocho disparos contra el marco de la ventana. La descarga eléctrica de la pistola fundía los contactos, de forma que quedaban inutilizados.

Forzó el cierre del marco, contuvo la respiración y subió la hoja. No saltó la alarma. Entró rápidamente por la ventana y la cerró. Encontró las escaleras con ayuda de una pequeña linterna que extrajo del bolsillo y subió por las mismas. Enseguida se percató de que los Thornhill vivían rodeados de toda clase de lujos. Casi todas las piezas del mobiliario eran antigüedades, óleos auténticos colgaban de las paredes y los pies se le hundían en una alfombra tupida y también cara, supuso.

El panel de la alarma se encontraba en el lugar habitual para ese tipo de dispositivos: el dormitorio principal de la planta superior. Desatornilló la placa protectora y encontró el cable del timbre. Dos tijeretazos y el sistema de alarma contrajo laringitis. Ahora podía recorrer la casa a sus anchas. Fue a la planta baja y pasó frente al detector de movimiento, agitó los brazos en un acto de desafío, e incluso hizo un corte de mangas, como si Thornhill estuviera frente a él con el ceño fruncido, incapaz de impedir esa intrusión. Se encendió la luz roja y el sistema de alarma se activó, aunque sin lanzar advertencias sonoras. El ordenador enseguida llamaría a la central pero la llamada nunca llegaría a su destino. Marcaría el número ocho veces, no recibiría ninguna respuesta y entonces dejaría de intentarlo y se desconectaría. En la central de control todo parecería normal: aquél era el sueño de cualquier ladrón.

Lee observó que la luz roja del detector de movimiento se apagaba. Sin embargo, cada vez que pasara frente a él se pondría en marcha el mismo mecanismo, con igual resultado. Ocho llamadas y luego nada. Lee sonrió. Por el momento todo iba bien. Antes de que los Thornhill regresaran a casa tenía que volver a conectar los cables de la alarma para que Thornhill no sospechara si no oía el característico pitido al abrir la puerta. No obstante, a Lee todavía le quedaba mucho por hacer.

55

La cena en la Casa Blanca resultó memorable para la señora Thornhill. Su esposo, por el contrario, siguió trabajando. Se sentó a la larga mesa y charló sobre temas intrascendentes cuando fue necesario pero se pasó la mayor parte del tiempo escuchando atentamente al resto de los comensales. Aquella noche había varios invitados extranjeros y Thornhill sabía que las noticias más jugosas podían proceder de las fuentes más insospechadas, incluso en una cena en la Casa Blanca. No estaba seguro de si los convidados extranjeros sabían que él pertenecía a la CIA. Sin duda no se trataba de algo que fuera del dominio público. En la lista de invitados que publicaría el *Washington Post* a la mañana siguiente aparecerían identificados simplemente como señor y señora Thornhill.

Paradójicamente, su presencia en la cena no se debía al cargo que ocupaba él en la CIA. El criterio que se empleaba para seleccionar a los invitados a actos como aquél representaba uno de los mayores misterios de la capital de la nación. Sin embargo, los Thornhill habían recibido su invitación en reconocimiento a la labor filantrópica para los pobres de la ciudad, actividad benéfica en la que la primera dama también participaba. Thornhill debía reconocer que su mujer se entregaba en cuerpo y alma a esa causa. Cuando no estaba en el club de campo, por supuesto.

El viaje de regreso a casa transcurrió con normalidad; la pareja habló de temas mundanos mientras Thornhill no dejaba de pensar en la llamada de teléfono de Howard Constantinople. Perder a sus hombres había sido todo un golpe para Thornhill, tanto desde el punto de vista personal como profesional. Había trabajado con ellos durante años. No acababa de entender que hubieran muerto los tres. Había enviado a algunos de sus hombres a Carolina del Norte para que averiguasen lo sucedido.

No había vuelto a recibir noticias de Constantinople. Desconocía si el hombre había huido. Pero Faith y Buchanan estaban muertos, al igual que la agente del FBI, Reynolds. Por lo menos estaba prácticamente seguro de que estaban muertos. El hecho de que no hubiera aparecido ninguna noticia en los periódicos sobre el hallazgo de seis cadáveres en una casa de la playa en una zona rica de los Outer Banks resultaba especialmente inquietante. Ya había transcurrido más de una semana. Quizá fuera obra del FBI para ocultar lo que empezaba a convertirse en una pesadilla para su departamento de relaciones públicas. Sí, no le extrañaría que lo hicieran. Por desgracia, sin Constantinople carecía de ojos y oídos en el FBI. Tendría que hacer algo al respecto cuanto antes. Conseguir a un nuevo topo le llevaría tiempo, aunque todo era posible.

Pese a todo, las pistas nunca lo señalarían a él. Sus tres agentes estaban tan bien encubiertos que las autoridades podían darse por satisfechas si conseguían ir más allá de la capa superficial. A partir de ahí no encontrarían nada. Los tres habían muerto como verdaderos héroes. Sus colegas y él habían brindado por su recuerdo en la cámara subterránea cuando se enteraron del suceso.

Quedaba un cabo suelto más preocupante: Lee Adams. Se había marchado en la motocicleta, supuestamente a Charlottesville para cerciorarse de que su hija estaba bien. Nunca había llegado a su destino, eso lo sabía con certeza. Así pues, ¿dónde estaba? ¿Acaso había regresado y había matado a los hombres de Thornhill? Sin embargo, era impensable que un solo hombre pudiera acabar con los tres. No obstante, Constantinople no había mencionado a Adams en la llamada.

A medida que el vehículo avanzaba, Thornhill se sintió mucho menos seguro que al principio de la velada. Tendría que analizar la situación con mucho cuidado. Quizás encontraría algún mensaje cuando llegara a casa.

El coche enfiló el camino de acceso a su propiedad y Thornhill consultó el reloj. Era tarde y tenía que madrugar al día siguiente. Debía testificar ante el comité de Rusty Ward. Al final había averiguado qué respuestas quería el senador, lo que implicaba que estaba dispuesto a mentir como un descosido.

Thornhill desactivó el sistema de seguridad, dio un beso de buenas noches a su esposa y la observó mientras subía las escaleras que conducían a su dormitorio. Todavía era una mujer muy atractiva, esbelta y de huesos finos. Pronto le llegaría la hora de la jubilación. Quizá no fuera tan grave. Había tenido pesadillas al respecto en las que se imaginaba a sí mismo sentado, presa de la desesperación, en partidas de bridge interminables, cenas del club de campo, funciones para recaudar fondos; o recorriendo campos de golf infinitos, con su insufriblemente vivaracha esposa al lado en todo momento.

Sin embargo, mientras observaba la bien torneada espalda de su esposa deslizarse escaleras arriba, Thornhill vio de repente una perspectiva más tentadora para sus años dorados. Eran relativamente jóvenes y ricos; podían viajar por todo el mundo. Incluso pensó en irse a la cama pronto y satisfacer los impulsos físicos que experimentaba al ver a la señora Thornhill dirigirse con gracilidad al dormitorio. Le gustaba su manera de quitarse los zapatos de tacón, que dejaban al descubierto los pies enfundados en unas medias negras; cómo pasaba una mano por su cadera curvilínea; cómo se soltaba la melena, contemplarle los músculos de los hombros, que se tersaban con cada movimiento. Lo cierto es que no había desperdiciado las horas pasadas en el club de campo. Entraría en el estudio para ver si tenía mensajes y subiría a la habitación de inmediato.

Encendió la luz del estudio y se acercó a la mesa. Se disponía a comprobar si tenía algún mensaje en su teléfono de seguridad cuando oyó un ruido. Se volvió hacia las puertas acristaladas que daban al jardín. Se estaban abriendo para dejar paso a un hombre.

Lee se llevó un dedo a los labios y sonrió al tiempo que apuntaba directamente a Thornhill con una pistola. El hombre de la CIA se puso tenso, dirigió con rapidez la mirada a derecha e izquierda, buscando una escapatoria, pero no la había. Si corría o gritaba, le dispararían; lo percibía con claridad en los ojos del hombre. Lee cruzó la habitación y cerró la puerta del estudio con llave mientras Thornhill lo observaba en silencio.

El hombre se llevó una segunda sorpresa desagradable al ver entrar por las puertas acristaladas a otro hombre, que después las cerró con llave.

Danny Buchanan se mostraba tan tranquilo que parecía estar casi dormido, si bien su mirada irradiaba una ingente cantidad de energía.

—¿Quiénes son ustedes? ¿Qué están haciendo en mi casa? —inquirió Thornhill.

—Esperaba algo un poco más original, Bob —dijo

Buchanan—. ¿Con cuánta frecuencia ves fantasmas recientes?

—Siéntate —ordenó Lee a Thornhill.

Thornhill echó otro vistazo a la pistola y, acto seguido, se sentó en el sofá de cuero que estaba frente a los dos hombres. Se deshizo el nudo de la pajarita y la dejó en el sofá, intentando, no sin dificultad, evaluar la situación y decidir cómo actuar.

—Creí que habíamos hecho un trato, Bob —manifestó Buchanan—. ¿Por qué enviaste a tu equipo de matones? Muchas personas han perdido la vida innecesariamente. ¿Por qué?

Thornhill los miró con recelo.

—No sé de qué está hablando. Ni siquiera sé quién demonios es usted.

Estaba claro lo que Thornhill pensaba: Lee y Buchanan llevaban micrófonos. Quizás estuvieran colaborando con el FBI. Y se encontraban en su casa. Su esposa estaba arriba desvistiéndose y esos dos hombres se presentaban en su casa para formularle ese tipo de preguntas. Bueno, sus esfuerzos serían en vano.

—He... —Buchanan se calló y miró a Lee—. Hemos venido aquí como únicos supervivientes para ver a qué tipo de acuerdo podemos llegar. No quiero pasar el resto de mi vida mirando por encima del hombro.

—¿Trato? ¿Qué le parece si le grito a mi mujer que llame a la policía? ¿Le gusta ese trato? —Thornhill escrutó a Buchanan y fingió que lo reconocía—. Sé que le he visto antes en alguna parte. ¿En los periódicos?

Buchanan sonrió.

—Esa cinta que el agente Constantinople te aseguró que estaba destruida... —Se llevó la mano al bolsillo del abrigo y extrajo una cinta—. Bueno, pues no te dijo exactamente la verdad.

Thornhill observó la cinta como si fuera plutonio y estuviesen a punto de hacérselo tragar. Introdujo la mano en su americana.

Lee levantó la pistola.

Thornhill le dedicó una mirada de desilusión y sacó despacio la pipa y el encendedor. La prendió con tranquilidad. Después de dar unas cuantas caladas para relajarse, miró a Buchanan.

—Como ni siquiera sé de qué está hablando, ¿por qué no pone la cinta? Tengo curiosidad por saber qué contiene. Quizás explique por qué dos completos desconocidos han entrado en mi casa.

«Y si en esa cinta reconociera que he matado a un agente del FBI, ninguno de vosotros estaría aquí y a mí ya me habrían detenido. Menudo farol, Danny», pensó.

Buchanan golpeó lentamente la cinta contra la palma de su mano, y Lee parecía nervioso.

—Vamos, no me tomen el pelo con algo para luego no enseñármelo —dijo Thornhill.

Buchanan dejó la cinta sobre la mesa.

—Quizá más tarde. Ahora mismo quiero saber lo que vas hacer por nosotros. Algo que impida que vayamos al FBI a contarles lo que sabemos.

—¿Y se puede saber qué es? Ha hablado de gente asesinada. ¿Insinúa que he matado a alguien? Supongo que saben que trabajo para la CIA. ¿Acaso son agentes extranjeros que intentan chantajearme de algún modo? El problema es que necesitan algo con lo que chantajearme.

—Sabemos lo suficiente para enterrarte —aseveró Lee.

—Pues entonces sugiero que vaya a buscar la pala y empiece a cavar, señor...

—Adams, Lee Adams —se presentó Lee mirándolo con el ceño fruncido.

—Faith está muerta, ¿sabes, Bob? —dijo Buchanan. Cuando pronunció esas palabras, Lee bajó la mirada—. Por poco sobrevivió. Constantinople la mató. También mató a dos de tus hombres. Se vengó porque mandaste matar al agente del FBI.

Thornhill fingía bien su desconcierto.

—¿Faith? ¿Constantinople? ¿De quién demonios está hablando?

Lee se colocó justo enfrente de Thornhill.

—¡Cabrón! Matas a las personas como si fueran hormigas. Es como un juego. Eso es lo que significa para ti.

—¡Guarde usted esa pistola y salgan de mi casa ahora mismo!

—¡Que te jodan! —Lee apuntó directamente a la cabeza de Thornhill con la pistola.

Buchanan se acercó a él rápidamente.

—Lee, por favor, no lo hagas. No servirá de nada.

—Yo de usted haría caso a su amigo —manifestó Thornhill con la tranquilidad que le permitían las circunstancias. Le habían apuntado con una pistola en otra ocasión, cuando habían descubierto su tapadera en Estambul hacía muchos años. Había tenido la suerte de salir con vida. Se preguntaba si esa noche también le acompañaría la buena estrella.

—¿Por qué tengo que hacer caso a nadie? —masculló Lee.

—Lee, por favor —insistió Buchanan.

Lee mantuvo el dedo en el gatillo por unos instantes con la mirada clavada en Thornhill. Al final, levantó lentamente el arma.

—Bueno, supongo que habremos de ir al FBI con lo que tenemos —declaró Lee.

—Sólo quiero que se vayan de mi casa.

—Y lo que yo quiero —intervino Buchanan— es tu

garantía personal de que no morirá nadie más. Ya tienes lo que querías. No hace falta que hagas daño a más personas.

—Muy bien, muy bien, lo que usted diga. No mataré a nadie más —dijo Thornhill con sarcasmo—. Ahora tengan la amabilidad de marcharse de mi casa. No quiero asustar a mi esposa. No tiene la menor idea de que está casada con un asesino en serie.

—Esto no es ninguna broma —espetó Buchanan enfadado.

—No, la verdad es que no y espero que consigan la ayuda que a todas luces necesitan —declaró Thornhill—. Y, por favor, asegúrese de que su amigo armado no hace daño a nadie.

«Esto debería sonar muy bien en la cinta. Hasta me preocupo por los demás», pensó.

Buchanan recogió la cinta.

—¿No deja aquí la prueba de mis crímenes? —preguntó Thornhill.

Buchanan se dio vuelta y lo miró con severidad.

—Teniendo en cuenta las circunstancias, no creo que sea necesario.

«Parece que quiere matarme —pensó Thornhill—. Bien, muy bien.»

Thornhill observó a los dos hombres mientras se alejaban por el camino de acceso hasta que desaparecieron en la calle oscura. Al cabo de un minuto oyó que un coche arrancaba. Se dirigió rápidamente al teléfono que había sobre la mesa pero se detuvo de golpe. ¿Estaría pinchado? ¿Acaso todo aquello era una farsa para hacerle cometer un error? Miró por la ventana. Sí, podían estar allí fuera en ese mismo instante. Pulsó un botón situado bajo la mesa. Todas las cortinas del estudio se corrieron y comenzó a sonar un ligero rumor junto a todas las ventanas. Abrió el cajón y extrajo el teléfono de seguridad. Estaba dotado de tantos dispositivos de seguridad y de codificación que ni siquiera los listillos de la ANS podían intervenir una conversación mantenida a través del mismo. El teléfono, provisto de una tecnología similar a la de los aviones militares, emitía paja electrónica que frustraba cualquier intento de interceptar su señal. «Para que os enteréis, espías electrónicos, no sois más que unos aficionados», pensó.

—Buchanan y Lee Adams han estado en mi estudio —dijo por el teléfono—. ¡Sí, en mi casa, maldita sea! Se acaban de marchar. Quiero a todos los hombres disponibles. Estamos a pocos minutos de Langley. Deberías ser capaz de encontrarlos. —Hizo una pausa para volver a encender la pipa—. Me han venido con no sé qué tontería sobre la cinta en la que yo reconocía que había ordenado matar al agente del FBI. Pero Buchanan estaba marcándose un farol. La cinta ya no existe. Supongo que llevaban micrófonos y me he hecho el tonto. Casi me cuesta la vida. Al idiota de Adams le ha faltado poco para volarme la tapa de los sesos. Buchanan ha dicho que Lockhart estaba muerta, lo cual es bueno para nosotros, si es verdad. Pero no sé si están colaborando con el FBI. De todos modos, sin la cinta no tienen pruebas de lo que hemos hecho. ¿Qué? No, Buchanan me ha suplicado que lo dejemos en paz. Que podíamos seguir con el plan de chantaje, pero que lo dejáramos vivir. De hecho, ha sido patético. Cuando los he visto entrar he pensado que venían a matarme. Ese Adams es peligroso. Y me han dicho que Constantinople mató a dos de nuestros hombres. Constantinople debe de estar muerto, así que necesitamos a otro espía en el FBI. De todos modos, encuéntralos, y esta vez no quiero errores. Son hombres muertos. Después de eso, habrá llegado el momento de poner el plan en práctica. Me muero de ganas de ver esos rostros lastimeros en el Capitolio cuando les informe de esto.

Thornhill colgó y se sentó a la mesa. El hecho de que hubieran ido a su casa tenía gracia. Era un acto de desesperación por parte de hombres desesperados. ¿Creían en realidad que podían engañar a un hombre como él? Resultaba casi un insulto. Pero al final había ganado. La realidad era que al día siguiente o poco después ellos estarían muertos y él no.

Se levantó de detrás del escritorio. Había sido valiente, había conservado la calma bajo la presión. «La supervivencia siempre resulta embriagadora», se dijo Thornhill al apagar la luz.

56

Aquella mañana, como de costumbre, en el edificio Dirksen de oficinas del Senado reinaba una gran animación. Robert Thornhill caminaba con paso decidido por el largo pasillo, balanceando el maletín a su mismo ritmo. La noche anterior había sido de lo más importante, podría decirse que incluso todo un éxito en varios sentidos. El único inconveniente era que todavía no habían logrado encontrar a Buchanan y a Adams.

El resto de la noche había sido una auténtica delicia. A la señora Thornhill le había impresionado su inusitado celo animal. Su mujer se había levantado temprano para prepararle el desayuno, vestida con un conjunto ceñido de color negro. Hacía años que no le preparaba el desayuno o se ponía ropa ajustada.

La sala de sesiones se encontraba al final del pasillo. El pequeño feudo de Rusty Ward, pensó Thornhill con sorna. Gobernaba con un puño sureño, es decir, con guantes de terciopelo pero con nudillos de granito. Ward te adormecía con su acento ridículamente almibarado y, cuando menos lo esperabas, se abalanzaba sobre ti y te hacía trizas. Su intensa mirada y sus más que calculadas palabras ablandaban al enemigo confiado en su incómoda silla eléctrica gubernamental.

Todo cuanto tenía que ver con Rusty Ward hería la sensibilidad a la vieja usanza de Thornhill. Sin embargo, esa mañana estaba preparado. Le hablaría de los escuadrones de la muerte y de informes varios hasta el día del juicio final, por emplear una de las expresiones preferidas de Ward; de ese modo, el senador no obtendría información alguna.

Antes de entrar en la sala de reuniones, Thornhill respiró profundamente y con energía. Imaginó el escenario que estaba a punto de presenciar: Ward y compañía tras su pequeño estrado; el presidente estaría tirándose de los tirantes, mirando en torno a sí mientras hojeaba los documentos de la sesión para no perderse ni un solo detalle de los confines de su patético reino. Cuando Thornhill entrara, Ward lo observaría, sonreiría, asentiría y lo saludaría de forma casi inocente con la intención de que Thornhill bajara la guardia, como si eso fuera posible. «Pero supongo que tiene que cumplir con las formalidades —pensó—. ¡Enseñarle trucos nuevos a un perro viejo!» Ésa era otra de las estúpidas expresiones de Ward. ¡Qué original!

Thornhill abrió la puerta y recorrió con paso seguro el pasillo de la sala de sesiones. A medio camino, se percató de que la sala estaba mucho más concurrida de lo normal. No cabía un alma. Echó una ojeada alrededor y vio rostros que no conocía. Al aproximarse al estrado, se le heló la sangre: ya había varias personas sentadas, de espaldas a él.

Alzó los ojos hacia la comisión. Ward le devolvió la mirada. No sonrió ni le dedicó uno de sus estúpidos saludos.

—Señor Thornhill, le ruego que tome asiento en la primera fila. Una persona prestará declaración antes que usted.

Thornhill parecía aturdido.

—¿Cómo?

—Siéntese, señor Thornhill —repitió Ward.

Thornhill comprobó la hora.

—Me temo que hoy tengo poco tiempo, señor presidente. Además no se me informó de que otra persona prestaría declaración. —Thornhill miró hacia el estrado. No reconoció a las personas que estaban sentadas allí—. Tal vez debamos fijar otra fecha.

Ward fijó la vista detrás de Thornhill; éste se dio vuelta y siguió la trayectoria de la mirada. El agente uniformado del Congreso cerró la puerta ceremoniosamente y apoyó su ancha espalda contra la misma, como retando a quienquiera que quisiese pasar por allí.

Thornhill se volvió hacia Ward.

—¿Hay algo que deba saber?

—Si lo hay, lo sabrá de inmediato —replicó Ward en tono inquietante. Luego hizo un gesto con la cabeza a uno de sus asesores.

El asesor desapareció por una pequeña puerta situada detrás del lugar ocupado por la comisión. Regresó al cabo de unos instantes. Entonces Thornhill sufrió la mayor conmoción de su vida al ver a Danny Buchanan cruzar la puerta y encaminarse hacia el estrado. En ningún momento miró a Thornhill, que continuaba de pie en medio del pasillo, con el maletín apoyado contra la pierna. Los hombres bajaron del estrado y se sentaron entre el público.

Buchanan se detuvo junto al estrado, levantó la mano derecha, juró que diría la verdad y se sentó.

Ward se volvió hacia Thornhill, que seguía sin hacer ademán de moverse.

—Señor Thornhill, ¿sería tan amable de sentarse para que podamos comenzar?

Thornhill no era capaz de apartar los ojos de Buchanan. Se arrastró hasta el único asiento libre que quedaba en la primera fila. El hombre corpulento sentado al final de la misma se hizo a un lado para que Thornhill pasara. Al sentarse se dio cuenta de que se trataba de Lee Adams.

—Encantado de volver a verte —dijo Lee en voz baja antes de reclinarse en el asiento y centrar la atención en la parte delantera de la sala.

—Señor Buchanan —comenzó a decir Ward—, ¿sería tan amable de explicarnos el motivo de su comparecencia?

—Prestar declaración sobre una terrible conspiración en el seno de la Agencia Central de Información —contestó Buchanan en tono tranquilo y seguro. A lo largo de los años, había testificado ante más comisiones que todos los implicados en el caso Watergate juntos. Conocía bien el terreno y su mejor amigo llevaba a cabo el interrogatorio. Había llegado su momento. Por fin.

—Entonces supongo que debería comenzar por el principio, señor.

Buchanan colocó las manos frente a sí, se inclinó hacia adelante y habló por el micrófono.

—Hace unos quince meses, aproximadamente, vino a verme un alto cargo de la CIA. El caballero estaba al corriente de mi trabajo como cabildero. Sabía que conocía bien a muchos de los congresistas. Quería que lo ayudara a llevar a cabo un proyecto muy especial.

—¿Qué clase de proyecto? —inquirió Ward.

—Quería que lo ayudara a reunir pruebas contra miembros del Congreso que servirían para chantajearlos.

—¿Chantajearlos? ¿Cómo?

—Sabía que yo cabildeaba a favor de los países pobres y las organizaciones humanitarias mundiales.

—Estamos al tanto de sus esfuerzos en ese sentido —dijo Ward con magnanimidad.

—Como se imaginarán, no es tarea fácil. He invertido casi todo mi dinero en esta cruzada. El hombre también sabía eso e intuía que me hallaba en una situación desesperada. Creo que dijo que era un blanco fácil.

—¿Sabría explicarnos en qué consistía el plan de chantaje?

—Yo debía visitar a ciertos congresistas y burócratas que podrían influir en las decisiones respecto a la ayuda externa y otras formas de apoyo para los países pobres. Sólo debía ir a ver a quienes necesitaran dinero y decirles que, a cambio de su ayuda, se les compensaría cuando dejaran su cargo. Obviamente, no sabían que la CIA financiaría esos paquetes de «jubilación». Si aceptaban, entonces la CIA me colocaría un micrófono para grabar todo tipo de conversaciones comprometedoras con estos hombres y mujeres. También los someterían a una estrecha vigilancia. El plan consistía en llevar a cabo estas actividades «ilegales» para que el hombre de la CIA las emplease luego contra estas personas.

—¿Cómo? —preguntó Ward.

—Muchas de las personas a las que debía sobornar en favor de la ayuda externa pertenecen también a las comisiones que supervisan la CIA. Por ejemplo, dos de los miembros de esta comisión, los senadores Johnson y McNamara, también forman parte del comité de gastos para las operaciones externas. El caballero de la CIA me facilitó una lista con los nombres de todas las personas que había seleccionado como objetivos. Los senadores Johnson y McNamara figuraban en esa lista. El plan consistía en chantajearlos a fin de que aprovechasen sus cargos en el comité para ayudar a la CIA. Mayores presupuestos para la CIA, más responsabilidad, menos supervisión por parte del Congreso. Cosas así. A cambio, yo recibiría una cuantiosa suma.

Buchanan miró a Johnson y a McNamara, hombres a quienes había reclutado hacía diez años sin la menor reserva. Le devolvieron una calculada mirada de conmoción e ira. Durante la semana anterior, Buchanan se había reunido con cada una de las personas que sobornaba y les había explicado lo que sucedía. Si querían seguir con vida, tendrían que respaldar cada una de las palabras que conformaban la mentira que estaba contando en esos momentos. ¿Acaso tenían otra elección? También debían continuar apoyando las causas de Buchanan y no recibirían ni un centavo a cambio. Todos sus esfuerzos resultarían verdaderamente «caritativos». Parecía que, después de todo, Dios existía.

Buchanan también se había sincerado con Ward. Su amigo se lo había tomado mejor de lo que Buchanan había esperado. Ward no había aprobado las actividades de Buchanan, pero había decidido ayudarlo de todos modos. Había crímenes mucho más importantes que todavía debían recibir su castigo.

—¿Es eso cierto, señor Buchanan?

—Sí, señor —afirmó Buchanan.

Thornhill no se había inmutado. Su expresión se asemejaba a la del condenado que se dirige a solas hacia la cámara de gas: denotaba una mezcla de amargura, terror e incredulidad. Era obvio que Buchanan había llegado a un acuerdo con ellos. Los políticos respaldaban su versión; lo leyó en los rostros de Johnson y McNamara. ¿Cómo podría rebatir esas afirmaciones sin revelar su propia participación? No le convenía levantarse de un salto y gritar: «Eso no es verdad. Buchanan ya los sobornaba, yo sólo lo descubrí y me aproveché de ello para mis propios propósitos de chantaje.» Aquél era su talón de

Aquiles. Nunca se le había ocurrido. Era como la fábula de la rana y el escorpión, con la salvedad de que en esta ocasión el escorpión sobreviviría.

—¿Qué hizo usted? —quiso saber Ward.

—Acudí de inmediato a las personas que figuraban en la lista, entre ellas los senadores Johnson y McNamara, y les conté lo que sucedía. Lamento que no pudiéramos informarle en su momento, señor presidente, pero teníamos que actuar con absoluta confidencialidad. Acordamos preparar un golpe, por así decirlo. Yo fingiría colaborar con el plan de la CIA y los objetivos fingirían formar parte del plan. Entonces, mientras la CIA reunía el material de chantaje, yo por mi parte obtendría pruebas contra la CIA. Cuando considerásemos que ya teníamos un caso claro, acudiríamos al FBI.

Ward se quitó las gafas y las agitó ante sí.

—Un asunto de lo más arriesgado, señor Buchanan. ¿Sabe si esta operación de chantaje contaba con el visto bueno oficial de la CIA?

Buchanan asintió con la cabeza.

—Evidentemente era obra de uno de sus dirigentes.

—¿Qué ocurrió entonces?

—Obtuve las pruebas necesarias, pero mi socia, Faith Lockhart, que no estaba al tanto de lo que sucedía, comenzó a sospechar de mí. Supongo que pensó que yo estaba implicado en una trama. Naturalmente, no podía confiar en ella. Acudió al FBI con su versión de los hechos. Abrieron una investigación. El hombre de la CIA se enteró de lo ocurrido y tomó las medidas necesarias para acabar con la señora Lockhart. Gracias a Dios, logró escapar, pero un agente del FBI murió.

Todos los presentes comenzaron a murmurar.

Ward miró a Buchanan con expresión harto significativa.

—¿Está diciendo que un dirigente de la CIA fue responsable del asesinato de un agente del FBI?

Buchanan asintió.

—Sí. Se han producido otras muertes, incluida —Buchanan bajó la vista por unos instantes y, temblando, añadió—: la de Faith Lockhart. Ése es el propósito de mi comparecencia. Acabar con los asesinatos.

—¿Quién es ese hombre, señor Buchanan? —inquirió Ward con toda la indignación y curiosidad que supo aparentar.

Buchanan se volvió y señaló a Robert Thornhill.

—El subdirector adjunto de operaciones, Robert Thornhill.

Thornhill estalló en cólera, blandiendo el puño con ira.

—Eso no es más que una maldita patraña —bramó—. Todo esto es un montaje, la abominación más disparatada que he escuchado en toda mi carrera. Me hacen venir aquí por medio de engaños y me someten a las acusaciones absurdas e insultantes de esta persona. Anoche estuvieron en mi casa, el tal Buchanan y este hombre. —Thornhill señaló a Lee—. Este hombre me apuntó con una pistola a la cabeza. Me amenazaron con esta misma historia demencial. Me aseguraron que tenían pruebas al respecto, pero cuando los puse en evidencia, se marcharon. Exijo que se los arreste de inmediato. Pienso presentar todos los cargos contra ellos. Y ahora, si me disculpan, tengo asuntos legales de los que ocuparme.

Thornhill intentó pasar por delante de Lee, pero el investigador privado se incorporó y le cerró el paso.

—A no ser que haga algo ahora mismo, señor presidente —le advirtió Thornhill a Ward—, me veré obligado a llamar a la policía por el teléfono móvil. Dudo mucho que le interese que todo esto salga en las noticias de la noche.

—Puedo demostrar todo lo que he dicho —aseveró Buchanan.

—¿Cómo? —gritó Thornhill— ¿Con la estúpida cinta con la que me amenazó anoche? Si la tiene, enséñela. Aun así, contenga lo que contenga, es obvio que es falsa.

Buchanan abrió un maletín que descansaba sobre la mesa situada frente a él. En lugar de una cinta de audio, extrajo una de vídeo y se la entregó a uno de los ayudantes de Ward.

Todos los presentes observaban atentamente. Otro auxiliar empujó un televisor, con reproductor de vídeo incorporado, hasta una esquina de la sala para que todos vieran la pantalla. El ayudante tomó la cinta y la introdujo en el vídeo, apretó un botón del mando a distancia y se apartó.

En la pantalla se veía a Lee y a Buchanan saliendo del estudio de Thornhill. Luego Thornhill descolgaba el auricular, vacilaba, y, al cabo de unos instantes, extraía otro teléfono de uno de los cajones del escritorio. Habló ansiosamente. Toda la sala escuchó la conversación de la noche anterior. El plan de chantaje, el asesinato del agente del FBI, la orden de acabar con Buchanan y Lee Adams. La expresión triunfal que iluminó su rostro al colgar el teléfono contrastaba enormemente con la que tenía en esos momentos.

La pantalla se oscureció, pero Thornhill continuó mirándola, con la boca un tanto abierta y moviendo los labios, aunque sin llegar a articular palabra alguna. El maletín, repleto de documentos importantes, cayó al suelo, olvidado.

Ward golpeó el micrófono con la pluma, sin apartar los ojos de Thornhill. Si bien el semblante del senador traslucía cierta satisfacción, el horror se hallaba más patente aún; aquellas imágenes parecían haberle revuelto el estómago.

—Supongo que, dado que ha admitido que estos hombres estuvieron anoche en su casa, ahora no alegará que esta prueba es falsa —dijo Ward.

Danny Buchanan permanecía sentado, con la cabeza agachada. Su cara destilaba una mezcla de alivio y tristeza así como un gran cansancio. Saltaba a la vista que él también había tenido bastante.

Lee miró a Thornhill de hito en hito. La otra tarea que había realizado la noche anterior en casa del hombre de la CIA había sido relativamente sencilla. Se había valido de la tecnología PLC, la misma que Thornhill había empleado para colocar micrófonos ocultos en la casa de Ken Newman. Se trataba de un sistema inalámbrico con un micrófono de 2,4 gigahercios, cámara oculta y antena instalados en un dispositivo que se asemejaba al detector de humo del estudio de Thornhill y que de hecho funcionaba como tal además de constituir un equipo de vigilancia. Se alimentaba de la corriente eléctrica de la casa y ofrecía una inmejorable calidad de vídeo y audio. Thornhill había evitado las conversaciones comprometedoras fuera de su casa, pero nunca se le había ocurrido que hubieran colocado una especie de caballo de Troya en el interior de su residencia.

—Estoy dispuesto a declarar en el juicio —dijo Danny Buchanan. Se puso en pie, se volvió y se dirigió hacia el pasillo.

Lee posó una mano sobre el hombro de Thornhill.

—Perdón —dijo cortésmente. Thornhill sujetó con fuerza el brazo de Lee.

—¿Cómo lo hiciste? —preguntó Thornhill.

Lee se soltó lentamente y fue al encuentro de Buchanan. Los dos hombres abandonaron la sala con toda tranquilidad.

57

Un mes después de que Buchanan prestara declaración ante la comisión de Ward, Robert Thornhill descendió por los escalones del juzgado federal de Washington, dejando atrás a sus abogados. Lo aguardaba un coche; entró. Tras haber pasado cuatro semanas entre rejas, se le había concedido la libertad bajo fianza. Tenía que volver al trabajo. Había llegado la hora de la venganza.

—¿Han contactado con todos? —preguntó Thornhill al conductor.

El hombre asintió.

—Ya están allí. Esperándole.

—¿Y Buchanan y Adams?

—Buchanan está en el programa de protección de testigos, pero tenemos varias pistas. Adams está al descubierto; se le puede eliminar en cualquier momento.

—¿Lockhart?

—Muerta.

—¿Seguro?

—No hemos llegado a desenterrar el cuerpo, pero todo apunta a que murió en el hospital de Carolina del Norte.

Thornhill se recostó en el asiento, suspirando.

—Mejor para ella.

El coche entró en un aparcamiento y Thornhill se apeó del vehículo. Acto seguido, entró en una furgoneta que lo esperaba; se alejó del aparcamiento y tomó la dirección contraria. Thornhill quería asegurarse de que no lo siguiera nadie del FBI.

Al cabo de cuarenta y cinco minutos, llegó al pequeño y abandonado centro comercial. Entró en el ascensor y descendió a varias decenas de metros bajo tierra. Cuanto más bajaba, mejor se sentía. La idea le divertía.

Las puertas se abrieron y salió del ascensor hecho una furia. Todos sus colegas se encontraban allí. Su silla, a la cabecera de la mesa, permanecía vacía. Su leal camarada, Phil Winslow, estaba sentado a su derecha. Thornhill esbozó una sonrisa. De vuelta al trabajo, preparado para todo.

Tomó asiento y miró en torno a sí.

—Enhorabuena por la libertad bajo fianza, Bob —dijo Winslow.

—Cuatro semanas tarde —repuso Thornhill amargamente—. Creo que la Agencia necesita renovar a sus asesores legales.

—Bueno, esa grabación de vídeo era muy perjudicial —dijo Aaron Royce, el joven que se había enfrentado a Thornhill en la reunión anterior—. Lo cierto es que me sorprende que te hayan dejado salir. Y, sinceramente, me asombra que la Agencia estimara conveniente facilitarte un abogado.

—Por supuesto que era perjudicial —replicó Thornhill con desdén—. Y la Agencia me facilitó un abogado por lealtad. No olvida a los suyos. Por desgracia, sin embargo, eso significa que tengo que desaparecer. Los abogados consideran que nos queda una baza si suprimimos la cinta de vídeo, pero creo que todos coincidimos en que, a pesar de las deficiencias técnicas y legales, el contenido de la cinta era demasiado detallado como para permitirme permanecer en mi cargo.

Thornhill parecía abatido. Su carrera había llegado a su fin, pero no como había planeado. Sin embargo, sus rasgos recobraron rápidamente su dureza habitual; su determinación volvió a fluir como el petróleo de un pozo rebosante. Echó un vistazo alrededor con expresión triunfal.

—Pero seguiré dirigiendo la batalla desde lejos —prosiguió—. Y ganaremos la guerra. Veamos, Buchanan ha pasado a la clandestinidad, pero Adams no. Seguiremos el camino más fácil. Adams primero. Luego Buchanan. Quiero a alguien en la oficina del jefe de policía. Allí tenemos contactos. Encontramos al bueno de Danny y acabamos con su vida. También quiero asegurarme de que Faith Lockhart no está viva. —Se volvió hacia Winslow—. ¿Mis documentos para viajar están listos, Phil?

—En realidad no, Bob —respondió Winslow despacio.

Royce miró a Thornhill de hito en hito.

—Esta operación nos ha costado demasiado —dijo—. Tres agentes mueren. A ti te condenan. La Agencia está patas arriba. El FBI se ha convertido en nuestra sombra. Es un desastre absoluto.

Thornhill se percató de que todos los presentes, Winslow incluido, lo observaban con cara de pocos amigos.

—Saldremos de ésta, no os quepa la menor duda —afirmó Thornhill en tono alentador.

—Estoy seguro de que nosotros sí saldremos de ésta —dijo Royce con energía.

Royce comenzaba a sacar a Thornhill de sus casillas. Tendría que acallarlo, pero decidió que, por el momento, haría caso omiso de sus comentarios.

—El maldito FBI —se lamentó Thornhill—. Ocultó micrófonos en mi casa. ¿Es que ellos no tienen que respetar la Constitución?

—Menos mal que no mencionaste mi nombre durante aquella llamada telefónica —dijo Winslow.

Thornhill contempló de nuevo a su amigo, asombrado por el peculiar tono que había empleado.

—En cuanto a mis documentos... Debería salir del país lo antes posible.

—No será necesario, Bob —le informó Royce—. Y, sinceramente, a pesar de tus constantes ataques de furia para demostrar lo contrario, manteníamos una buena relación de trabajo con el FBI hasta que lo jodiste todo. Hoy día la cooperación resulta esencial. Las batallitas campales perjudican a todos. Nos convertiste en dinosaurios y ahora nos arrastras al fango en tu caída.

Thornhill le clavó una mirada exasperada y luego se volvió hacia Winslow.

—Phil, no tengo tiempo para esto. Ocúpate de él.

Winslow tosió nerviosamente.

—Me temo que está en lo cierto, Bob.

Por unos instantes, Thornhill se quedó petrificado; luego recorrió el recinto con la vista antes de replicar a Winslow.

—Phil, quiero los documentos y protección, y lo quiero ahora.

Winslow hizo una señal con la cabeza a Royce.

Aaron Royce se incorporó. No sonrió ni se mostró triunfal. Tal y como le habían enseñado.

—Bob —dijo—, ha habido un cambio de planes. Ya no necesitaremos tu ayuda en este asunto.

Thornhill enrojeció de ira.

—¿De qué coño estás hablando? Yo dirijo esta operación. Y quiero a Buchanan y a Adams muertos. ¡Ya!

—No habrá más asesinatos —aseveró Winslow—. No morirán más personas inocentes —agregó en voz baja. Se puso en pie—. Lo siento, Bob, de veras que lo siento.

Thornhill le clavó la mirada y comenzó a comprender lo que sucedía. Phil Winslow había sido su compañero en Yale, su hermano en la fraternidad. Los dos habían pertenecido a Skull & Bones. Winslow había sido su padrino de bodas. Habían sido amigos toda la vida. Toda la vida.

—¿Phil? —dijo Thornhill cautelosamente.

Winslow hizo señas a los otros hombres para que se levantaran. Todos se dirigieron hacia el ascensor.

—¿Phil? —repitió Thornhill, con la boca seca.

Cuando el grupo llegó al ascensor, Winslow volvió la vista.

—No podemos permitir que esto siga adelante. No podemos ir a juicio ni dejar que te escabullas. Te buscarán hasta encontrarte. Tenemos que acabar con esto, Bob.

Thornhill hizo ademán de ponerse en pie.

—Entonces podemos amañar mi muerte. Mi suicidio.

—Lo siento, Bob —repuso Winslow—. Tenemos que acabar con esto de una vez por todas y de forma honesta.

—¡Phil! —gritó Thornhill—. ¡Por favor!

Los hombres entraron en el ascensor y Winslow miró a su amigo por última vez.

—A veces los sacrificios son necesarios, Bob. Lo sabes mejor que nadie. Por el bien del país.

Las puertas del ascensor se cerraron.

58

Lee sostenía cuidadosamente la cesta de flores con ambas manos mientras recorría el pasillo del hospital. Cuando Faith hubo recuperado las fuerzas necesarias, la trasladaron a un hospital en las afueras de Richmond, Virginia. Allí la registraron con un nombre falso, y un guarda armado vigilaba la puerta de su habitación las veinticuatro horas. El hospital estaba lo bastante lejos de Washington como para que su paradero permaneciese en secreto pero lo bastante cerca para que Brooke Reynolds no la perdiese de vista.

A pesar de que Lee se lo había rogado a Reynolds en varias ocasiones, era la primera vez que le permitían ver a Faith. Por lo menos estaba viva y, además, le habían asegurado que se recuperaba día tras día.

Por consiguiente, se sorprendió al advertir que el guarda no vigilaba la habitación. Llamó a la puerta, esperó y la abrió. La habitación estaba vacía, la cama deshecha. Aturdido, recorrió la habitación en apenas unos segundos y luego regresó corriendo al pasillo, donde estuvo a punto de llevarse por delante a una enfermera. Le sujetó el brazo con fuerza.

—¿La paciente de la 212? ¿Dónde está? —preguntó.

La enfermera miró hacia la habitación vacía y luego a Lee, con expresión triste.

—¿Es usted un familiar?

—Sí —mintió.

La enfermera observó las flores y pareció más abatida aún.

—¿No le han avisado?

—¿Avisarme? ¿De qué?

—Falleció anoche.

Lee empalideció.

—Falleció —repitió como atontado—. Pero si estaba fuera de peligro. Iba a sobrevivir. ¿De qué diablos está hablando? ¿Cómo que falleció?

—Por favor, señor, aquí hay otros pacientes. —La enfermera lo tomó del brazo y lo apartó de la sala—. No estoy al tanto de todos los detalles. No estaba de guardia. Pero puedo enviarle a alguien que sabrá contestar a sus preguntas.

Lee se soltó.

—Escúcheme bien, no puede estar muerta, ¿entiende? Eso no es más que un cuento. Para mantenerla a salvo.

—¿Cómo? —La mujer parecía perpleja.

—Yo me ocuparé de esto —dijo una voz.

Los dos se volvieron y vieron a Brooke Reynolds ante sí. Le mostró su placa a la enfermera.

—Yo me ocuparé —repitió. La enfermera asintió y se alejó a toda prisa.

—¿Qué coño está pasando? —preguntó Lee.

—Vayamos a un lugar tranquilo y hablemos.

—¿Dónde está Faith?

—¡Lee, aquí no! Maldita sea, ¿lo quieres echar todo a perder? —Le tiró del brazo, pero Lee no se movía, y Reynolds sabía que no podía forzarlo físicamente.

—¿Por qué habría de acompañarte?

—Porque voy a contarte la verdad.

Subieron al coche de Reynolds y salieron del aparcamiento.

—Sabía que vendrías hoy y pensaba llegar al hospital antes que tú para esperarte. Pero no me fue posible. Siento que te enteraras de boca de la enfermera; ésa no era mi intención.

Reynolds observó las flores que Lee todavía sostenía con firmeza y sintió lástima por él. En aquellos momentos no era una agente del FBI sino un ser humano sentado junto a una persona con el corazón destrozado. Y lo que tenía que decirle sólo empeoraría la situación.

—Han puesto a Faith en el programa de protección de testigos. A Buchanan también.

—¿Cómo? ¡Lo de Buchanan lo entiendo! ¡Pero Faith no es testigo de nada! —El alivio de Lee era tan intenso como la indignación que sentía. Aquello no era justo.

—Pero necesita protección. Si ciertas personas supieran que todavía sigue con vida... Bueno, ya sabes qué pasaría.

—¿Cuándo se celebrará el maldito juicio?

—No habrá juicio.

Lee la miró con fijeza.

—No me digas que el muy hijo de puta de Thornhill consiguió una especie de trato. No me lo digas.

—Pues no.

—Entonces, ¿por qué no habrá juicio?

—Para que se celebre un juicio hace falta un acusado. —Reynolds tamborileó sobre el volante y luego se puso unas gafas de sol. Comenzó a toquetear los mandos de la calefacción.

—Estoy esperando —dijo Lee—. ¿O es que acaso no tengo derecho a una explicación?

Reynolds suspiró y se irguió en el asiento.

—Thornhill está muerto. Lo encontraron en su coche en una carretera secundaria con un tiro en la cabeza. Suicidio.

Lee se quedó helado y guardó silencio.

—La solución del cobarde —logró murmurar al cabo de un minuto.

—Creo que, de hecho, ha supuesto un alivio para todos. Sé que lo ha sido para los de la CIA. Decir que todo este asunto los ha convulsionado por completo es quedarse corto. Supongo que, por el bien del país, más vale ahorrarse un juicio largo y embarazoso.

—Bien, con la ropa sucia y todo —soltó Lee mordazmente—. ¡Hurra por el país! —Lee saludó con mofa una bandera que ondeaba frente a una oficina de correos junto a la que pasaron—. Si Thornhill está fuera de juego, ¿por qué tiene Faith que someterse al programa de protección de testigos?

—Ya conoces la respuesta. Al morir Thornhill, se llevó a la tumba la identidad de los demás implicados. Pero están ahí fuera, lo sabemos. ¿Recuerdas la grabación de vídeo que preparaste? Thornhill hablaba con alguien por teléfono, y ese alguien anda suelto por ahí. La CIA está llevando a cabo una investigación interna para descubrir la identidad de esas personas, pero no pienso esperar sentada. Y sabes que esas personas harán todo lo posible por atrapar a Faith y a Buchanan. Aunque sea por puro afán de venganza. —Reynolds le tocó el brazo—. A ti también, Lee.

Lee la miró de reojo y le leyó el pensamiento.

—No. Ni loco iría a protección de testigos. No sabría vivir con un nuevo nombre. Ya me ha costado bastante recordar el verdadero. Ya puestos, prefiero esperar a los compinches de Thornhill. Al menos me lo pasaré bien antes de morir.

—Lee, esto va en serio. Si no pasas a la clandestinidad, correrás un gran peligro. Y no podemos seguirte las veinticuatro horas del día.

—¿No? ¿Ni siquiera después de todo lo que he hecho por el FBI? ¿Eso significa que tampoco me darán el anillo descodificador ni la camiseta gratis del FBI?

—¿Por qué te haces el gracioso ahora?

—Puede que ya nada me importe una mierda, Brooke. Tú eres una mujer inteligente, ¿es que nunca se te había ocurrido pensarlo?

Ninguno de los dos abrió la boca durante varios kilómetros.

—Si dependiera de mí, te daría todo lo que quisieras, incluyendo una isla con criados, pero no es cosa mía —dijo Reynolds finalmente.

Lee se encogió de hombros.

—Correré el riesgo. Si quieren atraparme, que así sea. Se darán cuenta de que soy más duro de lo que creen.

—¿Hay algo que pueda decirte para que cambies de idea?

Lee levantó las flores.

—Podrías decirme dónde está Faith.

—No puedo. Sabes que no puedo.

—Oh, vamos, claro que puedes. Sólo tienes que decirlo.

—Lee, por favor…

Lee descargó su enorme puño contra el salpicadero, que se cuarteó.

—Maldita sea, Brooke, no lo entiendes. Tengo que ver a Faith. ¡Tengo que verla!

—Te equivocas, Lee, lo entiendo perfectamente. Y por eso me cuesta tanto. Pero si te lo digo y vas a verla, la pondrás en peligro. Y a ti también. Ya lo sabes. Eso infringe todas las reglas, y no pienso hacerlo. Lo siento. Ni te imaginas cuánto me afecta toda esta situación.

Lee apoyó la cabeza en el asiento y los dos permanecieron en silencio varios minutos mientras Reynolds conducía sin rumbo fijo.

—¿Cómo está? —preguntó Lee al fin en voz baja.

—No quiero mentirte. La bala le hizo mucho daño. Se está recuperando, pero muy despacio. Se ha debatido entre la vida y la muerte en un par de ocasiones.

Lee se cubrió el rostro con la mano y sacudió lentamente la cabeza.

—Si te sirve de consuelo, esta situación le ha disgustado tanto como a ti —aseguró Reynolds.

—¡Vaya! —dijo Lee—, eso lo arregla todo. Soy el jodido rey del mundo.

—No era eso lo que quería decir.

—No me dejarás verla, ¿verdad?

—No, no puedo.

—Entonces déjame en la esquina.

—Pero si tu coche está en el hospital...

Lee abrió la puerta antes de que Reynolds detuviera el coche.

—Iré caminando.

—Está a kilómetros de aquí —insistió Reynolds con voz forzada—. Y hace un frío glacial. Lee, deja que te lleve. Vamos a tomarnos una taza de café; hablemos un poco más.

—Necesito aire fresco. Además, ¿qué queda por hablar? Estoy harto de hablar. Puede que jamás vuelva a hablar. —Salió del coche y se inclinó hacia el interior—. Ahora que lo pienso, puedes hacer algo por mí.

—Lo que sea.

Lee le dio las flores.

—¿Podrías hacérselas llegar a Faith? Te lo agradecería. —Lee cerró la puerta y echó a andar.

Reynolds sujetó las flores y observó a Lee mientras se alejaba andando con dificultad, con la cabeza gacha y las manos en los bolsillos. Notó que el hombre tiritaba de frío. Entonces la agente se recostó en el asiento y las lágrimas se deslizaron por su rostro.

59

Nueve meses después Lee vigilaba la casa unifamiliar que servía de escondrijo a un hombre que pronto se vería implicado en un enconado divorcio con su esposa, a quien había engañado en varias ocasiones.

La cónyuge, suspicaz en extremo, había contratado a Lee para que reuniese pruebas de las aventuras de su maridito, y el detective, que había visto un desfile de hermosas jóvenes entrar y salir de la casa, no había tardado mucho en encontrar ejemplos más que suficientes. La esposa quería sacar una buena tajada del divorcio, pues el tipo tenía unos quinientos millones de pavos en opciones sobre acciones de algún negocio de Internet de alta tecnología que había cofundado.

Y a Lee le complacía inmensamente ayudarla. El esposo adúltero le recordaba a Eddie Stipowicz, el multimillonario que estaba con su ex. Reunir pruebas contra este tipo era como lanzar piedras contra la cabeza de Eddie.

Lee extrajo la cámara y sacó varias fotografías de una rubia alta con minifalda que se dirigía con toda tranquilidad a la casa unifamiliar.

La fotografía del hombre, con el pecho descubierto y esperando en la puerta con una lata de cerveza en la mano y una sonrisa lasciva y bobalicona en su rostro rechoncho, sería la prueba número uno que emplearían los abogados de su esposa. Las leyes de divorcio para las separaciones amistosas habían reducido los casos en los que los investigadores privados tenían que sacar a relucir los trapos sucios, pero cuando llegaba el momento de repartir el botín del matrimonio, las infidelidades todavía tenían peso. A nadie le gustaba pasar por una situación así. Sobre todo cuando había niños de por medio, como era el caso.

La rubia de piernas largas no tendría más de veinte años, como su hija Renee, mientras que el maridito rondaba los cincuenta. ¡Santo Dios, vaya con las opciones sobre acciones! Debían de ser increíbles; o tal vez la atrajeran la calva del hombre, su escasa altura y la barriguita. Algunas mujeres tenían gustos de lo más extraños. «No, seguro que es la pasta», se dijo Lee. Guardó la cámara.

Estaba en Washington y era agosto, lo que significaba que todo el mundo, excepto los maridos infieles y sus amantes, así como los investigadores privados que los espiaban, se había marchado de la ciudad. Hacía un calor de lo más bochornoso e insoportable. Lee había bajado la ventanilla, rezando por que soplara un poco de viento, mientras masticaba frutos secos y bebía agua mineral. Lo más duro era que apenas tenía tiempo para orinar. Por eso prefería el agua embotellada. Los envases de plástico vacíos le habían resultado bastante útiles en más de una ocasión.

Comprobó la hora; era casi medianoche. Casi todas las luces de las casas unifamiliares y apartamentos de la zona estaban apagadas desde hacía ya rato. Lee pensó en largarse. El material que había conseguido durante los últimos días, que incluía varias tomas de un revolcón de madrugada en el *jacuzzi* al aire libre de la casa, sería suficiente para que el tipo desembolsara de buena gana tres cuartas partes del dinero conseguido gracias a Internet. Dos chicas que parecían lo bastante jóvenes para pensar en el baile de final de curso retozaban en el agua burbujeante con un tipo lo bastante mayor como para pensar con la cabeza; Lee supuso que los íntegros accionistas del pequeño negocio de alta tecnología no se tomarían aquello demasiado bien.

Su propia vida había caído en una rutina rayana en la monotonía obsesiva, como él la llamaba. Se levantaba temprano y se entrenaba duro, aporreando el saco de boxeo, machacándose el estómago y levantando pesas hasta el momento en que creía que su cuerpo sacaría la bandera blanca y lo obsequiaría con una aneurisma. Luego salía a trabajar y no paraba hasta que apenas le quedaban fuerzas para ir a cenar a un McDonald's con servicio para coches, que no cerraba por la noche y estaba cerca de su apartamento. Después regresaba a casa, solo, e intentaba dormir, pero nunca lograba conciliar el sueño, así que daba vueltas por el apartamento, miraba por la ventana y pensaba en varias cosas sobre las que no podía hacer nada al respecto. Ya había llenado el libro sobre «¿qué habría sido de su vida si...?». Tendría que comprarse uno nuevo.

No todo había salido mal. Brooke Reynolds se había propuesto pasarle todo el trabajo que pudiera, y habían sido casos de calidad y bien pagados. Varios ex agentes del FBI amigos de Brooke que trabajaban en compañías de seguros le habían ofrecido empleos a tiempo completo con, naturalmente, opciones sobre acciones, pero Lee los había rechazado todos. Le había dicho a Reynolds que agradecía el gesto, pero que prefería trabajar solo. No le gustaba ir con traje ni comer con cubiertos de plata. Sin duda, los elementos tradicionales para triunfar pondrían en peligro su salud.

Había visto a Renee con cierta frecuencia, y la relación parecía mejorar con el tiempo. Durante el mes posterior a la debacle, apenas se había separado de ella para asegurarse de que no sufriese ningún daño por culpa de Robert Thornhill y compañía.

Tras el suicidio de Thornhill, se había relajado, aunque no había bajado la guardia. Renee iría a verlo antes de que comenzaran las clases. Tal vez enviara una postal a Trish y a Eddie ponderando lo bien que la habían educado. O tal vez no.

Lee no dejaba de decirse que la vida le sonreía. El negocio marchaba sobre ruedas, él se encontraba bien de salud y su hija había vuelto a entrar en su vida. No estaba dos metros bajo tierra sirviendo de abono al césped. Y había servido al país. Toda esa mierda estaba muy bien, de modo que se preguntaba por qué era tan infeliz y se sentía tan desgraciado. En realidad lo sabía, pero no podía hacer nada por remediarlo. ¿Acaso no era desternillante? Ésa era la historia de su vida, y no estaba en su mano cambiarla.

Los faros de un coche iluminaron el retrovisor exterior. Clavó la vista de inmediato en el coche que acababa de aparcar detrás del suyo. No era un policía que viniese a preguntarle por qué llevaba tantas horas aparcado en el mismo lugar. Frunció el entrecejo y desvió la mirada hacia la casa. Se preguntó si el sinvergüenza del magnate de la tecnología lo había descubierto y había pedido refuerzos para darle una pequeña lección al fisgón investigador privado. Lee confiaba en que así fuera. Llevaba la palanca en el asiento de al lado. Tal vez resultara divertido.

Quizás el antídoto que necesitaba para combatir la

depresión consistiera en pegarle una buena paliza a alguien y poner así en marcha las endorfinas. Al menos le ayudaría a dormir por la noche.

Se sorprendió al ver que sólo salía una persona del asiento del pasajero y se encaminaba hacia su coche. La persona era baja, delgada y se cubría con un abrigo con capucha que le llegaba hasta los tobillos; no podía decirse que, con treinta y dos grados de temperatura y una humedad del ciento por ciento, fuera el atuendo más recomendable. Aferró la palanca. Mientras la figura se aproximaba a la puerta del asiento del pasajero de su coche, Lee oprimió el botón del cierre centralizado. Momentos después, notó que le faltaba aire y se asfixiaba.

El rostro que lo observaba estaba pálido y demacrado. Era el de Faith Lockhart. Lee abrió la puerta y ella entró.

La miró y, no sin esfuerzo, logró hablar.

—Dios mío, ¿de verdad eres tú?

Faith sonrió y, de repente, no parecía tan frágil ni desmejorada. Se quitó el largo abrigo con capucha. Debajo llevaba una camisa de manga corta y unos pantalones cortos de color caqui. En los pies llevaba sandalias. Las piernas estaban más pálidas y delgadas de lo que recordaba; como el resto de su cuerpo, de hecho. Se percató de que los meses que había estado en el hospital le habían pasado factura. El cabello le había crecido, aunque no lo tenía tan largo como en un principio. Pensó que su color natural le sentaba mejor. En realidad, se habría quedado con ella aunque fuera calva.

—Soy yo —respondió ella en voz baja—. Al menos, lo que queda de mí.

—¿Reynolds está en el coche?

—Nerviosa y disgustada por el hecho de que la haya convencido.

—Estás muy guapa, Faith.

Ella sonrió, resignada.

—Mentiroso. Parezco un trapo. Ni siquiera me atrevo a mirarme el pecho. ¡Dios mío! —exclamó en tono jocoso, aunque Lee percibió un deje de angustia.

Le acarició el rostro.

—No miento, y lo sabes muy bien.

Faith tomó la mano de Lee y la apretó con fuerza.

—Gracias.

—¿Cómo estás? Quiero hechos, nada más.

Faith alargó el brazo con lentitud y una expresión de dolor asomó a su rostro incluso por hacer un movimiento tan simple.

—Oficialmente, estoy fuera del circuito de aeróbic, pero no me doy por vencida. De hecho, cada día estoy mejor. Los médicos confían en que me recuperaré por completo. Bueno, por lo menos en un noventa por ciento.

—Creí que nunca te volvería a ver.

—No lo habría permitido.

Lee se acercó a Faith y la rodeó con el brazo. Faith hizo un pequeño gesto de dolor y Lee se apartó de inmediato.

—Lo siento, Faith, lo siento.

Faith sonrió y colocó de nuevo el brazo de Lee en torno a sus hombros, dándole unas palmaditas.

—No estoy tan mal —aseguró—. Y el día que no puedas abrazarme, no valdrá la pena seguir viviendo.

—Te preguntaría dónde vives, pero no quiero hacer nada que te ponga en peligro.

—Vaya vida, ¿no crees? —comentó Faith.

—Sí.

Faith se inclinó hacia Lee y apoyó la cabeza en su pecho.

—Vi a Danny tan pronto como salí del hospital. Cuando nos dijeron que Thornhill se había suicidado, pensé que Danny jamás dejaría de sonreír.

—A mí me pasó lo mismo.

Faith lo miró.

—¿Y cómo estás tú, Lee?

—A mí no me pasó nada. Nadie me pegó un tiro. Nadie me dice dónde tengo que vivir. Me va bien. Soy quien salió mejor parado.

—¿Mentira o verdad?

—Mentira —reconoció en voz baja.

Se dieron un beso rápido y luego otro más largo. Lee pensó que los movimientos eran naturales, las cabezas giraban en el ángulo correcto y se abrazaban sin esfuerzo, como las piezas de un puzzle que alguien estuviera ordenando.

A la mañana siguiente podrían despertarse en la casa de la playa, como si la pesadilla nunca hubiese ocurrido. ¿Cómo era posible haber tratado a alguien durante tan poco tiempo y tener la impresión de conocerlo de toda la vida? Dios sólo le daría una oportunidad, como mucho. Y en el caso de Lee, Dios se la había arrebatado. No era justo ni razonable.

Hundió el rostro en su pelo, absorbiendo cada partícula de su fragancia.

—¿Cuánto tiempo te quedarás conmigo? —preguntó Lee.

—¿Qué tenías en mente?

—Nada especial. Cenar en casa, hablar con tranquilidad. Abrazarte toda la noche.

—Aunque suene maravilloso, no sé si estoy preparada para la última parte.

Lee la contempló.

—Lo digo en sentido literal, Faith. Sólo quiero abrazarte. Nada más. Sólo he pensado en abrazarte durante todos estos meses.

Faith parecía a punto de romper a llorar, pero lo que hizo fue secar la única lágrima que se había deslizado por el rostro de Lee.

Lee miró por el retrovisor.

—Pero supongo que eso no está incluido en el plan de Reynolds, ¿verdad?

—Lo dudo.

Lee se volvió de nuevo hacia Faith.

—Faith —dijo suavemente—. Sé que aprecias a Buchanan y todo eso, pero ¿por qué te interpusiste en la trayectoria de la bala?

Faith respiró profundamente.

—Ya te he dicho que él es único y yo de lo más normal. No podía dejarlo morir.

—Yo no lo habría hecho.

—¿Lo habrías hecho por mí? —preguntó Faith.

—Sí.

—Nos sacrificamos por las personas que nos importan. Y a mí me importa mucho Danny.

—Supongo que el hecho de que contaras con los medios para desaparecer, la documentación falsa, la cuenta en un banco suizo y el piso franco, y aun así acudieses al FBI para intentar salvar a Buchanan debería haberme dado una pista al respecto.

Faith le agarró el brazo con fuerza.

—Pero sobreviví. Lo logré. Quizás eso hace que sea un poco extraordinaria, ¿no?

Lee le acarició el rostro.

—Ahora que estás aquí, no quiero que te vayas, Faith. Daría todo lo que tengo, haría cualquier cosa para que no me dejaras.

Faith recorrió la boca de Lee con los dedos, lo besó

y lo miró a los ojos, que, incluso en la oscuridad, parecían irradiar el calor cegador del sol. Faith había pensado que jamás volvería a ver esos ojos; tal vez la esperanza de verlos, si sobrevivía, había sido lo único que la había salvado, lo que había evitado su muerte. En aquellos momentos no estaba segura de tener otro motivo por el que vivir que el amor incondicional de ese hombre. Y en esos instantes era lo que más le importaba.

—Pon el coche en marcha —dijo Faith.

Perplejo, Lee la miró pero no dijo nada. Hizo girar la llave en el contacto y arrancó el vehículo.

—Vámonos —lo instó Faith.

Lee se apartó de la acera y el coche que estaba detrás de ellos hizo otro tanto.

Siguieron conduciendo; el otro coche no dejaba de seguirlos.

—Reynolds debe de estar tirándose de los pelos —observó Lee.

—Lo superará.

—¿Adónde? —preguntó él.

—¿Cuánta gasolina queda? —dijo Faith.

Lee parecía sorprendido.

—Estaba en una operación de vigilancia. El depósito está lleno.

Faith estaba apoyada en Lee, con el brazo alrededor de su cintura, y su pelo le hacía cosquillas en la nariz; olía tan bien que Lee se sintió mareado.

—Podemos ir hasta el mirador que está junto a la avenida George Washington. —Faith observó el cielo estrellado—. Te enseñaré las constelaciones.

Lee posó los ojos en ella.

—¿Has perseguido estrellas últimamente?

Faith sonrió.

—Siempre.

—¿Y luego?

—No pueden retenerme en el programa de protección de testigos contra mi voluntad, ¿no?

—No, pero correrás peligro.

—¿Qué tal si corremos peligro juntos?

—Ahora mismo, Faith. Pero ¿y si se acaba la gasolina?

—De momento, conduce.

Y eso fue exactamente lo que hizo.